Jen Gilroy ist unter dem weiten Himmel Westkanadas aufgewachsen. Nach vielen Jahren in England lebt sie jetzt in einer kleinen Stadt im Südosten von Kanada. Sie liebt Eiscreme, Cafés im Vintage-Stil und die wunderschöne Landschaft Nordamerikas. Ihr Ehemann ist ihr romantischer Held im wirklichen Leben, und ihre Tochter erinnert sie stets daran, für jeden Tag mit ihren Lieben dankbar zu sein. Ihren Nine-to-five-Job hat Jen Gilroy an den Nagel gehängt, um sich mit Liebesromanen in die Herzen ihrer Leserinnen zu schreiben. *Dort, wo ich dich finde*, der Auftakt ihrer Firefly-Lake-Serie, war für den Golden Heart Award der Romance Writers of America nominiert.

Dort, wo ich dich finde in der Presse:

»Emotionsgeladen. Gilroys Protagonisten gehen ans Herz und lassen nicht los. Diese Geschichte besitzt jede Menge Charme und lädt die Leser ein, einzutauchen und zu verweilen.« *Publishers Weekly*

Besuchen Sie uns auf www.penguin-verlag.de und Facebook.

Jen Gilroy

Du bist
mein Zuhause

Roman

Aus dem Amerikanischen
von Veronika Dünninger

PENGUIN VERLAG

Die amerikanische Originalausgabe erschien 2017 unter dem Titel
Back Home at Firefly Lake bei Grand Central Publishing, New York.

Verlagsgruppe Random House FSC® N001967

PENGUIN und das Penguin Logo sind Markenzeichen
von Penguin Books Limited und werden
hier unter Lizenz benutzt.

1. Auflage 2019
Copyright © 2017 by Jen Gilroy
This edition published by agreement with Grand Central Publishing New York,
New York, USA.
Copyright © der deutschsprachigen Ausgabe 2019 by
Penguin Verlag, München,
in der Verlagsgruppe Random House GmbH,
Neumarkter Straße 28, 81673 München.
Dieses Werk wurde vermittelt durch die Literarische Agentur
Thomas Schlück GmbH, 30161 Hannover.
Umschlag: Bürosüd
Umschlagmotiv: Plainpicture/Elektrons 08
Redaktion: Angela Kuepper
Satz: Uhl + Massopust, Aalen
Druck und Bindung: GGP Media GmbH, Pößneck
Printed in Germany
ISBN 978-3-328-10415-5
www.penguin-verlag.de

Dieses Buch ist auch als E-Book erhältlich.

Für meinen Ehemann, der vor langer Zeit Seiten in mir gesehen hat, die ich entweder unterdrückt oder von deren Existenz ich nicht mal etwas gewusst hatte, und dessen beständige Liebe mir hilft, das zu tun, was ich nun tue.

Und für Susanna Bavin, deren Freundschaft, Unterstützung und unbezähmbarer Geist mir durch einige der dunkelsten Momente im Schreiben wie im Leben hindurchgeholfen haben.

Kapitel
1

»Nächster.« Die schrille, lebhafte Stimme kam von der Frau hinter dem Empfangstresen der Arena.

Cat McGuire trat vor und rümpfte unwillkürlich die Nase. Der stechende Geruchscocktail aus schalem Bier, Schweiß und Eishockey-Ausrüstungsgegenständen attackierte ihre Sinne. »Hi. Ich bin hier, um meine Tochter zum Eishockey anzumelden.« Sie warf einen Blick auf das zwölfjährige Mädchen neben ihr. Unter dem grellen Neonlicht wirkten Amys dunkelblonde Haare schlaff und farblos, und sie zog ein mürrisches Gesicht.

»Firefly Lake hat kein Eishockeyteam für Mädchen.« Der Ton der Frau war schroff, ihre Miene ohne ein Lächeln. Sie hatte lange braune Haare mit blonden Strähnen, glänzende rosa Lippen und trug einen zu engen weißen Pullover.

»Aber als ich vor Weihnachten angerufen habe, sagte der Mann, mit dem ich gesprochen habe, wir könnten uns heute persönlich anmelden.« Cat grub die Fingernägel in ihre feuchten Handflächen. »Ich habe ihm erzählt, dass es um meine Tochter geht.«

7

»Das war bestimmt der Typ, der die Schlittschuhe schleift. Er bringt ständig alles durcheinander. Aber es ist egal, ob Mädchen oder Junge – diese Anmeldung ist sowieso nur für Kinder bis fünf Jahre. Der Hauptanmeldeschluss fürs Eishockey war im September.« Sie blätterte flink in einem Stapel Papiere. »Keine Ausnahmen, nicht einmal für dich.« Während die Frau sie musterte, regte sich ein Hauch von Erkennen am Rande von Cats Bewusstsein.

»Nicht einmal…« Cat brach ab. »Stephanie?«

Stephanie Larocque, das Mädchen, das Cat seit dem Kindergarten beneidet und gehasst hatte, nickte und warf sich die Haare über die Schultern, genau wie sie es immer auf der Highschool getan hatte. »Ich habe schon gehört, dass du wieder in der Stadt bist.«

Cat musste nicht fragen, woher. Sie war noch keine vierundzwanzig Stunden in Firefly Lake, aber es war ein kleiner Ort, und Neuigkeiten sprachen sich mit der Geschwindigkeit des Buschfunks im australischen Outback herum.

»Dann weißt du ja auch, dass ich im September nicht hier war.« Cat bemühte sich um einen gelassenen Ton. Sie war inzwischen erwachsen, genau wie Stephanie, und ihre Schultage lagen lange hinter ihnen. »Gibt es irgendwelche anderen Optionen? Amy liebt Eishockey.«

»Nein.« Stephanie schenkte Cat ihr bestes Cheerleader-Lächeln. »Vorschriften sind Vorschriften.«

»Mom.« Amys Stimme war nicht mehr als ein gequältes Wimmern. »Es ist schon schlimm genug, dass du mich gezwungen hast, nach Vermont zu ziehen, aber wenn ich nicht Eishockey spielen kann, dann sterbe ich.«

Cats Herz hämmerte. Sie musste das hier regeln – und zwar schnell. »Schatz, wir werden eine Lösung finden, ich ...«

»Ich kann nicht zulassen, dass unter meiner Aufsicht ein Kind stirbt.« Die Stimme war tief, männlich und vertraut. »Hey, Cat.«

»Luc.« Cats Kopf schnellte hoch.

Neben ihr sog Amy hörbar die Luft ein.

Der Mann, der jetzt hinter Stephanie stand, schenkte ihnen beiden das gleiche lässige Lächeln, das Luc Simard Cat immer schon geschenkt hatte ... Ein Lächeln, das tausend Sportseiten geziert hatte. Auch sein Haar war noch immer wie früher, ein dunkles Goldbraun, wie Ahornsirup.

»Tolle Neuigkeit, das mit dem Forschungsstipendium. Ich hätte nie gedacht, dass wir noch miterleben würden, wie du wieder nach Firefly Lake kommst.«

Das hatte Cat auch nicht gedacht, aber verzweifelte Situationen erforderten nun mal verzweifelte Maßnahmen. Wenn alles so klappte, wie sie es geplant hatte, würde sie nicht dauerhaft hier leben müssen. Ihr Magen zog sich zusammen. »Das Leben hält manchmal Überraschungen bereit.«

»Das tut es mit Sicherheit.« Lucs Lächeln schwand, und seine blauen Augen trübten sich.

Cats Gesicht begann zu glühen. Mehr als irgend-

9

jemand sonst wusste Luc, wie man vom Leben aus der Kurve getragen werden konnte.

»Also, was ist das Problem?« Seine Stimme klang plötzlich bemüht sachlich.

»Ich ...« Cat schluckte.

»Das Problem«, warf Stephanie ein, »ist, dass Cat ihre Tochter zum Eishockey anmelden will. Ich habe ihr schon gesagt, dass wir kein Mädchen-Eishockey anbieten, und selbst wenn, wäre der Anmeldeschluss für jedes Kind über fünf im September gewesen.« Stephanies Stimme hatte den gleichen selbstgefälligen Ton wie in ihrem ersten Grundschuljahr, als sie Cat gesagt hatte, die ganze Klasse hätte ihren Schlüpfer gesehen. Sie warf Luc einen Blick zu, und ihre Miene erwärmte sich. »Es ist nichts, worüber du dir Sorgen machen musst, Süßer.«

Cat blinzelte. Stephanie hatte Vermonter und Quebec-Wurzeln, genau wie sie. Soweit sie sich erinnern konnte, hatte in dieser Gegend hier keiner unter siebzig je irgendjemand anderen »Süßer« genannt.

»Die Eishockeyplätze sind schnell ausgebucht.« Luc lehnte ein Bein gegen den Tresen. »Ich habe gehört, dass Amy eine gute Spielerin ist.« Sein Blick wanderte von Cat zu ihrer Tochter. »Deine Grandma hat mir viel von dir erzählt.«

»Wirklich?« Amys Augen weiteten sich.

»Absolut. Sie ist richtig stolz auf dich.« Er streckte eine Hand an Stephanies aufgedonnertem Haar vorbei und schnappte sich eine Handvoll Papiere vom Tresen.

»Die Mädchen hier interessieren sich eher für Eiskunstlauf, nicht für Eishockey, aber es gibt keinen Grund, weshalb ein Mädchen, das Eishockey spielen will, es nicht tun sollte. Da Amy eben erst zwölf geworden ist, kann sie, wenn du grünes Licht gibst, im Jungenteam spielen. Ein Kind mehr wird keinen Unterschied machen.«

»Aber ... aber ...«, stammelte Stephanie. »Hier steht ausdrücklich ›keine Ausnahmen‹.« Sie hielt eine blaue Mappe empor. »Dafür könnte ich gefeuert werden. Ich brauche diesen Job, und ...«

»Du wirst nicht gefeuert werden.« Lucs Blick schwenkte von Stephanie zu Cat und blieb auf ihr ruhen. Cats Atem beschleunigte sich. »Keine Ausnahmen, es sei denn, nach dem Ermessen des Coachs. Da Coach MacPherson von der Leiter gefallen ist, als er die Dekorationen für die Silvesterparty aufgehängt hat, und sich an drei Stellen das Bein gebrochen hat, vertrete ich ihn. Und in diesem Fall mache ich eine Ausnahme.« Er zog eine Augenbraue hoch, und sein Lächeln war süß und viel zu sexy, um angemessen zu sein.

»Mom?« Die Sehnsucht in Amys Stimme traf Cat wie ein Faustschlag in den Magen. »Bitte! Du hast versprochen, dass ich auf jeden Fall spielen kann, schon vergessen? Und es ist ja nicht so, dass es hier irgendetwas anderes für mich zu tun gäbe.« Ihr Gesicht war bleich, die Miene angespannt und von Verzweiflung gezeichnet.

Cat *hatte* es versprochen, und sie hatte Amy bereits dem einzigen Zuhause, an das sie sich erinnern konnte, ihrem Team und dem Eishockeyturnier entrissen. Sie holte einmal tief Luft. »Hier haben wir Familie und eine gute Schule für dich.« Cat musste Amy in schulischer Hinsicht wieder auf Kurs bringen. Und sie musste ihnen beiden eine bessere Chance geben, was Stabilität und finanzielle Sicherheit betraf.

»Schule ist für mich bloß Zeitverschwendung.« Amy starrte auf ihre Füße, aber nicht bevor Cat das Aufflackern von Unsicherheit und auch Angst in ihren hellblauen Augen bemerkte.

Ihr Magen verkrampfte sich erneut. Hatte sie für diesen Blick in Amys Augen gesorgt? »Ich nehme an, du kannst mit den Jungen spielen, zumindest vorläufig.« Sie presste die Worte hervor und sah zu Luc hoch. »Danke.« Ihre Wangen brannten. Luc war noch immer freundlich, und obwohl er seit Jahren kein wirklicher Teil ihres Lebens gewesen war, war er prompt wieder hineingeschlüpft, um sie zu unterstützen, so wie er es immer getan hatte.

»Mom!« Diesmal war Amys Stimme ein aufgeregtes Kreischen. Sie hüpfte auf und ab, und ihre Winterstiefel quietschten auf den zerkratzten Fliesen. »Du bist toll. Er ist toll. Das ist das Tollste, was mir je passiert ist. Ich verspreche dir, du wirst es nicht bereuen.«

Cat bereute es schon jetzt, aber sie konnte Amy nichts abschlagen, was sie derart glücklich machte und ihr außerdem helfen würde, sich wohlzufühlen.

»Da dort draußen eine ganze Menge Leute warten, um zu tun, was immer sie tun müssen, bevor wir schließen, mach bitte weiter und hilf ihnen. Ich kümmere mich um

Amys Anmeldung.« Er lächelte wieder, und Cats Herz setzte einen Takt aus, als er sich ihr nun ganz zuwandte.

Sie vergaß immer, wie groß er war und wie er jeden Raum, in dem er sich aufhielt, ausfüllte und ihm die Luft zu rauben schien – zumindest ihre Luft.

»Ich … du …« Stephanies Gesicht war mit roten Flecken übersät.

»Manchmal braucht jeder eine helfende Hand. Kein Mann und keine Frau ist eine Insel.« Lucs Augen, die das gleiche Blau aufwiesen wie sein Henley-Rundhalsshirt, bohrten sich in Cats. Das T-Shirt schmiegte sich an seine breite Brust und die kräftigen Unterarme und reichte bis unter den Hosenbund seiner Jeans, und Cat zwang sich, ihre Gedanken zu stoppen.

Ihre Hände kribbelten, während sich Wärme in ihr ausbreitete. Sie würde gar nicht erst damit anfangen. Mit niemandem, aber vor allem nicht mit Luc. Als Kleinkinder waren sie in dieselbe Spielgruppe und zu denselben Geburtstagspartys gegangen. Er hatte sie mit Kuchen im Gesicht und Eiscreme in den Haaren gesehen. Im letzten Highschooljahr war er ihr Laborpartner in Chemie gewesen, und er hatte in den vergangenen vier Monaten ihr altes Schlafzimmer im Haus ihrer Mom gemietet.

In all dieser Zeit hatte er sie nie wirklich angesehen, es sei denn, als Freundin der Familie. Das Kind mit der dicken Brille, das die fünfte Klasse übersprungen hatte und das in Sport so schlecht war, dass es immer als letztes in ein Team gewählt wurde, außer wenn er Mitleid hatte.

In ihrer Kleinstadtwelt war Luc ein Gott gewesen. Die Art Typ, der mit den hübschen, beliebten Mädchen ausging. Selbst wenn Cat die Art Frau für einen Mann wie ihn gewesen wäre, wäre es in so vieler Hinsicht falsch, Gefühle für ihn zu haben. Ihr Leben hatte sich seit der Highschool fast bis zur Unkenntlichkeit verändert, aber für so etwas hatte es sich nicht genug verändert.

Luc öffnete die Metallpforte, die den Empfangstresen vom Foyer der Arena trennte, und winkte Cat und Amy in den winzigen Raum, der als Trainerbüro diente. Schon vor Jim MacPhersons Unfall war das Eishockeyprogramm in einem chaotischen Zustand gewesen, daher würde ein Kind mehr wirklich keinen Unterschied machen. Aber selbst wenn, hätte es sich allein schon deshalb gelohnt, eine Ausnahme zu machen, um Cats Gesichtsausdruck zu sehen. Erleichterung, Dankbarkeit und noch etwas, das er nicht genau benennen wollte und das ein Gefühl in ihm wachrief, von dem er vergessen hatte, dass er es empfinden konnte.

Was Amy anging, so kannte er sich mit Kindern vielleicht nicht gut aus, aber ihre Sehnsucht war deutlich spürbar. Es war offensichtlich, dass sie das Eishockey fast ebenso sehr brauchte wie die Luft zum Atmen.

»Setzt euch«, sagte er und zeigte auf zwei Stühle vor dem Schreibtisch, der jetzt seiner war – zumindest bis zum Ende der Saison.

Cat stieß ihre Tochter an, die Luc noch immer anstarrte, als wäre ihm ein zweiter Kopf gewachsen.

»Du ... du wirst mich trainieren ...? Wie, echt jetzt? Das ...« Amy geriet ins Stocken.

»Aber sicher.« Luc schob einen Stapel Papiere und mehrere Anglerzeitschriften beiseite, um auf dem Schreibtisch des Coachs Platz für das Anmeldepaket zu schaffen. »Meinst du, du kommst damit klar?«

»Ja.« Amy beugte sich vor. »Du hast in der NHL gespielt. Du hast für Tampa gespielt und für Chicago und Vancouver und Winnipeg. Du warst im US-Olympiateam und bei der Weltmeisterschaft der Junioren, und du ...« Sie brach ab, als Cat sie mit einem Blick zum Schweigen brachte.

Luc hatte genug Narben, um all das zu beweisen – nicht nur körperliche, sondern auch solche, die nicht sichtbar waren. »Ich habe nach der letzten Saison aufgehört, daher bin ich jetzt nur ein normaler Coach.« Er nahm eine Plastikmappe von einem Stapel. »Wie wär's, wenn du dir ein paar der Spielerinformationen ansiehst, während ich mit deiner Mom rede? Da kannst du schon mal die Trikots sehen, und es gibt auch eine Menge Bilder von Spielen.«

Amy nickte begeistert und griff nach der Mappe, die er ihr hinhielt.

Luc nahm in dem ramponierten schwarzen Vinylsessel Platz und studierte die Frau ihm gegenüber. Cat hatte noch immer diesen ernsten Gesichtsausdruck, den sie schon als Kind gehabt hatte, und sie war auch nicht viel größer als damals, als sie in seine sechste Klasse gekommen war, fast zwei Jahre jünger, aber ein ganzes

Stück schlauer als alle anderen. Sie war ein süßes Mädchen gewesen, und er hatte auf sie aufgepasst, wenn er konnte. Allerdings hätte er nie damit gerechnet, dass sie einmal ein Kind haben würde, das Eishockey spielte. Es musste wohl etwas mit Amys Dad zu tun haben, einem Typen, der nie auf der Bildfläche erschienen war und den, was für Firefly Lake ungewöhnlich war, niemand je erwähnte.

Cat sah ihre Tochter an, und ihr Mund verzog sich zu einem Lächeln, in dem so viel Liebe lag, dass sich Lucs Herz zusammenzog.

Er räusperte sich. »Ich habe ein schlechtes Gewissen, dass du und Amy nicht bei deiner Mom im Harbor House wohnt. Dabei habe ihr schon mehrfach gesagt, dass ich mir etwas anderes zur Miete suchen kann, bis das Haus, das ich bauen lasse, fertig ist.«

»Ich bitte dich.« Cats Gesicht rötete sich, und sie steckte sich eine Strähne ihres blonden Haars hinter das Ohr.

Warum war ihm eigentlich nie aufgefallen, dass sie hübsche Ohren hatte?, fragte er sich.

»Selbst wenn du nicht dort wohnen würdest, bräuchten Amy und ich trotzdem unsere Privatsphäre. Außerdem würde es mir nicht im Traum einfallen, Pixie mit meinen Katzen zu behelligen.« Ihre Miene veränderte sich. Nicht unbedingt abwehrend, aber wachsam und mit einer Spur von Ängstlichkeit.

»Der kleine Hund hat bei deiner Mom zu Hause eindeutig das Sagen.« Ein unerwartetes Kribbeln durchfuhr ihn. Cat hatte auch ein hübsches Gesicht. Große blaue

Augen hinter einer fast unsichtbaren Brille, feine Züge und eine klassische ovale Gesichtsform. Warum war ihm auch das nie aufgefallen?

»Ich habe mein Apartment in Boston untervermietet und mir eine Wohnung über der Kunstgewerbegalerie in der Main Street genommen. Man ist mir beim Mietpreis sehr entgegengekommen, da ich im Gegenzug in der Galerie helfe. In den Wintermonaten ist nicht viel los, aber der Besitzer hat in nächster Zeit ein paar Einkaufsreisen geplant, daher braucht er jemanden, der sich um den Laden kümmert.« Sie warf wieder einen Blick auf ihre Tochter, und ihre Miene wurde etwas sanfter. »Wie ich immer zu Amy sage – letztendlich klappt alles irgendwie. Man darf nur den Glauben nicht verlieren.«

Cat war ganz offensichtlich jemand, für den das Glas immer halb voll war. So wie er selbst früher gewesen war, bevor er seine Frau und seine Hoffnungen und Träume zusammen mit ihr verloren hatte.

Luc nahm einen prall gefüllten Ordner aus der untersten Schreibtischschublade und richtete seine Gedanken wieder aufs Eishockey, wo sie hingehörten. »Hier drin ist der Trainingskalender, zusammen mit den Spielterminen und allen anderen Informationen, die ihr braucht. Der Dienstplan für die ehrenamtlichen Eltern ist bereits erstellt, aber wenn du willst ...«

»Nein.« Cats Stimme wies eine Spur Panik auf. »Ich bin eigentlich keine Eishockey-Mom. Ich helfe aus, wenn ich gebraucht werde, aber ...« Sie nahm den Ordner von ihm entgegen und legte ihn auf die klobige schwarze Tasche auf ihrem Schoß. »Ich will erst einmal Amy helfen, sich in ihrer neuen Schule einzugewöhnen. Es ist nicht leicht, unter dem Jahr zu wechseln.«

»Natürlich.« Lucs Herz hämmerte schmerzhaft. Seine Mom war eine tolle Eishockey-Mom gewesen. Genau wie es seine Frau gewesen wäre, wenn sie die Chance dazu gehabt hätte.

»Danke.« Cats Lächeln war süß und aufrichtig. Es hätte nicht sexy sein sollen, aber irgendwie war es das.

Luc legte die Fingerspitzen auf den Schreibtisch und befeuchtete seinen trockenen Mund mit der Zunge. Was Frauen betraf, war er auf unbestimmte Zeit vom Markt, und das aus eigener Entscheidung. Er sollte nicht Cats glatte blonde Haare betrachten und sich fragen, wie es sich anfühlen würde, sie durch seine Finger gleiten zu lassen. Und er sollte eindeutig nicht über ihre zierliche Figur unter dem dicken grauen Pullover und der gut ge- schnittenen schwarzen Jacke nachdenken. All den Frauen zum Trotz, die deutlich gemacht hatten, dass sie inter- essiert an dem wären, was er zu bieten hätte, hatte Luc gar nichts zu bieten. Sobald der Bautrupp im Frühjahr mit seinem neuen Haus fertig wäre, würde sein Leben – sein ganzes Leben – darin bestehen, Eishockey zu trai- nieren und an der Seite seines Dads und seiner Onkel in Simard's Molkerei zu arbeiten.

»Deine Mom ist schon ganz aufgeregt wegen der Hochzeit deines Bruders.« Angestrengt wechselte er das Thema. »Sie sagt, es ist so romantisch, dass Nick und Mia an Silvester heiraten.«

»Ja.« Cat lächelte, und verdammt, ihre sanft geschwungenen rosigen Lippen lenkten Lucs Gedanken prompt wieder dorthin, wo sie nichts verloren hatten. »Es ist toll, Mom so glücklich zu sehen, und Nick und Mia auch. Mit Mia fühlt es sich so an, als ob ich noch eine Schwester bekäme.«

»Nick war immer ein guter Freund.« Und das war erst recht ein Grund, weshalb Luc nicht so an Cat denken sollte, wie er es tat. Ein Typ machte sich nicht diese Art von Gedanken über die kleine Schwester seines Kumpels.

Luc riss sich vom Anblick von Cats Mund los, um auf das frostüberzogene Bürofenster zu starren. Die hohen Kiefern draußen waren weiß umrandet, und das offene Feld hinter der Arena ruhte unter einer Schneedecke, während es sanft zum Ufer des zugefrorenen Sees hin abfiel. In der Ferne ringelten sich Rauchschwaden aus den Schornsteinen der kleinen Stadt Firefly Lake, die eingebettet zwischen den dunkelgrünen Vermonter Hügeln lag.

Zuhause, Familie und Gemeinschaft. Alles, was Luc brauchte, um sein Leben wieder ins rechte Gleis zu bringen, gab es genau hier. Abgesehen von seiner Frau und dem professionellen Eishockey war das auch alles, was er je gewollt hatte.

»Das Trikot ist toll.« Amys aufgeregte Stimme holte ihn in die Gegenwart zurück. »Muss Mom irgendwelche Formulare ausfüllen und was bezahlen?«

»Ja, das muss sie.« Luc geriet ins Stocken.

»Während ich das erledige, wie wär's, wenn du in der Zwischenzeit hinaus zur Eisbahn gehst?« Cat kramte in ihrer Tasche und zückte einen zusammengefalteten Geldschein. »Du kannst dir eine heiße Schokolade kaufen und dem Eiskunstlauftraining zusehen.«

»Mom.« Amy verzog angewidert das Gesicht. »Eiskunstlauf ist was für Mädchen.«

»Meine Frau war Eiskunstläuferin, bevor sie zum Eishockey gewechselt hat.« Luc presste die Worte zwischen seinen Lippen hervor, die sich auf einmal wie betäubt anfühlten. Wenn es um Sport ging, war Maggie ebenso getrieben und wetteifernd gewesen wie er. Als sie gescheitert war, war er nicht bei ihr gewesen, damals, als sie ihn am dringendsten gebraucht hatte. »Meine Mom war auch Eiskunstläuferin. Du musst richtig gut in Form sein, um diese Figuren zu laufen. Und anders als beim Eishockey trägst du auch keine Ausrüstung, die dich bei Stürzen schützt.«

»Schon klar, aber du würdest mich trotzdem niemals in eines dieser Kostüme kriegen.« Amy schenkte ihm ein Grübchengrinsen. »Ich musste einmal für eine Schulaufführung Pailletten tragen. Einen so schlimmen Juckreiz hatte ich in meinem ganzen Leben noch nicht. Kannst du dir vorstellen, in einem dieser Kostüme Schlittschuh zu laufen?«

»Nein.« Die Kraft von Amys Lächeln hielt seine Erinnerungen in Schach, und Luc lächelte unwillkürlich zurück. »Geh schon, wir kommen gleich nach.«

»Okay.« Mit einem weiteren Grinsen nahm Amy den

Geldschein von Cat entgegen und steckte ihn in die Vordertasche ihrer Jeans.

Als Amy gegangen war und die Bürotür hinter sich geschlossen hatte, wandte sich Luc wieder zu Cat um. Das Mitgefühl in ihren Augen war nicht zu übersehen.

»Es muss schwer für dich sein, über deine Frau zu reden. Amy ist noch ein Kind, daher denkt sie nicht nach, bevor sie spricht.«

»Das Leben geht weiter.« Seine Stimme stockte wieder. Für alle anderen ging es vielleicht weiter, aber sein Leben hatte vor zwei Jahren aufgehört. Obwohl er den Schein wahrte und tat, was seine Familie und alle anderen von ihm erwarteten, fühlte er sich, als wäre der größte Teil von ihm betäubt. Bis heute hatte ihm diese Betäubtheit nichts ausgemacht. Bis Cat sie mit ihren großen blauen Augen und einem Lächeln, das wie eine warme Umarmung an einem kalten Tag war, durchdrungen hatte. Er räusperte sich. »Was ist los?«

»Nichts... ich...« Sie spielte mit dem Riemen ihrer Tasche. »Bis mein Stipendiumsgeld nach Neujahr eingeht, bin ich ein bisschen knapp bei Kasse. Amy braucht neue Schlittschuhe, und mit unserem Umzug, den Feiertagen und der Hochzeit und allem habe ich mich gefragt... Kann ich irgendwo ein gebrauchtes Paar kaufen?«

Lucs Kehle schnürte sich zu, während Schuldgefühle ihn zwickten. Wenn sie so knapp bei Kasse war, sollten Cat und Amy mietfrei im Harbor House wohnen. Aber das taten sie nicht, und er konnte das Gefühl nicht abschütteln, dass es irgendetwas mit ihm zu tun hatte.

»Len's Eisenwarenhandlung in der Main verkauft gebrauchte Ausrüstung, aber sie geht immer schnell weg.« Obwohl es den Leuten in Firefly Lake nicht an Geld mangelte, waren sie knauserige Neuengländer, die ein Schnäppchen auf zwanzig Schritte riechen konnten.

»Oh.« Sie zückte ihr Scheckbuch. »Dann wird Amy eben warten müssen ...«

»Augenblick.« Er stand auf und kam um den Schreibtisch, um sich neben ihr auf den freien Stuhl zu setzen. »Die Anmeldegebühr fürs Eishockey kann warten. Steck das Geld stattdessen lieber in neue Schlittschuhe. Die gibt's auch bei Len, und er räumt Kindern aus dem Ort einen Rabatt ein. Zeig ihm Amys Unterlagen, damit er sieht, dass sie dazu berechtigt ist.« In der Zwischenzeit würde er die Anmeldegebühr mit dem Manager der Arena regeln. Cat würde es nie erfahren müssen.

»Wirklich?« Ihre Wangen röteten sich. »Das wäre toll. Ich will meine Mom oder Nick nicht um Geld bitten. Sie würden mir beide aushelfen, keine Frage, aber ...« Sie umklammerte ihre Tasche und rutschte auf dem Stuhl herum.

Luc spürte einen Stich im Herzen. Es war ihr peinlich, ihre Familie um Hilfe zu bitten, genau wie es ihm bei seiner Familie peinlich gewesen wäre. Nur dass das wohl nie ein Thema sein würde, da er mehr Geld besaß, als er in seinem ganzen Leben je ausgeben könnte. Geld, um die Erweiterung der Molkerei zu finanzieren, von der sein Dad seit Jahren geredet hatte, und um seine Eltern auf die Kreuzfahrt zu schicken, von der sie immer geträumt hatten, die sie sich aber nie hatten leisten können wegen der Kosten, vier Kinder großzuziehen und die meisten von ihnen durchs College zu bringen. Er konnte Geld für alles ausgeben, nur nicht für das, was ihm am wichtigsten war, nämlich seine Frau und sein Kind, so wie er es geplant hatte.

»Bezahl die Anmeldegebühr, wenn dein Stipendiumsgeld eingegangen ist.« Er lächelte schief. »Ich weiß, dass du kreditwürdig bist.«

»Danke, ich ...« Cats Stimme brach, und sie nahm eine Hand von ihrer Tasche, um sich damit übers Gesicht zu reiben. »Eishockey bedeutet Amy alles. Ich will, dass sie spielen kann, aber im Moment wächst sie einfach so schnell.«

»Eishockey ist ein teurer Sport.« Er legte ihr einen Arm um die Schultern und drückte sie leicht. Auf dieselbe freundliche Art, auf die er sie damals auf der Highschool immer gedrückt hatte, wenn sie ihn in Chemie mal wieder gerettet hatte. Aber bis heute hatten seine Finger nie gekribbelt, wenn er Cat berührte. Und sein Körper hatte sich auch noch nie erhitzt wie in diesem Augenblick.

Cat zuckte zusammen und wich im selben Moment zurück wie er. »Eishockey kann auch ein gefährlicher Sport sein, und jetzt wird Amy mit Jungen spielen. Sie hat nicht mehr mit Jungen gespielt, seit sie sieben war. Sie könnte verletzt werden.«

So wie Luc eine Verletzung davongetragen hatte, so schlimm, dass es seine Karriere beendet hatte. »Amy spielt Jugend-Eishockey. In ihrem Alter darf es keine

Bodychecks geben.« Er bemühte sich um einen beschwichtigenden Ton. »Ich verspreche dir, ich werde sie gut im Auge behalten.« Das war sein Job als ihr Coach, und er würde das Gleiche für jedes Kind tun. Es hatte nichts mit der seltsamen und unerwarteten Anziehung zu tun, welche er auf einmal dieser Frau gegenüber verspürte, die er sein Leben lang gekannt und bis heute nie wirklich angesehen hatte.

Eine Frau, die nicht Maggie war. Lucs Magen verkrampfte sich zu einem Klumpen aus Schuldgefühlen und Trauer, fest zusammengeschnürt von einem vagen Band der Untreue. Maggie würde nie mehr wiederkommen, aber das hieß nicht, dass Luc sie vergessen konnte. Oder dass er es wollte.

Kapitel
2

Cat drückte die glockenförmige Ausstechform in den ausgerollten Teig und rief sich in Erinnerung, zu atmen. Es war erst ihr dritter Tag in Firefly Lake. Sobald Nicks und Mias Hochzeit vorbei wäre und sie und Amy sich ein bisschen mehr eingelebt hätten, würde das Leben normal weitergehen. Auch wenn es eine neue Version von normal sein würde.

»Wer hätte gedacht, dass wir das Jahr mit einer Hochzeit beschließen würden?« Von dem geschrubbten Kieferntisch in der geräumigen Landhausküche im Harbor House aus gestikulierte ihre Mom mit einem Holzlöffel. »Ich kann mich nicht erinnern, wann ich das letzte Mal so aufgeregt war. Wann ist meine ganze Familie je zu Silvester hier zusammengekommen?«

»Ich weiß nicht.« Cat tauschte die Glocke gegen eine Ausstechform in Gestalt eines Brautkleids. »Als ich ein Kind war, vielleicht.« Bevor ihr Dad gegangen und nicht mehr zurückgekommen war. Ihre Brust schnürte sich zu. Sobald sie mit diesem letzten Blech Kekse fertig war, konnte sie vor der Hochzeitsprobe für ein paar Stunden nach Hause fahren. In ihrer eigenen kleinen Wohnung würde sie sich trotz der Kartons, die sich noch immer überall stapelten, nicht mehr so nervös fühlen, gefangen in einem Strudel von Erinnerungen, die ebenso unerbittlich waren wie die Mücken in einem Vermonter Sommer.

»Was, wenn deine Tante vergisst, die Halskette mitzubringen?« Ihre Mom blickte sie aus ihren blauen Augen besorgt an. »Es ist ja nicht so, dass sie genug Zeit hätte, um in letzter Minute noch einmal den ganzen Weg nach Montreal zurückzufahren und sie zu holen.«

»Du hast ihr heute Morgen schon zweimal eine Nachricht geschickt, aber wenn du willst, könnten Amy und ich sie an der kanadischen Grenze treffen, um sicherzustellen, dass sie die Kette dabeihat.« Und wenn sie auf der Straße nach Norden fuhr, könnte Cat für ein paar Stunden versuchen, so zu tun, als lägen ihre Probleme weit hinter ihr. Aber auch wenn Firefly Lake sie seit ihrer Rückkehr an Dinge erinnerte, die zu vergessen sie sich geschworen hatte, waren diese in ihrem Leben verwurzelt und nicht in der Geografie. Egal, wie weit oder wie lange sie fuhr, sie konnte ihnen nicht entkommen.

Das Lachen ihrer Mom perlte hervor. »Du warst schon immer mein hilfsbereites Mädchen.« Sie stellte sich zu Cat neben das hölzerne Nudelbrett, das ein Onkel viele Generationen zuvor geschnitzt hatte. »Ich will, dass für Nick und Mia alles perfekt ist. Jede Braut in meiner Familie hat diese Perlenkette getragen, seit den Tagen deiner Urgroßmutter.«

»Die Hochzeit *wird* perfekt sein, und Mia wird wunderschön aussehen, mit oder ohne die Halskette.« Cat legte einen Arm um die zarten Schultern ihrer Mom. »Wenn es nach Nick ginge, könnte Mia auch ein T-Shirt und eine Yogahose zur Hochzeit tragen.«

Ihre Mom lachte wieder. »Gott sei Dank hat Mia mehr Verstand. Sie ist wie eine Tochter für mich, und ich konnte bis jetzt noch nie helfen, eine Hochzeit für eines von euch Kindern zu planen.« Ihre Mom fuhr sich mit einer Hand an den Mund. »Entschuldige. Nicht dass du ... Du weißt, was ich meine.«

»Schon gut. Heiraten ist nichts für mich, aber für Nick schon.« Und Cat würde für ihren großen Bruder da sein, so wie er immer für sie da gewesen war. »Vielleicht wird Georgia ja eines Tages sesshaft werden und dir die Gelegenheit geben, eine Brautmutter zu sein.«

Die Miene ihrer Mom war ironisch. »Ich bezweifle, dass deine Schwester je sesshaft werden oder irgendetwas so Konventionelles tun wird wie heiraten, aber deinen Bruder so glücklich zu sehen, das ist ein wahr gewordener Traum. Genau wie dich und Amy in Firefly Lake zu haben, auch wenn ich noch immer nicht verstehe, warum ihr zwei nicht hier bei mir wohnen könnt, wenigstens bis ihr Fuß gefasst habt. Selbst wenn Georgia eine Weile bleibt, ist dieses Haus mehr als groß genug für euch alle. Ward geht so viel auf Reisen, dass er nie länger als für ein paar Wochen am Stück hier ist. Und Luc ist so still, dass man es kaum merkt, wenn er da ist.«

Cat biss sich auf die Unterlippe und bestäubte das Nudelbrett mit Mehl. Sie mochte Ward, den Partner ihrer Mom, aber es wäre trotzdem seltsam, unter einem Dach mit ihm zu wohnen. Und was Luc betraf, täuschte sich ihre Mutter. Dank dieses extrem ausgeprägten Bewusstseins, das sie im Hinblick auf ihn immer gehabt hatte, würde sie genau wissen, wo er war. Als Amys Coach würde sie ihn ohnehin viel zu oft sehen. Sie musste ihm nicht auch noch über den Weg laufen, wenn sie sich die Zähne putzen ging oder sich eine Tasse Tee machte.

»Es hat nichts mit dir, Ward oder Luc zu tun. Amy und ich brauchen unser eigenes Zuhause, das ist alles. Außerdem muss ich einen Ort haben, an dem ich in Ruhe arbeiten kann.« Sie umklammerte das Nudelholz, um das Zittern ihrer Hände zu unterdrücken. Sie war eine erwachsene Frau. Auch wenn sie ihre Mom liebte und sie nicht enttäuschen wollte, würde ein Teil von ihr, wenn sie zurück ins Harbor House zöge, vielleicht wieder zu diesem kleinen Mädchen werden, dessen Existenz sie so mühsam hinter sich gelassen hatte.

»Verstehe.« Ihre Mom schenkte ihr ein trauriges Lächeln, bevor sie das Blech mit den Keksen, die Cat ausgestochen hatte, in den Ofen schob. »Bist du sicher, dass Amy keine kleine Brautjungfer sein will? Sie würde so entzückend aussehen in einem dieser rosa Kleider, die Mia für ihre Mädchen ausgewählt hat.« Ihre Stimme hellte sich auf. »Mia hat auch eines in Amys Größe bestellt, für den Fall, dass sie es sich anders überlegt.«

Cat schluckte einen Seufzer hinunter. »Amy ist glücklich damit, für das Gästebuch zuständig zu sein. Es wäre ein Kampf, sie in irgendein Kleid zu stecken, es sei denn, da wäre ein Eishockeytrikot eingearbeitet.« Wenn sie Amy doch nur besser verstehen würde, dann könnte sie ihr helfen, aber das tat sie nicht, und die meiste Zeit beruhte ihre Erziehung auf Versuch und Irrtum. Bis sie herausgefunden hatte, was Amy brauchte, war ihre Tochter bereits beim nächsten Punkt, und Cat stand vor einer neuen Herausforderung.

»Mädchen in Amys Alter müssen eigene Entscheidungen treffen können. Das gibt ihnen Selbstvertrauen. So habe ich jedenfalls versucht, dich und deine Schwester zu erziehen«, sagte ihre Mom zögernd.

»Du warst eine tolle Mutter. Das bist du noch immer. Ich sollte dir das öfter sagen …« Cat hielt inne. Auch wenn es ihrer Mom jetzt gut ging, hatte ihre Krebsdiagnose sie alle bis ins Mark erschüttert und die Familie zu einem neuen Muster zusammengefügt. Zu einem besseren, denn selbst wenn Cat noch immer schmerzlich bewusst war, was sie hätte verlieren können, redeten sie und ihr Bruder und ihre Schwester zum ersten Mal seit Jahren richtig miteinander und auch mit ihrer Mom.

»Du hast noch viele Jahre Zeit, um es mir zu sagen.« Die Augen ihrer Mutter funkelten unter ihrem sanft gewellten silbergrauen Haar, das inzwischen wieder bis zu den Augenbrauen reichte. »Ich werde deine Tante anrufen. Josette war schon immer so zerstreut. Wenn sie diese Halskette nicht in ihre Handtasche steckt, während ich mit ihr rede, werde ich dich auf jeden Fall zur Grenze schicken.«

Nachdem sich die Küchentür mit einem sanften Geräusch hinter ihrer Mutter geschlossen hatte, sah Cat aus dem Fenster über dem Tresen in das winterliche Wunderland hinaus. Über Nacht hatte es wieder geschneit, und die Bäume in der Nähe des Hauses waren in Weiß gehüllt, wie ein Quartett statuenhafter Bräute. Sie fröstelte und wandte sich wieder dem Herd zu, um nach der Temperatur zu sehen. Sie kam damit klar, für eine kleine Weile wieder in Firefly Lake zu leben. Und egal, wie lange es dauern würde, sie war auch Amy und ihrer Mom zuliebe hier.

Die Hintertür ging auf, und frostige Luft wirbelte in die Küche. »Gabrielle? Ich war eben draußen bei der Baumschule und habe die Fichtenkränze für die Kirchentüren besorgt. Ich habe sie auf der Veranda gelassen, bis … Oh, Cat.« Lucs Wangen waren gerötet von der Kälte, und er trat die verschneiten Stiefel auf der Fußmatte hinter der Tür ab.

»Mom telefoniert gerade. Sie müsste bald zurück sein.« Die Herduhr piepste, und Cat schnappte sich ein Paar Ofenhandschuhe. »Amy ist mit Pixie Gassi gegangen, und Nick ist in Burlington, um Georgia vom Flughafen abzuholen.«

Zu viel Information. Georgia, das Nesthäkchen der Familie, war das Plappermaul, während Cat immer das stille mittlere Kind gewesen war. Sie machte den Mund rasch zu, dann öffnete sie die Ofentür und bückte sich, um das Keksblech herauszunehmen und ihr Gesicht zu verbergen.

Luc zog die Stiefel aus und hängte seinen Parka über einen Küchenstuhl, bevor er auf Socken durch die Küche auf sie zuschlurfte. »Hier drinnen riecht es jedenfalls gut.«

Cats Magen schlug einen Purzelbaum, und sie hantierte mit den Keksen herum. Eine Hochzeitsglocke rutschte herunter und landete auf dem gefliesten Boden.

»Hoppla.« Luc hob den Keks rasch auf und steckte ihn sich in den Mund. »Fünf-Sekunden-Regel.«

»Die Kekse sind für die Party nach der Hochzeitsprobe gedacht.« Cat schob ein paar Abkühlgitter beiseite, um Platz zu schaffen.

»Oh, entschuldige.« Luc schenkte ihr ein Lächeln, das ein bisschen zu reumütig und viel zu liebenswert war. Das gleiche Lächeln, das er ihr vor all den Jahren geschenkt hatte, als er sich in der Spielgruppe auf ihr Glücksbärchi gesetzt hatte. Das rosa Hurrabärchi, das sie überallhin begleitet und ihr geholfen hatte, immer alles positiv zu sehen, egal was.

»Ein Jammer, dass deine Eltern nicht da sind.« Sie nahm mit einem Pfannenwender Kekse vom Blech und widmete der schlichten Aufgabe mehr Konzentration, als sie erforderte.

»Ja, ganz schön rücksichtslos von meiner Schwester, mitten in den Feiertagen ein Kind zu kriegen, stimmt's?« Sein Lachen dröhnte, bevor er wieder ernst wurde. »Mom bedauert es, die Hochzeit zu verpassen, aber mit ihrem ersten Enkelkind kann einfach nichts konkurrieren. Sie und Dad saßen schon im Flugzeug nach San

Francisco, kaum dass bei meiner Schwester die Wehen einsetzten. Mom sehnt sich seit Jahren danach, Großmutter zu werden.«

»Das habe ich gehört.« So wie Cats Mom sich danach sehnte, noch mehr Enkelkinder zu haben. Doch Cat war nicht in der Lage, sie ihr zu schenken. Ihr Herz krampfte sich zusammen, während sie den letzten Keks auf das Abkühlgitter legte, bereit, sich zu all den anderen Leckereien zu gesellen, die ihre Mom und Mia, ihre künftige Schwägerin, seit Tagen gebacken hatten. Nicht nur Zuckerplätzchen, sondern auch Haferkekse, Brownies, schottisches Shortbread und ihre Lieblings-Ahornriegel nach dem Rezept ihrer Mémère aus Quebec.

»Es muss hart sein, eine alleinerziehende Mutter zu sein.« Luc nahm eine schmutzige Rührschüssel und wusch sie in der Spüle aus.

»Ich kenne es nicht anders.« Cat zuckte, wie sie hoffte, lässig die Schultern. »Ich hatte mit meiner Mom ein gutes Beispiel.« Und wie Gabrielle hatte auch sie das Beste aus der Situation gemacht, weil sie keine andere Wahl gehabt hatte.

»Trotzdem, wie du dein Studium und diese ganzen Abschlüsse und Amys Erziehung unter einen Hut gekriegt hast, kann nicht leicht gewesen sein.« Er drehte den Wasserhahn zu und räumte die Spülmaschine ein. »Ich möchte wetten, du bist die Erste von unserer Highschool, die einen Ph.D. gemacht hat, und dann auch noch von Harvard. Das ist ein Riesending.«

Nur dass Bücher immer Cats Flucht vor der Wirklichkeit gewesen waren. Im Gegensatz zu Menschen waren Bücher sicher, und vielleicht hatte sie deshalb Geschichte studiert, weil alles bereits geschehen war und sich nicht mehr ändern ließ. Und es konnte sie auch nicht verletzen.

Sie setzte ein Lächeln auf. »Bist du nicht der Erste von Firefly Lake, der es als Profisportler geschafft hat? Das ist doch auch ein Riesending.« Amy konnte nicht aufhören, davon zu reden, dass Luc sie trainieren würde, ein Spieler, der im Olympia-Eishockeyteam gewesen war – genau das, wovon ihre Tochter träumte.

»Alles, was ich je getan habe, war, einen Puck über eine Eisfläche zu schießen.« Lucs Arm streifte ihre Seite, als er sich von der Spülmaschine entfernte, und ein Hitzeschwall durchzuckte Cats Körper. »Nicht so wie du. Du unterrichtest, und du schreibst über wichtige Dinge und wichtige Leute. Ich möchte wetten, du weißt mehr über die Geschichte der Vermonter Frauen als irgendjemand sonst. Das ist unsere Geschichte, die meiner Familie und deiner.«

»Du hast diesen Zeitungsartikel gelesen, stimmt's?«

»Er war schwer zu übersehen.« Luc schenkte ihr wieder dieses Lächeln, das ihre Eingeweide in Pudding verwandelte und sie alles Wissenschaftliche vergessen ließ. »Vor allem, da deine Mom ihn ausgeschnitten und eingerahmt hat. Hast du ihn nicht auf dem Kaminsims im Wohnzimmer gesehen?«

Cat schüttelte den Kopf. »Ich bin durch die Hintertür hereingekommen.«

Der Artikel hatte eine halbe Seite im *Kincaid Examiner* eingenommen, der Zeitung aus der Stadt zwanzig Meilen weiter, die auch über das Neueste aus Firefly Lake berichtete. Besagter Artikel erwähnte nicht nur das Forschungsstipendium und so ziemlich alles, was Cat seit der ersten Klasse je in der Schule getan hatte, sondern brachte auch ein Foto von ihr in ihrem akademischen Talar, als sie ihren Ph.D. verliehen bekommen hatte. Warum hatte ihre Mom ausgerechnet dieses Foto mit dem Reporter geteilt? Das Einzige, was Luc und alle anderen sehen würden, war, dass Cat McGuire noch immer das Superhirn war, das sie schon immer gewesen war – und noch immer das Mädchen, das hier nicht dazugehörte.

»Deine Mom ist stolz auf dich. Und was deinen Job angeht, so kannst du dich glücklich schätzen. Du kannst ihn ausüben, solange du willst.« Sein Lächeln schwand.

Das könnte sie, wenn sie nur endlich etwas Festes finden würde und nicht ständig auf befristete Verträge angewiesen wäre. »Ich nehme es an.«

Aber aus Lucs Perspektive konnte sie sich tatsächlich glücklich schätzen. Ihr Job war ruhig und sicher. Wenn sie nicht unterrichtete, verbrachte sie ihr Leben in Bibliotheken und Archiven. Ein missglücktes Buch würde ihre Karriere nicht so beenden, wie ein dreckiges Foul seine beendet hatte. Trotzdem, Festanstellungen an einer Universität für Leute mit einem geisteswissenschaftlichen Ph.D. waren heutzutage so selten wie NHL-Spieler über fünfunddreißig. Vielleicht hatten sie und Luc doch mehr gemeinsam, als sie dachte.

»Es muss hart sein, in dieser Saison nicht in der Liga zu spielen.« Sie nahm die leeren Keksbleche, die er ihr hinhielt, wobei sie achtgab, dass ihre Finger seine nicht streiften.

»So ist eben das Leben.« Er riss ein paar Küchentücher von der Rolle und wischte den Tresen ab, wobei er ihrem Blick auswich. »Selbst wenn ich mir die Schulter nicht ruiniert hätte, hätte ich im nächsten Jahr oder so ohnehin aufhören müssen. Es ist Zeit, dass ich in der Molkerei mithelfe. Mom und Dad haben für meine Eishockeykarriere viele Opfer erbracht, und sie werden nicht jünger. Sie sind froh, dass sie mich wiederhaben. Ich verbringe diesen Winter damit, das Geschäft zu lernen.«

»Ich bin sicher, du wirst deine Sache gut machen.« Luc machte alles gut. Er war nicht nur ein spitzenmäßiger Sportler, er war auch ein guter Student und Jahrgangssprecher gewesen und jedermanns Freund. Die Art Allrounder, den Frauen – und College-Zulassungskommissionen – liebten.

Sie schluckte schwer und stellte das letzte Keksblech in die Spülmaschine. Sie hatte haufenweise akademische Fähigkeiten erworben und Erziehungstricks gelernt, weil sie es musste. Aber was die Beziehungsfähigkeit anging, stand sie noch immer bei null – eine Eigenschaft, an der sich in absehbarer Zeit vermutlich nichts ändern würde.

Die Hälfte der Leute unterhielt sich auf Französisch, und Amys Mom, die bei ihrer Grandma und einer winzigen grauhaarigen Frau stand, die sie Tante Josette nennen sollte, plapperte fröhlich mit ihnen.

Amy schlich um den Büfetttisch und aus dem großen Esszimmer im Harbor House, einen mit Essen beladenen Teller in der einen Hand und eine Dose Limonade in der anderen. Wenn sie es durchs Wohnzimmer und in den kleinen Alkoven mit dem Fernseher schaffte, könnte sie noch das Ende des Pittsburgh-Edmonton-Spiels mitkriegen.

»Amy?« Ihre Tante Mia, die am nächsten Tag ihren Onkel Nick heiraten würde, hielt sie neben dem Klavier auf. »Wohin willst du denn ganz allein?«

»Ich suche mir einen Platz zum Essen.« Amy versuchte, eine unschuldige Miene aufzusetzen. Ihre Mom hatte sie gebeten, sich zu bemühen, aber wie konnte man von ihr erwarten, mit Leuten zu reden, die sich nicht einmal die Mühe machten, Englisch zu sprechen? »Das Esszimmer ist brechend voll.«

»Mit vielen Verwandten, die du eben erst kennengelernt hast und von denen die meisten eine Sprache sprechen, die du nicht verstehst.« Mia lächelte. Ihre neue Tante war nicht nur hinreißend, sie war auch freundlich, und Amy liebte sie schon jetzt. »Wie wär's, wenn du dich dort zu Kylie setzt?« Sie wies mit einer Handbewegung zu dem Alkoven, den Amy angesteuert hatte. »Nach der Hochzeitsprobe brauchte sie auch eine Pause.«

Mit einem dankbaren Blick auf ihre Tante schlüpfte

Amy in den kleinen Raum und hockte sich auf ein Ende des Sofas. Kylie, Onkel Nicks und Tante Mias Pflegetochter, hatte sich am anderen Ende ausgestreckt und spielte ein Spiel auf ihrem Tablet.

»Hey.« Kylie zeigte auf einen Teller, der mit Brownies und einer Auswahl von Keksen beladen war. »Greif zu. Ich habe einen Vorrat geholt.«

»Danke.« Bis heute war Amy Kylie erst ein einziges Mal begegnet, aber sie mochte sie. Kylie hatte zu der Hochzeitsprobe Jeans und einen Pullover getragen – normale Alltagskleidung. Ihre blonden Haare waren zu einem unordentlichen Pferdeschwanz nach hinten gebunden, und es waren ganz normale Haare. Und wenn die im Zimmer verstreuten Teller irgendein Hinweis waren, aß sie auch wie ein normales Mädchen.

»Kannst du Französisch?« Kylie legte ihr Tablet beiseite und steckte sich einen Brownie in den Mund.

»Nein.« Englisch richtig hinzukriegen, war schon herausfordernd genug.

»Ich auch nicht.« Kylie schluckte einen Bissen hinunter. »Ich muss dieses Jahr in der Schule Spanisch lernen, und wozu?« Sie verdrehte die Augen.

Amy begann zu lächeln, dann brach sie ab. Ihre Mom konnte Englisch und Französisch und wollte nur zum Spaß Italienisch lernen. Sie sagte immer, dass es wichtig sei, andere Sprachen zu kennen, um fremde Kulturen zu verstehen. Amy hätte ihr ja recht gegeben, wenn Sprachen – und alles außer Eishockey – für sie nicht so schwer zu lernen wären.

»Ich weiß.« Kylie grinste, und ihre grünen Augen funkelten. »Mia und mein Dad wären sauer, wenn sie mich das sagen hören würden, aber eine Fremdsprache zu lernen, ist in Firefly Lake genauso sinnlos wie Geometrie. Und Geometrie ist überall sinnlos, es sei denn, man ist ein Mathegenie.«

Amy mochte dieses Mädchen immer mehr. »Dein Dad … Du meinst, mein Onkel Nick?«

»Er ist der einzige Dad, den ich kenne. Ich habe ihn irgendwie adoptiert.« Kylie wühlte in der Tasche ihrer Jeans nach einem Päckchen Kaugummi und hielt es ihr hin. »Im Gegensatz zu Mia hat er keine anderen Kinder. Und da ich nie einen Dad hatte, klappt das toll.«

Amy nahm einen Streifen Kaugummi und legte ihn neben ihrem Teller ab. »Ich habe auch keinen Dad.« Sie hatte nur ein einziges verschwommenes Foto von ihm gesehen, daher zählte das nicht. Sie hatte auf keine der Arten, auf die es ankam, einen Dad.

»Das nervt.« Kylie tätschelte unsanft Amys Arm. »Willst du denn einen Dad haben?«

»Ich weiß nicht.« Ihre Mom und sie waren immer nur zu zweit gewesen, aber in letzter Zeit fühlte es sich so an, als ob irgendetwas fehlte. Doch Amy konnte nichts vermissen, was sie nie gehabt hatte, oder?

»Auch wenn er noch immer dabei ist zu lernen, wie es geht, ist Nick ein toller Dad.« Kylie beugte sich vor. »Da er und Mia keine eigenen Kinder haben werden, werde ich immer das einzige Kind sein, das nur seines ist. Er sagt, das macht mich zu etwas ganz Besonderem. Ich möchte wetten, jetzt, wo du in Firefly Lake lebst, wird er für dich auch zu irgendwelchen Sachen in der Schule kommen. Das kann er gut.«

Amys Brust schnürte sich zu. Nick war auch ein toller Onkel, und egal wie beschäftigt er mit seinem Job als Anwalt war, er rief sie trotzdem alle paar Wochen an und dachte an ihren Geburtstag. Wenn er geschäftlich in Boston zu tun gehabt hatte, war er mit ihr jedes Mal zu einem Eishockeyspiel, ins Kino oder einen Burger essen gegangen. Aber ab morgen um diese Zeit würde er seine eigene Familie haben – Mia und ihre beiden Töchter und Kylie.

Ihre Mom sagte vielleicht, dass Amy keinen Dad brauchte oder dass kein Dad besser war als ein schlechter, aber Amy sah das anders. Vieles von dem, was sie als Mensch ausmachte, hatte sie von diesem Dad, der gestorben war, bevor ihre Mom ihm hatte sagen können, dass sie schwanger war. Da sie ihn nicht wiederhaben konnte, musste sie vielleicht jemand anders finden, so wie Kylie es getan hatte.

Sie stach mit ihrer Gabel in den Nudelsalat, den ihre Mom eigens für die Party zubereitet hatte. Es war Amys Lieblingssalat, und ihre Mom hatte nicht sehr oft Zeit, ihn zu machen. »Als du gesagt hast, du hättest Nick adoptiert, was genau hast du damit gemeint?«

Wenn Amy es herausfand, vielleicht könnte sie das Gleiche tun. Und ihr schwebte auch schon der perfekte Typ vor. Coach Luc wäre sogar noch besser als Onkel Nick, zumindest für sie.

Kapitel
3

Vor vierzehn Jahren hatte Luc genau das gleiche Gelübde gesprochen, das Nick und Mia einander vorhin gegeben hatten, und er hatte jedes Wort davon ernst gemeint. Aber der Tod hatte ihn und Maggie viel früher auseinandergerissen, als sie beide es sich je hätten vorstellen können.

Er nahm einen großen Schluck von seinem Bier und suchte den Ballsaal im Inn on the Lake ab, dem viktorianischen Hotel außerhalb der Stadt am Rande des Firefly Lake. Eine Kette mit funkelnden weißen Lichtern war von einer Seite des Saals zur anderen gespannt, und eine große, weiß und silbern geschmückte Fichte stand wie ein Wachposten am Kopfende der Tafel. Nick und Mia hatten vor einer halben Stunde vor diesem Baum ihre Hochzeitstorte angeschnitten. Sobald sie gingen, würde er auch gehen können – und die Erinnerungen, die ihn den ganzen Tag über heimgesucht hatten, wieder dorthin verbannen, wo sie hingehörten.

»Du siehst aus, als ob du dir irgendetwas eingefangen hättest.« Liz Carmichael, eine ältere Freundin der

Familie mit einem näselnden Vermonter Trällern und blondiertem, zu einem komplizierten Twist hochgestecktem Haar, die im North Woods Diner arbeitete, rutschte auf den freien Stuhl neben seinem. Sie beäugte stirnrunzelnd sein ungegessenes Stück Torte. »Ich fand ja schon in der Kirche, dass du ein bisschen angeschlagen wirkst, und jetzt siehst du noch schlechter aus. Deine Haut ist richtig teigig. Ich hätte deiner Mutter ja eine Nachricht geschickt, aber Chantal ist so aufgeregt wegen des Babys deiner Schwester, dass ich sie nicht beunruhigen wollte.«

»Es geht mir gut.« Luc versuchte zu lächeln. »Ich bin nur müde. Mit der Molkerei und dem Eishockeytraining habe ich einfach viel um die Ohren.«

Liz bedeckte seine kalte Hand mit ihrer warmen. »Diese Hochzeit muss dich an deine Maggie erinnern. Wie ich damals zu deiner Mom gesagt habe, war Maggie die entzückendste Braut, die ich je gesehen hatte, und ihr zwei wart so glücklich. Mit diesem Mädchen hattest du genau die Richtige gefunden. Es war eine echte Tragödie, was passiert ist.«

»Ja, das war es.« Auf einmal fiel Luc das Atmen schwer.

»Trotzdem, weder Maggie noch deine Mutter würden wollen, dass du hier sitzt und Trübsal bläst.« Liz drückte tröstend seine Hand.

»Ich blase nicht Trübsal.« Das war, was kleine Kinder taten. Er war ein fünfunddreißigjähriger Mann, der sein Bestes tat, um im Leben nach vorn zu blicken.

»Warum hast du denn dann deine Torte nicht gegessen?« Liz' braune Augen blickten freundlich. »Dein Hauptgericht hast du auch kaum angerührt, und deine Eltern haben dich nicht dazu erzogen, gutes Essen verkommen zu lassen.«

Luc stieß einen flachen Atemzug aus. Er mochte Liz, und abgesehen von seiner Familie kannte sie ihn ungefähr genauso gut wie jeder andere. Aber einer der Nachteile davon, in der Kleinstadt zu leben, in der man aufgewachsen war, bestand darin, dass die Leute ein gutes Gedächtnis hatten und nicht zögerten, sich um einen zu kümmern, selbst wenn man es weder wollte noch brauchte. »Ich habe keinen Hunger.«

Liz kramte in ihrer glitzernden Abendtasche und förderte ein Päckchen Salzcracker, in Zellophan verpackt, zutage. »Du solltest nicht auf leeren Magen trinken. Hier, diese Cracker hast du verschlungen, als du klein warst. Wenn dir schlecht ist, beruhigen sie den Magen in null Komma nichts.« Sie drückte ihm das Päckchen in die Hand.

In Lucs Welt galt ein einziges Bier nicht als Trinken, aber er nahm die Cracker und zwang sich zu einem Lächeln. »Danke, aber mir ist auch nicht schlecht. Ich werde später etwas essen. In Gabrielles Haus ist ein ganzer Kühlschrank voll mit Resten von der Party. Ich werde schon nicht verhungern.«

Auf der Tanzfläche zog Nick, der seine frischgebackene Ehefrau im Arm hielt, eine dunkle Augenbraue hoch und grinste. Sein Freund sah glücklicher aus, als Luc ihn je zuvor gesehen hatte. Und obwohl Luc sich für Nick und Mia freute, erinnerte ihr Glück ihn in schmerzhaften Details an alles, was er verloren hatte.

»Liz?« Cat tauchte an der Seite der älteren Frau auf. In ihrem hauchzarten dunkelroten Brautjungfernkleid sah sie jünger und weniger ernst aus als sonst. »Dort drüben ist ein Mann, bei dem ich wetten möchte, dass er gern mit dir tanzen würde. Wie wär's, wenn du ihn aufforderst?« Über Liz' Kopf hinweg schenkte sie Luc ein halbes Lächeln.

»Wer denn?« Liz wandte sich zu Cat um, und Luc steckte die Cracker in seine Jacketttasche.

»Mein neuer Vermieter, Michael Kavanagh.« Cats Lächeln wurde breiter.

»Warum sollte er denn mit mir tanzen wollen?« Liz' Ton war ungläubig. »Ihm gehört die Galerie, und dieses ganze Kunstgewerbezeug geht weit über meinen Horizont. Hast du dieses Gemälde gesehen, das er im Schaufenster stehen hat, das mit den roten und schwarzen Strichen und gelbem Klebeband? Das sieht aus wie ein Tatort mitten in der Main Street – und er verlangt eintausend Dollar dafür.«

Cat tätschelte Liz' Schulter. »Mir gefällt das Gemälde auch nicht, aber Michael plant für den Sommer eine Quilt-Ausstellung, und er will deine Hilfe, weil du die beste Quilterin in Firefly Lake bist. Er meint, Quilten ist gleichermaßen eine Kunst wie ein Handwerk. Außerdem hat er mir gesagt, dass du den besten Kaffee in der Stadt machst und dass deine Weizenkleie-Muffins ein Gedicht sind.« Ihre blauen Augen funkelten, und Luc hielt den

Atem an, als er sah, wie dieses Funkeln ihr Gesicht verwandelte.

»Ich kenne Michael seit der Highschool, aber ...« Liz fuhr sich mit einer Hand an ihr Haar und strich es glatt. »Ich ... er war damals auf jeden Fall ein guter Tänzer.«

»Und du bist eine gute Tänzerin, also geh schon.« Cats Miene wurde etwas sanfter. »Es ist schließlich nur ein Tanz, oder?«

»Ich nehm's an.« Liz raffte den Rock ihres Partykleids hoch und ging auf Michael zu, der allein an einem Tisch an einem der großen Fenster saß, die auf den zugefrorenen Firefly Lake hinausgingen.

»Danke.« Luc sah zu Cat hoch, winzig selbst in ihren High Heels.

»Liz ist eine nette Frau, und sie wäre eine wundervolle Mom gewesen, aber du hattest den gleichen Blick im Gesicht wie Nick, wenn sie sich auf ihn stürzt. In die Ecke getrieben und rettungsbedürftig.« Cats Kichern war kehlig und einnehmend. »Außerdem tanzt Michael für sein Leben gern, und obwohl ich noch nicht lange hier lebe, sehe ich ihn ständig drüben beim Diner. Ein Mann kann nur eine begrenzte Menge Kaffee trinken oder Kleie essen, falls du verstehst, was ich meine.«

»Du bist auch eine nette Frau.« Und wenn Luc in Cats Nähe war, fühlte er sich ein bisschen wie der Mann, der er früher gewesen war.

»Ich mache gern Menschen glücklich.«

»Das hast du schon immer gern getan.« Seltsam, dass er diese Eigenschaft von ihr völlig vergessen hatte. Er machte eine einladende Geste, und Cat setzte sich neben ihn.

»Ich bin mit den Glücksbärchis aufgewachsen, weißt du noch?« Ihr Gesicht nahm einen wehmütigen Ausdruck an.

»Na klar. Wie geht's Hurrabärchi heutzutage?« Dieser weiche rosa Bär gehörte ebenso sehr zu dem kleinen Mädchen, an das er sich erinnerte, wie die Brille, die langen blonden Haare und der Stapel mit Büchern aus der Bibliothek, die Cat überall mit sich herumgeschleppt hatte.

»Oh, es geht ihm gut.« Sie fuhr sich mit einer Hand an den Mund.

»Keine Sorge, dein Geheimnis ist bei mir gut aufgehoben. Was mich angeht, liegen vermutlich irgendwo noch immer ein paar alte G.I.-Joe-Figuren herum. Meine Mom hat viel für die Enkelkinder aufgehoben, auf die sie immer gehofft hat.« Und jetzt hatte seine jüngere Schwester einen kleinen Jungen bekommen, das schönste Weihnachtsgeschenk aller Zeiten, hatte seine Mom gesagt, als er vorhin mit ihr gesprochen hatte.

Er sah zur Tanzfläche. Nick hielt Mia noch immer in den Armen. Gabrielle tanzte mit Ward, und Mias Schwester, Charlie, schmiegte sich an ihren Ehemann, Sean, dem der Jachthafen gehörte, wo Luc sein Boot liegen hatte. Selbst Cats Schwester Georgia versuchte, Josh Tremblay, dem der hiesige Heizungs- und Installateurbetrieb gehörte, einen Walzer beizubringen.

»Hey.« Er holte einmal tief Luft. »Willst du tanzen? Alle anderen tanzen, und wenn wir uns ihnen nicht anschließen, werden sie uns für ungesellig halten.« Ungesellig zu sein, war in Firefly Lake wenn auch kein nachweisliches Vergehen, so doch genug, damit die Leute über einen redeten und einen vielleicht sogar einen »komischen Kauz« nannten.

»Ich tanze eigentlich nicht, aber na klar … okay.« Cat kaute auf ihrer Unterlippe.

»Ich werde dir nicht auf die Füße treten. Meine Mom hat damals, als sie noch dachte, sie könnte aus ihren Kindern Eiskunstläufer machen, meinen Schwestern und mir das Tanzen beigebracht.« Luc stand auf und streckte die Hände aus.

Nach mehreren Sekunden legte Cat ihre Hände in seine. Wie ihre Statur waren auch ihre Hände klein, und während sie zur Tanzfläche gingen, wurde Lucs Atem schneller. Maggie war die letzte Frau gewesen, mit der er getanzt hatte, und auch das war auf einer Hochzeit gewesen. Während er sie gehalten hatte, hatte Maggie den Kopf in seine Schulterbeuge geschmiegt, und Luc hatte gewusst, dass er sie immer lieben würde. Keine andere Frau könnte ihr je das Wasser reichen.

»Luc?« Cat beäugte ihn. Ohne ihre Brille waren ihre Augen sogar noch blauer. »Wir müssen nicht tanzen. Nick und Mia werden bald gehen, und ich muss Amy nach Hause bringen und ins Bett stecken. Sie hatte einen langen Tag.«

Er riss sich mühsam in die Gegenwart zurück. »Schon gut. Ich will mit dir tanzen.« Wie sie selbst zu Liz gesagt hatte, war es schließlich nur ein Tanz.

Er zog sie in seine Arme, ihre zierliche Figur so anders als Maggies kräftiger, durchtrainierter Körper. Während seine Frau ihm bis zur Schulter gereicht hatte, endete Cats glänzender blonder Schopf kaum an der Mitte seiner Brust. Sein Herz setzte einen Takt aus angesichts ihrer Nähe, und er roch Blumen. Rosen, aber mit einem unerwarteten Zitrushauch.

»Nick und Mia hatten einen glücklichen Tag.« Cats Worte waren ein leises Murmeln, und die nackte Haut ihrer Schulter war glatt und warm unter seiner Hand.

»Den hatten sie auf jeden Fall.« Während er zugesehen hatte, wie sein Freund das Ehegelübde sprach, hatte sich Lucs Herz zusammengezogen. Nicks erste Ehe hatte in einer Scheidung geendet, aber mit Mia hatte er eine zweite Chance bekommen. Doch Nick hatte nicht an einem trostlosen Novembertag einen Teil seines Herzens unter einem rosa Granitstein zurückgelassen, und er hatte nicht einen Teil von sich selbst verloren, den er nie wiedererlangen würde.

Während Natalie Cole »Unforgettable« säuselte, stolperte Cat gegen ihn. »Siehst du, ich habe dir ja gesagt, ich bin keine gute Tänzerin.«

»Du brauchst nur mehr Übung.« Luc hielt sie fest, während sein Mund trocken wurde. Selbst wenn er es vielleicht wollte, könnte er nicht derjenige sein, der ihr zu dieser Übung verhalf. Aber im Dunkel der Tanzfläche, erhellt von nichts als diesen kleinen weißen Lichtern, lösten sich all die Gründe, weshalb es eine schlechte Idee war, sie so zu halten, in Luft auf. Cat war weich, warm und lebendig. In dieser Wärme schmolz ein Teil des Eises, das sein Herz die vergangenen zwei Jahre umschlossen hatte, dahin, und sein Körper kribbelte von einem fast vergessenen Gefühl.

Die Musik brach ab. Dann ertönten Tröten, und Luftschlangen und Luftballons regneten von der Decke herab. Rings um sie herum hallten Gelächter und Jubel wider, und vor den Fenstern des Ballsaals erhellte ein Feuerwerk den Nachthimmel in strahlenden Farben.

»Frohes neues Jahr, Luc.« Cat legte den Kopf nach hinten, um ihn anzusehen.

»*Bonne année*, Catherine.« Seine Stimme war heiser, die Betonung der französischen Worte, die er seit Jahren nicht mehr gesprochen hatte, instinktiv. Seine Hand zitterte, als er ihr über den Rücken strich, und er tat einen scharfen Atemzug.

Ihr Körper bebte, als sie den Kopf an seine Brust legte. »Was tun wir hier?« Obwohl ihre Stimme leise war, und trotz der Kakofonie, hörte er jedes Wort.

»Ich weiß es nicht.« Sein Herz regte sich, und alle Nervenenden in seinem Körper kribbelten. Aber auch wenn er vielleicht nicht wusste, was das hier war, wusste er, dass er es beenden musste, bevor es noch weiter ging.

»Heute war eine Mischung zwischen meinem größten Albtraum und jedem kitschigen Festtagsfilm für die ganze Familie, den ich je gesehen habe.« Ein funkelnder silberner Hut saß schief auf Georgias Kopf, und sie grinste Cat an, die den Berg schmutziger Teller einsammelte, die nach dem Neujahrs-Büfettbrunch ihrer Mom im Wohnzimmer des Harbor House verstreut standen. »Von Wand zu Wand Verwandte. Ich habe so viel gegessen, dass ich fast platze, und was sollte eigentlich dieser Hund in dem Kleid?«

»Mom hat Pixie ein besonderes Festtagskostüm besorgt.« Cat hob den Malteser aus dem Nest, das der Hund sich aus Tante Josettes Mohairpullover gebaut hatte. »Ich weiß, es scheint vielleicht ungewöhnlich, aber ...«

»Ungewöhnlich.« Georgia schnaubte. »Es ist regelrecht seltsam.«

»Sagt die Frau, die die letzten sechs Monate auf einem indischen Berg den Großteil des Tages damit zugebracht hat, Sprechgesänge anzustimmen.« Cat grinste Georgia zur Antwort an. »Wer im Glashaus sitzt, sollte nicht mit Steinen werfen.«

»Es war ein Retreat- und Yogazentrum, und ich habe keine Sprechgesänge angestimmt, jedenfalls nicht die ganze Zeit. Ich habe meditiert.« Georgias Stimme war unerwartet ernst. »Das solltest du auch mal versuchen. Es hat mir sehr geholfen, mir darüber klar zu werden, wer ich bin und was ich im Leben will.«

»Das weiß ich schon jetzt.« Cats Magen zog sich zusammen. Sie brauchte länger, als sie erwartet hatte, um zu bekommen, was sie wollte, aber sie hatte einen Plan. Und dieser Plan beruhte auf dem, wer sie war und worauf sie jahrelang hingearbeitet hatte.

»Abgesehen davon, dass sie Pixie Kleider anzieht, sieht Mom gut aus.« Georgia warf einen Blick ins Wohnzimmer. »Sie und Ward schienen gestern Abend auf der Hochzeit, als sie zusammen getanzt haben, bis über beide Ohren verliebt.«

»Das sind sie, und Mom geht es tatsächlich gut. Wenn ich sie jetzt sehe, kann ich kaum glauben, dass sie so krank war.« Cat faltete den Pullover mit einer ruckartigen Bewegung zusammen. »Für die Hochzeit und Neujahr alle hier bei sich zu haben, ist ein besonderes Geschenk für sie.« Und für Cat war es das auch, denn noch vor zwölf Monaten war sie besorgt gewesen, ob ihre Mom ein weiteres Jahr überhaupt erleben würde.

»Oh ja, das ist es.« Georgias Ton wurde etwas sanfter. »In meiner Abwesenheit hat sich auf jeden Fall viel verändert. Nick ist verheiratet mit einer Frau, die definitiv aussieht wie ein Supermodel, und ist über Nacht Vater von drei Mädchen geworden. Mom hat Ward in ihrem Leben, und Amy ist so groß geworden, dass ich sie kaum wiedererkenne. Und du bist wieder hier, in Firefly Lake, ganz vertraulich mit Luc Simard.«

Trotz des neuen Tattoos auf ihrem Unterarm und ihrer längeren Haare hatte sich ihre Schwester kein bisschen verändert, und die beiden hatten prompt wieder ihre geschwisterliche Beziehung aufgenommen, als wären sie nie getrennt gewesen. Und genau wie damals, als sie noch jünger waren, landete Georgia, sobald Cat ihre Deckung aufgab, mit militärischer Präzision genau bei dem Thema, über das Cat am wenigsten reden wollte.

»Ich habe keine Ahnung, was du meinst.« Sie drückte

sich den Pullover an die Brust. »Luc trainiert Amy in Eis-hockey, und er wohnt hier im Harbor House, solange sein eigenes Haus fertig gebaut wird. Nichts weiter.«

»Und warum saht ihr zwei auf der Tanzfläche dann bis über beide Ohren verliebt aus?« Der Blick aus Geor-gias blauen Augen, so dunkel wie Nicks und die ihres Dads, wurde schärfer.

»Das war ein einziger Tanz. Alle anderen haben ge-tanzt, daher wäre es unhöflich gewesen, sich ihnen nicht anzuschließen. Luc hat mich bloß aus Höflichkeit um den Tanz gebeten.« Nur dass sich die Art, wie er sie ge-halten hatte, für ein paar Minuten vertraut und richtig angefühlt hatte. Aber dann hatte er sich verspannt, sich von ihr abgewandt und, sobald die Neujahrsglückwün-sche vorbei waren, eine Entschuldigung gemurmelt und Cat seltsam beraubt zurückgelassen.

»Ein echter Held, stimmt's?« Georgias Stimme bebte vor unterdrücktem Lachen.

Cat verdrehte vor ihrer Schwester die Augen. »Selbst wenn er nicht immer noch um seine Frau trauern würde, haben Luc und ich nichts gemeinsam. Sieh ihn dir doch an. Er ist eine Sportskanone, und ich bin nach einer leichten Fahrradtour schon außer Puste.«

»Früher hast du für ihn geschwärmt.«

»Als ich auf der Mittelschule war, vielleicht.« Denn Luc hatte auf sie aufgepasst und sie vor den Kindern be-schützt, die sie gehänselt hatten, weil sie kleiner und un-beholfen beim Sport und so gut in der Schule gewesen war, dass es sie ausgegrenzt hatte. »So wie du für Jungen geschwärmt hast. Du hast gestern Abend mit einem von ihnen getanzt.«

»Ich bitte dich.« Georgia schnitt eine Grimasse und zuckte allzu beiläufig die Schultern. »Josh Tremblay ist noch immer niedlich, na klar, aber damals wusste er gar nicht, dass ich existiere. Inzwischen ist er absolut nicht mehr mein Typ. Oder kannst du mich an der Seite eines Mannes sehen, der einen Heizungs- und Installateurbetrieb führt? Außerdem hat er ein Kind, das heißt, er schleppt mit Sicherheit viel Ballast mit sich herum.«

»Es ist gut, jemanden wie ihn zu kennen, wenn mitten im Januar dein Heizkessel ausfällt oder um drei Uhr morgens dein Keller überflutet wird. Außerdem erledigt er rund ums Haus hier viel für Mom, und ich bin sicher, dass er ihr für das meiste nichts berechnet.« Cat hielt kurz inne. »Und was macht es denn, dass er ein Dad ist? Nach dem, was ich gehört habe, ist er ein anständiger Mann. Spätestens, wenn wir in die Dreißiger kommen, schleppen wir doch alle irgendwelchen Ballast mit uns herum. Du musst praktisch denken.«

»Und du musst ein bisschen leben.« Georgia hob Pixie hoch und beäugte Cat über den Kopf des Hundes hinweg. »Wenn du meine Meinung hören willst – Luc wäre ein sehr guter Typ, um mit ihm ein bisschen zu leben.«

»Georgie …« Cat versuchte, die Entnervtheit aus ihrer Stimme zu verbannen. »Mein Leben ist okay, wirklich. Mit dem Forschungsstipendium werde ich in den nächsten zwei Semestern nicht unterrichten müssen, das heißt, ich kann endlich mein Buch zu Ende schreiben. Wenn es erst erschienen ist und ich noch ein paar mehr Artikel verfasse, werde ich eine bessere Chance auf eine Festanstellung haben. Und Amy braucht mich im Moment mehr als sonst. Das Lernen fällt ihr schwer, so wie dir damals, und jetzt muss sie auch noch an einer neuen Schule zurechtkommen. Ich will ihr helfen, so viel ich kann.«

»Du bist eine gute Mom. Und du bist auch gut in deinem Job, und du bist verantwortungsbewusst.« Georgias Stimme war tonlos, und sie spielte mit Pixies Halsband. »Du bist alles, was ich nicht bin. Ich hatte kein Recht, dich aufzuziehen.«

»Du bist vieles, was ich nicht bin. Viel Gutes. Du bist spontan und witzig, und du trägst das Herz auf der Zunge.« Cat legte den Pullover auf einen Beistelltisch und streckte die Arme um den Hund herum aus, um ihre Schwester an sich zu ziehen. »Die Hochzeit und das neue Jahr sind daran schuld. Zu viel Emotion. Ich bin froh, dass du hier bist, Georgie.«

»Ich auch.« Georgia setzte Pixie wieder auf dem Schemel ab und erwiderte Cats Umarmung. »Ich werde hierbleiben, wenigstens für eine Weile. Ich habe mit dem Nachtmanager im Inn on the Lake gesprochen, sie suchen noch eine Fitnesstrainerin für das Wellnesscenter. Wenn ich mich bewerbe, könnte ich gute Chancen haben, den Job zu kriegen.«

»Das klingt ja toll.« Cat hielt ihre Schwester fest an sich gedrückt, als könnte sie die Jahre, die sie getrennt gewesen waren, so irgendwie überbrücken.

»Es ist Nick gegenüber nicht fair, dass er Mom ständig im Auge behalten muss. Schon bevor du hierhergezogen bist, bist du alle paar Wochen aus Boston hochgekommen. Ich sollte meinen Teil beitragen.« Georgia räusperte sich. »Außerdem habe ich euch vermisst, weißt du?«

»Wir haben dich auch vermisst.« Selbst wenn Cat sich aus freien Stücken niemals dazu entschieden hätte, nach Firefly Lake zurückzukehren, war das Stipendium vielleicht zu einem guten Zeitpunkt gekommen.

»Hast du vor den Feiertagen mit Dad geredet?« Die vollen Lippen ihrer Schwester wurden schmal. »Nick hat ihn nicht zur Hochzeit eingeladen, und das muss wehgetan haben.«

»Als ob Dad uns nicht wehgetan hätte.« Cats Mund wurde trocken. »Ich habe nicht mit ihm geredet, und ich will auch nicht, dass er ein Teil von Amys Leben ist. Ich vertraue ihm nicht.« Ihre Stimme schwankte, und ein taubes, schweres Gefühl, das ihr nur allzu vertraut war, breitete sich in ihrem Körper aus.

»Ich glaube, es tut ihm leid, was er getan hat.« Georgia verschränkte die Hände. »Nick wollte ihn zwar nicht bei der Hochzeit dabeihaben, aber er redet trotzdem alle paar Monate mit ihm.«

»Nick kann tun und lassen, was er will. Und du auch.« Cat presste sich eine Hand an die Brust. »Ich will nichts mit Dad zu tun haben.«

»Ich nehme an, es hätte viel Gerede gegeben, wenn er bei der Hochzeit aufgetaucht wäre.« Georgias Stimme war leise und für ihre quirlige Natur fast zögernd.

Cat verbiss sich ein Lachen. »Es hätte Nicks und Mias Tag ruiniert. Moms Familie hätte ihn dafür, wie er sie behandelt hat, aus der Stadt gejagt, und das, noch bevor ihn die Leute hier, die er um ihr Geld betrogen hat, in die Finger gekriegt hätten. Der einzige Grund, weshalb Nick mit Dad redet, ist, weil er ihn daran erinnert, wer er nicht sein will.«

Cat brauchte diese Erinnerung nicht. Ihr Dad war genau drei Monate vor ihrem siebten Geburtstag gegangen. Sie war ohne ihn aufgewachsen, und sie lief nicht Gefahr, so zu werden wie er. Das Einzige, was sein Verrat bewirkt hatte, war, dass sie unabhängiger und widerstandsfähiger geworden war – entschlossen, sich auf niemanden zu verlassen, schon gar nicht auf einen Mann. Sie drückte die Schultern durch und sog die Wangen ein.

»Nick könnte niemals so werden wie Dad.« Georgias Unterlippe bebte, so wie damals, als sie klein war.

»Natürlich nicht.« Cats Stimme war schärfer als beabsichtigt. Sie brach ab und holte ein paarmal tief Luft. »Ich habe nur gemeint, dass Nick die Sache mit Dad abschließen muss, vor allem jetzt, wo er selbst ein Vater ist. Du warst so jung, als Dad gegangen ist, du kannst dich nicht an viel erinnern, aber Nick war älter, und er und Dad standen sich nahe. Nick sieht ihm auch sehr ähnlich, soweit ich mich an Dad erinnere.«

Der charmante, gut aussehende Mann, der Cat seine kleine Prinzessin genannt und den sie angehimmelt hatte. Der Mann, der fand, dass sie schlau und hübsch war, und ihr sagte, sie könne alles erreichen, was immer sie sich in den Kopf setzte. Was sie auch getan hatte, und sie hatte ihn nicht dafür gebraucht. Sie starrte auf ihre Hände. Obwohl sie erwachsen war, hatten die Jahre die Kindheitserinnerungen nicht verblassen lassen oder sie weniger schmerzlich gemacht.

»Ich kann nicht mit ihm reden, Georgie.« Sie schluckte den Kloß hinunter, der sich in ihrer Kehle gebildet hatte. »Ich denke, ich sollte es tun, aber offenbar kann ich es auch nicht.« Ihre Schwester schenkte Cat ein trauriges Lächeln. »Aber vielleicht sind wir ja beide seinetwegen in unseren Dreißigern noch immer allein.«

»Ich bin Single, weil ich es so will.« Cats Magen rumorte. Wenn sie es oft genug sagte, würde sie es vielleicht selbst glauben. So wie sie sich sagte, dass diese verwirrenden Gefühle für Luc nicht mehr waren als die Reste einer Kindheitsschwärmerei. Ihr Herz hämmerte laut in ihren Ohren.

»Ich bin Single, weil kein Typ es mit mir aushalten würde. Ich bin zu spontan und witzig.« Georgias Lachen klang hohl.

»Nein, das stimmt nicht.« Cat zwang sich zu einem fröhlichen Ton. »Eines Tages wirst du jemanden treffen, der dich zu schätzen weiß und …«

»Mom?« Cat schnellte zu Amy herum. »Coach Luc organisiert ein Straßen-Eishockeyspiel. Du musst kommen und mitspielen. Du auch, Tante Georgia.« Der Ton ihrer Tochter war hoffnungsvoll.

Obwohl Cat eigentlich vorgehabt hatte, den Rest des

Nachmittags mit einem Buch und einer Schachtel Lindt-Pralinen zu verbringen, konnte sie Amy nicht enttäuschen. Schließlich sollte ihre Tochter mit eigenen Augen sehen, dass Cat nicht in allem gut war. Vielleicht würde Amy das ja helfen, endlich mehr Selbstbewusstsein zu erlangen.

»Na klar, Schatz. Ich komme gleich, sobald ich mir etwas Wärmeres angezogen habe.« Auch Knieschützer und ein Fahrradhelm würden sich als überaus nützlich erweisen – wenn sie welche finden konnte.

»Ich sollte nach Mom sehen. Sie und Tante Josette brauchen vermutlich Hilfe beim Abwasch und …« Georgias Stimme verlor sich, während sie in Richtung Esszimmer davonschlich.

»Oh nein, nichts da.« Cat hielt ihre Schwester entschieden am Arm fest. »Wenn ich dort hinausgehe, wirst du es auch tun. Keine Ausflüchte.«

»Ich war bis vor ein paar Tagen noch in Indien. Das ist ein sehr heißes Land.« Ihre Schwester wies mit einer Handbewegung auf ihr dünnes, perlenbesetztes Oberteil. »Draußen ist es eiskalt. Ich werde mir einen Schnupfen holen.«

»Einen Schnupfen holst du dir von einem Virus und nicht davon, dass du im Winter draußen bist. Ich bin sicher, Mom hat ein Paar lange Unterhosen und einen Pullover, die du dir borgen kannst.« Cat lotste Georgia in Richtung Treppe. »Wir Vermont-Mädchen sind hart im Nehmen.«

Und Cat würde jedes bisschen dieser Härte brauchen,

um vor Luc den Eishockeyschläger zu schwingen. Dem Mann, der nach ihrem Tanz gestern Abend davongestürzt war, als würde er in der letzten Minute des Stanley-Cup-Finales einem verirrten Puck nachjagen.

Luc hatte diese frische, nach Kiefern duftende Luft und das scharfe Knirschen von Schnee unter seinen Stiefeln vermisst. Er hatte auch das klare Blau des Himmels vermisst, der sich wie eine umgestülpte Schüssel über seinem Kopf spannte, und die Art, wie das Sonnenlicht auf der wogenden weißen Landschaft glitzerte. Und bis tief in sein Innerstes hatte er diese Aussicht auf die Stadt Firefly Lake vermisst, die sich unterhalb des Harbor House wie ein Lebkuchendorf an die puderzucker-bestäubten Hügel schmiegte.

Die letzten zwei Jahre seiner NHL-Karriere hatte er in Winnipeg verbracht, daher war es nicht so, dass er nicht genug Winter erlebt hätte. Aber diese Art Winter hatte er nicht gehabt. Oder vielleicht lag es auch an diesem speziellen Tag. Ein Tag, der ihn in seine Kindheit zurückversetzte, als er seinen Schlitten durch genau diese Straße gezogen hatte und auf der Eisbahn Schlittschuh gelaufen war, die sein Dad jeden Winter in ihrem Garten für ihn anlegte. Ein Tag, an dem es, dank Gabrielles Quebecer Familie, das gleiche fröhliche Geplapper auf

Englisch und Französisch gegeben hatte, mit dem er aufgewachsen war. Und auch die gleiche *tourtière*, diese saf-
tige Fleischpastete, von einem goldbraunen Teigmantel
umhüllt, die ebenso zum Album seiner Festtagserinne-
rungen gehörte wie Pondhockey und Eisfischen.

»Meine Mom wird bald da sein.« Amy kam schlitternd neben ihm zum Stehen, eingepackt in eine blaue
Skijacke, eine dazu passende Hose, eine flauschige weiße
Mütze und einen ebensolchen Schal. »Aber du musst
nachsichtig mit ihr sein, weil sie wirklich nicht sportlich
ist. Vielleicht könnten wir ihr helfen, einen Treffer zu
erzielen? Was meinst du?«

»Na klar.« Luc lächelte das Mädchen an, das selbst mit
zwölf Jahren bereits größer und stämmiger als Cat war.

»Ich kann den nächsten Samstag kaum noch erwarten.« Amys schiefes Lächeln sorgte dafür, dass Luc zurücklächelte.

»Warum?« Wenn er darüber nachgedacht hatte, Kinder zu haben, hatte er sich jedes Mal wilde, ungebärdige
Jungen vorgestellt, aber irgendetwas an diesem Mädchen mit der Knopfnase und der Leidenschaft für Eishockey berührte einen Teil von ihm, von dem er gar
nicht gewusst hatte, dass es ihn gab.

»Mein erstes Training mit dir natürlich.« Amy sah ihn
mit vertrauensvoller Miene an. »Ich wollte nicht hierherziehen, weil ich dafür mein Team in Boston verlassen musste, aber von dir trainiert zu werden, macht eine
ganze Menge wett. Ich kann es noch immer nicht glauben.«

Luc konnte es auch nicht glauben. Er hatte sich im letzten August aus reiner Gefälligkeit bereit erklärt, Coach MacPherson zu helfen, und auf einmal schmiss er den ganzen Laden. »Das ist mein erstes Mal als Chefcoach.«

»Du wirst das toll machen.« Amy tat alle Einwände, die er vielleicht vorgebracht hätte, mit einer Handbewegung ab. »Ich möchte wetten, die Kinder werden auf alles hören, was du sagst, weil du in der NHL und bei der Olympiade gespielt hast. Wenn sie es nicht tun, werde ich sie mir vorknöpfen.«

»Danke.« Er verbiss sich ein Lachen, denn es war einfach zu niedlich, wie dieses Mädchen für ihn eintreten wollte.

»Ich meine es ernst. Mein Mom sagt, man muss die Schikanierer in die Schranken weisen und anderen Leuten sagen, was los ist.« Amys hellblaue Augen wurden feucht, und ihr Kinn bebte. »Wie du es mit diesem Typen gemacht hast, der dich geschlagen hat. Er wurde gesperrt und mit einer Geldbuße belegt. Man muss seine Stimme erheben, selbst wenn man ein Kind ist oder wenn es schwer ist und man sich dumm vorkommt.«

Der Schlag eines ungestümen jungen Enforcers hatte Lucs Karriere beendet. Oder vielleicht war es einfach der letzte Schlag in einer Karriere voller Schläge, der den entscheidenden Unterschied gemacht hatte. Ein Gefühl von Schwere breitete sich in seiner Brust aus. Er würde es nie wissen, und egal, wie oft er das Geschehen in Gedanken noch einmal durchging – all das, was hätte sein können, sollen, müssen –, es würde nichts an dem Ergebnis ändern.

»Deine Mom hat recht.« Luc würde sich gern das Kind – Junge oder Mädchen – vorknöpfen, das für diesen traurigen und fast besiegten Ausdruck in Amys Augen gesorgt hatte. »Wenn dich irgendjemand im Team hier nicht gut behandelt, musst du es mir sagen, versprochen?«

»Versprochen.« Sie zog sich die Mütze über die Augenbrauen. »Da kommt Mom.« Ihre Stimme war ein hohes Flüstern. »Weißt du noch, was ich über den Treffer gesagt habe?«

»Na klar.« Er stieß mit seinem Schläger gegen Amys, und dann tat er einen Atemzug, als Cat auf ihn zukam. Die Sonne verwandelte die Haare unter ihrer Strickmütze in ein Band aus Gold, und in ihrem weißen Parka, abgerundet mit einem rosa Schal, sah sie aus wie eine sexy Schneekönigin und nicht wie die vertraute Cat McGuire, die er sein Leben lang gekannt hatte.

»Coach?«

»Was?« Er zwang sich, seine Aufmerksamkeit wieder Amy zuzuwenden.

»Geht es dir gut?« Ihr Tonfall war fragend.

»Bestens. Ich muss zu viel von dieser *tourtière* gegessen haben.« Er versuchte erfolglos zu lachen. »Deine Grandma ist eine fantastische Köchin.«

»Meine Mom hat die *tourtière* gemacht, nicht Grandma.« Während Amy ihn musterte, flackerte irgendetwas in ihren Augen auf, das Luc nicht deuten konnte.

»Dann ist sie auch eine fantastische Köchin.« Luc neigte den Kopf, um das Tape an seinem Schläger zu überprüfen.

Cat war nicht nur schlau, sie war auch schön und konnte die traditionelle französisch-kanadische Fleischpastete genauso gut zubereiten wie seine Mom, vielleicht sogar noch besser. Auch wenn ein großer Teil seines Herzens vielleicht tot und begraben war, war der Rest von ihm es nicht, wenn er sich überlegte, wie er in den letzten paar Tagen auf sie reagiert hatte. Sie machte ihn nervöser als jede Frau seit Maggie, aber auf eine ganz andere Art, als Maggie es getan hatte.

»Amy sagt, du willst ein bisschen Eishockey spielen?« Cats Miene war gleichermaßen entschlossen wie verängstigt. »Vermutlich kannst du dich daran erinnern, dass ich nicht gerade sportlich bin.«

»Es ist nur zum Spaß. Wir werden es locker angehen lassen.« Er bemühte sich um einen beschwichtigenden Ton, während sein Puls sich beschleunigte. »Die Cousins deiner Mom spielen, und diese Typen sind in den Sechzigern und Siebzigern.«

»Einer dieser Typen war zu seiner Zeit Eisschnelllauf-Champion, und ein anderer ist so wetteifernd, dass seine Frau nicht einmal für einen freundschaftlichen Bowlingabend mit ihm ausgeht.« Als Cat den Kopf schüttelte, wippte die Bommel an ihrer Mütze auf eine Art, die süß und sexy zugleich war. »Der Schein kann trügen.«

Und das war nicht mal ironisch, denn Cats Schein hatte Luc jahrelang getrogen. Oder vielleicht hatte er sie bis zu dieser Woche einfach nie wirklich angesehen. Er nahm einen Eishockeyschläger von dem Stapel unter einem Baum und reichte ihn ihr. »Du kannst in meinem Team sein. Da Nick bereits in seine Flitterwochen gefahren ist, werde ich auf dich aufpassen.«

Wenn er auf sie aufpasste, wie er es immer getan hatte, so als ob sie nur Nicks kleine Schwester wäre, dann könnte er ihre geschwungenen Hüften ignorieren, die sich unter dem Saum ihrer Jacke abzeichneten. Und er könnte auch ihr Lächeln ignorieren, das süßer war als jede der Leckereien, die Gabrielles Neujahrstafel geziert hatten. Und er könnte vergessen, wie Cats weiche blonde Haare seine Welt heller erstrahlen ließen als jede der Kerzen, die Nicks und Mias Hochzeitsempfang geschmückt hatten.

»Da hast du aber ein schönes Stück Arbeit vor dir.« Georgia, eine hochgewachsene Brünette, die eine jüngere, weibliche Version von Nick war, joggte den Gehsteig hinunter und blieb an Cats Seite stehen. »Cat ist die einzige Person, die ich kenne, die sich beim Sport sogar verletzen kann, wenn sie nur zusieht. Weißt du noch, wie sie bei Nicks Highschool-Basketballspiel Snacks holen gegangen und dabei über Moms Handtasche gestolpert ist? Sie hat sich zwei Zehen gebrochen.« Sie schenkte ihrer Schwester ein neckendes Grinsen. »Danach war sie den ganzen nächsten Monat vom Schulsport freigestellt, was für sie ein Segen war.«

Cat blickte halb belustigt, halb verärgert. »Manche Leute sind eben nicht von Natur aus sportlich. Ich gehöre dazu.«

»Es gibt für jeden eine Sportart. Viele brauchen nur etwas Zeit, um ihre zu finden.« Luc drehte Cats Eishockeyschläger richtig herum, und sie fing seinen Blick auf und hielt ihm stand.

Vielleicht war es Neujahrsmagie oder die Tatsache, dass er nach all den Jahren wieder im Winter in Firefly Lake war. Oder vielleicht hatte es gar nichts mit der Jahreszeit oder dem Ort zu tun, sondern vielmehr mit dieser Frau. Aber während Luc den festen Blick aus Cats blauen Augen erwiderte, verlagerte und veränderte sich fast unmerklich – und vielleicht für immer – alles, was er von sich dachte und was er wollte.

Cat fegte den flockigen Schnee von der Gartenbank, die sie, Nick und Georgia ihrer Mom zu ihrem sechzigsten Geburtstag geschenkt hatten, dann stellte sie ihren Becher mit Tee auf einer der flachen, breiten Armlehnen ab. Sie hatte sowohl die Hochzeit als auch ein großes Familienneujahrsfest überstanden, daher waren die Geister ihrer Vergangenheit vielleicht wirklich und wahrhaftig gebannt.

Sie sah hoch zu dem runden Mond, dessen silbriges Licht auf den Garten ihrer Mom fiel, während die Bäume rund um Harbor House sich als dunkle Silhouetten abzeichneten. Am unteren Ende der Terrassengärten war Schnee über den zugefrorenen See geweht und bildete Erhebungen und Vertiefungen wie die Schlagsahne auf Tante Josettes Quebecer Karamellkuchen aus alten Zeiten.

Während sie auf der Bank saß, nahm sie die Stimmung der Nacht in sich auf. Es war kälter hier als in Boston und stiller. Es gab keine Sirenen und auch sonst keinen Verkehrslärm. Es war so still, dass das Schlagen der Uhr am Rathaus, als es acht wurde, von den dunklen Hügeln widerhallte. Cats Atem verlangsamte sich. Nick war glücklich mit Mia. Ihre Mom war gesund und glücklich mit Ward, und wenn Amy noch nicht glücklich war, gewöhnte sie sich zumindest besser in Firefly Lake ein, als Cat erwartet hatte.

Nur dank Luc. Der Gedanke huschte davon. Sie sollte froh sein, dass Luc ihrer Tochter helfen konnte.

»Ich dachte, du würdest noch immer mit einem Buch vor dem Kamin sitzen und nicht hier draußen.«

Cat zuckte zusammen, als sie Lucs tiefe Stimme hinter sich hörte. »Zu viele meiner Verwandten haben entschieden, dass der perfekte Ort, um Monopoly zu spielen, vor besagtem Wohnzimmerkamin ist. Ich gönne mir eine Verschnaufpause.« Sie versuchte zu lachen. »Was treibst du?«

»Nach dem dritten Kartenspiel bin ich eine Runde joggen gegangen, um etwas von dem Essen zu verbrennen, das deine Mom und deine Tante mir aufgedrängt haben.« Er setzte sich neben sie und grinste. »Ich habe noch nie ein solches Kartengenie wie Amy gesehen. Dieses Kind ist ein Teufelskerl. Wenn wir um echtes Geld gespielt hätten, hätte ich mein halbes Investmentportfolio verloren. Ich bin gegangen, bevor sie mir die Taschen völlig geplündert hätte.«

»Tut mir leid.« Ein Lachen perlte hoch und entfuhr ihr, bevor Cat es verhindern konnte.

Luc lachte ebenfalls. »Schon gut. Sie ist ein tolles Kind. Ich freue mich schon darauf, sie auf dem Eis zu sehen. Selbst beim Straßeneishockey war sie beeindruckend.« Er verlagerte seine Haltung auf der Bank. Seine Beine, die in einer schwarzen Jogginghose steckten, waren lang und schlank. »Und du warst auch toll.«

»Nicht toll, aber ganz okay, weil du mir geholfen hast.« Cats Mund wurde trocken, und sie riss sich von dem Anblick Lucs muskulöser Schenkel los. »Du hast sogar den Torhüter abgelenkt, um mich diesen Treffer erzielen zu lassen.« Sie griff nach ihrem Tee, um das Zittern ihrer Hände zu beruhigen. »Aber ich hatte Spaß, und Sport ist für mich sonst nie ein Spaß. Ich war das Kind, das auf dem Außenfeld ein Buch gelesen hat, wenn wir auf der Grundschule Baseball gespielt haben. Ich habe immer gehofft, dass eine Sportskanone wie du nicht den Ball in meine Richtung wirft.«

Er sah sie ungläubig an. »Ich sehe schon, ich muss dich bei der Hand nehmen.«

Cat trank von ihrem heißen Tee und verschluckte sich prompt. Es war zu lange her, dass sie mit einem Mann über irgendetwas anderes als die Arbeit geredet hatte. Das war der einzige Grund, weshalb eine absolut harmlose Bemerkung dafür sorgte, dass ihr Herz so laut gegen ihre Rippen hämmerte, dass sie sich sicher war, er könne es hören. Luc meinte, dass er ihr als Freund helfen würde, und nicht, dass er buchstäblich ihre Hand halten wollte.

»Hey.« Luc klopfte ihr auf den Rücken. »Alles okay?«

»Ja.« Das Wort klang wie etwas zwischen einem Spucken und einem Husten.

»Pass auf, dass du dich nicht verbrennst.« Er nahm ihren Becher und stellte ihn wieder auf die Armlehne der Bank. »Du hattest einfach nie die Gelegenheit, gut in Sport zu sein. Ich verurteile dich nicht.«

»Ich weiß.« Ihre Stimme war heiser, und sie hustete wieder.

Sie hatte sich selbst verurteilt, und vielleicht hatte sie es mit akademischen Leistungen überkompensiert, da die Schule das Einzige war, worin sie gut war. Anders als Nick, der die Schule scheinbar mühelos durchlaufen hatte und auch noch gut in Sport war. Oder Georgia, die die Schule mit Ach und Krach geschafft, dafür aber in Gymnastik und Tanz geglänzt und nie etwas darauf gegeben hatte, was irgendjemand von ihr dachte.

Und anders als ihr Dad, der der Highschool-Football-Held gewesen war und dessen Name zweifellos noch immer auf diesen ganzen Abzeichen in der Glasvitrine vor dem Büro des Schulleiters stand. Er hatte nicht nur Football gespielt, sondern auch Baseball und Eishockey, und er war ein Teufelskerl im Skiabfahrtslauf gewesen. Wenn es in Firefly Lake eine Sporttrophäe zu gewinnen gab, hatte ihr Dad sie gewonnen. Er war bei allem ein Gewinner gewesen, außer wenn es um seine Familie ging. Ihre Kehle wurde eng, und sie rollte die Hände in ihren wollenen Fäustlingen ein, bis ihre Fingernägel sich in ihre Handflächen bohrten.

»Hey.« Luc tätschelte ihre Schulter. Er ließ die Hand auf ihr ruhen, und trotz der Barriere seiner Handschuhe und ihres Parkas kribbelte ihr Körper. »Selbst wenn sie nicht so schlimm verletzt werden wie ich, haben die meisten Profisportler eine ziemlich kurze Karriere. Und dann muss man sich überlegen, was man mit dem Rest seines Lebens anfangen will.« Seine Stimme wurde tonlos, und er starrte in die Ferne.

Das war der Grund, weshalb Cat für Amy etwas anderes wollte. Irgendetwas Sicheres, Solides und Gewöhnliches. »Du hast einen Collegeabschluss, und auf dich hat immer ein Job bei der Molkerei gewartet, auf den du zurückgreifen konntest.«

Amy würde die Highschool vielleicht nicht schaffen, geschweige denn das College. Und das einzige Familienunternehmen, auf das sie zurückgreifen könnte, war eine Kleinstadt-Anwaltskanzlei. Auch wenn Nick die Kanzlei McGuire und Pelletier wieder auf Kurs gebracht hatte, hatte sie nicht die Größenordnung von Simard's Molkerei, die in ganz Neuengland Kunden hatte.

»Ich bin einer von den Glücklichen. Meine Eltern haben darauf bestanden, dass ich das College abschließe, bevor ich in der NHL spiele, und sie haben außerdem ein erfolgreiches Geschäft aufgebaut.« Ein Lächeln schwang in seiner Stimme mit. »Wie sie mir immer wieder in Erinnerung rufen, für den Fall, dass der Profisport mich verweichlicht haben könnte und ich vergessen hätte, den Wert eines harten Arbeitstages in der wirklichen Welt zu schätzen.« Er brach ab und beugte sich vor, um zwischen ihren Beinen eine Handvoll Schnee aufzuheben. Er drückte den Schnee zu einer Kugel zusammen und reichte sie ihr. »Hier.«

»Was?« Sie hielt den Schneeball behutsam in der Innenfläche ihres Handschuhs.

»Wenn nicht jetzt, wann dann?« Er stand auf, entfernte sich von ihr und trat an den Rand dessen, was im Sommer eine Steinplattenterrasse war. »Wirf ihn mir zu.«

»Du willst eine Schneeballschlacht haben?« Sie stand auf, und ihr Magen schlug einen Purzelbaum. Es war wieder genau wie in der vierten Klasse.

»Nein, ich will dir beibringen, einen Schneeball zu werfen und einen ganzen Haufen Sportarten auszuprobieren, damit du nie mehr das Gefühl haben musst, dass Sport nichts für dich wäre. Komm schon. Es wird Spaß machen.« Seine blauen Augen blickten sanft im Mondlicht, genau wie vor all den Jahren, als er ihre verstreuten Bücher eingesammelt und sie in ihren rosa Glücksbärchi-Rucksack gesteckt hatte. Oder als er die Mütze gefunden hatte, die die Schikanierer, die sie mit Schneebällen beworfen hatten, ihr vom Kopf gerissen hatten, und als er den ganzen Weg bis zum Harbor House hinter ihr hergegangen war und dann gewartet hatte, bis sie sicher auf ihrer Eingangsveranda angekommen war.

Ihre Augen brannten. »Nick hat mir beigebracht, einen Ball zu werfen.« Ihr großer Bruder hatte in dem Jahr, nachdem ihr Dad gegangen war, monatelang jeden Tag mit ihr gespielt. Um ihr das Gefühl zu geben, dazuzugehören, etwas Besonderes und geliebt zu sein, und ihr vergessen zu helfen, was sie verloren hatte.

Lucs Lippen verzogen sich zu einem schiefen Grinsen. »Als du gestern mit diesem Vogelfutter nach Nick und Mia geworfen hast, als sie aus der Kirche kamen, hast du den Pfarrer genau an der kahlen Stelle an seinem Hinterkopf getroffen.«

»Na ja …« Ihre Wangen begannen zu glühen, und sie tat einen Atemzug frostiger Luft, vermischt mit einem moschusartigen, männlichen Geruch. Luc hatte auf sie geachtet, auch wenn er sie in einem tollpatschigen Moment erwischt hatte.

»Du brauchst einen Auffrischungskurs im Ballwerfen für Anfänger.« Lucs Ton neckte sie. »Außerdem habe ich es nur dir zu verdanken, dass ich in unserem letzten Highschooljahr in Chemie nicht durchgefallen bin. Ich habe dich vermisst, als ich aufs College gegangen bin. Lass mich den Gefallen erwidern.«

Cats Herz zog sich zusammen. Sie hatte Luc auch vermisst, aber nicht auf die Art, wie er sie vermisst hatte. Für ihn war sie eine Laborpartnerin und Freundin der Familie gewesen. Wohingegen er für sie Freund, Beschützer und ihr erster Schwarm gewesen war, alles in einem.

Sie warf den Schneeball in seine Richtung, aber er flog zu tief und zerplatzte auf der vereisten Fläche auf der Terrasse zwischen ihnen. »Siehst du? Ich bin ein hoffnungsloser Fall.« Sie versuchte zu lachen, aber das Geräusch klang blechern.

»Natürlich bist du das nicht. Was würdest du sagen, wenn einer deiner Studenten so etwas von sich behaupten würde?« Luc sprintete zu ihr herüber, den nächsten Schneeball schon in der Hand.

»Das ist etwas anderes.« Sie wich einen Schritt zurück und stieß gegen die Bank.

»Inwiefern?« Luc drückte den zusammengepressten Schnee in ihren rechten Handschuh und hielt ihn fest. »Beim Sport oder in der Schule kann man nur erfolgreich sein, indem man es immer wieder versucht und aus seinen Fehlern lernt. Und beim Schneeballwerfen hilft es außerdem, den Arm zu heben.« Seine Hand führte ihre, und wie durch Zauber flog der Schneeball durch die Luft und landete, noch immer intakt, auf einer Hecke.

»Wie hast du das ...« Cat dehnte ihre Hand in seiner, dann zog sie sie zurück.

»Habe ich nicht.« Lucs Lächeln sorgte dafür, dass sie zurücklächelte. »Wir haben. Und jetzt versuchst du es allein. Der Schnee ist heute Abend perfekt. Nass, aber nicht zu nass, und genau richtig.«

Es gab verschiedene Arten von Schnee? Wie konnte es sein, dass sie hier aufgewachsen war und das nicht gewusst hatte? Cat hob eine Handvoll Schnee auf und formte sie zu einer Kugel. Vielleicht war es ein albernes Spiel, aber es machte auch verblüffend viel Spaß. Nachdem ihr Dad gegangen war, hatte sie schnell erwachsen werden müssen. Und dann, mit Amys Erziehung und der Uni, hatte sie keine Zeit gehabt, sorglos zu sein.

»So?« Sie hielt ihm den Schneeball zur Begutachtung hin.

»Perfekt. Eins mit Stern.« Seine Stimme neckte sie.
»Da du so ein wetteifernder Typ bist.« Seine Augen funkelten strahlend blau.

»Bin ich nicht.« Ihr Herzschlag beschleunigte sich.

Sein Lachen erwärmte sie. »Du musst wetteifernd sein, um nach Harvard zu kommen, und erst recht, um einen Doktor zu machen. Dieser perfekte Notendurchschnitt in unserem kleinen akademischen Zirkel war nur der Anfang. Du solltest stolz sein.« Er sprintete zu der Hecke, dann wandte er sich wieder zu ihr um.

»Na ja ...«

Da hatte er recht, aber erst als sie nach Harvard gekommen war, hatte sie überhaupt Leute um sich gehabt, mit denen sie wetteifern konnte.

»Komm schon. Ich will sehen, wie du diesen Schneeball wirfst.«

Sie spannte sich an, bevor sie den Schneeball, weiß glitzernd im Mondlicht, in einem hohen Bogen durch die Luft fliegen ließ. »Ich hab's getan. Siehst du, ich ...« Sie fuhr sich mit einer Hand an den Mund.

Der Schneeball verfehlte sein Ziel und landete auf Lucs Kopf, sodass ein Schneeschauer über sein Gesicht spritzte.

»Entschuldige.« Sie stürzte an seine Seite. Was, wenn sie ihm die Nase gebrochen hatte? Oder einen Zahn ausgeschlagen? Sie hatte den Schnee ziemlich fest zusammengedrückt. Es war etwas anderes, als den gütigen Reverend Arthur mit einer Handvoll Vogelfutter zu bewerfen. Sie hatte einen Olympiateilnehmer, NHL-

Allstar und Heimathelden von Firefly Lake getroffen. Während ihr Forschungsstipendium eine halbe Seite im *Kincaid Examiner* wert gewesen war, beherrschte Luc Simard die Schlagzeilen. Sein Name stand sogar auf dem »Willkommen in Firefly Lake«-Schild vor der Stadt. Er war praktisch eine Touristenattraktion.

Seine Schultern bebten, und er stöhnte.

Sie packte seinen Arm, der sich wie ein starker Baumstamm anfühlte. Leute verloren nach einem Schlag gegen den Kopf nicht immer das Bewusstsein, oder? »Komm und setz dich. Ich werde ...«

»Nein.« Lucs Schultern bebten heftiger, und was sie für ein Stöhnen gehalten hatte, ging in ein Lachen über, das so tief und sexy war, dass ihre Beine zitterten.

»Du könntest eine Kopfverletzung erlitten haben.« Sie umklammerte seinen Arm fester.

»Von diesem kleinen Klaps?« Er bürstete sich den letzten Rest Schnee aus dem Gesicht, und seine Augen zwinkerten ihr zu. »Selbst wenn du etwas Härte in diesen Wurf gelegt hättest, so schlagkräftig bist du nicht.«

Cat riss ihren Arm zurück. »Aber ich *habe* Härte hineingelegt. Ich bin stärker, als ich aussehe.«

»Das weiß ich.« Sein Lachen erstarb wie eine Kerzenflamme, die ausgeblasen wurde. »Du bist eine starke Frau, und ich rede hier nicht von deiner körperlichen Stärke.«

»Ach nein?« Sie starrte ihn an, gebannt davon, wie das Mondlicht die Kanten seines Kiefers und seine tief liegenden Augen betonte.

Er schüttelte den Kopf, und als er wieder sprach, war

seine Stimme rau. »Das Leben hat dir weitaus mehr als nur ein paar Schneebälle verpasst.« Er streckte einen Arm aus, um ein paar Schneeflocken von ihrer Jacke zu klopfen, und seine Hand verharrte in der Nähe ihrer Schulter, bevor sie hochglitt, um ihr Kinn zu umfassen. »Du hast nie aufgegeben, und ich glaube, es steckt mehr dahinter, weshalb du hier bist, als dieses Forschungs-stipendium.«

»Wie ...« Sein Fleecehandschuh war weich an ihrem Kinn, und ihre Haut begann zu glühen.

»Warum sonst sollte ein Überflieger wie du nach Firefly Lake ziehen?« Er beugte sich zu ihr vor. »Sicher, du hast dieses Stipendium gewonnen, aber wenn du wirklich gewollt hättest, hättest du in Boston bleiben und ein paar Forschungsreisen unternehmen können.« Sein warmer Atem bewegte die Haarsträhnen unter ihrer Mütze. »Aber stattdessen hast du dein ganzes Leben ent-wurzelt, um in einer Wohnung in der Main Street zu leben und Michael in der Galerie auszuhelfen.«

»Ich brauche Zeit, um mein Buch fertig zu schreiben.« Das war ihre Standardantwort, bei der die meisten Leute nicht weiter nachhakten.

»Und?« Sein Daumen glitt mit einer leichten, aber sinnlichen Liebkosung über die Konturen ihres Kiefers.

»Amy hatte es in der Schule nicht leicht. Die Schule von Firefly Lake ist kleiner, und sie wird hier mehr in-dividuelle Aufmerksamkeit bekommen.« Cats Mund wurde trocken, während seine Hand ihre sanfte Erkun-dung fortsetzte. »Und meine Mom war so krank. Wir hätten sie verlieren können, aber das haben wir nicht getan. Ich will mehr für sie da sein, als ich es bislang war.« Die Krankheit ihrer Mutter hatte Cat vor Augen geführt, wie fragil das Leben war und wie viel ihre Familie ihr bedeutete.

Lucs Hand glitt von ihrem Gesicht, und er wich einen Schritt zurück. Sie zuckte zusammen und strich die daunenweiche Vorderseite ihres Parkas glatt. »Du bist eine gute Mom.« Ein Schatten huschte über sein Gesicht, und für einen Moment war seine Miene beunruhigt. »Und auch eine gute Tochter.« Er räusperte sich. »Und eine gute Freundin. Du warst mir immer eine gute Freundin. Vielleicht habe ich dir das nie gesagt, aber ich hätte es tun sollen.«

»Ich …« Sie holte einmal scharf Luft.

»Danke, dass du meine gute Freundin bist und mir die Hochzeit und alles leichter gemacht hast.« Er starrte sie mehrere endlose Sekunden an, bevor er sich abwandte und durch die quietschende Pforte in der Hecke in der Dunkelheit dahinter verschwand.

Cat stolperte mit butterweichen Knien zurück zu der Bank. Unterhalb des Harbor House lag der Firefly Lake weiß und geheimnisvoll im Mondlicht. Hoch über ihr funkelten die Sterne an dem tintenschwarzen Himmel, so zeitlos und unerreichbar wie Wünsche. »Wenn Wünsche Pferde wären, würden die Bettler reiten.« Die Worte des alten Kinderreims kamen ihr mit beißendem Spott in den Sinn.

Sie hatte sich getäuscht. Letztendlich hatte sie die

Geister ihrer Vergangenheit doch nicht gebannt. Sie waren noch immer da, lebensgroß. Es wäre töricht, darüber nachzudenken, was hätte geschehen können, wenn Luc sich gerade nicht abgewandt hätte. So wie es töricht war, sich jemanden zu wünschen, den sie nicht haben konnte.

Kapitel
5

Luc hielt einen Reisebecher mit Kaffee in den Händen und lehnte sich gegen die verwitterte Bande, die das Eishockeyfeld in der Arena von Firefly Lake umgab. Der Ort erzeugte in ihm nicht mehr die gleiche Aufregung wie damals, als er ein Junge war und es beim Spiel lediglich darum ging, mit seinen Freunden Spaß zu haben, aber er war dennoch etwas Besonderes. Und an diesem Samstagmorgen im Januar war das Eishockeytraining, so wie damals, noch immer ein Gemeinschaftsereignis.

Er ließ den Blick über die in Parkas gekleideten Leute schweifen, die die ramponierte Tribüne füllten, und das Gemurmel der Gespräche verstummte. Er war der Coach, keine Frage. Auch wenn er offiziell vielleicht nur der Assistenztrainer war, so war er hier, um in Jim MacPhersons Fußstapfen zu treten. Und auch wenn die Zuschauer seiner Heimatstadt freundlich und ihm wohlgesonnen waren, hatten sie trotzdem hohe Erwartungen und vertrauten darauf, dass er lieferte. Luc steckte die Hände in die Taschen seiner Trainingshose, während eine Gruppe kleiner Kinder neben ihm das Eis verließ, in einer schwankenden Reihe, die Schlittschuhe so neu, dass sie noch steif waren.

»Das weckt Erinnerungen, was?« Scott Callaghan, der andere Assistenztrainer, stand an Lucs Seite. Seine haselnussbraunen Augen funkelten hinter einer randlosen Brille, und mit dem Helm, der verbarg, dass sein sandblondes Haar lichter geworden war, sah er fast so aus wie der Junge, an den sich Luc gut erinnerte und mit dem er zahlreiche gemeinsame Eishockeytrainings absolviert hatte. Und was seine entschlossene Einstellung zum Leben anging, kam Scott ihm noch immer wie ein eifriges Hündchen vor.

»Auf jeden Fall.« Auf der anderen Seite der Bande streckte Scotts Ehefrau die Arme aus, um ein winziges Mädchen in einem violetten Schneeanzug zu stützen, das den Großteil ihrer ersten Schlittschuhstunde auf dem Allerwertesten verbracht hatte. Mit Lucs und Maggies Genen wäre ihr Kind auf dem Eis vermutlich ein Naturtalent gewesen, aber das war noch eines dieser Dinge, die er niemals erfahren würde.

»Ich bin froh, dass du hier bist, um mir den Arsch zu retten.« Luc wandte sich von den kleinen Kindern ab und verscheuchte die gedanklichen Bruchstücke dessen, was hätte sein können. »MacPherson ist seit mindestens zwanzig Jahren Coach. Er ist ein Profi.«

»Als ob du keiner wärst.« Scott schlug ihm freundschaftlich auf den Arm. »Es ist ja nicht so, dass du mir damals nicht den Arsch gerettet hättest. Wer hat mir denn bei meinem Handgelenkschuss geholfen, als mein Dad und alle anderen dachten, ich würde für die halbe Saison auf der Bank sitzen?«

»Es gab dich nur einmal.« Luc gab ihm einen Klaps zurück. »Ein Team zu trainieren, ist eine ganz andere Nummer.« Und Luc kannte seine Grenzen.

»Mach dich nicht verrückt.« Scotts Ton war warm. »Du hast eine abgeschlossene Trainerausbildung, und du bist bei USA Hockey registriert. Auch wenn MacPherson als Coach mehr Erfahrung hat, hat er immer nur College-Eishockey und nicht für Olympia oder in der NHL gespielt. Die Kinder sehen allein schon deshalb zu dir auf. Ich unterrichte die sechste und die siebte Klasse hier an der Schule. Ich werde mir jeden vorknöpfen, der sich danebenbenimmt.« Er zog die Augenbrauen hoch und schenkte Luc einen wissenden Blick. »Dein Heiligenschein strahlt in der Gegend hier ziemlich hell. Du würdest doch nicht wollen, dass er an Glanz verliert, oder?«

»Red keinen Quatsch.« Luc stieß eine Atemwolke aus. »Die meisten dieser Jungs sind noch keine dreizehn.«

Scott schnaubte. »Du sagst es, Kumpel. Ich wusste doch, dass du schnell von Begriff bist.« Er schnappte sich ein Klemmbrett von der Bande und machte sich eine Notiz. »Auch wenn die Eltern wollen, dass ihre Kinder Spiele gewinnen, geht es beim Jugend-Eishockey darum, Spaß zu haben und Fähigkeiten zu entwickeln. In diesem Team gibt es keine Bankwärmer.«

»Ist das deine Art, mir zu sagen, dass ich bescheiden bleiben soll?«

»Vielleicht, aber anders als manche Typen hast du nie deiner eigenen PR geglaubt.« Scott grinste. »Was ist mit diesem neuen Mädchen, Amy McGuire? Ich habe gehört, sie ist verrückt nach Eishockey.«

»Sie ist Cats Tochter.« Luc zögerte. Auch wenn er in Versuchung gewesen war, Cat zu küssen, war sie eine Freundin. Es musste ein vorübergehender Anfall geistiger Umnachtung gewesen sein, ausgelöst durch zu viel von dem tödlichen Eierflip ihrer Tante Josette. Und doch, obwohl er mit dem Rücken zur Tribüne stand, war sich Luc Cats Gegenwart deutlich bewusst. Er spürte es an der Art, wie sich seine Nackenhaare aufstellten und seine Finger in seinen Handschuhen kribbelten. »Amy war in Boston in einem der Top-Mädchenteams ihrer Altersgruppe. Ihre Mom ist besorgt, weil sie hier mit den Jungen spielt. Nach dem bisschen, was ich außerhalb des Eises von ihr gesehen habe, ist sie ein draufgängerisches Kind, daher dürfte sie gut zurechtkommen. Aber kannst du mir helfen, sie im Auge zu behalten?«

»Na klar. Bei dieser Gruppe muss man Augen im Hinterkopf haben.« Scott sah zu den Spielern, die auf dem Eis herumwuselten. »Amy ist Nummer fünf, richtig?«

»Ja.« Luc hatte keine Augen im Hinterkopf, und vielleicht war er hier hoffnungslos überfordert. Vielleicht war dieses Eishockeyprogramm ja gar nicht in einem chaotischen Zustand. Vielleicht war Chaos sein Normalzustand, und Jim MacPherson war der einzige Typ, der zwischen Ordnung und völliger Anarchie stand. Er suchte wieder die Tribüne ab und nickte seinem ersten

Coach zu, der zwei Reihen hinter der Eismitte saß. Der Typ war weit über achtzig, aber er kam noch immer zu jedem Spiel und den meisten Trainings und hielt sich nicht mit Ratschlägen zurück.

»Das kriege ich nie im Leben hin.« Er leerte seinen Kaffee und stellte den Becher auf der Bande ab. Dann tat er einen eiskalten Atemzug und setzte die Trainerpfeife an die Lippen.

»Klar kriegst du das hin.« Scott musste sich ein Lachen verkneifen. »Hinter diesem hübschen Jungengesicht warst du immer viel schlauer, als man dachte.«

Mit einem Haufen Kinder und ihren Eltern in Hörweite konnte Luc seinem Freund nicht sagen, wohin er sich seine Bemerkung stecken sollte. »Fangen wir mit einer Aufwärmübung an«, sagte er stattdessen und klatschte einmal in die Hände. »Vorwärts Schlittschuh laufen in Dreiergruppen.«

»Kein Drängeln oder Reden.« Scott schenkte Luc ein Lächeln von der Seite her, bevor er sich zu den Kindern in ihren grün-weißen Eishockeytrikots umwandte, die nun ihre Runden drehten.

»Und jetzt wollen wir euch rückwärts Schlittschuh laufen sehen, ebenfalls in Dreiergruppen.« Luc warf einen Blick auf Scott, der sich wieder Notizen auf seinem Klemmbrett machte. Als er nickte, machte Luc es vor. »Zeigt uns ein bisschen Geschwindigkeit und kommt dann zum Stehen.«

Scott ermunterte und korrigierte abwechselnd. Stählerne Schlittschuhkufen kratzten über das Eis, und das

Geräusch hallte zu den dunklen Dachsparren hoch, wo mehrere Meisterschaftswimpel flatterten, ihr einst leuchtendes Blau zu einem stumpfen Grau verblasst.

»Du bist der Profi, Callaghan, nicht ich.« Luc grinste. »Wenn wir uns nicht schon so lange kennen würden, würden mich deine Trainerqualitäten ernsthaft auf die Palme bringen.«

»Sieh zu, damit du etwas lernst, Heißsporn.« Scott grinste zurück. »Glaubst du etwa, du hast mich damals nicht auf die Palme gebracht?« Seine Miene wurde wieder ernst. »Du bist genau der Funke, den dieser Eishockeyverein braucht. Trotz der Sommertouristen waren die letzten paar Jahre, seit die Futterfabrik dichtgemacht hat, für eine Menge Leute in der Gegend hier hart. Wenn MacPherson nicht ein paar einheimische Unternehmen dazu gebracht hätte, etwas beizusteuern, könnten einige dieser Kinder jetzt nicht spielen. Jemanden wie dich zu haben, der ihr Team trainiert, gibt diesen Kindern Hoffnung. Nach dem, was ich in meinem Klassenzimmer sehe, ist Hoffnung etwas, wovon etliche Kinder im Moment nicht genug haben.«

Trotz seines Ruhms und des Geldes, das damit verbunden war, wusste Luc nur zu gut, was es hieß, die Hoffnung zu verlieren. Und wie man dadurch auch aufhören konnte, zu träumen und an sich zu glauben. Er schluckte das raue Gefühl in seiner Kehle hinunter. Die Vergangenheit war tot und begraben, genau wie sein Happy End. Er hatte beschlossen, nicht mehr darüber nachzudenken, was hätte sein können.

»Du bist noch immer ein Typ, auf den man sich verlassen kann, Callaghan. Und MacPherson auch.« Und Luc war entschlossen, keinen der beiden Männer und auch keines der Kinder zu enttäuschen. »Die meisten dieser Jungs können ganz gut Schlittschuh laufen, aber an ihrem Passspiel und dem Umgang mit dem Puck müssen sie noch arbeiten. Bist du bereit, die Übungen mit ihnen durchzugehen, von denen wir geredet haben?« Er rieb sich die rechte Schulter und zuckte zusammen.

Scotts Blick konzentrierte sich auf Lucs Schulter. »Okay, aber ...« Er zögerte mehrere endlose Sekunden.

»Es geht mir gut.« Luc bückte sich, um einen bereits festen Schlittschuhsenkel noch fester zu schnüren – und das Mitgefühl in den Augen seines Freundes nicht sehen zu müssen.

»Deiner Schulter geht es gut, na klar, zumindest für diese Art Training.« Scott kramte einen Puck aus seiner Jackentasche und ließ ihn übers Eis schlittern. »Und der Rest von dir ist auf dem Weg dahin.« Er räusperte sich, und als er wieder sprach, war seine Stimme rau. »Maggie wäre richtig stolz auf dich. Du blickst im Leben nach vorn. Mit dieser Arbeit als Coach gibst du etwas zurück, genau wie sie es getan hat.«

Luc nickte ruckartig und sprintete dem Puck hinterher. Seine Beinmuskeln pumpten in dem Rhythmus, den er fast sein ganzes Leben lang perfektioniert hatte. Wie könnte er darüber nachdenken, nach vorn zu blicken, es sei denn, auf eine ganz oberflächliche Weise? Er erwischte die Gummischeibe nahe einem der Torräume und schnellte unter etwas Applaus herum. Das Kribbeln war wieder da, und als er den Kopf hob, starrte Cat ihn an. Sie hockte am Ende einer Tribüne, in demselben engelsgleichen weißen Parka wie am Neujahrstag, als sie Straßeneishockey gespielt hatten. Die rosa Decke, die über ihren Beinen lag, passte zu dem Rosa ihrer Wangen, und selbst auf zwanzig Schritte Entfernung konnte er die sanft geschwungene Linie ihres herzförmigen Mundes nicht übersehen.

Sie hielt seinem Blick einen Moment länger stand als nötig, dann senkte sie den Kopf und blätterte eine Seite in dem Buch um, das auf ihren Knien ruhte.

Luc schoss den Puck zurück zu Scott. Dieses Gefühl, was immer es war, ließ sich nicht Josettes Eierflip, einem mondbeschienenen Garten oder vorübergehender geistiger Umnachtung zuschreiben. Aber selbst wenn er es gewollt hätte, konnte er nicht etwas mit der Mutter eines Kindes anfangen, das er trainierte.

»Okay, und jetzt machen wir eine Passspiel-Übung.« Er kam in der Eismitte schlitternd zum Stehen und wandte sich zu den Jungen und Amy um. »Wir müssen an eurer Zielgenauigkeit und Geschwindigkeit arbeiten.«

Fünfzig Minuten später umrundete Luc ein letztes Mal das Eis und warf einen Blick auf die Uhr. Das Training war wie im Flug vergangen, und er hatte sich mehrmals ein anerkennendes Nicken von seinem alten Coach verdient.

»Und?« Scott balancierte einen Stapel Pucks auf die Bande, wo die weiße Farbe abgeblättert war und das blanke Holz darunter zum Vorschein kam.

»Danke.« Er schlug seinem Freund auf die Schulter.

»Wofür?« Scott zog eine sandblonde Augenbraue hoch.

»Als MacPherson hier war und ich nur ausgeholfen habe, haben diese Jungs Nachsicht mit mir gehabt. Jetzt ist das eine ganz andere Kiste.« Vielleicht hatte er trotz seiner neu erworbenen Trainerlizenz ja auch einfach kein Talent zum Coach und sollte besser bei seinem Alltagsjob in der Molkerei bleiben. Wie auch immer, er hatte neuen Respekt vor Lehrern, angefangen bei dem Mann, der vor ihm stand.

Scott lachte. »Erinnerst du dich nicht mehr an die Pubertät? All diese Hormone, die herumschwirren, machen das Leben auf jeden Fall spannend.«

Auch wenn die unbeholfenen Jugendjahre inzwischen zum Glück nur noch eine verschwommene Erinnerung waren, hatte die vergangene Stunde Luc zumindest eines gezeigt: Jugend-Eishockey zu trainieren, war nichts für schwache Nerven. Zwischen dem Herumtollen der Kinder auf dem Eis – wobei er mehrere Raufereien zwischen Jungen schlichten musste, die sich schon bis aufs Blut gehasst hatten, bevor sie sich auch nur ihre Schlittschuhe zugeschnürt hatten – und dem Umgang mit den Eltern auf der Tribüne, die nicht zögerten, ihren Senf dazuzugeben, war er sich nicht sicher, wie viel er wirklich trainiert hatte. Aber er war ebenso verschwitzt, als hätte er ein Ligaspiel gespielt, das zweimal in die Verlängerung gegangen war.

»Sag mir, dass wir in dem Alter nicht so wie diese Kinder waren.« Luc sammelte verstreute Eishockeyschläger ein und scheuchte ein paar trödelnde Spieler zum Umkleideraum.

»Kann ich leider nicht.« Scotts Grinsen war wehmütig. »Und du warst sogar noch schlimmer, weil du so verdammt wetteifernd warst und uns alle ständig umkreist hast. Nachdem ich mit dir aufgewachsen bin, ist es ein Wunder, dass ich nicht fürs Leben gezeichnet bin.«

»Ja, na klar.« Luc lachte, denn Scott war der ausgeglichenste Typ, den er kannte. Lässig, aber imstande, Leuten in den Hintern zu treten, wenn es sein musste. Er war auch ein liebevoller Ehemann und Vater.

»Amy McGuire erinnert mich sehr an dich. Jede Menge natürliches sportliches Talent und auch dieser sechste Sinn, den du auf dem Eis immer zu haben schienst, als ob du genau wüsstest, wo der Puck war, selbst wenn du ihn nicht sehen konntest.« Scott warf ihm einen Puck zu, und Luc fing ihn mit einer Hand auf. »In diesem Team wird ihr bald langweilig werden. Du solltest mit ihr zusätzlich trainieren.«

»Ich bezweifle, dass Cat damit einverstanden wäre.« Er warf einen Blick zur Tribüne, aber Cats Platz war leer. »Sie konzentriert sich darauf, Amy in der Schule einzugewöhnen.«

Und auch wenn Cat es nicht ausdrücklich gesagt hatte, hatte Luc den Verdacht, dass sie nicht so begeistert vom Eishockey war wie Amy oder so ehrgeizig wie die meisten Eishockey-Eltern. Aber Amy hatte für sich allein genug Ehrgeiz, und beim Eishockey war sie ebenso getrieben und konzentriert, wie es Cat in der Schule gewesen war.

»Du solltest trotzdem mal bei ihr auf den Busch klopfen. Stell dir vor, Amy würde die nächste große Nummer im US-Fraueneishockey werden. Du könntest eine entscheidende Rolle dabei spielen, ihre Karriere zum Laufen zu bringen.« Scotts Stimme wurde etwas sanfter. »Denk mal darüber nach. Würden sich nicht alle Eltern darum reißen, dass du ihrem Kind ein Einzeltraining erteilst?«

Nur dass Cat, so gern Luc es auch von ihr denken würde, nicht so war wie alle Eltern. Sie hatte fast während des gesamten Trainings auf der Tribüne gesessen und die Nase in ein Buch gesteckt. Auch wenn sie hin und wieder aufgesehen hatte, hatte sie sich einfach darauf verlassen, dass ihre Tochter und das Trainerteam ihre Sache gut machen würden.

Aber Scott hatte recht. Amy hatte diesen besonderen Funken Talent, den ein Kind entweder hatte oder nicht und den man selbst mit noch so viel Training nicht entwickeln konnte.

Luc hatte in letzter Zeit viel zu viel an Cat gedacht. Stattdessen sollte er besser an ihre Tochter denken. Wie er Amys Begabung fördern und vielleicht einen großen Unterschied in ihrem Leben machen könnte – die Art Unterschied, die Maggie bei den Mädchen gemacht hatte, die sie trainierte; einen Unterschied, von dem sie gewollt hätte, dass auch er ihn machte.

Zwei Tage später strich Cat ein Ende des Quilts glatt, der an der hinteren Wand der Kunstgewerbegalerie von Firefly Lake hing. Mit dem Bild einer Kleinstadt, die eingebettet zwischen grünen Hügeln lag, einer überdachten Brücke und einer Elchfamilie am Rande eines schneebedeckten Sees fingen die bunten und kunstvoll zusammengenähten Stoffteile das Vermont ein, in dem Cat aufgewachsen war. Den Ort, der sie zurück in ihr früheres Leben gerissen hatte.

Sie trat hinter das antike Lehrerpult, setzte sich in den Drehsessel und fuhr ihren Laptop hoch. Auch wenn es dem Namen nach eine Kunstgewerbegalerie war, gab es in dem geräumigen, lichtdurchfluteten Geschäft eine Auswahl an Kunstgegenständen sowie Töpferwaren, handgearbeitete Möbel, Textilien, Schmuck und Glas. Draußen rieselte der Schnee träge von einem trüben grauen Himmel, und auf der anderen Seite der Main Street schimmerte gemütliches gelbes Licht zwischen den Rüschenvorhängen des North Woods Diners hervor. Die besänftigenden Klänge eines Flötenkonzerts kamen aus Michaels CD-Player auf der alten Küchenanrichte neben dem Schreibtisch.

»Hast du dich schon gut eingelebt?« Michaels tiefe Stimme ertönte hinter ihr.

Cat schnellte herum zu ihrem Chef, der im Türrahmen des kleinen Lagerraums im hinteren Teil der Galerie stand. »Bestens. Die Wohnung ist gemütlich und hat alles, was Amy und ich brauchen. Du solltest viel mehr Miete von mir verlangen.«

»Warum?« Michael kam durch die Galerie auf sie zu und schenkte ihr ein fragendes Lächeln. »Es ist ja nicht so, dass ich das Geld brauche oder das, was ich habe, spare, um es irgendjemandem zu vermachen.« Sein dichtes Haar war schlohweiß, aber auch mit Mitte sechzig war er noch immer hochgewachsen und hielt sich aufrecht. »Meine Frau ist gestorben, bevor wir mit Kindern gesegnet wurden, und ich habe keine anderen nahen Verwandten.« Er stapelte mehrere Kunstzeitschriften übereinander und wich Cats Blick aus.

»Das tut mir leid.« Cat verschränkte die Hände. Das Leben war oft nicht fair, aber dieser entzückende Mann hatte etwas Besseres verdient.

Michael starrte auf den ordentlichen Stapel mit Zeitschriften, als sähe er ihn gar nicht. »So ist das eben. Meine Frau und ich wollten unbedingt einmal nach Australien. Wir hatten die Idee, nach dem College mit dem Rucksack dorthin zu reisen, aber das haben wir nie getan.« Seine Schultern sackten herab. »Irgendwann haben wir uns gesagt, wir würden es tun, wenn wir im Ruhestand wären, aber dann wurde sie krank und …« Er brach ab und schluckte. »Jetzt bin ich zu alt, um mit dem Rucksack zu verreisen, aber selbst wenn ich es nicht wäre, würde ich es nicht übers Herz bringen, es allein zu tun. Selbst die Tiere in der Arche sind zu zweit an Bord gegangen.« Seine Stimme war schwer von Traurigkeit.

»Hey.« Cats Herz krampfte sich zusammen, während sie sich erhob. »Ausgeschlossen, dass du zu alt bist. Vielleicht könntest du mit einem Freund dorthin fahren. Es gibt doch bestimmt Senioren-Rucksackreisende.« Sie tätschelte ihm den Arm. »Was hältst du davon, wenn du dem Diner einen Besuch abstattest? Amy ist nach der Schule dorthin gegangen, um mit Liz Ingwerbrot zu backen. Ich werde mich hier um alles kümmern.«

»Ingwerbrot, ach ja?« Michael zog die buschigen weißen Augenbrauen hoch. »Liz' Vermonter Ingwerbrot schmeckt genau wie das, das meine Großmutter früher immer gebacken hat.«

»Geh schon.« Cat nahm Michaels Jacke von einem Haken an der Wand in der Nähe des Schreibtischs und hielt sie ihm hin.

»Du versuchst doch nicht etwa, mich loszuwerden, oder?« Er schlüpfte in die Jacke und schlang sich einen Schal um Hals und Ohren.

»Natürlich nicht.« Aber wenn Amy mit Backen beschäftigt und Michael dort war, wo er sein wollte und wofür er bloß eine Ausrede brauchte, dann könnte sie zwischen den wenigen Kunden, die sich in den kalten und verschneiten Nachmittag hinauswagten, an ihrem Buch arbeiten.

Michael zog ein Paar Handschuhe aus seinen Jackentaschen. »Du bist genau wie deine Mutter. Sie hat sich immer in der Rolle der Kupplerin gefallen, und der Apfel fällt nicht weit vom Stamm. Du warst es doch, die auf Nicks und Mias Hochzeit Liz zu mir geschickt hat, damit sie mit mir tanzt, habe ich recht?«

Cat lachte. »Ihr tanzt doch beide gern, oder? Das heißt, eigentlich habe ich dir einen Gefallen getan.«

»Du bist halb irisch und halb französisch, und das ist eine gefährliche Mischung.« Michael zwinkerte, dann warf er ihr einen gespielt wütenden Blick zu, bevor er die Tür öffnete und im Schneegestöber verschwand.

Eine Stunde später klingelte Cats Telefon, und sie drückte auf Annehmen, ein Auge auf dem Laptop-Bildschirm. »Hey, Mom. Bleibt es dabei, dass du und Ward heute Abend zum Essen zu uns kommt? Amy macht das Dessert, und ...«

»Ist Amy bei dir?« Der Ton ihrer Mom war scharf vor Besorgnis.

»Nein.« Cat umklammerte die Schreibtischkante. »Amy ist bei Liz im Diner.«

»Das war sie, aber dort ist sie nicht mehr.« Die Stimme ihrer Mom bebte. »Ich bin dort kurz vorbeigegangen, um eine Pie mitzunehmen, und Amy saß an einem Tisch in der Nähe der Tür. Ich habe Liz gefragt, ob ich mir von einem ihrer Farne einen Ableger nehmen könnte. Wir haben Amy nur für eine Minute den Rücken zugekehrt, aber als wir uns wieder umgedreht haben, war sie verschwunden.«

»Verschwunden?« Cats Mund wurde trocken. »Wohin könnte sie denn gegangen sein? Habt ihr auf der Toilette nachgesehen?«

Cat hatte mit ihrer Tochter über gefährliche Fremde

geredet, seit sie alt genug war, um es zu verstehen. Sie wäre niemals mit jemandem mitgegangen, den sie nicht kannte, oder zu einem Fremden in den Wagen gestiegen. Eiskalte Angst stieg aus Cats Magen hoch, blieb in ihrer Kehle stecken und vermischte sich mit dem ekelerregenden Geruch der Beerenduftkerze, der ihr noch vor fünf Minuten heimelig erschienen war.

»Wir haben auf beiden Toiletten nachgesehen und auch in dem kleinen Büro, das von der Küche abgeht. Wir haben überall gesucht.« Die Stimme ihrer Mom überschlug sich. »Liz findet, wir sollten die Polizei rufen, und Michael wird die Main Street absuchen. Wenn ich Liz nicht abgelenkt hätte, wäre Amy nicht...«

»Es ist nicht deine Schuld.« Cat schob den Stuhl vom Schreibtisch zurück und schnappte sich Schlüssel und Handtasche. »Ich sehe in der Wohnung nach. Vielleicht ist Amy nach Hause gegangen und hat die Außentreppe genommen, anstatt zuerst in der Galerie vorbeizusehen. Wenn sie dort nicht ist, komme ich gleich rüber.«

Ihr Herz hämmerte gegen ihre Rippen, und sie brauchte zwei Versuche, um die Kerze auszublasen. Wohin könnte Amy gegangen sein? Und warum?

Cat sperrte die Galerietür zu und stolperte die Seitentreppe hoch zu der dunklen Wohnung. Leer. Sie schmeckte Galle und presste sich eine Hand an den Bauch. Sie war nach Firefly Lake gezogen, weil sie Amy unbedingt unterstützen wollte, ihre Tochter, die sie mehr liebte als das Leben selbst. Aber hatte der Umzug alles vielleicht nur noch schlimmer gemacht?

Kapitel
6

Nachdem er die Molkerei verlassen hatte, bog Luc mit seinem Pick-up von der Main Street auf die Lake Road ein. Hinter einem schwerfälligen gelben Schneepflug verlangsamte er die Geschwindigkeit, bis er nur noch im Schneckentempo fuhr. Es schneite so heftig, dass es heute kaum Fortschritte bei seinem neuen Haus gegeben hatte, nach denen er sehen könnte, daher würde ihm eine Stunde im Fitnessstudio vielleicht helfen, die Verspannung aus seinen Schultern und Cat aus seinen Gedanken zu vertreiben. Selbst die Skizzen für die Fabrikerweiterung und die Details der neuen Maschinen, die er finanzierte, hatten seine Aufmerksamkeit nicht annähernd so gefesselt, wie sie es sollten.

Er sah hinüber zum Schaufenster des Blumenladens von Firefly Lake. Eine Frau, die er von der Highschool kannte, winkte ihm über einen Strauß roter Rosen hinweg zu. Mochte Cat rote Rosen? Luc bremste scharf, als der Schneepflug vor ihm ruckelnd zum Stehen kam. *Was tue ich denn da?* Es spielte keine Rolle, welche Blumen Cat mochte, denn er würde ihr keine schenken, schon gar nicht vom heimischen Blumenladen. Wenn sie nicht für seine Mom oder eine seiner Schwestern waren, würden sich die Details jeder Bestellung, die er aufgab, in weniger als einer Stunde in der ganzen Stadt herumgesprochen haben.

Er umrundete den Schneepflug und entdeckte zwischen dem Schneetreiben das Fitnessstudio rechts vor sich, mit der Arena an der Ecke. Er betätigte den Blinker, dann sah er auf dem windgepeitschten, fast leeren Parkplatz der Arena etwas Blaues aufblitzen. Nach dem geblümten Rucksack zu urteilen, der über einer Schulter hing, war es ein Mädchen, und sie war jung. Er wusste nicht viel über Kinder, aber er wusste, dass sie nicht allein herumlaufen sollten, vor allem nicht in einem Schneesturm kurz vor Einbruch der Dunkelheit. Er schaltete den Blinker aus und fuhr stattdessen zu der Arena, um das Mädchen im Auge zu behalten.

Sobald die zierliche Gestalt die Doppeltür der Arena erreichte und die Kapuze ihres Parkas zurückschob, erkannte Luc Cats Tochter. Amy hatte das gleiche seidige, glatte Haar wie ihre Mom, auch wenn es etwas dunkler, fast braun war. Und sie hatte auch den gleichen Gang. Einen schnellen und entschlossenen Schritt, der der Welt sagte, dass die Frau – und ebenso das Mädchen – es weit bringen würden.

Nachdem Amy in der Arena verschwunden war, parkte Luc neben einer Schneewehe, schnappte sich sein Handy und seine Schlittschuhtasche und folgte ihr. Er hatte Cats Nummer nicht gespeichert, aber sobald er in der verlassenen Lobby war, wo Amy durch die Tür zur Eisbahn verschwunden war, schickte er Gabrielle eine Nachricht. Dann schlüpfte er in die Eishalle, schloss leise hinter sich die Tür und duckte sich hinter eine Tribünenreihe, um seine Schlittschuhe zu schnüren. Durch eine Lücke zwischen den Sitzen behielt er Amy im Auge. Sie saß auf der Bank der Heimmannschaft und zog ein Paar Schlittschuhe aus ihrem Rucksack.

Stephanie kam aus der Toilette, und ihre im Allgemeinen strenge Miene wurde etwas sanfter. »Ich habe nicht erwartet, dich heute hier zu sehen.«

Luc presste einen Finger an seine Lippen. »Hier.« Er zückte seine Brieftasche und reichte ihr ein paar Scheine. »Für die Eislaufzeit.«

Sie sah zum Eis, während Amy mit ausgestreckten Armen auf die Mitte zuglitt. »Was tut sie denn hier?«

»Ich weiß nicht, aber könntest du Cats Nummer auf Amys Anmeldeformlar heraussuchen und sie anrufen, während ich es herausfinde? Ich habe Gabrielle schon eine Nachricht geschickt.«

»Na klar.« Stephanie verschwand wieder in den Empfangsbereich. Sie hatte noch immer dieses Hüftwackeln und trug diese enge Jeans, für die sie damals auf der Highschool bekannt gewesen war. Damals fanden viele Typen sie sexy, aber Luc fand das nie. Er tat es noch immer nicht.

Er wandte sich wieder zum Eis um, und ihm stockte der Atem, als er die Freude in Amys Gesicht sah. Wann hatte er das letzte Mal eine solche Freude verspürt, geschweige denn gezeigt? Nachdem Amy zum dritten Mal über die Eismitte gefahren war, kam er hinter der Tribüne hervor und schwang die Beine über die Bande.

»Coach.« Sie kam schlitternd zum Stehen, dann schlug sie vor ihm aufs Eis. Sie ignorierte seine ausgestreckte Hand und rappelte sich hoch, das Gesicht ebenso rot wie das Sweatshirt unter ihrer Jacke. »Ich wollte nur ... ich meine ... na ja ...« Sie verschränkte die Arme vor der Brust.

»Schlittschuh laufen?« Luc lächelte sie an.

Die Miene in ihrem Gesicht war abwehrend, verängstigt und so verletzlich, dass es ihm das Herz gebrochen hätte, wenn er noch eines gehabt hätte, das brechen könnte.

»Irgendwie schon.« Amys Unterlippe bebte. »Es ist schwer zu erklären.«

»Versuch's einfach. Wir können Schlittschuh laufen, während wir reden.« Er sprach in einem sanften Ton, damit sie nicht dachte, dass er sauer war.

Amys spitzes Kinn schnellte hoch. »Meine Mom weiß nicht, dass ich hier bin.« Sie hob den Kopf, und der Schmerz in ihren noch immer kindlichen blauen Augen durchbohrte ihn.

»Warum nicht?« Luc stieß sich ab, begann zu gleiten, und Amy folgte ihm.

»Ich war bei Mrs. Liz im Diner, und meine Grandma ist vorbeigekommen, um mit ihr zu reden. Sie haben mir den Rücken zugekehrt, und im nächsten Moment bin ich losgelaufen und war schon auf halbem Weg hierher. Ich habe an die Schule gedacht und ...« Ihre Stimme zitterte, so wie ihre Lippen.

»Du hattest zufällig deine Schlittschuhe dabei?« Lucs Atem wurde gleichmäßiger, während seine Kufen auf dem glatten Eis griffen.

»Ich nehme sie überallhin mit.« Amy schniefte und wischte sich mit dem Handrücken übers Gesicht. »Ich bin richtig dumm in der Schule, eigentlich so ziemlich im ganzen Leben, aber wenn ich Schlittschuh laufe, fühlt es sich an, als ob ich das tue, was mir irgendwie bestimmt ist. Eishockey ist das Einzige, worin ich gut bin. Seit wir umgezogen sind, ist es das Einzige, was irgendwie gleich geblieben ist. Und diese Schlittschuhe sind neu, daher sind sie etwas ganz Besonderes. Sie immer greifbar zu haben, hilft, weißt du?« Ihre Stimme wurde heiser.

Obwohl er fast fünfundzwanzig Jahre älter war als Amy, verstand Luc dieses Bedürfnis, Schlittschuh zu laufen. Genau wie sie nahm auch er seine Schlittschuhe so ziemlich überallhin mit. Aber im Gegensatz zu ihr war er neben dem Eishockey auch in vielen anderen Dingen gut gewesen. Außerdem war er in einer Familie mit zwei Elternteilen aufgewachsen, die ihn geliebt hatten, und bevor er aufs College ging, hatte er nie umziehen müssen.

»Ich finde überhaupt nicht, dass du dumm bist.« Sein Handy piepste, um den Eingang einer Nachricht anzuzeigen, und er nahm es aus seiner Jackentasche. »Erstens bist du ein Kartengenie. Jeder, der so gut Karten spielen kann wie du, muss ziemlich schlau sein.«

»In meiner alten Schule hat niemand Karten gespielt.«
Amys Ton war bedrückt.

»Das heißt nicht, dass es hier niemand tun wird. Du
kannst jederzeit fragen.« Er las Gabrielles Nachricht
und steckte sein Handy wieder ein. »Als ich gesehen
habe, wie du hier hereingekommen bist, habe ich deiner
Grandma eine Nachricht geschickt. Sie hat mir eben zu-
rückgeschrieben, um zu sagen, dass deine Mom auf dem
Weg hierher ist.«

»Mom wird bestimmt sauer sein.« Amys Augen
wurden feucht, und Luc wurde schwer ums Herz. Er
wünschte, er könnte ihr sagen, dass alles gut werden
würde, nur konnte er das nicht. Wenn er nicht dafür
hatte sorgen können, dass für Maggie und ihr Baby alles
gut wurde, wie könnte er dann versprechen, dass für
dieses Mädchen, das er kaum kannte, alles gut werden
würde?

»Wenn Mom herausfindet, dass ich mich hier herein-
geschlichen habe ...« Amys Stimme wurde rauer. »Und
ich bin weggelaufen. So etwas habe ich noch nie gemacht.«

»Meinst du nicht, dass deine Mom ziemlich besorgt
gewesen sein muss? Und deine Grandma und Liz auch.
Ich möchte wetten, die halbe Stadt war unterwegs, um
dich zu suchen.« Er behielt seinen sanften Ton bei, denn
sie quälte sich schon jetzt mit dem, was sie getan hatte.
Sie sollte sich nicht noch schlechter fühlen. Hier ging
es nicht darum, ihr Coach zu sein. Es ging darum, ihr
Freund zu sein.

»Ich habe nicht nachgedacht.« Amy geriet auf ihren Schlittschuhen ins Stolpern, und Luc streckte einen Arm aus, um sie zu halten. »Ich vermisse Boston und mein altes Team. Und die Schule macht mir Angst. Ich glaube, die anderen Kinder hassen mich alle.«

»Warum sollten sie das denn tun? Du bist noch nicht einmal eine Woche hier. Beim Eishockeytraining bist du doch gut klargekommen, oder?« Wenn nicht – wenn einer der Jungs irgendetwas zu ihr gesagt hatte –, würde er dafür sorgen, dass es nie wieder passierte.

»Na klar, aber das sind Jungen. Du weißt nichts über Mädchen in der sechsten Klasse.« Ihre Stimme hatte einen besiegten Ton, bei dem sich Lucs Herz noch mehr zusammenzog. »Es ist nicht so, dass ich dafür irgendetwas tun muss. Vielleicht finden sie, dass ich seltsam aussehe. Oder vielleicht habe ich irgendetwas gesagt, was sie komisch finden. Bei den meisten Mädchen in meinem Alter, bis auf ein paar meiner alten Teamkameradinnen, ist es so, als würden sie irgendeinem Geheimclub angehören. Wenn du den Code nicht kennst …« Sie fuhr sich mit einer Hand über die Kehle, als würde ihr der Kopf abgetrennt werden.

Luc wusste nichts über Mädchen, weder in der sechsten noch in einer anderen Klasse, aber er wusste etwas über Eishockey, und er musste mit Amy über etwas reden, das ihm seit dem Training, seit Scotts beiläufigem Kommentar, der vielleicht gar nicht so beiläufig gewesen war, durch den Kopf ging.

»War dir bei dem Team hier ein bisschen langweilig?

Du hast schon mehr Eishockey gespielt als diese Jungen.«

Amy zuckte die Schultern. »Du warst toll, aber... ich weiß nicht, ich...« Sie sah ihn an. »Ich hatte nicht das Gefühl, dazuzugehören, und Eishockey ist das Einzige, wo ich je dazugehört habe. Mom liebt mich, aber ich möchte wetten, sie hätte nicht um eine Tochter wie mich gebeten, wenn sie die Wahl gehabt hätte.«

Luc blieb ebenfalls stehen. »Du bist der wichtigste Mensch im Leben deiner Mom. Sie würde dich niemals eintauschen, selbst wenn sie die Wahl hätte.« Denn so war Cat nun mal, und jeder konnte sehen, wie viel Amy ihr bedeutete.

»Ich bin nicht annähernd so wie sie.« Sie nahm ein Taschentuch aus ihrer Jackentasche und rieb sich damit übers Gesicht. »Oder irgendjemand sonst.«

»Warum solltest du denn wie irgendjemand sonst sein wollen statt wie du selbst?« Das war es, was seine Eltern zu ihm gesagt hatten, als er in Amys Alter gewesen war, und es hatte immer dafür gesorgt, dass er sich gut fühlte. »Vergiss einfach, was irgendjemand anders sagt oder denkt.«

»Vielleicht bin ich eher so wie mein Dad. Aber ich weiß es nicht. Er ist bei einem Unfall auf einer Farm gestorben, bevor ich geboren wurde, und Mom redet nie von ihm.« Sie studierte die Spitzen ihrer Schlittschuhe.

»Amy, ich...« Luc biss sich auf die Unterlippe. Wenn er gedacht hatte, dass er als Coach überfordert war, dann war er es hier erst recht.

»Da ist nichts dabei.« Sie zuckte die Schultern. »Was man nie hatte, vermisst man auch nicht, oder?« Die gezwungene Fröhlichkeit in ihrer Stimme konnte über die Unsicherheit – oder den Schmerz – tief in ihren Augen nicht hinwegtäuschen. »Hey, bevor Mom hierherkommt und mir für den Rest meines Lebens Hausarrest erteilt, könnte ich vielleicht ein paar Übungen mit dir machen?«

»Na klar.« Er stieß den Atem aus.

Übungen waren gut. Sie waren logisch und emotionslos. Sie brachten einen nicht dazu, über Dinge nachzudenken, über die man nicht nachdenken wollte. Amy war ein Kind, daher konnte sie nicht wissen, wie das, was man nie gehabt hatte, einen von innen zerfraß, bis man nur noch eine leere Hülle des Menschen war, der man früher einmal gewesen war; jemand, der sich nicht mehr so für das Leben oder andere Menschen öffnen konnte, wie er es davor getan hatte.

Und weil sie ihren Dad verloren hatte, bevor sie geboren wurde, konnte sie auch nicht wissen, wie sich das Leben manchmal im Nu änderte, an einem plötzlichen, hässlichen und unumkehrbaren Wendepunkt, an dem man alles andere, was danach kam, maß.

Cat rannte in die Lobby der Arena. Die Jacke, die sie in ihrer Eile nicht zugeknöpft hatte, flatterte, und ihre Stiefel klapperten über den gefliesten Boden.

»Wo ist Amy?« Sie verlangsamte ihr Tempo, als sie an Stephanie hinter dem Empfangstresen vorbeikam.

»Mit Luc auf dem Eis.« Hinter dem kamerareifen Make-up lag unerwartetes Mitgefühl in den Augen der anderen Frau.

»Danke.« Cat warf das Wort in einem atemlosen Keuchen über die Schulter, bereits auf halbem Weg zur Eishalle.

An der Bande blieb sie abrupt stehen. Amy und Luc waren am anderen Ende des Eises in der Nähe eines Torraums. Ihre Tochter lachte über irgendetwas, das Luc sagte, und ihr schmales Gesicht war lebhaft wie seit Wochen nicht mehr.

Cats Herz hämmerte schmerzhaft. Amy hatte auch in Boston nicht glücklich ausgesehen, aber wäre sie glücklicher gewesen, wenn Cat sie nicht entwurzelt hätte, um nach Firefly Lake zu ziehen? Hatte sie einen schrecklichen Fehler gemacht? Wenn sie Amy in der Schule mehr geholfen hätte, hätte sie vielleicht bessere Noten gehabt. War ihr Platz im Team tatsächlich so gefährdet gewesen, wie die Trainer gesagt hatten? Hätte Cat sich mehr bemühen sollen, eine andere Option zu finden? Vielleicht, vielleicht, vielleicht … Sie musste aufhören, sich ständig zu hinterfragen.

»Amy?« Ihre Stimme war ein hohles Echo in der leeren Arena. Sie drückte die Pforte auf und betrat vorsichtig das Eis, während sie die Hände in ihren Fäustlingen ballte.

Ihre Tochter wandte sich um, und das Lächeln schwand von ihrem Gesicht. »Mom?«

»Es ist alles gut.« Cat breitete die Arme aus, und mit

einem halben Dutzend Gleitschritten schlitterte Amy hinein.

»Es tut mir leid.« Die Worte ihrer Tochter waren ein gedämpftes Keuchen an Cats Jacke. »Ich war so dumm. Ich wollte dir oder Grandma und Liz keine Sorgen machen.« Ihre Schultern bebten.

»Du bist nicht dumm, du bist nie dumm.« Cat strich Amys Haare glatt und drückte ihre Tochter noch fester an sich. »Aber vielleicht hast du nicht nachgedacht. Als deine Grandma und Liz dich nicht finden konnten und du auch nicht in der Wohnung warst ... Ich hatte solche Angst.« Sie unterdrückte ein Schluchzen. »Ich liebe dich so sehr, mein Schatz.«

»Wenn alles okay ist, dann gehe ich jetzt.«

Als sie Lucs tiefe Stimme hörte, sah Cat auf. Auf Schlittschuhen überragte er sie noch mehr als sonst.

»Du ... ich ... danke ... Wenn du Amy nicht gefunden hättest ...« Cat schmeckte die Angst in ihrer Kehle. Ihre Tochter hätte entführt oder gar getötet werden können. Oder sie hätte sich im Schneesturm verirren und erfrieren können ...

»Hey.« Luc umrundete Amy. »Du bist ja so weiß wie das Eis. Komm, setz dich.« Mit sanftem Druck und ohne Amy aus ihren Armen zu lösen, führte er sie beide zu einer der Mannschaftsbänke und hockte sich neben sie. »Ich war auf dem Weg zum Fitnessstudio, als ich an einem Kind vorbeigefahren bin, das allein auf dem Parkplatz war. Ich wusste erst nicht, dass es Amy war, aber irgendetwas schien nicht zu stimmen, daher habe ich nachgesehen.«

»Gott sei Dank hast du das getan. Amy?« Cat umfasste das Kinn ihrer Tochter. »Ich bin nicht sauer, aber wenn Coach Luc nicht da gewesen wäre, hättest du in ernsthafte Schwierigkeiten geraten können.«

»Ich weiß.« Amys Stimme war leise. »Ich habe einen Fehler gemacht, aber auf einmal musste ich einfach Schlittschuh laufen, und das war das Einzige, woran ich noch denken konnte.«

Cat stieß den Atem aus. »Wenn wir nach Hause kommen, werden wir darüber reden, wie man bessere Entscheidungen trifft, aber im Augenblick ... Was sagst du zu deinem Coach?«

»Danke.« Amy wandte ihr tränenverschmiertes Gesicht zu Luc um. »Ich bin schuld, dass du dein Training verpasst hast. Wirst du mich jetzt auf die Bank schicken?«

»Nein.« Luc tätschelte unsanft Amys Arm. »Du hast ja noch nicht mal ein Spiel für das Team gespielt, wie könnte ich dich denn da auf die Bank schicken? Aber ich kann dir ein paar zusätzliche Runden aufbrummen.«

Amys Miene hellte sich auf. »Ich kann jetzt gleich damit anfangen. Ich meine, wenn du willst?«

»Sehr gut. Fünf Runden auf dem Eis, und dann gehst du diese beiden Übungen durch, an denen wir gearbeitet haben.« Er zögerte, bevor er sich an Cat wandte. »Wenn du nichts dagegen hast.«

»Nur zu.« Nachdem Amy aufs Eis gestürmt war, beäugte sie ihn. »Du weißt aber schon, dass Runden und Übungen nicht wirklich eine Strafe für sie sind?«

Er schenkte ihr ein schiefes Lächeln, bei dem sich ihr Herz zusammenzog. »Amy macht im Moment eine schwere Zeit durch. Ich will es ihr nicht noch schwerer machen. Außerdem sollte sie die Eislaufzeit jetzt auch nutzen.«

»Du hast ihre Eislaufzeit bezahlt?« Sie kramte in ihrer Handtasche nach ihrem Portemonnaie. Die Gebühr würde das Essensgeld für diese Woche fast aufbrauchen, aber ihre Mom hatte ihr jede Menge Reste von den Feiertagen mitgegeben, und all die mageren Jahre hatten Cat gelehrt, wie man sein Lebensmittelbudget streckte.

»Vergiss es.« Luc legte eine Hand auf ihre, und selbst durch ihre Fäustlinge hindurch kribbelte ihre Haut von der Berührung. »Es hat mir Spaß gemacht, mit Amy Schlittschuh zu laufen.«

»Aber …« Cats Stimme war heiser. Eislaufzeit war für ihn Kleingeld, warum fiel es ihr dann so schwer, seine freundliche Geste anzunehmen? Vielleicht, weil sie immer selbst für sich bezahlt hatte und sich nie von ihrer Mom, Nick oder irgendjemand anderem aushelfen ließ, auch wenn sie es vielleicht gebraucht hätte.

»Steck dein Geld weg.« Er grinste. »Kein Mann und keine Frau ist eine Insel, schon vergessen?«

»Danke.« Sie wand ihre Hand aus seiner, um an ihrer Handtasche herumzufummeln.

»Siehst du? Das war doch gar nicht so schwer, oder?« Seine Stimme neckte sie. »Außerdem will ich mit dir über Amy reden, und mit diesen Übungen wird sie eine Weile beschäftigt sein.«

Cats Herz schlug wie ein Hammer gegen ihre Rippen. Wie oft hatte irgendjemand zu ihr gesagt, er wolle mit ihr über ihre Tochter reden? Schon bevor Amy alt genug war, um zu krabbeln, hatte Cat gespürt, dass sie nicht so war wie andere Kinder. Hinter den großen blauen Augen und dem engelsgleichen Gesicht war ihr kleines Mädchen irgendwie anders gepolt. Auch wenn Lehrer und Trainer über Jahre hinweg immer wieder versucht hatten, Amy zu verstehen, hatten die meisten es nicht getan, jedenfalls nicht genug, um ihr wirklich zu helfen.

»Was ist mit Amy?« Sie starrte auf das Eis und ihre Tochter, die in schnellem Tempo lief, während ihre Haare unter dem Helm hinter ihr herwehten.

»Sie ist ein besonderes Mädchen.« Lucs Miene sah nicht so aus, als ob er sie verurteilte. Stattdessen schien er fast aufgeregt.

»Ja.« Cat hatte den Überblick verloren, wie oft sie das Wort *besonders* schon gehört hatte. Früher, als die Leute das Wort auf sie angewandt hatten, und jetzt bei Amy war es nie so gut gemeint, wie es klang.

»Im Ernst. Sie ist eine schlaue und gewiefte kleine Eishockeyspielerin mit jeder Menge Potenzial. Außerdem ist sie fleißig und konzentriert. Nach dem, was der andere Trainer und ich am Samstag gesehen haben, könnte sie die Art Kind sein, das es nur einmal in einer Generation gibt.«

»Wirklich?« Cat umklammerte den Rand der Bank. Auch wenn Amys Trainer in Boston gesagt hatten, dass sie gut war, gab es viele begabte Spielerinnen in ihrem

Team. Cat hatte nie das Gefühl gehabt, dass ihre Tochter hervorstach.

»Ich meine es ernst.« Lucs blaue Augen blickten warm, aber auch entschlossen. »Ich will mit ihr zusätzlich trainieren. Das Team hier wird Amy nicht genug fordern, und die nächsten paar Jahre werden entscheidend für ihre Entwicklung sein.«

»Sie ist erst zwölf.« Cat umklammerte die Bank fester. Auch wenn sie nur das Beste für Amy wollte, kostete das Training Geld. Wenn es um Eishockey ging, konnte sie sich kaum neue Schlittschuhe leisten, und kein Sport war so wichtig wie das, was Amy für die Schule benötigte.

»Eishockey ist für Kinder ein Spaßsport, aber wenn sie richtig gut sind, kann es auch ein Geschäft werden. Für Mädchen wie Amy gibt es Sommer-Eishockeyschulen und Eliteteams. Wenn sie älter ist, könnte sie sogar für ein College-Stipendium infrage kommen, so wie ich damals.« Seine Miene wurde etwas sanfter. »Hat mit dir nie jemand über so etwas geredet?«

»Nein.« Sie blinzelte das brennende Gefühl hinter ihren Augen weg. »Amy ist Legasthenikerin. In Boston haben einige der anderen Kinder sie deswegen schikaniert. Das Eishockey hilft ihr, sich gut mit sich selbst zu fühlen, aber sie muss sich auch auf die Schule konzentrieren. Ein paar der Lehrer hier sind darauf spezialisiert, Legastheniker zu unterrichten.« Und Amy würde die Art Hilfe kostenlos bekommen, die Cat sich andernfalls nicht leisten könnte.

»Du wirst von mir kein Argument dagegen hören, dass die Schule wichtig ist, und ich will Amys schulische Herausforderungen nicht kleinreden, aber viele Sportler sind Legastheniker.« Luc musterte sie eine Sekunde. »Ich will ihr helfen. Wirst du mich das tun lassen?«

»Ich …« Ihre Beine zitterten, und sie presste die Knie zusammen.

»Ich würde kein Geld dafür annehmen. Du und Amy, ihr seid wie Familie. Nenn es weitergeben.« Eine leichte Röte färbte seine Wangen.

Cat umklammerte ihre Handtasche. Könnte sie Amy zuliebe in Lucs Schuld stehen? Wenn er ihre Tochter privat trainierte, würde er ein noch größerer Teil ihrer beider Leben werden, und sie dachte schon jetzt mehr an ihn, als sie es sollte. Aber wie könnte sie Amy etwas verweigern, was sie sich mehr als alles andere wünschte? Wenn Amy je herausfand, dass Cat zu dieser Chance Nein gesagt hatte, würde ihre Tochter ihr vielleicht niemals verzeihen. Der Blick von Lucs blauen Augen passte zu seinen Worten. Er war aufrichtig und ehrlich – nichts, wovor Cat Angst haben müsste. Alles, was er wollte, war das Beste für Amy.

»Das ist wirklich großzügig, aber …« Sie brach ab und sah auf die hingerissene Miene ihrer Tochter. Sie und Amy würden nicht für immer in Firefly Lake sein. Jedes zusätzliche Training würde nur vorübergehend sein. »Okay.« Cat zwang ihren Mund, das Wort zu formen, während ihr Magen sich verknotete.

»Das ist toll.« Sein Grinsen war offen und jungenhaft.

Anders als sie stellte er nicht jede Entscheidung, die er traf, infrage oder zögerte, wenn er einen Schritt ins Unbekannte wagen musste. Und anders als sie hatte er nicht ein einziges Mal eine schlechte Entscheidung getroffen, die sein ganzes Leben verändert hatte. »Du wirst es nicht bereuen. Angesichts dessen, was Amy dir heute zugemutet hat, willst du es ihr jetzt sagen oder noch warten?«

»Ich werde mit ihr reden, wenn wir nach Hause kommen.« Cat musste Amy klarmachen, dass sie mit ihrem Weglaufen alle halb zu Tode erschreckt hatte. Das zusätzliche Training würde es nur geben, weil Luc glaubte, dass sie Talent hatte. »Wenn du mir deine Nummer gibst, wird Amy dich vermutlich später anrufen wollen.« Sie sagte sich, dass sie nur für ihre Tochter nach seiner Nummer fragte und nicht, weil es sich erstaunlich leicht anfühlte, mit ihm zu reden.

»Na klar, gib du mir auch deine.« Er zückte sein Handy und schenkte ihr ein schiefes Lächeln. »Ich hoffe, ich werde dir niemals eine Nachricht schicken müssen wie die, die ich vorhin deiner Mom geschickt habe.«

Cats Hand zitterte, als sie in ihrer Handtasche nach ihrem Handy suchte. Luc war ein guter Junge gewesen, und er war zu einem guten Mann herangewachsen, der das Richtige tat und keine Gegenleistung erwartete — schon gar nicht von einer Frau, auf die er immer aufgepasst hatte wie auf eine weitere Schwester.

Aber dass er Amy zusätzlich trainierte, würde die Dinge auf eine Art verändern, die Cat schon jetzt bereute.

Kapitel
7

Zwei Wochen später verließ Luc den holzgetäfelten Konferenzraum im Inn on the Lake und ging in die Lobby. Beherrscht von einem massiven Feldsteinkamin und mit einladenden Sofas, niedrigen Tischen und sanfter Beleuchtung, war der Raum eindrucksvoll und gemütlich zugleich.

Als er wieder nach Firefly Lake gezogen war, hatte er ein echter Teil der Gemeinschaft werden und der Stadt etwas zurückgeben wollen, die ihm zu seinem Start im Leben verholfen hatte. Aber anderen zu helfen, hatte auch ihm geholfen. Es hatte nicht nur den Schmerz in seinem Herzen gelindert, es hatte ihm auch ein Gefühl von Zuhause gegeben, das, genau wie dieser Gasthof, Trost und unerwartete Ruhe brachte.

»Dass du dich uns angeschlossen hast, hat dem Rotary Club auf jeden Fall Auftrieb gegeben.« Nick schlug ihm auf die Schulter und grinste. »Es sind noch nie so viele Leute zu einem unserer monatlichen Lunchtreffen gekommen. Du wirst dich auch bei der Handelskammer einbringen müssen.«

»Sehr gern.« Luc war glücklich, oder zumindest das, was, wie er sich sagte, seine neue Version von glücklich war. Nicht so glücklich wie Nick, der von seinen Flitterwochen in Barbados noch immer ein Strahlen im Gesicht hatte, aber so glücklich, wie er je sein könnte, nachdem er die Liebe seines Lebens verloren hatte.

»Ich habe gehört, dass du Amy zusätzlich trainierst.« Sean Carmichael, Nicks Schwager, gesellte sich vor einem der hohen Fenster, die auf die Winterwelt hinausgingen, zu ihnen. »Ein paar Leute sind eindeutig sauer, dass das neue Mädchen in der Stadt besondere Aufmerksamkeit bekommt.« Er grinste. »Aber ich finde es toll. Es hat meine Frau auf die Idee gebracht, dass Firefly Lake sich fürs Mädchen-Eishockey einsetzen sollte, damit unsere Tochter spielen kann, wenn sie alt genug ist.«

Auch wenn sich vieles verändert hatte, seit Luc ein Kind war, war die Rivalität zwischen den Eishockey-Eltern offensichtlich gleich geblieben. Obwohl darüber einige Nasen gerümpft wurden, stand er zu seiner Entscheidung, Amy zu unterstützen. »Das Mädchen hat ein Gefühl fürs Eis, das ich bei keinem anderen Kind je gesehen habe, aber wenn es hier in der Gegend noch andere Mädchen gibt, die Eishockey spielen wollen, bring sie her. Vielleicht könnten wir beim Winterkarneval im nächsten Monat eine Vorführung veranstalten.« Luc hatte angeboten, den Karneval, den der Rotary Club organisierte, mit Zeit und Geld zu unterstützen. »Ich kenne viele weibliche Spieler. Vielleicht könnten ein paar von ihnen herkommen und helfen.«

Wir hatten Glück. Wir müssen es weitergeben. Maggies Worte hallten in Lucs Kopf wider. Er konnte das Funkeln in ihren braunen Augen und ihren geschwungenen Mund mit der kleinen Narbe auf der Oberlippe fast vor sich sehen. Sein Mund wurde trocken.

»Das ist eine tolle Idee. Ich möchte wetten, Amy würde sehr gern daran teilnehmen. Es würde ihr helfen, sich hier einzugewöhnen.« Nick strahlte ihn an. »Ich muss zurück ins Büro, aber was hältst du davon, wenn du am Sonntag zum Dinner bei Mom kommst? Dann können wir darüber reden. Die ganze Familie wird da sein, Cat und Amy auch.«

Lucs Brust schnürte sich zu. »Na ja …« Er versuchte, Familiendinner zu meiden, selbst bei Familien, die nicht seine eigene waren, denn sie erinnerten ihn an Maggie und den leeren Platz am Tisch, der nie mehr besetzt werden würde.

»Komm schon, du wohnst sowieso im Harbor House, und du musst etwas essen.« Natürlich musste Sean, das Aushängeschild für glückliche Familien, sich einschalten. »Du kannst mit Charlie reden. Wenn du ein paar hochkarätige Spielerinnen dafür gewinnen kannst, hierherzukommen, wird sie bestimmt für die entsprechende Medienberichterstattung sorgen.«

Charlie, Seans Ehefrau, war Journalistin und neben ihrer Schwester Mia eine der nettesten Frauen, die Luc je kennengelernt hatte. Sie waren beide großherzig, und keine von ihnen versäumte je eine Gelegenheit, für einen guten Zweck die Werbetrommel zu rühren. Und wenn ein guter Zweck hieß, dass sie auch die Werbetrommel für die Vorzüge von Firefly Lake rühren konnten, war es umso besser. In vieler Hinsicht erinnerten sie ihn an Maggie, was der Grund dafür war, dass er gern etwas Abstand zu ihnen hielt.

»Dinner ... ich nehme eure Einladung an.« Luc ballte die Hände zu Fäusten.

Gabrielles ausgelassener Neujahrsbrunch war nicht so hart gewesen, wie er erwartet hatte. Warum sollte das Sonntagsdinner anders sein?

Das sollte es nicht, abgesehen von den beiden Männern, die vor ihm standen. Weder Nick noch Sean und ihre Familien waren am Neujahrstag da gewesen, daher konnten sie keine der unterschwelligen Strömungen zwischen ihm und Cat bemerkt haben. Aber Charlie und Mia waren scharfsichtig – zu scharfsichtig. Und ohne ihre laute, wenngleich liebevolle französisch-kanadische Familie, und nachdem Nick und Mia jetzt glücklich verheiratet waren, würde Gabrielle mehr Zeit haben, um ihr Augenmerk auf andere Mitglieder ihrer Familie zu richten, insbesondere auf Cat und Amy.

»Sehr schön, dann sehen wir uns am Sonntag um sechs, und bring Appetit mit. Man könnte meinen, Mom hätte über die Feiertage eine Invasion erwartet. Der Gefrierschrank ist noch immer randvoll mit Essensresten. Wenn du uns nicht hilfst, werden wir noch bis Ostern Truthahn essen.« Nick schlug Luc noch einmal auf die Schulter, und dann gingen er und Sean durch die Lobby zum Hoteleingang.

Luc sah aus dem Fenster. In der plötzlich eingetretenen Stille nahm er die klassische Klaviermusik wahr, die aus unsichtbaren Lautsprechern klimperte. Am Ufer des Sees, in der Nähe des Bootsstegs, war der Schnee geräumt worden, um eine Eisbahn zu schaffen, die in der Mittagssonne silbrig weiß funkelte. Über der Musik ertönte Gelächter, wie das Bimmeln von Schlittenglöckchen. Er wandte sich vom Fenster ab, und ihm stockte der Atem.

Cat stand in der Nähe des Empfangstresens, zusammen mit Georgia, die Trainingskleidung trug. Obwohl das Outfit ihrer Schwester freizügiger war, war es Cat, die Lucs Blicke auf sich zog. Heute trug sie eine schwarze Hose und einen weichen rosa Pullover, der sich an ihre entzückenden weiblichen Rundungen schmiegte. Sein Körper reagierte, und Schuldgefühle durchzuckten ihn, während er näher an sie herantrat. Er fühlte sich wie Stahl, der von einem Magneten angezogen wurde.

»Ich bekomme doch ... Luc?« Cat brach mitten im Satz ab und starrte ihn mit ihren betörenden blauen Augen an.

»Ich habe euch zwei beim Rotary-Club-Meeting gar nicht gesehen.« Er wand sich wie der Teenager, der er einmal gewesen war. Es war so lange her, dass er vergessen hatte, wie man mit Frauen Small Talk machte. Oder vielleicht lag es nur an einer bestimmten Frau. Cat und Georgia waren nicht bei dem Meeting gewesen. Ausgeschlossen, dass er Cat übersehen hätte, wenn sie sich in ein und demselben Raum mit ihm aufgehalten hätte.

Selbst wenn sie bei Amys Training auf der Tribüne saß, war er sich jeder ihrer Bewegungen bewusst.

»Der Rotary Club ist was für spießige Geschäftstypen wie dich und Nick.« Georgia schenkte ihm ein freches Grinsen. »Ich gebe im Wellnesscenter Fitnesskurse, und Cat hat sich im Archiv des Gasthofs vergraben. Ich habe ihr eben gesagt, dass sie ihren Hintern in Bewegung setzen und hinaus in den herrlichen Sonnenschein gehen soll. Wenn sie den ganzen Tag über diesen moderigen Papieren brütet, kriegt sie noch einen Vitamin-D-Mangel.«

»Ich gehe ja raus.« Cats Wangen hatten das gleiche Rosa wie ihr Pullover. »Und diese moderigen Papiere sind ein wichtiger Teil der Geschichte von Vermont. Weißt du eigentlich, wie viele Einheimische dieser Ort im Laufe der Jahre beschäftigt hat?«

»Nein, aber du weißt es, daher können wir alle entspannt bleiben.« Georgias Ton war neckend. »Außerdem wirst du in hochtrabenden Artikeln mit vielen großen Worten darüber berichten, und ich werde versuchen, sie zu lesen, weil du meine Schwester bist und ich dich liebe.«

»Ich liebe dich auch, aber du bist einfach unmöglich.« Cat zerzauste Georgias lockige dunkle Haare.

Luc sah zwischen den beiden hin und her und versuchte, sich ein Lächeln zu verbeißen. »Ich hatte auf dem College Geschichte als Wahlfach. Wie einer meiner Professoren sagte – wenn man die Vergangenheit nicht versteht, wie kann man dann eine bessere Zukunft aufbauen?« Es war etwas, das für ihn auf mehr Ebenen Sinn ergab, als Luc zugeben wollte, vor allem, wenn es um diese neuen Gefühle ging, die Cat in ihm aufrührte, Gefühle, die ihm seit Nicks und Mias Hochzeit mehr als ein paar schlaflose Nächte bereitet hatten.

Cat schenkte ihm ein erstaunlich schelmisches Lächeln. »Ich wusste ja schon immer, dass du verborgene Tiefen hast.«

Sein Körper pochte, als wollte er ihn an diese Tiefen erinnern, und Luc steckte die Hände in die Hosentaschen.

»Aber liest er auch Bücher?« Georgias Augen zwinkerten.

»Klar tue ich das.« Er neckte sie seinerseits, so wie damals, als sie klein gewesen war. Georgia war ein niedliches Kind gewesen, das zu einer umwerfenden Frau herangewachsen war. Obwohl sie die Art Frau war, zu der er sich hingezogen fühlen sollte, tat er es nicht, und anders als bei Cat hatte er kein Problem damit, Georgia wie eine Schwester zu betrachten.

»Was denn für Bücher?« Cat legte den Kopf auf die Seite, und die sanft geschwungene Linie ihres Halses sorgte dafür, dass sich seine Hose noch mehr spannte.

»Krimis und Thriller hauptsächlich oder Bücher über Sport.« Bücher, die ihm geholfen hatten, sich die Zeit zu vertreiben, wenn er in Flugzeugen oder Hotelzimmern oder auf Roadtrips mit dem Team gewesen war. Oder die ihm jetzt in der weiten Leere des Harbor House Gesellschaft leisteten, nachdem Gabrielle zu Bett gegangen war und es nichts Sehenswertes im Fernsehen gab.

»Cat liest historische Romane, wo nie jemand Sport treibt.« Georgias Seufzer war so theatralisch wie das überdrehte Kind, das sie früher gewesen war. »Ihr E-Reader ist vollgestopft mit...«

»Georgie.« In Cats Stimme schwang ein Anflug von Ärger mit. »Musst du nicht einen Kurs geben? Gestresste Leute mit dem nach unten schauenden Hund beruhigen oder so?«

»Na klar, aber das Buch über den Grafen von dieser Eloisa Wie-hieß-sie-gleich-wieder war toll, und ich...«

»Nicht, Georgie, bitte?« Cats Stimme verriet ihre Unsicherheit, nur ein klein wenig, aber trotzdem spürbar. Lucs Herz zog sich zusammen. »Geh einfach zu deinem Kurs.«

Als Georgia hinter dem Empfangstresen und den Flur hinunter verschwunden war, zuckte Cat mit einer Schulter, was die Trostlosigkeit in ihren Augen nicht verbergen konnte. »Georgia hat mich schon immer gern gehänselt.«

Und auch wenn Cat es niemals zugeben würde, hatte ein Teil dieser Hänseleien offenbar ihre empfindsame Seele verletzt. »Du liest Eloisa James. Was ist schon dabei?«

»Du weißt, wer sie ist?« Ihre Augen weiteten sich.

»Meine Mom ist ein großer Fan ihrer Bücher.« Er versuchte, eine ernste Miene zu bewahren. »Ich habe ihr zum Geburtstag ein signiertes Exemplar von Eloisas neuestem Buch geschenkt. Mom hat daraufhin gesagt, ich sei ihr Lieblingssohn.«

»Du bist ihr einziger Sohn.« Cats Mund zuckte.

»Wenn du willst, kann ich dir auch ein signiertes Exemplar besorgen. Eloisa und ich sind Kumpel.« Trotz aller Bemühungen konnte er sich das Lachen nicht verbeißen.

»Seid ihr nicht.« Cat stemmte die Hände in die Hüften und schenkte ihm ein neckendes Grinsen.

»Ich bin sicher, sie würde sich an mich erinnern. Ich möchte wetten, zu ihren Signierstunden erscheinen nicht allzu viele Männer.« Er selbst hatte sich zwischen diesen ganzen Frauen in der Buchhandlung wie ein Fisch auf dem Trockenen gefühlt, erst recht, als einige von ihnen ihn erkannt hatten und er letztendlich für Fanfotos hatte posieren müssen.

»Aber du hast es getan, weil ein signiertes Buch deiner Mom viel bedeutet hat.« Cats Stimme wurde sanft. »Das ist so süß.«

»Ich bin ein Kerl, und ich bin ein Eishockeyspieler. Ich bin nicht süß.« Sein Mund wurde trocken, denn wenn es um Cat ging, war er es vielleicht doch. Es war unlogisch, aber wenn sie wirklich etwas haben wollte, egal, ob es ein signiertes Buch von ihrer Lieblingsautorin oder etwas Größeres war, würde er sein Bestes tun, um es ihr zu besorgen.

»Klar bist du das, aber ich werde es niemandem erzählen.« Cats entzückendes Lachen erfüllte den Raum zwischen ihnen. »Ich sollte zurück zum Archiv gehen und ...«

»Warte.« Lucs Herz hämmerte. Er wollte nicht, dass

sie ging. Er wollte Zeit mit ihr verbringen. Und nicht nur das, er wollte sie noch einmal lachen hören und mehr darüber herausfinden, wie sie tickte. *Weil sie eine Freundin ist.* Obwohl es das war, was er sich immer wieder sagte, klangen die Worte bestenfalls lahm und schlimmstenfalls falsch. Aber er trauerte noch immer um Maggie. Ausgeschlossen, dass er bereit für eine Beziehung wäre. Doch woher kam dann dieses Summen in seinem Kopf und dieses Kribbeln in seinen Beinen?

»Georgia hat recht. Es ist ein wunderschöner Tag, und du verkriechst dich drinnen. Willst du mit mir für eine Stunde schwänzen und Schlittschuh laufen gehen?«

»Schlittschuh laufen? Du meinst, auf dem See?« Cats Lachen erstarb, und ein Ausdruck huschte über ihr Gesicht, der sehr nach Angst aussah.

»Na klar, warum nicht?« Warum sollte irgendjemand, der in Vermont aufgewachsen war, Angst vorm Schlittschuhlaufen haben?

»Ich habe gar keine Schlittschuhe.« Ihre Stimme klang ein wenig schrill und nervös.

»Du kannst dir hier welche ausleihen, zusammen mit der Outdoor-Ausrüstung. Ich habe beim Mittagessen mit der Hotelmanagerin gesprochen. Sie hat gesagt, sie fangen an, für Wintersportarten zu werben, um das ganze Jahr über Touristen anzulocken.« Er sprach mit leiser Stimme, ohne Druck auszuüben. Jedenfalls keinen offenen Druck, auch wenn er schon lange nichts mehr so sehr gewollt hatte, wie mit Cat Schlittschuh zu laufen.

»Ich laufe nicht Schlittschuh.« Sie kaute auf ihrer Unterlippe.

»Nie? Nicht einmal mit Amy?« Das war noch etwas, das ihm ein Rätsel war. Warum war Amy so verrückt nach Eishockey, wenn Cat nie mit ihr zusammen aufs Eis gegangen war?

»Ich war einmal mit meinem Dad Schlittschuh laufen, aber danach, nein.« Sie spielte mit dem Ärmelaufschlag ihres Pullovers und wich seinem Blick aus.

»Oh.« Luc schwieg einen Moment. Heutzutage war Cats Dad, Brian McGuire, fast vergessen. Aber als Luc ein Kind gewesen war, war Brian aus der Stadt geflüchtet, nachdem er Geld der Familienkanzlei unterschlagen hatte. Es hatte Jahre gedauert, bis es still um den Skandal wurde.

»Ich kann dir das Schlittschuhlaufen beibringen. Ich möchte wetten, du bist ein Naturtalent.« Sie war vielleicht nicht sportlich, aber Cat hatte eine angeborene Anmut an sich.

»Ich … ich …« Sie zupfte an einem ihrer zierlichen silbernen Ohrringe.

»Du bist keine echte Vermonterin, wenn du nicht Schlittschuh läufst. Außerdem ist in der Arena freitagabends Familien-Schlittschuhlaufen. Wenn du es lernst, ist es etwas, das du und Amy zusammen tun könntet. Ich möchte wetten, sie wäre begeistert. Aber im Freien Schlittschuh zu laufen, ist sogar noch besser.« Er konnte sich nicht erinnern, wann er das letzte Mal auf einem zugefrorenen See gelaufen war, aber vermutlich war es genau hier in Firefly Lake gewesen.

»Was, wenn ich hinfalle?« Ihre Stimme war unsicher.

»Jeder stürzt ab und zu, aber ich kann dir beibringen, so zu fallen, dass du dich nicht verletzt, und ich werde dir helfen, wieder aufzustehen.« Was ihm die perfekte Ausrede liefern würde, sie zu berühren. Lucs Körper wurde von Wärme durchströmt, und seine Finger kribbelten. »Es wird Spaß machen, versprochen. Vertraust du mir?«

Sie hob den Kopf, und ihre rosigen Lippen teilten sich. »Amy versucht ständig, mich zum Schlittschuhlaufen zu überreden.« Sie schenkte ihm ein Lächeln, das zögerlich, aber entschlossen war. »Ich nehme an, es ist an der Zeit, dass ich es versuche.«

In der hölzernen Wärmehütte am See umklammerte Cat den Schaft der weißen Eiskunstlauf-Schlittschuhe mit Fingern, die eiskalt waren, selbst in ihren Handschuhen. Ihr Herz raste, und sie presste sich eine Hand an die Brust. Dass Luc sie fragte, ob sie ihm vertraute, hatte nichts Wichtiges zu bedeuten, auch wenn ihr Dad genau dieselben Worte öfter zu ihr gesagt hatte, als sie zählen konnte. Und doch war er all diesen Versprechungen zum Trotz aus ihrem Leben verschwunden und nicht mehr zurückgekommen.

Doch sie würde nicht über ihren oder über Amys Dad nachgrübeln. Sie hatte vor Jahren entschieden, nach vorn zu blicken. Die Vergangenheit war vorbei, und auch wenn sie sie nicht bewältigt hatte, hatte sie akzeptiert, was geschehen war. Das musste genügen.

»Komm, ich helfe dir.« Luc kauerte sich vor die niedrige Holzbank, auf der sie saß – groß, männlich und so verführerisch. »Heute Nachmittag haben wir den See für uns.« Er hatte seine Schlittschuhe bereits angezogen, eine größere Version der Art, die Amy besaß. Mit seinem schwarzen Parka und einem schwarzen Stirnband, das seine Ohren bedeckte, hätte er einer »Erleben Sie Vermont im Winter«-Touristenbroschüre entstiegen sein können.

Cat steckte den linken Fuß in den, wie sie hoffte, linken Schlittschuh. Vielleicht war es gut, dass niemand sonst hier war. Sie wollte kein Publikum haben, während sie über ihre Füße – oder ihn – stolperte. Sie leckte sich die Lippen und versuchte, sich darauf zu konzentrieren, die Schnürsenkel zu einer Schleife zu binden.

»So ist's richtig, schnür sie fest zu.« Luc glitt mit behandschuhten Fingern über den Stiefel ihres Schlittschuhs. »Minnie Maus?« Er zog fragend eine Augenbraue hoch.

»Amys abgelegte Socken. Ihre Füße sind schon seit ein paar Jahren größer als meine.« Ihr Gesicht begann zu glühen. Sie war nicht nur so klein wie ein Kind, mit diesen Socken sah sie auch wie eines aus. Sie zwängte den rechten Fuß in den anderen Schlittschuh und schnürte ihn fest zu.

»Niedlich.« Luc klopfte auf Minnies fröhliche Schleife. Cats Magen flatterte, und ihre Handflächen wurden feucht. Er stand auf und streckte eine Hand aus, so sicher und entspannt auf diesen schmalen Kufen, wie sie sich in Schuhen oder Stiefeln fühlte. »Setz einen Fuß vor den anderen, als ob du marschierst.« Luc half ihr, aufs Eis zu gehen, und machte es vor.

»So?« Cat hielt den Atem an, hob einen Schlittschuh und setzte ihn rasch auf.

»Perfekt.« Sein Ton war warm. »Wenn du das Gefühl hast, dass du stürzen wirst, versuch, dich nach vorn fallen zu lassen, damit du von den Knien aufstehen kannst.« Er zeigte es ihr.

Cat kniete sich aufs Eis, dann stand sie vorsichtig wieder auf.

»Und jetzt versuch wieder das Marschieren.«

Obwohl ihre Muskeln zitterten, tat sie ein paar zögernde Schritte. Ihre Schlittschuhe fühlten sich nicht nur losgelöst vom Rest ihres Körpers an, ihr schienen auch mehrere zusätzliche Arme und Beine gewachsen zu sein, von denen sie nicht wusste, was sie mit ihnen anfangen sollte.

»Du machst das sehr gut.« In Lucs Stimme schwang ein sanftes Lächeln mit.

Cat rutschte wieder vorwärts. Unter ihren Schlittschuhen war das milchig blaue Eis so glatt wie Glas. Aber darunter lag derselbe freundliche Firefly Lake, in dem sie in jedem Kindheitssommer geschwommen war.

»Ich laufe Schlittschuh, irgendwie.« Sie wagte einen raschen Blick nach oben. Ein Anflug von Bartstoppeln überschattete Lucs Kiefer, und er war ihr so nah, dass sie den frischen, holzartigen Geruch seines Aftershaves wahrnahm.

»Klar tust du das. Schlittschuh laufen ist als Erwachsener schwieriger, wenn man es als Kind nicht gelernt hat, aber sobald du dich entspannst, wird es einfacher.« Ein langsames Lächeln breitete sich über sein Gesicht aus, während er ihrem Blick standhielt.

Als ob es je einfach sein würde, sich in seiner Nähe – oder auf Schlittschuhen – zu entspannen. Sie schluckte und konzentrierte sich wieder auf ihre Füße.

Er nahm ihre beiden Hände in seine und bewegte sich langsam rückwärts, sodass Cat mit ihm zusammen dahinglitt. »Wir werden ein bisschen weiter hinauslaufen, um die Landschaft zu genießen.« Seine Stimme war fest und besänftigend.

Als sie den Blick wieder hob, sah sie hohe Kiefern, die am Ufer hinter dem Gasthof Wache standen. Über ihnen war der Himmel ein strahlendes Blau, umrahmt von grünen Hügeln, die mit Schnee bestäubt waren und ein filigranes Muster ergaben. »Ich hatte völlig vergessen, wie schön der Winter hier ist.« Sicher in Lucs Griff, wandte sie den Kopf zu der kleinen Insel, die in der Mitte des Sees eine felsige, von Bäumen gesäumte Erhebung bildete. »Als ich klein war, sind wir oft mit einem Boot zu dieser Insel hinausgefahren, um zu picknicken.«

»Das habe ich mit meiner Familie auch gemacht. Mein Granddad und ich haben so getan, als wären wir schiffbrüchige Seeleute, wie Robinson Crusoe.« Luc beschleunigte sein Tempo, und der Wind ließ Cats Haare wehen, die unter ihrer Mütze hervorlugten. »In der Biegung des

Sees hinter dem Gasthof errichtet der Bautrupp mein neues Haus. Dieses Stück Land hat früher meinen Großeltern gehört. Als sie starben, hat jedes ihrer Enkelkinder einen Teil davon bekommen. Dort wollte ich schon immer leben. Siehst du?« Er zog eine Hand aus ihrer, um auf die Stelle in der Nähe des Ufers zu zeigen, wo eine Dachlinie über den Bäumen zu sehen war.

Cat kreischte auf und griff wieder nach seiner Hand.

»Keine Angst.« Er ließ sich ausgleiten, und sie rempelte ihn an. Seine blauen Augen glänzten, und sie leckte sich die Lippen.

»Ich habe keine Angst.« Jedenfalls nicht viel. Das Flattern in ihrem Magen war nicht unbedingt der Nervosität geschuldet. Es rührte eher daher, dass sie mit Luc allein inmitten dieser weiten weißen Wildnis war, die wie eine zum Leben erwachte Schneekugel aussah – eine Landschaft und auch ein Mann, die vertraut und unvertraut zugleich waren. Sie schluckte, und als ihre Knie nachgaben, rief sie sich in Erinnerung zu atmen.

»Mein Grundstück reicht bis ans Seeufer. Im Winter werde ich vor meiner Hintertür eine Schlittschuhbahn haben.« Sein Lachen war tief und dröhnend. »Erinnerst du dich noch an die Eisbahn, die mein Dad jeden Winter im Garten meiner Eltern angelegt hat? Es muss hart für meine Mom gewesen sein, mit den ganzen Nachbarskindern, die wochenlang ständig im Haus ein und aus gegangen sind und Snacks oder auf die Toilette wollten, aber sie hat sich nie beklagt.«

»Deine Eltern sind toll.« Auch wenn ihre Mom ihr

Bestes getan hatte, waren die Simards die Familie, in der Cat damals gern aufgewachsen wäre. Die Art Vorzeigefamilie mit zwei Eltern, die einander liebten und sich nicht scheuten, es offen zu zeigen. Keine Familie wie ihre, über die die Leute im Supermarkt mit gedämpften Stimmen tuschelten. Damals hatte sie sich geschworen, dass ihre Kinder, wenn sie je eine Mom werden sollte, ein anderes Leben haben würden. Stattdessen war sie eine alleinerziehende Mutter geworden und hatte es nicht einmal geschafft, Amy eine richtige Familie zu bieten – keinen Vater und auch keine Geschwister.

Der vertraute Schmerz durchzuckte sie wieder, während sie Lucs Hände umklammerte und er sie in einem großen Kreis über die behelfsmäßige Eisbahn zog. »Schlittschuh laufen ist gar nicht so schwer, oder?« In seiner Stimme lag nichts als sanfte Ermunterung. Kein Necken, nur ein unerschütterlicher Glaube, dass sie das konnte, und der ihr half, es ebenfalls zu glauben.

Cat riskierte noch einen Blick nach oben und stieß gegen seinen Parka. Ihre Nase reichte kaum bis zur Mitte seiner Brust. »Ich umklammere dich wie ein Schraubstock.« Und trotz ihrer Winterkleidung kribbelten alle Nervenenden ihres Körpers von seiner Berührung.

Er drückte ihre Hände. Trotz des kalten Wetters war ihr Körper warm. »Man braucht eine Weile, um ein Gefühl fürs Eis zu bekommen. Aber wenn du so überzeugt bist, dass du kein sportlicher Typ bist, wie ist Amy dann eigentlich zum Eishockey gekommen?«

Cat versuchte, sich auf seine Frage zu konzentrieren,

statt darauf, wie seine Stimme einer Liebkosung gleich nachhallte. »Sie ist mit einer Freundin von Harvard und ihrem Sohn Schlittschuh laufen gegangen. Wir haben uns mit dem Babysitten abgewechselt, damit wir beide Zeit zum Lernen hatten. Als Amy eine Gruppe Jungen Eishockey spielen sah, wollte sie es auch versuchen. Und sobald sie einmal damit angefangen hatte, wollte sie nicht mehr aufhören. Daher habe ich mit Privatunterricht Geld dazuverdient, um ihre Eishockeystunden zu bezahlen.« Wenn Cat auf diese Jahre zurückblickte, waren sie ein koffeinbeflügelter verschwommener Klecks aus langen Nächten, die in endlose Tage übergingen, an denen sie es kaum schaffte, einen Fuß vor den anderen zu setzen.

»Amy kann sich glücklich schätzen, eine Mom wie dich zu haben.« Lucs Stimme wurde rauer. »Nicht viele Eltern hätten getan, was du getan hast.«

»Ich habe getan, was ich tun musste.« So wie sie es immer tat. Ihre Brust schnürte sich zu. Mit Amy und dem Studium kam es ihr manchmal so vor, als hätte sie ihre Zwanziger verpasst und vergessen, wie man Spaß hatte. »Was muss ich als Nächstes tun?« Wenn sie das Thema wechselte, würde Luc ihre Verletztheit oder den Anflug von Reue vielleicht nicht bemerken. Sie zwang sich, ihm ein sonniges Lächeln zu schenken.

Er kam langsam zum Stehen und ließ ihre Hände los. »So wie du es vorhin gemacht hast. Setz einen Fuß vor den anderen und beweg dich auf mich zu.«

Cat hob den rechten Schlittschuh und setzte ihn wieder ab. »Ich weiß nicht, wie man bremst.«

»Du wirst nicht schnell genug sein, um bremsen zu müssen. Außerdem werde ich genau hier vor dir sein.«

»Was, wenn ich dich umniete?« Ihre Knöchel knickten ein, und die Schlittschuhe kippten nach innen, bevor Luc sie am Arm festhielt.

»Zweihundert-Pfund-Typen haben mich früher ständig umgenietet, sobald ich aufs Eis gegangen bin.« Sein Lachen war tief und sexy. »Für einige von ihnen gehörte es zur Jobbeschreibung, mich auszuschalten. Ein Winzling wie du macht mir keine Sorgen.«

Sie hätte beleidigt sein sollen, aber irgendetwas an Lucs Ton ließ den »Winzling« wie ein Kosewort klingen und nicht wie eine der Hänseleien über ihre geringe Größe, die sie ihr Leben lang gehört hatte. »So?« Cats Schlittschuhkufen trugen sie über das Eis auf ihn zu.

»Du hast den Dreh raus, aber streck die Arme aus, um das Gleichgewicht zu halten.«

Cat hob die Arme, wie er es ihr zeigte, und bewegte sich wieder vorwärts.

»Vergiss nicht zu atmen.« Luc glitt weiter rückwärts, blieb aber in ihrer Reichweite. »Du hast den Dreh echt raus. Sieht gut aus, Minnie.« Er verzog die Mundwinkel nach oben, ein schiefes Grinsen, bei dem sich Cats Eingeweide in Pudding verwandelten.

»Minnie?« Sie ballte für einen Moment die Hände und sah auf ihre Schlittschuhe, die offenbar ein Eigenleben entwickelt hatten.

»Deine Socken.« Ein gutmütiges Necken und irgendetwas Tiefergehendes, das ihre Nervenenden berührte, schwang in seiner sanften Stimme mit.

»Amys, schon vergessen?« Sie hob den Kopf, und ihr Atem beschleunigte sich. Der Mann, den sie ihr Leben lang gekannt hatte, glitt noch immer vor ihr übers Eis. Nur dass sein Necken eine Sinnlichkeit enthielt, die nie zuvor da gewesen war. »Ich ... ich ...« Sie stotterte, als sie mit einem ihrer Schlittschuhe in einer Rille im Eis hängen blieb.

»Pass auf die scharfe Kante an der Schuhspitze auf.« Luc streckte eine Hand aus, um sie zu stützen, und ließ sie auf ihrem Arm ruhen.

Sie nickte, ihre anfängliche Angst ersetzt von einem unvertrauten Gefühl von Aufregung, das in ihr herumwirbelte und kribbelte, sodass ihr schwindelig wurde. »Ich laufe Schlittschuh. Ich kann es nicht glauben. Amy wird es auch nicht glauben.« Kalte Luft streifte ihre Wangen, ihr Körper war entspannt, nicht steif, und sie atmete tief durch, während sie die Arme ausstreckte und sich auf ihren Kufen weiter auf den See hinaustragen ließ. Der Firefly Lake im Winter hatte seinen ganz eigenen Geruch, eine zeitlose Mischung aus frischem Schnee, würziger Kiefer und dem Rauch von hundert Kaminen.

»Klar tust du das.« Luc klatschte in die Hände, und das Geräusch hallte in der weißen Stille wider.

Cat tat noch einen Gleitschritt und schloss mit einer improvisierten Drehung ab, die sie wieder näher an ihn heranführte.

»Und du bist noch immer draufgängerisch.« Humor leuchtete in seinen blauen Augen auf. »Das habe ich immer an dir gemocht, Minnie.«

Ihr Puls raste, und Schmetterlinge tummelten sich in ihrer Magengrube. »Wenn du mich weiterhin Minnie nennst, werde ich einen Namen für dich finden müssen.«

»Nur zu.« Er drehte sich einmal im Kreis. »Minnie passt zu dir. Sie ist nicht nur draufgängerisch und schlau, sie ist auch niedlich und ganz schön gerissen.«

Das war Luc. Bei jedem anderen Mann hätte sie gedacht, dass er mit ihr flirtete, aber Luc hatte nie mit ihr geflirtet. Und selbst wenn Cat die Art Frau gewesen wäre, mit der Männer flirteten, hatte sie vergessen, wie man einen Flirt erwiderte, falls sie es überhaupt je gewusst hatte.

»Danke.« Das Wort klang gestelzt in ihren Ohren, und sie fuhr sich mit der Hand an den Mund.

»Minnie ist auch freundlich.« Seine Stimme wurde leise. »Sie ist loyal und sieht immer das Gute in anderen Menschen.«

»Ich ...« Ihre Lippen teilten sich, aber sie konnte die Worte nicht finden, die sie sagen wollte.

»Es stimmt. Selbst wenn Kinder dich in Schneewehen geschubst und dir deine Bücher weggenommen haben, hast du dich davon nicht unterkriegen lassen. Du hast gesagt, sie müssten Probleme haben, von denen niemand etwas wüsste. Das ist bei mir hängen geblieben. Du warst vielleicht klein, aber du warst auf jeden Fall riesig. Das bist du noch immer.«

Der Respekt in Lucs Stimme rührte sie, während seine Worte sich tief in ihrer Seele festsetzten. »Ich … du …« Ihre Schlittschuhe rutschten unter ihr weg, und sie stürzte aufs Eis und landete auf dem Allerwertesten. »Oh.« Der Atem entwich zischend aus ihren Lungen.

»Alles okay?« Luc kniete prompt neben ihr. Die Spitzen seiner Augenbrauen und Wimpern waren weiß vom Frost, und die Welt schrumpfte auf die Größe eines Miniaturporträts zusammen.

»Es geht mir gut.« Die Polsterung in der Skihose, die sie zusammen mit den Schlittschuhen ausgeliehen hatte, hatte ihren Sturz abgefedert, sodass eher ihre Würde als irgendetwas sonst verletzt war.

»Vielleicht müssen wir die Sturztechnik noch einmal üben.« Lucs Mund bewegte sich, und Cat starrte gebannt auf die Form seiner festen Lippen. »Nach vorn fallen lassen, erinnerst du dich?« Er zog sie auf die Knie, sodass sie ihm zugewandt war. »Hoch mit dir.«

»Okay, ich …« Sie rutschte aus und taumelte gegen ihn.

Er fing sie auf, bevor sie wieder auf dem Eis landen konnte, und seine starken Arme hielten sie. »So stürzt du richtig.« Sein Atem bildete eine Wolke in der kalten Luft, und Cats Körper zitterte, eher von dem Schock seiner Nähe als von dem Beinahesturz.

»Wirklich?« Sie lehnte sich an ihn, war sich seiner Berührung überdeutlich bewusst.

Ein Lastwagen rumpelte auf der Straße hinter dem Gasthof vorbei, dann verhallte das Motorengeräusch.

In der eintretenden Stille hämmerte ihr Herz bis in ihre Ohren.

»Lehrbuchmäßig.« Er raffte sie vom Eis hoch in seine Arme und presste den Mund an ihren Kiefer. Seine Lippen waren warm auf ihrer kalten Haut, und sie schluckte. Er legte den Kopf ein klein wenig nach hinten, und in seinen Augen lag eine Frage. »Bist du sicher? Ich ...« Seine Stimme war heiser.

»Ja.« Sie neigte das Gesicht zu seinem.

Lucs Lippen glitten über die Konturen ihres Mundes, anfangs sanft und dann fester, um sie zu locken, ihre Lippen zu öffnen.

Sie fühlte sich wie Wachs in seinen Armen, und ein heftiger Schwall von Verlangen durchzuckte sie. Sie war seit fast dreizehn Jahren von keinem Mann mehr geküsst oder gehalten worden. Nach Amys Dad hatte sie so viel Angst davor gehabt, irgendjemandem zu vertrauen, dass sie sich von Männern ferngehalten hatte, bis es zu einer Gewohnheit anstelle einer freien Entscheidung geworden war. Und abgesehen von Amys Dad war sie für eine spontane Liebelei ohnehin nie zu haben gewesen, daher hatte sie sich in den seltenen Momenten, in denen sie es in Betracht gezogen hatte, einem Mann nahezukommen, jedes Mal zurückgehalten. Amy kam an erster Stelle, und sie hatte keine Zeit für eine Beziehung.

Sie stöhnte auf und erwiderte Lucs Kuss. Später würde sie analysieren, warum das hier keine gute Idee war, und sich für ihren Mangel an Willenskraft schelten. Aber nicht jetzt. Obwohl sie weit außerhalb ihrer Komfortzone und er weit außerhalb ihrer Liga war, hatte sie Luc seit Jahren küssen wollen. Und jetzt wollte er sie auch küssen.

Cat kämpfte sich aus ihren Handschuhen und hob eine Hand zu seinem Gesicht, wo Bartstoppeln ihre Handfläche kratzten. Sie glitt mit den Fingern über seine nackte Haut und schmiegte sich noch näher an ihn.

»Catherine.« Seine Stimme keuchte ihren Namen auf diese trällernde französische Art, und sie stöhnte wieder auf. Wenn irgendjemand anders sie bei ihrem vollständigen Namen nannte, klang es sittsam und steif. So wie Luc es aussprach, klang es sexy, als wäre sie eine völlig andere Frau – eine, die tollkühn und vielleicht sogar ein wenig kokett war.

Sie blickte in seine Augen, so dunkelblau, dass sie fast schwarz waren, bevor er sie hochhob, als wöge sie nichts, und sie noch fester an sich drückte. Sie schlang die Beine um seine Taille, und ihm entwich ein Stöhnen. Dann nahm sein Mund ihren wieder gefangen, warm, eindringlich und so, wie sie es sich von einem Kuss von ihm je erträumt hatte.

Er zog an ihrer Mütze und nahm sie ihr ab. Dann hatte auch er seine Handschuhe ausgezogen, und seine Finger glitten durch ihre Haare, um sodann über ihren Hals und ihr Schlüsselbein zu streichen, seine Berührung sanft und eindringlich zugleich.

Cat reckte sich ihm entgegen, während ihre Zunge mit seiner tanzte. Sie schmeckte Kaffee, Winter und ihn, und es war so gut, dass sie nicht anders konnte. Sie stöhnte erneut auf und er ebenfalls, kehlig und erregt.

Es war ein Geräusch, das jeden Zoll des Menschen, der sie war, berührte und veränderte. In all den Jahren, in denen sie Amy großgezogen hatte, hatte sie das Leben immer nur aus zweiter Hand gelebt, sicher hinter den Barrieren, die sie mühsam aufgebaut hatte. Aber das hier war pur und so aufrichtig, dass es, wenn sie nicht aufpasste, mit einem gebrochenen Herzen enden könnte. Ein Kuss von Luc war alles, was es brauchte, um ihren Schutzwall zum Einsturz zu bringen und die Schichten freizulegen, die sie sorgfältig um ihr Herz errichtet hatte, und sie viel zu verletzlich zurückzulassen.

Dann riss Luc seinen Mund von ihrem los, und ihr Körper kühlte ab, als hätte sich das Eis unter ihren Füßen aufgetan, um sie in das bitterkalte Wasser darunter zu ziehen.

»Ich weiß nicht, was über mich gekommen ist.« Er stellte sie wieder auf ihre Schlittschuhe und wich einen Schritt zurück. »Amy … zu trainieren … ich …« Er rieb sich mit einer Hand übers Gesicht.

»Ja … Amy.« Cat fummelte nach ihren Handschuhen und ihrer Mütze. »Ich weiß auch nicht, was über mich gekommen ist.«

Nur dass sie es doch wusste und dass sie noch mehr wie Minnie Maus war, als Luc dachte. Auch wenn sie es jahrelang geleugnet hatte, war sie, genau wie Minnie, eine hoffnungslose Romantikerin. Das war der Grund, weshalb sie diese ganzen historischen Liebesromane auf

ihrem E-Reader las. Das war der Grund, weshalb *Kate &
Leopold* einer ihrer Lieblingsfilme aller Zeiten war. Selbst
ihre Lieblingsfarbe, Rosa, war die Farbe der Romantik
und bedingungsloser Liebe.

Aber die Romantikerin in ihr hatte sie dazu gebracht,
schlechte Entscheidungen zu treffen. Sie streifte ruckartig ihre Handschuhe über und zog sich die Mütze wieder
über den Kopf. Luc war nicht ihr Micky. Er war keine
lebensechte Version eines dieser Männer in den Büchern,
von denen zu träumen sie sich gestattet hatte. Das wirk-
liche Leben konnte nicht mit der Fiktion mithalten, und
Luc war eindeutig kein Held für ihr verträumtes Happy
End. Egal, wie sehr sie sich wünschte, er wäre es.

Kapitel
8

Das Sonntagsdinner war vielerorts aus der Mode gekommen, aber nicht in Firefly Lake. Luc saß nahe der Mitte des langen Tischs im großen Esszimmer im Harbor House, umgeben von Gabrielle und ihrer erweiterten Familie. Ein Feuer knisterte im Kamin, und eine hohe Standuhr schlug alle Viertelstunde.

Sein Blick landete auf Cat, die ihm gegenübersaß, den Kopf gesenkt, auf ihren Truthahneintopf konzentriert. Das Licht des Kronleuchters spiegelte sich auf ihren seidigen blonden Haaren, die über die sanfte Rundung ihrer Wange fielen. Obwohl sie ihm die ganze Woche aus dem Weg gegangen war, erinnerte er sich noch immer mit absoluter Klarheit, wie diese Haare durch seine Finger geglitten waren, und an die Weichheit der Haut ihres Gesichts unter seinen Fingerkuppen.

Angesichts der Tatsache, dass sein Herz zusammen mit Maggie begraben sein sollte, war es schon schlimm genug, dass er eine Frau geküsst hatte, die nicht seine Ehefrau war. Aber er hatte Cat geküsst, die nicht nur Nicks kleine Schwester und daher fast so etwas wie

Familie war, sondern die außerdem die Mutter eines Kindes war, das er trainierte. Auch wenn das Trainerhandbuch nicht ausdrücklich besagte, dass Beziehungen zwischen Trainern und Eltern gegen die Vorschriften verstießen, würde ein sittenstrenger Typ wie Coach MacPherson, sobald er wieder auf den Beinen war, eine Menge dazu zu sagen haben, dass Luc mit dem Elternteil eines Kindes in seinem Team vertraulichen Umgang pflegte – nicht zuletzt, weil einige Eltern schon jetzt fanden, dass Amy besonders behandelt wurde.

Und dann war da Gabrielle. Für einen Moment drehte sich das Esszimmer. Luc wohnte nicht nur in ihrem Haus, sie war auch eine der besten Freundinnen seiner Mom, und Cat war ihre Tochter. Man fing nichts mit der Tochter der besten Freundin der eigenen Mom an, es sei denn, man meinte es ernst. Und auch wenn er das mit Cat nicht ernst meinen konnte, war dieser Kuss doch ernst gewesen. Und gegen besseres Wissen wollte er sie wieder küssen, vorzugsweise ohne dicke Kleiderschichten zwischen ihnen. Er nahm einen Löffel duftenden Eintopf und unterdrückte ein Stöhnen.

»Geht's dir gut, Kumpel?« Rechts von Cat riss Nick seine Aufmerksamkeit lange genug von Mia los, um Luc voller Neugier zu beäugen. »Im Moment geht eine schlimme Grippe um. Die Hälfte von Mias fünfter Klasse war am Freitag krank, stimmt's, Engel?« Er wandte sich mit einem verliebten Gesichtsausdruck wieder zu seiner Frau um.

»Allerdings.« Mia schenkte Nick ein Lächeln, das von

so viel Liebe und Glück erfüllt war, dass Lucs Magen sich verkrampfte. »Wir haben Glück, dass sich bis jetzt noch keines der Mädchen angesteckt hat. Das kommt ganz plötzlich. Im einen Moment geht es dir noch gut, und im nächsten hat es dich richtig schlimm erwischt.«

Ungefähr so, wie es ihn mit Cat erwischt hatte. Im einen Moment hatte er sie vom Eis hochgehoben, und im nächsten hatte er seinen Mund auf ihren gepresst wie ein Besessener. »Es geht mir gut.« Zumindest was die Grippe betraf, ging es ihm gut.

»Ich habe gehört, dass du neben diesen Frauen-Eishockeyvorführungen, die du für den Winterkarneval organisierst, auch ein Mädchen-Eishockeyprogramm auf die Beine stellst.« Neben Nick und Mia konzentrierte sich nun Charlie auf Luc. »Das ist fabelhaft.« Ihre braunen Augen funkelten, während sie Sean anlächelte. Mit der kleinen Lexie, die zwischen ihnen mit einem Löffel auf das Tablett ihres Hochstuhls einschlug, waren die beiden ein weiteres Bild ehelicher Glückseligkeit. »Wir werden Lexie anmelden, sobald sie alt genug dafür ist. Es ist nicht fair, dass ihr großer Bruder Eishockey spielen kann und sie nicht.«

»Ich habe nicht gesagt, dass ich ein Programm für Mädchen auf die Beine stelle.« Während seiner Abwesenheit von Firefly Lake hatte Luc einen sehr wichtigen Aspekt des Kleinstadtlebens vergessen. Neuigkeiten entwickelten rasch ein Eigenleben. Etwas – wie zum Beispiel das Mädchen-Eishockeyprogramm –, das vielleicht als vage, halb geformte Idee begann, verwandelte sich im Nu in eine Tatsache. »Ich habe dafür gesorgt, dass ein paar Spielerinnen, die ich kenne, herkommen und bei dem Karneval ein paar Vorführungen machen. Zwischen dem und einem eigenen Mädchen-Eishockeyteam liegt ein großer Schritt.«

»Eigentlich nicht.« Am anderen Ende des Tischs, neben Gabrielle und Ward, war Amys Miene ernst und viel zu vertrauensvoll. »Ich habe in der Schule mit ein paar Mädchen geredet. Sie haben gesagt, wenn du der Coach bist, würden sie es mit Eishockey versuchen. Sie wollen nicht mit Jungen spielen, aber wenn es ein Mädchenteam gäbe, wäre es etwas anderes. Außerdem sind es nicht irgendwelche Spielerinnen, die du eingeladen hast. Sie haben bei der Olympiade gespielt.«

»Siehst du?« Charlie grinste ihn an, und Lexie ließ scheppernd ihren Löffel auf den Boden fallen. »Alles, was die Mädchen in der Gegend hier brauchen, sind eine Chance und ein paar positive weibliche Vorbilder.«

»Ich finde, das ist eine tolle Idee.« Schließlich hob Cat den Kopf und sah von ihrem Teller auf. »Ich bin besorgt, dass Amy verletzt wird, wenn sie mit Jungen spielt, aber wenn du bei einem Mädchenteam die Führung übernimmst, wäre das ein Schritt in die richtige Richtung.«

»Genau.« Mia strahlte und drückte Nicks Arm. »Wir werden unsere Mädchen auch anmelden. Vielleicht nicht unbedingt Naomi, aber ich möchte wetten, Kylie und Emma würden sich dafür richtig begeistern.« Sie sah den Tisch hinunter, und die sechzehnjährige Naomi, die dreizehnjährige Kylie und die neunjährige Emma blickten mit gleichermaßen entsetzten Mienen zu ihr zurück.

»Das ist wirklich wundervoll«, schaltete sich jetzt auch Gabrielle ein. »In Firefly Lake gibt es nicht viele Sportprogramme für Mädchen, und wenn du eins auf die Beine stellst, würdest du der Gemeinde einen echten Dienst erweisen. Es ist ein Jammer, dass Georgia heute Abend arbeiten muss, aber ich bin sicher, wenn sie hier wäre, würde sie mir recht geben. Sie war so ein sportliches Mädchen, aber als sie aufwuchs, gab es hier nicht viele Gelegenheiten für sie.« Sie wandte sich zu ihrer Enkelin um. »Denk nur an Amy. Es würde ihr die Welt bedeuten, andere Mädchen hier zu haben, die ihren Sport mit ihr teilen. Sie würde neue Freundinnen finden.«

Luc stieß einen Atemzug aus. Amy brauchte Freundinnen, aber ein Mädchen-Eishockeyprogramm war eine Riesenverpflichtung. »Es würde Zeit brauchen, ein solches Programm aufzubauen. Es ist schon Ende Januar. Selbst wenn wir entscheiden loszulegen, könnte, abgesehen von ein paar Probetrainings, bis zum nächsten Herbst nicht viel passieren.« Luc sah der Reihe nach Nick, Sean, Ward und Ty, Seans jugendlichen Sohn, an. Das männliche Kontingent am Tisch würde ihm hier doch sicher den Rücken stärken? »Und es würde auch Geld kosten. Vielleicht könnten wir ein paar ehrenamtliche Trainer finden, aber wir bräuchten immer noch Geld für die Eislaufzeit und die Grundausrüstung. Und wenn die Mädchen bei Turnieren spielen, würde auch das etwas kosten.«

»Ich bin sicher, der Rotary Club würde helfen, aber Turniere würde es in diesem Jahr ohnehin keine geben, vielleicht nicht einmal im nächsten.« Sean schnitt vor Lexie eine witzige Grimasse, und sie kicherte. »Ich werde die Mädchen kostenlos trainieren, und Ty auch, stimmt's, mein Sohn?«

»Na klar. Ich arbeite schon jetzt als Schiedsrichter, und ich würde gern die Trainerlizenz erwerben.« Der siebzehnjährige Ty lächelte Naomi an, wie um Luc in Erinnerung zu rufen, dass er der einzige Typ am Tisch war, der nicht eine Hälfte eines Paars war.

»Auf mich kannst du auch zählen«, ergänzte Nick. »Ich will unseren Mädchen ein gutes Beispiel geben. Amy trainierst du wegen ihres Potenzials, aber ich finde, alle Mädchen sollten die Chance haben, sich im Eishockey zu versuchen. Wer weiß, vielleicht gibt es dort draußen ja noch mehr Talente wie sie.«

Luc verbiss sich ein Lachen. Nick war erst seit ein paar Wochen der offizielle Stiefdad für Mias Töchter und ein bisschen länger Kylies Pflegedad, aber er hatte sich in die Rolle eingefunden, als hätte er sie seit der Geburt aller drei Mädchen ausgeübt. Doch Luc bezweifelte, dass es in Firefly Lake noch andere Mädchen wie Amy gab. Je mehr er mit ihr arbeitete, desto überzeugter war er, dass sie ein seltenes Talent besaß.

»Ich habe nie Eishockey gespielt, aber ich kann beim Fundraising helfen.« Ward legte Gabrielle einen Arm um die Schultern. »Ich könnte sogar einen Kurzfilm darüber drehen, eine kleine Dokumentation. Ich möchte wetten, Vermont Public Radio wäre interessiert. Was meinst du, Charlie?«

»Überlass das mir.« Stets die Journalistin, zückte Charlie ihr Handy und tippte es an.

So viel zu der angeblichen Solidarität von Testosteron. Schon vor Maggie hatte Luc das Frauen-Eishockey unterstützt. Amy zu trainieren, war auch eine Art, etwas zurückzugeben, für Maggie ebenso wie für ihn selbst. Aber er war nach Firefly Lake gekommen, um ein ruhiges Leben zu führen. Es gab für ihn hier vielleicht nicht viel Aufregung oder irgendwelche großen Freuden, aber es würde auch keine Komplikationen geben.

Als Coach MacPherson ihn im letzten Sommer gebeten hatte, beim Jugend-Eishockeyprogramm auszuhelfen, hatte Luc nicht zweimal überlegt, bevor er sich verpflichtet hatte. Das Team war etabliert, daher würde er nicht mehr tun müssen, als aufzutauchen und ein bisschen zu trainieren. Wenn es überehrgeizige Eltern oder irgendwelche anderen Probleme gab, kümmerte sich MacPherson darum. Aber dann hatte MacPherson sich verletzt, Cat und Amy waren aufgetaucht, und für Luc hatten die ganzen Komplikationen begonnen. Und jetzt, nachdem er ganz unschuldig angeboten hatte, beim Winterkarneval zu helfen, war er dazu verdonnert worden, ein Mädchen-Eishockeyteam auf die Beine zu stellen, wo es noch nie eines gegeben hatte und wo die Leute schon jetzt verärgert waren wegen des einen Mädchens, das er trainierte. Sein Leben würde mit Sicherheit nicht ruhig sein, und es hielt noch eine ganze Menge weiterer Komplikationen bereit.

Er starrte Cat an. »Dir ist aber schon klar, dass Amy, selbst wenn wir hier ein Mädchenteam auf die Beine stellen, zu weit fortgeschritten ist, um bei ihnen mitzuspielen, oder? Sie braucht Mädchen, die sie herausfordern.«

»Natürlich kann sie nicht mit Mädchen spielen, die keinerlei Erfahrung haben.« Cat starrte zu ihm zurück. »Aber wenigstens wäre sie nicht das einzige Mädchen im Umkreis von fünfzig Meilen, das Eishockey spielt, und vielleicht könnte sie dir auch beim Training helfen. Anderen etwas beizubringen, worin man selbst gut ist, ist wichtig für die Entwicklung der eigenen Fähigkeiten. Erinnerst du dich noch, wie ich dir Nachhilfe gegeben habe? Du hast Chemie bestanden, und ich habe etwas übers Unterrichten gelernt, während ich noch auf der Highschool war. Es war eine Win-win-Situation.«

»Da gebe ich dir recht, aber ...« Luc biss die Zähne zusammen. Cat hatte es auf den Punkt gebracht. Ihm zu helfen, andere Mädchen zu trainieren, würde Amy Selbstsicherheit geben. Nach dem, was er bis jetzt gesehen hatte, waren Selbstsicherheit und Selbstvertrauen die einzigen Bereiche, in denen sie schwach war. Als ihr Coach, und trotz seines gänzlich unprofessionellen Hingezogenseins zu ihrer Mutter, war es seine Pflicht, Amy auf jede Art zu helfen, auf die er es vermochte.

Cats Mund verzog sich zu einem neckenden Lächeln. Derselbe Mund, der warm und so unglaublich einladend gewesen war, als er sich dicht an seinem geöffnet hatte. »Auch wenn es heutzutage anders ist, hat der Frauen-

Wintersport in Firefly Lake eine lange Geschichte. Das Archiv drüben beim Gasthof hat ein paar tolle Fotos.«

»Das ist ja großartig.« Luc hielt inne und rutschte auf seinem Stuhl hin und her.

Die Frau brachte ihn fast um. Auch wenn die Worte, die aus ihrem Mund kamen, nichts an sich hatten, was auch nur annähernd sexy war, war es *ihr* Mund. Seine Nervenenden kribbelten, und er versuchte erfolglos, den unerwarteten Schwall von Verlangen zu unterdrücken. Dasselbe Verlangen, das ihn dazu gebracht hatte, sie draußen auf dem See in die Arme zu nehmen und seinen Körper an ihren zu schmiegen. Dann hatte sie die Beine um seine Taille geschlungen, und er war verloren gewesen, und der Schwall sinnlicher Gefühle hatte seinen sonst so gesunden Menschenverstand überwältigt.

Cats Lächeln wurde selbstgefällig. »Es gab hier sogar ein paar weibliche Eishockeyspieler. Eine Gruppe Mühlenarbeiterinnen von Firefly Lake hat in den Dreißigerjahren gegen ein anderes Frauenteam aus Quebec gespielt.«

»Ich möchte wetten, die meisten Leute wissen nichts davon. Ich habe es jedenfalls nicht gewusst.« Luc schluckte den überschüssigen Speichel in seinem Mund hinunter. Eishockey. Er musste sich aufs Eishockey und den Karneval konzentrieren, nicht auf ihre rosigen Lippen oder das zum Küssen einladende Grübchen an ihrer Kehle. »Was hältst du davon, wenn du diese Fotos verwendest, um für den Karneval eine Storyboard-Ausstellung zu machen? Wir könnten sie in der Lobby der Arena aufbauen. Das wäre eine tolle PR, meinst du nicht?«

Der Themawechsel half nicht. Vielleicht hatte er sogar alles nur noch schlimmer gemacht, denn jetzt starrten alle am Tisch, sogar die kleine Lexie, ihn und Cat an. Und in Gabrielles Augen lag ein verschlagenes Funkeln, bevor sie einen Blick auf Nick warf.

»Ich nehme an, ich könnte etwas zusammenstellen.« Cat schenkte ihm ein allzu sanftes Lächeln, bevor sie das Brötchen auf ihrem Beilagenteller zerkrümelte.

»Was hältst du davon, wenn ich beim Gasthof vorbeikomme und mir diese Fotos mit dir zusammen ansehe?« Er schenkte ihr ein noch sanfteres Lächeln. »Da alle so scharf darauf sind, ein Mädchenteam auf die Beine zu stellen, sollte ich etwas über die Frauen herausfinden, die es früher hier gegeben hat. Sie sind die Pionierinnen für die Mädchen von heute. Mädchen wie Amy.« Er lehnte sich zurück, und sein Körper wurde von einer Wärme durchströmt, die von ihr kam und nicht von dem Feuer im Kamin. Zwei Leute konnten ein verbales Geplänkel treiben, aber auf einmal, und obwohl alle anderen zusahen, hatte sich dieses Geplänkel in etwas anderes verwandelt – etwas, das sich sehr nach einem Vorspiel anfühlte.

»Na, na, na.« Nick sah zwischen ihnen hin und her, und obwohl in seiner Stimme ein Lachen mitschwang, enthielt sie auch den Anflug einer Warnung.

Lucs Verlangen schwand zusammen mit dem Geplänkel. »Wenn die Leute wollen, dass ich Eishockey trainiere, werde ich Eishockey trainieren. Mädchen, Jungen,

Senioren, jeden.« Okay, das war geschwindelt. Seine Ohren liefen so rot an, als hätte seine Mom ihn beim Lügen ertappt. Eine Gruppe fast jugendlicher Jungen und Amy zu trainieren, war herausfordernd genug. Er schaffte es nur mit Mühe und dank reichlich Hilfe von Scott. Wie sollte er mit einem Haufen Mädchen zurechtkommen?

»Du spielst mit mir«, sagte Cat. Ihre süßen blauen Augen verengten sich hinter der Brille, mit der sie verführerischer aussah als jede Frau, der er vor oder nach Maggie je begegnet war. Aber sie war auch schlau, und sie hatte seine Nummer, daher spielte sie auch mit ihm.

Luc zog seinen Löffel durch die Reste des Essens, das auf seinem Teller gerann. Dass sie mit seinem Körper spielte, damit konnte er umgehen, und vielleicht sogar damit, dass sie mit seinem Gehirn spielte. Aber dass sie mit seinem Herzen und seiner Seele spielte, das konnte er nicht riskieren, weder jetzt noch irgendwann später. Er musste diesen knisternden Kuss zwischen ihnen ignorieren und nach vorn blicken. Es war ein momentaner Ausfall seines und auch ihres Urteilsvermögens gewesen, der nichts zu bedeuten hatte.

Das würde er sich zumindest das nächste Mal sagen, wenn er in den frühen Morgenstunden aufwachte und es Cat war, nach der er sich sehnte, und ihre zärtliche Berührung, nach der sein Körper sich verzehrte.

Qualifikationen für einen Dad. Amy zog das linierte Blatt Papier hinten aus ihrem Mathebuch, um die Liste durchzugehen, die sie und Kylie am Abend zuvor nach dem Dinner bei ihrer Grandma erstellt hatten. *Denkt, du bist die Beste, unternimmt Zeug mit dir und hilft rund ums Haus.*

Sie verstärkte ihren Griff um den Bleistift, während sie die Worte las, die Kylie geschrieben hatte. Amy nahm an, dass das mit dem Helfen wichtig war, aber da ihre Mom und sie immer nur zu zweit gewesen waren, wusste sie es nicht mit Sicherheit. Doch Kylie wusste es, denn Onkel Nick war jetzt ihr Dad, und sie sagte, Tante Mia mochte es, wenn er kochte.

Kocht gern? Amy setzte ein Fragezeichen hinter diesen Punkt. Kochte Coach Luc gern? Wie könnte sie es herausfinden?

Zusammengerollt in einem der Sessel im Wohnzimmer der Wohnung, die sie jetzt Zuhause nennen sollte, ließ Amy den Bleistift zwischen ihren Fingern kreiseln und betrachtete ihre Mom in dem Lichtkreis, den die Lampe auf ihrem Schreibtisch warf. Darcy, ihr ältlicher getigerter Kater, schlief zu Füßen ihrer Mom, während Bingley, Darcys ebenfalls ältlicher Bruder, sich auf ihrem Schoß putzte. Ihre Mom starrte auf ihren Computerbildschirm, und obwohl ihre Lippen sich bewegten, kam kein Laut heraus. Ihre Stirn war gefurcht, so wie immer, wenn sie angestrengt über irgendetwas nachdachte. Oder wenn sie sich Sorgen ums Geld, um die Arbeit oder, mehr als alles andere, um Amy machte.

Amy schluckte einen Seufzer hinunter, dann neigte sie den Kopf wieder über das Blatt Papier. *Ein guter Dad würde meiner Mom helfen, damit sie sich nicht so viele Sor-*

gen macht. Sie blinzelte und biss sich auf die Lippe. Egal, wie sehr sie sich bemühte, die Worte, die sie schreiben wollte, sahen auf dem Papier nie richtig aus. Obwohl sie versuchte, es nicht zu zeigen, war ihre Mom auch darum besorgt.

Aber das Wichtigste war, dass ein Dad sie mehr als alles andere liebte. Sie schrieb *LIEBE* in großen Buchstaben und malte dann mit ihrem roten Buntstift ein Herz darum. Die Liebe ihrer Mom war die eine Sache, von der sie immer genug bekam. Und jetzt hatte sie auch noch ihre Grandma, Tante Georgia und Onkel Nick und Tante Mia und ihre Kinder – eine ganze Familie voller Liebe, genau hier in Firefly Lake.

»Wie kommst du mit deinen Mathehausaufgaben voran?« Die Stimme ihrer Mom hatte einen besorgten Unterton, der zu ihrer besorgten Miene passte.

»Gut.« Amy steckte das Blatt Papier mit ihrer Dad-Liste wieder in das Buch. »Coach Callaghan ist ein guter Lehrer.« Nach dem, was sie von ihm gesehen hatte, war er auch ein toller Dad. »Und der Lehrer, der mir beim Lesen hilft, ist auch gut.« Zum ersten Mal überhaupt hatte dieses Durcheinander von Buchstaben, das alle anderen so leicht entziffern konnten, für sie irgendeine Art Sinn ergeben.

»Das ist ja toll, Schatz.« Das Lächeln ihrer Mom erwärmte Amy von innen und außen. »Ich bin so stolz auf dich.« Sie rollte mit ihrem Drehstuhl näher zu Amy herüber. »Ich weiß, du wolltest nicht hierherziehen, aber es klappt doch alles ganz gut, oder?«

»Egal.« Amy zuckte die Schultern.

Die Schule würde überall schlimm sein, aber die hier war besser als die anderen, auf die sie gegangen war. Wenigstens hatte sie hier nicht dieses flaue Gefühl im Magen, das sie in Boston jeden Morgen vor der Schule gehabt hatte. Und auch wenn das Eishockeyteam lahm war, machte Coach Luc das wett. Aber trotz alledem war Firefly Lake nicht ihr Zuhause. Sie klang anders als die anderen Kinder, und sie fühlte sich auch anders als in Boston, auf eine ganze neue Art. Erstens war sie das einzige Mädchen, das Eishockey spielte, und zweitens war sie außerdem das einzige Kind auf der ganzen Schule, vielleicht sogar in der ganzen Stadt, ohne einen Dad. Selbst die Kinder, deren Eltern nicht zusammenlebten, hatten irgendwo einen Dad.

»Ich werde mit meinem Buch und diesen Artikeln über den Gasthof bis zum Juni fertig sein, und wenn sie veröffentlicht werden, könnte mir das wirklich Türen öffnen.« Das Lächeln ihrer Mom war strahlend und ihre Stimme aufmunternd. »Ich möchte wetten, eine Festanstellung ist zum Greifen nah. Das Leben wird einfacher werden, versprochen. Wenn ich mit diesem Stipendiumsgeld richtig sparsam umgehe, können wir im Sommer vielleicht sogar in Urlaub fahren.«

Amy nickte ruckartig und versuchte zurückzulächeln. Sie war kein kleines Kind mehr. Die Wahrheit war genau vor ihr, und sie war nicht schön. Selbst für jemanden, der so schlau war wie ihre Mom, gab es dort draußen nicht viele Jobs als Geschichtsprofessor. Es war das Einzige, worüber ihre Mom und ihre Freundinnen redeten. Sie schluckte schwer. Vielleicht sollte sie »hat einen guten Job« zu ihrer Liste mit Dad-Erfordernissen hinzufügen.

»Wir könnten nach Florida fahren.« Sie kauerte sich auf ihrem Stuhl zusammen. »Ich würde gern nach Disney World fahren.«

»Florida wäre im Sommer viel zu heiß und schwül.« Das Lächeln ihrer Mom schwand.

»Du magst heißes Wetter.« Amy konnte dieses scheinheilige Spiel auch spielen, denn das war alles, was es war. Kinder wie sie fuhren nicht in einen teuren Urlaub. »Du hast meinen Dad in Florida kennengelernt, oder? In den Frühjahrsferien?« Sie nahm Bingley vom Schoß ihrer Mom, und der Kater miaute laut.

»Ja, in Fort Lauderdale.« Ihre Mom rollte zurück zu ihrem Schreibtisch. »Hör zu, du musst deine Hausaufgaben fertig machen, damit wir vor dem Schlafengehen noch zusammen lesen können und …«

»Warum redest du nie von ihm?« Amys Puls beschleunigte sich. Sie brauchte Antworten auf Fragen, wichtige Fragen, aber ihre Mom tat sie jedes Mal ab oder wechselte das Thema, als wäre sie ein Baby. Doch jetzt, wo sie zwölf war, war sie zu alt, um sich mit halben Antworten abspeisen zu lassen.

»Da gibt es nichts zu reden.« Ihre Mom blätterte Seiten ihres Buchmanuskripts durch. »Wie ich dir bereits gesagt habe, kam er bei einem Farmunfall ums Leben, bevor ich wusste, dass ich mit dir schwanger war.«

»Er muss doch irgendwo eine Familie gehabt haben.«
Amy holte einmal tief Luft. »Bist du zu seiner Beerdigung gegangen?« Obwohl sie es nicht wollte, zitterte ihre Stimme.

»Nein.« Im Lichtkreis der Schreibtischlampe schimmerten die blonden Haare ihrer Mom wie die der Cinderella-Puppe, die Amy zu Weihnachten geschenkt bekommen hatte, als sie klein gewesen war. Damals, als sie noch an Prinzessinnen und die Art Zauber geglaubt hatte, den gute Feen bewirken konnten. »Er kam aus einer Kleinstadt in Minnesota. Die Beerdigung war dort. Ich habe erst danach herausgefunden, dass er gestorben war.«

»Du hättest trotzdem Kontakt aufnehmen können, vor allem nachdem du mich bekommen hattest.« Ihr Atem wurde laut, und sie spannte die Finger um Bingleys warmen Körper an. »Ich habe nur ein einziges verschwommenes Foto von ihm gesehen.« Ihr Dad war ein großer Typ mit zotteligen dunkelblonden Haaren gewesen, in der gleichen Farbe wie Amys, und auf dem Foto trug er ein T-Shirt der Universität von North Dakota und schwarze Shorts. Er stand inmitten einer Gruppe von Collegestudenten. Ihre Mom war auch dabei, aber ganz am Rand, als wäre sie aus Versehen auf das Foto gekommen. Hinter der Gruppe sah man Sand und ein paar spitze Palmen vor einem strahlend blauen Himmel.

»Jared ist nicht dein Dad, außer auf dem Papier.« Die Stimme ihrer Mom war ebenso angespannt wie ihre Miene. »Selbst wenn er gelebt hätte, bezweifle ich, dass er für uns da gewesen wäre.«

»Aber das weißt du nicht sicher. Was ist mit den Eltern meines Dads? Hatte er irgendwelche Geschwister?« Ihre Gedanken wirbelten durcheinander.

»Er war ein Einzelkind, und seine Mutter starb, als er noch ein Kind war.« Ihre Mom spielte mit dem Reißverschluss ihrer Kapuzenjacke. »Sein Dad war beim Militär, und er ist bei einer Tante und einem Onkel aufgewachsen. Schatz, wir zwei waren uns doch immer genug. Warum denn dieses plötzliche Interesse an deinem Dad? Glaub mir, wenn ein Vater auf einmal seine Familie verlässt, so wie es meiner getan hat, dann wäre es besser, ihn gar nicht erst gekannt zu haben.«

Wie der geheimnisvolle Jared war der Dad ihrer Mom noch jemand, über den niemand je redete. Nicht einmal ihre Tante Georgia, und die redete über alles. »Wenn ich hier in Firefly Lake bei deiner Familie bin, habe ich das Gefühl, als ob es noch diesen ganzen anderen Teil von mir gäbe, der fehlt. Als ob... du dich vielleicht... für mich schämst.« Amys Gesicht begann zu glühen, und sie umklammerte ihr Sweatshirt.

»Nein, Schatz.« Ihre Mom stand von ihrem Stuhl auf und kam herüber, um sich neben Amy zu setzen. »Ich habe mich nie für dich geschämt, nicht ein einziges Mal. Das darfst du nie denken. Mit dir schwanger zu werden, war nicht geplant, und auch wenn ich anfangs nicht bereit dafür war, Mutter zu werden, konnte ich mir von dem Augenblick an, als ich dich in meinen Armen hielt, ein Leben ohne dich nicht mehr vorstellen.« Ihre Stimme war zärtlich, und sie nahm Amys Hand, aber anstatt warm und tröstlich, wie sie es normalerweise war, war die Hand ihrer Mom kalt und zitterte ein wenig.

»Oh.« Amy presste die Lippen zusammen, bis ihr Kiefer schmerzte. Sie ließ ihre Hand in der ihrer Mom ruhen, ohne sie zu drücken. Sie war nicht so dumm, wie die Kinder an ihrer alten Schule behauptet hatten. Ihre Mom schämte sich vielleicht nicht für sie, aber es klang so, als ob ihre Mom einen Fehler gemacht hätte – einen großen.

»War mein Dad dir je wichtig?« Ihr Körper spannte sich an, und ihre Handflächen schwitzten. Soweit Amy sich erinnern konnte, war ihre Mom nie mit irgendjemandem ausgegangen, daher konnte sie sich nicht vorstellen, dass sie mit einem x-beliebigen Typen etwas anfing. »Du hast mir nie auch nur seinen Nachnamen gesagt.«

Die Augen ihrer Mom glänzten. »Du bist der wichtigste Mensch in meinem Leben. Das warst du immer, und das wirst du immer sein. Es gibt viele Arten, eine Familie zu sein, und du bist meine Familie. Wir brauchen keinen Jared oder irgendjemand anders.«

Was keine Antwort war, jedenfalls keine richtige. Amys Augen begannen zu tränen, und sie blinzelte. Vielleicht brauchten sie diesen Jared wirklich nicht. Er könnte ein echter Loser gewesen sein, und selbst wenn sie in diesem Bundesstaat mit den ganzen Seen irgendwo einen Großvater oder andere Verwandte hatte, war es schließlich nicht so, dass sie sie ausfindig machen könnte, jedenfalls nicht, solange sie noch ein Kind war und nicht einmal einen Nachnamen wusste. Für ein paar Sekunden fiel ihr das Atmen schwer, und ihr wurde schwindelig. Dann richtete sie sich auf, und auf einmal verspürte sie ein Gefühl von Entschlossenheit, das sie noch nie zuvor verspürt hatte.

Ihre Mom brauchte vielleicht niemand anders, aber Amy schon. Jemand wie Coach Luc konnte ihr außerdem beim Eishockey helfen. Auch wenn ihre Mom es nie offen gesagt hatte, war ziemlich klar, dass sie besorgt darum war, dass Amy Eishockey spielte. Coach Luc wäre der perfekte Typ, um ihrer Mom klarzumachen, dass sie keinen Grund zur Besorgnis hatte.

Amy nahm ihr Mathebuch wieder in die Hand und starrte auf die Seite mit den Aufgaben, ohne sie zu sehen. Ihre Grandma hatte gesagt, Coach Luc sei noch immer traurig, weil seine Frau gestorben war, aber Amy hatte bemerkt, wie er ihre Mom ansah. Er mochte sie, da war sie sich ganz sicher. Und ihre Mom mochte Luc auch. Warum sonst sollte sie jedes Mal rot werden, wenn er in ihrer Nähe war? Außerdem kämmte sie sich vor dem Eishockeytraining die Haare und legte Lipgloss auf, und so etwas hatte sie in Boston nie getan.

Vielleicht könnten sie und ihre Mom Coach Luc gegen die Traurigkeit helfen, von der ihre Grandma geredet hatte. Sie musste diesen Jared ohne einen Nachnamen vergessen und darüber nachdenken, was sie haben könnte, und nicht darüber, was nicht.

Nachdem ihre Mom wieder angefangen hatte, in ihren Computer zu tippen, zückte Amy noch einmal ihre Liste. Sie ergänzte zwei Dinge. *Muss Eishockey spielen.* Sie sah von Bingley, der mit einem tiefen, kehligen Schnurren, das sich wie ein tröstliches Säuseln an ihrem Magen anfühlte, auf ihrem Schoß döste, hinüber zu Darcy, der noch immer zusammengerollt unter dem Schreibtisch ihrer Mom lag. *Und Katzen mögen.*

Kapitel
9

Zwei Reihen hinter der Mitte der Eisfläche rutschte Cat auf ihrem Platz auf der hölzernen Tribüne der Arena hin und her und hielt sich eine Hand vor den Mund, um ein weiteres abgrundtiefes Gähnen zu unterdrücken. Warum hatten Luc und Scott dieses zusätzliche Training am Freitag nach der Schule vereinbart?

Die ganze Woche, Nacht für Nacht, hatte sie wach gelegen, und die Stille war auf sie eingedrungen, bis das rosige Licht der winterlichen Morgendämmerung durch die Lamellen ihrer Schlafzimmerjalousien schimmerte. Dank der Fragen, die Amy nach dem Mann gestellt hatte, der sie gezeugt hatte, waren die Gefühle, die Cat vor langer Zeit weggeschlossen hatte, aus ihr hervorgebrochen wie das mythische Böse aus der Büchse der Pandora.

»Hey, Muppet.« Die Tribünenbank knarrte, als Nick sich neben sie setzte.

»Selber hey. Was tust du denn hier?« Cat wickelte sich fester in ihre Jacke. Die Arena war wie ein begehbarer Gefrierschrank. Warum sollte irgendjemand hier sein, wenn er nicht musste?

Nick reichte ihr einen Thermosbecher. »Ich bin früh aus dem Gericht gekommen, daher dachte ich, ich schaue vorbei und sehe beim Eishockeytraining zu. Ich habe Amy schon seit einer ganzen Weile nicht mehr in Aktion gesehen, und ich dachte, wenn ich eines Tages bei diesem neuen Mädchenteam mithelfen soll, sollte ich besser mein Gedächtnis auffrischen, worum es überhaupt geht.«

Cat nahm den Deckel von dem Becher und atmete den Duft von dampfendem Ahorn-Zimt-Latte ein. »Woher wusstest du, dass ich das brauche?«

»Weil du in den letzten paar Tagen nicht gut ausgesehen hast.« Seine Augen verengten sich. »Bitte sag mir, dass du nicht nachts arbeitest.«

»Das tust du doch selbst.« Auf seine eigene Art war ihr Bruder ebenso getrieben wie sie.

»Ich habe es getan, früher.« Nicks Lächeln war liebevoll und selbstgefällig zugleich. »Dank Mia bin ich ein geläuterter Mann. Ich überlege mir sogar, meine Tätigkeit für die Kanzlei in New York aufzugeben, um Vollzeit bei McGuire und Pelletier einzusteigen. Auch wenn ich eine Gehaltseinbuße in Kauf nehmen müsste, ist es Mia gegenüber nicht fair, dass sie im Grunde alleinerziehend ist, wenn ich nicht da bin. Außerdem vermisse ich viel in den Wochen, in denen ich in der Großstadt bin.«

Wenn ihr Mund nicht schon wieder zu einem Gähnen geöffnet gewesen wäre, so wäre Cat der Kiefer heruntergeklappt. »Wer bist du, und was hast du mit meinem

Bruder gemacht? Im Ernst, Nick, seit wann bist du denn glücklich mit dem Leben eines Kleinstadtanwalts?«

»Seit ich glücklich bin, Punktum.« Nick reichte Cat einen ihrer Lieblings-Cheddar-Apfel-Muffins in einer Papiertüte von der Bäckerei Täglich Brot. »Es gibt Wichtigeres im Leben als Arbeit, aber das habe ich erst erkannt, als ich die Überholspur für eine Weile verlassen habe.«

Cat zuckte zusammen, als ein Spieler, der größer war, als irgendein zwölfjähriger Junge sein sollte, vor ihnen gegen die Bande knallte.

»Amy war nicht einmal in seiner Nähe.« Nick tätschelte ihren Arm.

»Nicht diesmal.« Immer wenn ihr kleines Mädchen aufs Eis ging, wollte Cat es am liebsten zurückzerren, aber das konnte sie nicht. Sie musste Amys Entscheidungen akzeptieren, so wie ihre Mom ihre akzeptiert hatte.

»Entspann dich. Luc wird nicht zulassen, dass sie verletzt wird.«

»Amy ist mehr als imstande, sich ganz allein in Schwierigkeiten zu bringen. In dem Moment, in dem sie ihre Schlittschuhe anzieht, ist sie furchtlos. Und sie ist auch so wetteifernd.« Cat legte die Hände um den warmen Becher, um das Zittern ihrer Finger zu unterdrücken.

»Sie hat viel Ähnlichkeit mit dir.« Nicks Stimme war gleichmütig. »Hast du nicht immer das verfolgt, was du wolltest?«

Cats Herz hämmerte schmerzhaft. Das hatte sie getan,

und bis auf ein einziges Mal hatte es genau so geklappt, wie sie es geplant hatte. Auch wenn sie Amys Dad gewollt hatte, hatte er sie nicht wirklich gewollt. Sie ins Bett zu kriegen, war für ihn ein Spiel gewesen, nicht mehr als eine Wette mit seinen Freunden. Für ein schlaues Mädchen war sie dumm gewesen, und Amy war das Ergebnis.

»Eishockey ist anders. Es ist so brutal.« Sie sah zum Spielfeld. Luc stand am anderen Ende, neben einem der Tornetze, mit Amy und zwei anderen Spielern. Die Eishockey-Moms standen in der Nähe der Bande beisammen und beobachteten jeden seiner Schritte wie aufgeregte Balldebütantinnen.

»Es ist auch eine Welt, über die du nicht viel weißt, stimmt's?« Nick bedeckte ihre Hand mit seiner. »Ich verstehe das. Ich war lange Zeit kein Dad, aber jetzt, wo ich Mias Mädchen und Kylie in meinem Leben habe, sehe ich überall Gefahr. Und was Teenagerjungen betrifft, lass mich gar nicht erst damit anfangen.« Er lachte auf. »Mom sagt, das ist die Rache dafür, wie ich ihr auf der Highschool das Leben zur Hölle gemacht habe.«

»Amy ist alles, was ich habe.« Cat schluckte einen Mundvoll Latte, und die heiße Flüssigkeit verbrannte ihr die Zunge. »Wenn sie sich für Schwimmen oder Ballett oder sogar Fußball entschieden hätte, könnte ich es besser verstehen, aber Eishockey ... das ...« Sie fuhr sich mit einer Hand an die Kehle.

»Hat Amys Dad Eishockey gespielt?« Nicks Stimme war vorsichtig, aber neutral.

Cat zuckte zusammen. Erst Amy und jetzt Nick. Ihr Bruder hatte sie noch nie nach Jared gefragt. Nicht einmal ihre Mom hatte es getan. Niemand in ihrer Familie hatte sie verurteilt oder hinterfragt, als sie erklärt hatte, sie würde eine alleinerziehende Mutter sein. Sie hatten damals ihre Privatsphäre respektiert, und daher bedeutete ihre Rückkehr nach Firefly Lake nicht, dass ihr Leben auf einmal ein offenes Buch wäre.

»Er hat auf dem College Eishockey gespielt.« Ihr Atem wurde kurz, und sie ballte die Hände. »Und ich will nicht darüber reden.« Wenn er nicht unter den Traktor seines Onkels geraten wäre, dann wäre Jared auf dem Weg in die NHL gewesen. Und wie sie lange vor dem Tag, an dem diese unwiderrufliche blaue Linie auf dem Schwangerschaftstest erschienen war, herausgefunden hatte, war er auch auf dem Weg zu einer großen weißen Hochzeit mit einer Verlobten gewesen, die nicht sie war.

»Na schön, aber mit Mia zusammen zu sein, hat mir gezeigt, dass es hilft, Dinge auszusprechen.« Nicks Ton war warm. »Falls du je reden willst, werde ich mein Bestes tun, um zuzuhören.«

»Danke.« Cats Augen begannen zu brennen, und ihre Kehle schnürte sich zu.

»Also, was ist das mit dir und Luc?« Die Stimme ihres Bruders veränderte sich, und die Wärme wich einem rasiermesserscharfen Ton, der Cat in Erinnerung rief, weshalb er solch ein guter Anwalt war.

»Nichts.« Cat zuckte, wie sie hoffte, unbekümmert die Schultern. Es stimmte. Ihre Gefühle für Luc waren nicht mehr als die Reste einer Schwärmerei, aus der sie nie wirklich herausgewachsen war.

»Er hat bei dem Dinner letztes Wochenende mit dir geflirtet.«

»Das ist doch lächerlich.« Cat konzentrierte sich aufs Eis, um dem viel zu gebannten Blick ihres Bruders auszuweichen.

»Mom, Mia und ich, wir alle haben uns nur eingebildet, was da los war?« Nicks Stimme wurde rauer. »Luc ist ein guter Junge, aber wir wollen nicht, dass du verletzt wirst.«

»Keine Chance.« Cat versuchte zu lachen, selbst während ihr Blick unwillkürlich zu Luc wanderte. Sie wusste genau, wie sich seine starken, um sie geschlungenen Arme und die Kraft in der beschützerischen Beuge seiner breiten Schultern anfühlten. Sie schauderte, aber diesmal nicht von der arktischen Kälte in der Arena. »Ich brauche im Moment keinen Mann in meinem Leben.«

»Klar brauchst du das, Muppet. Du weißt es nur noch nicht.« Nick erhob sich. »Ich muss nach Hause. Mias Schulchor singt heute Abend bei irgendeiner Party im Curling-Club, daher bin ich fürs Abendessen zuständig.« Er studierte sie mehrere endlose Sekunden. »Umarme Amy von mir. Sag ihr, dass sie dort draußen gut aussieht.«

»Mache ich.« Cat stand neben ihm auf und tat einen Lungenzug kalter Luft. »Danke für den Kaffee und den Muffin.«

»Kein Problem.« Nick studierte sie noch immer. Er

sah aus wie ihr Dad, wie sie ihn in Erinnerung hatte, aber im Gegensatz zu ihrem Vater hatte ihr Bruder sie nie enttäuscht. Sie legte ihm eine Hand auf den Rücken und zog ihn an sich.

Er erwiderte die Umarmung, und ihre Augen wurden feucht. Dann polterte er die Tribüne hinunter, und sie fing Lucs Blick über die Arena hinweg auf und hielt ihm stand. Ihr Herz krampfte sich zusammen, und ihr Körper zitterte von einer unbekannten Emotion, einem herzzerreißenden Gefühl von Verbundenheit mit diesem Mann, das völlig neu für sie war.

Sie wandte als Erste den Blick ab und fummelte an ihrer Tasche herum. Ihr Leben in Boston war stressig gewesen, sicher, und ihr Tag hatte nie genug Stunden gehabt, aber es war nie diese verwirrende Mischung aus Unsicherheit, Aufregung, Hoffnung, Angst und allem dazwischen gewesen. Sie hatte gewusst, wer sie war und was sie wollte, und ihr Leben hatte sich auf einer linearen Bahn vor ihr erstreckt. Aber jetzt, und obwohl sie erst seit etwas über einem Monat wieder in Firefly Lake lebte, war ihre Welt auf den Kopf gestellt worden, und ihre Lebensbahn war verbogen und verzerrt worden.

Luc glitt hinüber zur Bande und gab ihr ein Zeichen, und die Eishockey-Moms wandten sich alle auf einmal um und starrten sie an.

Sie wich den anderen Frauen aus, während sie auf Beinen, die wie Gummi waren, auf ihn zuging. Sie wollte eine Festanstellung an der Universität. Sie brauchte diese Sicherheit für sich selbst und für Amy. Das war der Grund, weshalb sie so hart an ihrem Buch arbeitete. Und neben Amy war das auch der Grund, weshalb sie sich weder von Luc noch von irgendetwas anderem ablenken lassen durfte. »Was gibt's?«

»Amy hat viele Fragen zum Frauen-Eishockey. Ich habe mir gedacht, wenn es dir recht ist, könnten wir beim Dinner in der Pink Pagoda darüber reden.« Er stützte einen Arm auf die Pforte zum Eis, so nah, dass sie den moschusartigen Duft seines Aftershaves wahrnehmen konnte, zusammen mit dem kühlen Geruch des Eises. »Ich war seit der Highschool nicht mehr dort, und Amy sagt, du liebst chinesisches Essen.«

Damals auf der Highschool war die Pink Pagoda, ein kleines Restaurant in der Main, zwei Blocks hinter der Galerie, der Ort gewesen, wo sich die beliebten Teenager zu einem Date verabredeten. In der kleinen Welt von Firefly Lake war es exotisch und fremdländisch, und was Cat betraf, hätte es genauso gut in China sein können, so groß, wie ihre Chancen gewesen waren, mit einem Jungen dorthin zu gehen.

»Ich … äh …«

Amy tauchte hinter Luc auf. »Bitte, Mom?!«

»Ich habe vorhin einen Hackbraten gemacht, Schatz.« Noch während sie die Worte sagte, konnte sie die Dim Sums mit Schweinefleischfüllung fast schmecken, für die die Pink Pagoda berühmt war, und den köstlichen Jasmintee fast riechen – Gerüche, die das ganze Jahr über auf die Straße hinauswehten, um Kunden anzulocken. Das Wasser lief ihr im Mund zusammen.

»Den Hackbraten kannst du doch einfrieren, oder?«
Die Stimme ihrer Tochter klang flehend. »Wir gehen
fast nie essen. Ich bin das einzige Kind in meiner Klasse,
das noch nie in der Pink Pagoda war.«

Essen gehen war ein Luxus, den Cat sich nicht oft leisten konnte. Ihr Magen rumorte.

»Ich lade euch ein.« Lucs Stimme war sanft. »Vielleicht würden deine Mom und Ward uns gern Gesellschaft leisten.«

»Grandma und Ward gehen heute Abend essen und
dann ins Kino. Sie haben ein Date.« Amys Lächeln hatte
dieses Grübchen an einem Mundwinkel, dem Cat nie
widerstehen konnte.

Cats Magen rumorte wieder. »Ich ...«

»Wenn ihr zwei mir nicht Gesellschaft leistet, muss
ich ganz allein in einem leeren Haus essen.« Lucs Ton
neckte sie. »Außerdem möchte ich wetten, ich habe die
Hälfte dieser *tourtière* gegessen, die du an Neujahr gemacht hast. Ich stehe in deiner Schuld.«

»Nein, das tust du nicht.« In der Schuld anderer Leute
zu stehen, brachte nur Ärger. Sie steckte die Hände in
ihre Jackentaschen, während sie die ganze Zeit die heim-
lichen Blicke der Eishockey-Moms auf sich spürte.

»Vielleicht nicht, aber deine Tochter ist ziemlich
überzeugungsstark.« Sein Mund verzog sich zu einem
atemberaubenden Lächeln, das, auf seine Art, ebenso un-
widerstehlich war wie Amys.

Cat sah wieder ihre Tochter an. Amys Gesicht war ein
Bild der Unschuld, aber sie hatte einen Blick, dem Cat

nicht traute. Diese Überzeugungskraft in ihren Augen war bestimmt mit Hintergedanken verbunden. Auch wenn Cat noch nicht wusste, was es war, hatte sie vor, es herauszufinden. Angefangen mit dem Dinner in der Pink Pagoda.

»In meinem Glückskeks steht, dass mir, wenn ich meinem Herzen folge, das Glück begegnen wird.« Am oberen Ende der Treppe, die zu der Wohnung über der Galerie führte, hielt Amy das winzige Blatt Papier Luc hin. »Meinst du, das stimmt?« Ihre süßen blauen Augen waren auf ihn geheftet.

»Du kannst nichts falsch machen, wenn du deinem Herzen folgst.« Er wandte den Blick zu Cat, die soeben die Tür aufschloss. Ihre enge Jeans betonte die Umrisse ihres Gesäßes, und ihre Haare fielen locker über den Kragen ihrer Jacke. Seine Brust kribbelte. Er schluckte und trat auf dem kleinen Treppenabsatz einen Schritt zurück. »Und was Glück betrifft, na klar, man kann nie wissen, was hinter der nächsten Ecke wartet.« Auch wenn es etwas sein könnte, das einen zu Boden warf und das Leben auf den Kopf stellte, war Amy nicht er. Sie war erst zwölf und hatte ihr ganzes Leben noch vor sich.

»Entschuldige die Unordnung. Ich habe nicht mit Besuch gerechnet.« Cat öffnete die Wohnungstür und schaltete ein Licht an.

»Wenn es ein Problem ist, kann ich ...«

»Natürlich ist es kein Problem. Mom ist ein Ordnungsfanatiker, das ist alles. Sie denkt, die Wohnung ist unordentlich, wenn ein paar Kissen nicht an ihrem Platz liegen.« Amy nahm seine Hand und zog ihn in die Diele. »Du musst meine Eishockeytrophäen und -sammelkarten sehen.«

Luc zog instinktiv den Kopf ein, aber die Wohnung hatte hohe Decken und war geräumiger, als er erwartet hatte. Angesichts der Tatsache, dass Cat und Amy erst nach Weihnachten hier eingezogen waren, war sie auch heimeliger, als er erwartet hatte, mit ein paar Pflanzen, pastellfarbenen Kissen auf dem dunkelblauen Sofa und den beiden Sesseln und mit einer Mischung aus Familienfotos und Originalabzügen, die auf kleinen Tischen standen und an den neutral gehaltenen Wänden hingen.

Er schlüpfte aus seinen Stiefeln und reichte seinen Parka Amy, die ihn an einem Garderobenständer aufhängte. »Hübsch habt ihr's hier.«

Und weitaus behaglicher als in seinem Schlafzimmer im Harbor House, wo es, abgesehen von seinem Bett, seiner Kommode und seinem Laufband, nur vier kahle graue Wände mit einem Stapel Kartons in einer Ecke gab, die er nie ausgepackt hatte. Wie sein Leben befand sich auch dieses Zimmer in der Warteschleife.

»Danke.« Cat hängte ihre Jacke ebenfalls an den Garderobenständer. »Ein paar Dinge habe ich von Moms Familie geerbt, und andere habe ich auf Flohmärkten und bei Auktionen gefunden. Jedes Stück birgt eine Erinnerung.« Ihr Lachen war leicht, fast verlegen.

»Es ist gemütlich.« Er hatte sich von den meisten

Möbeln getrennt, die er und Maggie gemeinsam besessen hatten, da die Erinnerungen zu schmerzlich waren. Er wollte nicht den Küchentisch sehen, an dem sie ihren Morgenkaffee getrunken hatte. Oder sie sich auf dem Ledersofa vorstellen, an seiner Seite zusammengerollt, um sich ein Eishockeyspiel anzusehen. Nur dass die Erinnerungen, selbst ohne die Möbel, immer noch da waren und sein neues Haus ein Ort zum Leben, aber kein Zuhause sein würde. In seiner Brust regte sich wieder diese vertraute angespannte Schwere.

»Mom ist richtig toll darin, alte Sachen wieder herzurichten. Sie sagt, dass es gut für die Umwelt ist und außerdem Geld spart.« Amy gab ihm ein Zeichen, ihr in den Wohn- und Essbereich zu folgen. Zwei getigerte Katzen steckten die Köpfe unter einem der Sessel hervor. Sie erinnerten ihn an ein Paar Buchstützen, so, wie sie da nebeneinandersaßen.

»Amy...« Cat warf ihrer Tochter einen warnenden Blick zu.

»Was denn? Das sagst du doch ständig.« Amy hüpfte auf Socken vor ihm her. »Das hier sind unsere Katzen, Darcy und Bingley. Sie sind schon alt, jedenfalls für Katzen. Fast so alt wie ich. Mom hat sie gerettet, als sie kleine Katzenbabys waren. Sie sind superfreundlich. Hier, streichel ihn mal.« Amy hob ein braun gesprenkeltes Fellknäuel hoch und drückte es Luc in die Arme.

Er hielt die Katze an den Hinterbeinen fest und drückte sie sich an die Brust. Darcy oder Bingley, er hatte keine Ahnung, welche von beiden.

»Du magst Katzen doch, oder?« Amys Augen blickten auf einmal ernst.

»Na klar. Ich hatte nie eine Katze, aber sie sind okay.« Und nach einem unerwartet intimen Dinner in der Pink Pagoda konnte er es nicht länger leugnen. Er hatte auch eine verrückte Schwäche für eine Frau, deren Spitzname Cat – Katze – war.

»Sehr gut.« Amy schenkte ihm ein breites Lächeln, als hätte er irgendeinen unsichtbaren Test bestanden. »Und was ist mit Kochen? Kannst du kochen?«

»Was sollen denn diese ganzen Fragen?« Cat trat ins Wohnzimmer. Sie hatte den dicken Pullover ausgezogen, den sie beim Dinner getragen hatte, und ihr blaues T-Shirt schmiegte sich an kleine, aber perfekt proportionierte Brüste. »Was spielt es denn für eine Rolle, ob Coach Luc Katzen mag oder gern kocht?«

»Ich bin nur neugierig. Du sagst doch immer, dass Neugier etwas Gutes ist.« Amys ernste Miene passte nicht zu dem schelmischen Funkeln in ihren Augen.

»Nicht, wenn es beinhaltet, Leuten persönliche Fragen zu stellen.« Cat wandte sich an Luc. »Du musst ihr nicht antworten.«

»Das ist schon okay.« Es war ja nicht so, dass Amy ihn irgendetwas wirklich Persönliches oder Wichtiges gefragt hätte. »Ich bin ein ganz guter Koch, weil meine Mom gesagt hat, kein Sohn von ihr würde aufwachsen, ohne zu wissen, wie er sich in der Küche selbst durchschlagen kann.«

»Das ist gut.« Amy beäugte das schnurrende Fellknäuel in Lucs Armen. »Bingley mag dich wirklich. Er schläft auf Moms Bett. Hättest du ein Problem damit, wenn eine Katze auf deinem Bett schlafen würde?«

»Amy.« Cats Ausruf klang geradezu erstickt. »Geh und hol deine Eishockeytrophäen und -sammelkarten. Dafür ist Coach Luc schließlich hier, schon vergessen?«

»Na klar.« Amy sah ihn an. »Mom hat auch ihr altes Glücksbärchi auf ihrem Bett. Willst du es sehen?«

»Amy Gabrielle McGuire.« Cats Gesicht lief rosa an, und sie packte ihre Tochter bei den Schultern und führte sie aus dem Zimmer.

Als Cat ins Wohnzimmer zurückkam, waren ihre Wangen nicht mehr zartrosa, sondern hatten ein dunkles Tomatenrot. »Ich weiß nicht, was in sie gefahren ist.«

»Mach dir keine Sorgen deswegen.« Das Lachen, das Luc zu unterdrücken versucht hatte, platzte aus ihm heraus. »Bingley und Darcy?« Er sah von der Katze, die sich noch immer in seine Arme schmiegte, zu der anderen, die sich zu seinen Füßen fallen gelassen hatte.

»*Stolz und Vorurteil* ist ein literarisches Meisterwerk.« Ihre Stimme war angespannt, und sie machte sich daran, die bereits aufgeschüttelten Sofakissen noch einmal aufzuschütteln.

»Stimmt es, dass viele Frauen Mr. Darcy für eine Art Sexsymbol halten?« Luc setzte Bingley auf dem Boden ab und hielt sich die Hände vors Gesicht, in einem vergeblichen Versuch, sich das Lachen zu verbeißen. Cat war niedlich, wenn sie verlegen war, aber auch gefährlich süß und anziehend.

»Und wennschon?« Ihr Ton war sittsam. »Amy?« Der Name ihrer Tochter klang wie ein Bellen.

Luc zuckte zusammen. Für eine kleine Frau mit einer leisen Stimme konnte sie durchaus laut werden, wenn es sein musste.

»Was denn?« Amy tauchte mit einem Karton im Türrahmen des Wohnzimmers auf.

»Wenn du Coach Luc deine Trophäen und Karten zeigen willst, musst du in die Gänge kommen. Es ist bald Schlafenszeit.« Cat faltete eine gestrickte rosa Tagesdecke mit ruckartigen Bewegungen noch einmal neu zusammen.

»Es ist doch erst sieben.« Amy stellte den Karton auf den Couchtisch vor dem Sofa und zeigte auf eine Messinguhr auf einem Beistelltisch. »Ich muss noch volle zweieinhalb Stunden nicht ins Bett. Coach Luc kann also eine Ewigkeit bleiben.« Sie sah zwischen ihm und Cat hin und her. »Wenn ich dir mein Eishockeyzeug gezeigt habe, willst du dann Cluedo spielen? Das ist Moms Lieblingsspiel, weil sie so gern Geheimnisse löst.«

Luc ließ sich aufs Sofa fallen, und die Katzen folgten ihm. »Cluedo ist ein tolles Spiel. Das habe ich früher immer mit meinen Schwestern gespielt.«

»Mom?« Amy setzte sich auf eine Seite von Luc und gab Cat ein Zeichen, sich auf seine andere zu setzen.

»Ich … Amy …« Cat wirkte angespannt.

»Cluedo ist viel witziger mit einem Spieler mehr.« Amy zog den Karton mit dem Spiel von einem Regal neben dem Sofa. »Mom gewinnt gern«, ergänzte sie für

Luc, »aber sie fühlt sich trotzdem schlecht, wenn sie mich schlägt.«

Luc stieß einen Atemzug aus und presste dann die Lippen zusammen, um sich ein weiteres Lachen zu verbeißen. Amy war nicht unbedingt feinfühlig, aber er konnte nicht sauer auf sie sein. Er schluckte das Lachen hinunter und wandte sich den beiden Katzen zu, die mit identischen bernsteinfarbenen Augen zu ihm hochsahen. Er saß in der Falle zwischen einer winzigen Kupplerin und einem Paar arthritischer Fellknäuel. Er sollte sich jetzt sofort entschuldigen und gehen. Nur dass er das nicht wollte. Das Blut pochte in seinen Ohren, als ihm die Wahrheit mit der Intensität eines Laserstrahls bewusst wurde.

Als er erst Maggie und dann das Eishockey verlor, hatte er die beiden wichtigsten Bezugspunkte in seinem Leben eingebüßt. Obwohl seine Familie und seine Freunde versucht hatten, es zu verstehen, konnten sie es nicht, nicht wirklich. Er hatte ein Lächeln aufgesetzt und sein Leben roboterartig weitergelebt, während aus den Monaten erst ein Jahr und dann zwei wurden. Bis jetzt.

In dieser gemütlichen Wohnung mit der sanften Beleuchtung, den fröhlichen Farben, schnurrenden Katzen und einem leichten, herben Rosenduft, der einzigartig für diese Frau war, hatte er etwas Besonderes gefunden. Es war etwas, das er früher mit beiden Händen ergriffen und festgehalten hätte, aber er war nicht mehr der Mann, der er mal gewesen war. Er konnte nicht mehr dieser Mann sein, denn das Leben und die Tragödie hatten ihn verändert. Selbst wenn er noch immer ein ganzes Herz zu verschenken hätte, könnte er es nicht riskieren, es je wieder irgendjemandem anzuvertrauen.

Es war ein gewöhnlicher Mittwochmorgen, aber Cat hatte einen außergewöhnlichen Fund gemacht. Sie streifte die Handschuhe ab, die sie getragen hatte, um die empfindlichen Dokumente zu handhaben, und rieb ihre verspannten Nackenmuskeln. Das Archiv des Gasthofs war eine Fundgrube an Material für die Art von populärem Geschichtsbuch, das sie so gern schreiben wollte. Anders als das Buch auf der Grundlage ihrer Dissertation oder die wissenschaftlichen Artikel, die sie in ihrer Bewerbung für das Forschungsstipendium vorgeschlagen hatte, würde es ein Buch sein, das ihre Familie und die Leute in der Stadt würden lesen und genießen können. Eine Geschichte von Firefly Lake.

Ihr Herz schlug schneller, bevor die Aufregung abflaute. Wenn sie nicht bald eine Festanstellung bekäme, würde sie sich wieder von einem Lehrauftrag zum nächsten durchhangeln müssen, und jede Forschung, erst recht die Art, die ihr am meisten Freude bereitete, würde warten müssen.

Sie starrte aus dem Fenster auf die silbrigen Eiszapfen,

die wie Tränen von dem hölzernen Dachvorsprung hingen. Das kleine Archiv befand sich hoch oben unter dem Dach in einem Raum, der früher einmal die Unterkunft für die Zimmermädchen des Gasthofs gewesen war. Von hier oben hatte sie eine Vogelperspektive auf die weiß bestäubten Kiefern, die die schneebedeckten Ufer des Sees säumten. Der Himmel war eierschalenfarben, und vor dem Gasthof spiegelte sich das Sonnenlicht auf den Kufen des einsamen Schlittschuhläufers, der auf der geräumten Eisfläche Achterschleifen drehte. An demselben Ort, an dem sie vorübergehend den Verstand verloren und Luc vor den Gasthofangestellten, Gästen und jedem aus der Stadt, der vielleicht zufällig vorbeikam, geküsst hatte. Und seit diesem welterschütternden Kuss hatte sie an kaum etwas anderes denken können.

»Cat?«

Sie fuhr mit einem Ruck hoch und fiel fast von ihrem Stuhl. Musste sie nur an Luc denken, um ihn heraufzubeschwören? »Was tust du denn hier?« Die Worte drangen ihr mit einem kribbelnden Unterton über die Lippen, den sie nicht beabsichtigt hatte.

»Ich hatte eine Besprechung mit der Küchenchefin und ihrem Team.« Er schlenderte weiter ins Zimmer, in lässiger Vermonter Geschäftskleidung, schwarze Anzughose und ein blaues Button-down-Hemd in der gleichen Farbe wie seine Augen. Er füllte den kleinen Raum so aus, wie er an jenem Abend nach dem Dinner in der Pink Pagoda ihre Wohnung ausgefüllt hatte. Obwohl er nur eine Stunde geblieben war, hatte der frische Duft seines Aftershaves noch lange in der Luft gehangen und sie mehr in Versuchung geführt, als sie zugeben wollte. »Der Gasthof ist unser größter Kunde in der Stadt, daher muss ich herausfinden, was sie wollen.«

Seine Worte purzelten in Cats Herz und setzten sich dort fest wie eine dornige Wahrheit, die sie ebenfalls nicht zugeben wollte. Sie begehrte diesen Mann, aber sie konnte ihn nicht haben.

Er sah auf die Fotos und Papiere, die sie auf dem langen Tisch ausgebreitet hatte. »Ich bin Georgia in der Lobby über den Weg gelaufen. Sie hat mir gesagt, dass du hier oben bist.«

»Ich arbeite.« Sie zwang sich zu einem kühlen Ton. Sie war eine beschäftigte, berufstätige Frau und eine ernsthafte Wissenschaftlerin, die einer Arbeit nachging, für die sie bezahlt wurde.

Luc zog den einzigen anderen Stuhl im Raum um den Tisch, um sich neben sie zu setzen. »Ich muss auch zurück zu meiner Arbeit, aber wenn du für ein paar Minuten eine Pause einlegen könntest, würde ich gern diese Eishockeybilder sehen, von denen du geredet hast, bevor ich zurück zur Molkerei fahre.«

»Okay.« Sie tat einen Atemzug. Er würde nur für ein paar Minuten hier sein. Sobald sie ihm die Fotos gezeigt hatte, würde er sich wieder auf den Weg machen. Sie streckte die Hand nach einem Karton am anderen Ende des Tischs aus, streifte dabei seinen Unterarm und zuckte zurück. »Hier.« Sie reichte ihm ein größeres Paar Handschuhe. »Keine Fingerabdrücke auf den Fotos.« Sie würde sich nicht gestatten, darüber nachzudenken, wie ihre Haut von dieser kurzen Berührung gekribbelt hatte, mit nur seinem dünnen Hemd und ihrem Pullover anstelle der dicken Winterkleidung als Barriere zwischen ihnen.

Er spreizte die Finger, während er die Handschuhe überstreifte, und schenkte ihr ein neckendes Lächeln. »Fingerabdrücke wären schlecht.«

»Sehr schlecht.« Ihr Mund war auf einmal wie ausgedörrt.

Sie zog ihre Handschuhe wieder an und fummelte an dem Karton herum, um ihn zu öffnen. »Ich habe die ganzen Eishockeyfotos hier hineingelegt. Sie sind noch nicht geordnet.«

»Die sind fantastisch.« Lucs Stimme war eine Mischung aus Ehrfurcht und Aufregung. Genau so, wie Cat sich fühlte, wenn sie einen versteckten Stapel alter Fotos oder Briefe zum ersten Mal sah, als ob sie ein Rätsel oder Geheimnis enthielten, das zu lüften sie im Begriff war. »Es ist ein Wunder, dass einige dieser Jungs dabei nicht ums Leben gekommen sind. Siehst du das hier?« Er zeigte auf das oberste Foto. »Diese Gruppe hier trägt weder Helme noch Schutzausrüstung. Wenn du in diesem Aufzug einen Puck an den Kopf oder Hals kriegst, ist das Spiel gelaufen.«

Cat studierte das Foto, und ihre Handflächen wurden feucht. Es war nicht nur die Hitze, die von ihm ausstrahlte, es war auch sein Geruch. Das vertraute Aftershave, vermischt mit einer betörenden Männlichkeit.

»Dieses Team sind die Firefly Lake Flyers.« Sie zwang sich, sich auf Fakten zu konzentrieren anstatt auf den brodelnden Vulkan von Empfindungen, der in ihr auszubrechen drohte. »Sie haben in den Zwanzigerjahren eine Neuengland-Meisterschaft gewonnen. Es gab auch ein Frauenteam, die Lady Flyers.« Sie kramte in dem Karton nach weiteren Fotos. »Die hier wurden um 1917 aufgenommen. Kannst du dir vorstellen, wie die Frauen in diesen langen Röcken gespielt haben?«

»Nein, das kann ich nicht.« In Lucs Augen glänzte die gleiche Begeisterung, die sich, wie sie vermutete, in ihren spiegelte. »Die Frauen, die ich zu den Vorführungen beim Karneval eingeladen habe, müssen diese Bilder sehen.« Er beugte sich näher vor, und Cat unterdrückte einen gehauchten Seufzer. »Sie sind alle Olympiamedaillengewinner, und jetzt engagieren sie sich für Mädchen-Eishockeycamps. Ich kann es kaum erwarten, dass sie Amy kennenlernen. Diese Camps bieten Stipendien an, und wenn du dein Okay gibst, will ich Amy für eines empfehlen.«

Cats Körper kühlte schlagartig ab, und auf einmal hatte sie kein Problem mehr damit, sich auf Fakten und die harte Realität, die mit ihnen verbunden war, zu konzentrieren. »Würden bei einem Stipendium nicht auch die Schulnoten berücksichtigt werden?«

Luc legte das Foto beiseite. »Das weiß ich nicht genau.«

»Um in dem Team in Boston Eishockey zu spielen, musste Amy einen bestimmten akademischen Standard erfüllen. Sie hat ihn nicht erfüllt. Ich habe versucht, ihr zu helfen, aber es war nicht genug.« Cat schluckte die Angst in ihrer Kehle hinunter. »Wenn wir dort geblieben wären, wäre sie inzwischen vermutlich aus dem Team geflogen. Wenn sie von einem Eishockeycamp oder einer Bewerbung um ein Stipendium hört ... Sie wird sich große Hoffnungen machen ... und ich kann nicht ... Es würde ihr das Herz brechen, wenn sie aufgrund ihrer schulischen Leistungen nicht teilnehmen könnte.« Und auch Cat würde es das Herz brechen, denn wenn sie schon den zusätzlichen Förderunterricht nicht bezahlen konnte, dann konnte sie mit Sicherheit auch nicht die Gebühren für ein Eishockeycamp bezahlen.

»Verstehe.« Er legte die Fingerspitzen auf den Schreibtisch, diese kräftigen Finger, die mit hellbraunen Härchen bedeckt waren.

Nur dass er es, trotz der Besorgnis in seinen Augen, nicht verstehen konnte, nicht wirklich. Er konnte Amys Frustration nicht verstehen, wenn das Lernen, das den anderen Kindern so leichtfiel, für sie so schwer war. Er konnte auch Cats Frustration nicht verstehen, die immer darum gekämpft hatte, Amy die Hilfe zukommen zu lassen, die sie brauchte, und ihr allgegenwärtiges Gefühl, gescheitert zu sein, weil die beste Hilfe mehr Geld kostete, als sie verdiente. Und sie konnte Luc oder irgendjemand sonst nicht sagen, wie besorgt sie war, dass ihre Tochter die strahlende Zukunft nicht bekäme, die sie verdient hatte.

Sie verschränkte die Finger ineinander und versuchte,

ihren Atem zu beruhigen. »Wenn es eine akademische Voraussetzung gibt...« Ihre Kehle schnürte sich zu.

Luc furchte die Stirn. »Würde Amy sie nicht erfüllen.«

Cat verschränkte die Hände fester. »Nein, jedenfalls nicht im Moment, auch wenn sie an der Schule hier bislang besser abschneidet.« Amy zuliebe sollte Cat die nächsten paar Jahre in Firefly Lake bleiben, aber sie brauchte einen Job, und es war nicht so, dass sich hier oder in der Nähe etwas ergeben würde.

»Ich werde mehr über diese Stipendien in Erfahrung bringen.« Lucs Stimme enthielt einen aufmunternden Ton, der Cat Hoffnung gegeben hätte, wenn sie sich nur gestattet hätte, wieder an Hoffnung zu glauben. »In der Zwischenzeit, wie wär's, wenn du mit Scott redest? Er ist nicht nur ihr Klassenlehrer, er wurde auch eingeteilt, um dieses Jahr in der sechsten Klasse Mathe zu unterrichten.«

»Das habe ich schon getan. Auch wenn Amy in Mathe besser ist als in den meisten anderen Fächern, hinkt sie so weit hinterher, dass sie immer noch von Glück reden kann, wenn sie das Jahr besteht.«

Scott hatte ihr die Wahrheit gesagt und versprochen, Amy zu helfen, so gut er konnte, aber würde das genügen? Eiskalte Angst kroch Cats Rückgrat hoch. Wenn ihre Tochter nicht in die siebte Klasse versetzt würde, was würde das für ihr ohnehin schon brüchiges Selbstvertrauen bedeuten?

»Das heißt, das Eishockeyprogramm hier ist gut für sie, weil es nicht mit den Schulnoten verknüpft ist. Jedes

Kind, das will, kann spielen.« Luc schenkte ihr einen abschätzenden Blick. »Egal, was in der Schule passiert, Amy hat auf jeden Fall einen Ort, an dem sie sich gut mit sich selbst fühlen kann.«

»Ja.«

Luc war so scharfsichtig, wie er es immer gewesen war, aber auch wenn sie ihm Amys Situation nicht ausdrücklich erklären musste, machte es das trotzdem nicht leichter.

»Es muss noch etwas anderes geben, wofür sie sich eignen würde.« In Lucs Miene und Stimme lag eine neue Entschlossenheit. »Selbst wenn sie keine Legastheniker sind, tun sich viele Kinder, die im Sport ein Ass sind, in der Schule schwer. Wir müssen eine Lösung für sie finden.«

Die Anspannung in Cats Schultern lockerte sich ein klein wenig. Wie würde es sein, jemanden wie Luc auf ihrer Seite zu haben? Er war die Art Typ, der den Leuten, die ihm etwas bedeuteten, bei den Kämpfen half, vor die das Leben sie stellte. In seiner Nähe fühlte sie sich stärker und weitaus weniger allein.

»Ich weiß zu schätzen, dass du mir helfen willst, aber wie?« Es war nicht so, dass einer von ihnen einen Zauberstab schwingen konnte, und Amys schulische Herausforderungen würden sich in Luft auflösen.

»Augenblick.« Luc lehnte sich zurück, und eines seiner kräftigen Beine streifte ihres. »Vielleicht betrachten wir das hier nicht von der richtigen Seite. Jeder sieht Amys Legasthenie als Behinderung, aber was das Eishockey betrifft, hilft sie ihr vielleicht. Vielleicht hat sie genau deshalb dieses Gefühl fürs Eis, das sie zu einer so besonderen Spielerin macht. Und wegen ihrer Legasthenie wird sie sich vielleicht beweisen und umso härter arbeiten wollen.«

Auch wenn jede Zelle ihres Körpers sie drängte, sich näher vorzubeugen und in seiner Wärme und Kraft zu versinken, zwang sich Cat, zurückzuweichen und sich aufrecht hinzusetzen. »Selbst wenn du recht hast, wird Amy darin niemals geprüft werden.« Nach der sechsten Klasse hatte ihre Tochter immer noch sechs weitere Schuljahre vor sich, darunter die schwierigen Mittel- und Highschooljahre. »Ich muss an ihre Zukunft denken.« Amy war ihre Verantwortung, und als ihre Mom musste sie die bestmöglichen Entscheidungen für sie treffen.

»Warum kann Amy keine Zukunft im Eishockey haben?« Die Wärme in Lucs Stimme ließ nach.

»Vielleicht könnte sie das, aber es ist ein großes Risiko.« Und Cat konnte nicht gut mit Risiken umgehen. »Das Eishockey hat für dich gut geklappt, na klar, aber wie viele Kinder – Jungen, geschweige denn Mädchen – spielen später denn tatsächlich in einer Profiliga?« Sie schlang die Arme um ihren Oberkörper, als könnte sie sich physisch zusammenhalten. »Ich will diese Art Unsicherheit nicht für Amy.«

Er zog eine Augenbraue hoch. »Amy ist stärker, als du denkst. Sie ist so getrieben, sie erinnert mich an dich als Kind.«

Cat schlang die Arme noch fester um sich. »Versprich mir, dass du zu Amy nichts von einem Eishockeycamp oder einem Stipendium sagen wirst. Noch nicht.«

»Natürlich. Du bist ihre Mutter. Ich bin nur ihr Coach. Es ist deine Entscheidung. Immer.« Luc studierte sie mehrere Sekunden, bevor er sich wieder über die Fotos beugte.

Cat schauderte. Amy war getrieben, aber sie war auch verletzlicher, als sie aussah. Und was, wenn das Eishockey für sie nicht klappte? Sie musste sicherstellen, dass ihre Tochter mehrere Optionen hatte, und die Schule war ein Mittel dazu.

Sie starrte auf die alten Fotos. Wie war das Leben für diese Frauen gewesen? Einhundert Jahre lagen zwischen ihr und ihnen, und ihre Welt war für immer vergangen. Eine Welt, in der sie, auch wenn sie Eishockey gespielt hatten, nicht die Optionen gehabt hatten, die sie nun hatte. Eine Welt, in der sie, weil sie Frauen waren, verletzlich waren.

Cat warf einen verstohlenen Blick auf Lucs feste Lippen und seine kräftige Halssäule über dem Hemdkragen. Damals, genau wie heute, kam man mit Verletzlichkeit in Schwierigkeiten. Die Art Schwierigkeiten, in die sie mit ihm kommen könnte.

»Cat ist auf jeden Fall eine fleißige Arbeiterin.«

Luc zwang sich, wieder zu Liz Carmichael zu sehen, die neben seiner Sitznische im North Woods Diner stand, ein spekulatives Funkeln in ihren braunen Augen.

Warum hatte er all die Jahre gebraucht, um zu bemerken, dass Cat McGuire heiß war? Selbst während sie mit dem Rücken zu ihm saß, an einem der vorderen Tische mit Amy, Gabrielle und Ward, konnte er den Blick nicht von ihr abwenden. Und auf einmal war sie überall. Selbst wenn er sie nicht willentlich aufsuchte, wie er es vor drei Tagen im Gasthof getan hatte, war er ihr diese Woche zweimal in der Bäckerei über den Weg gelaufen. Sie hatte die Drogerie betreten, als er sie eben verließ, und sie hatte auch zufällig den Stadtanger durchquert, als er neulich nach der Arbeit mit Pixie Gassi gegangen war.

»Michael sagt, dass Cat auch einen richtig guten Geschäftssinn hat. Die Verkaufszahlen sind in die Höhe geschnellt, und für die Galerie im Januar und Anfang Februar will das etwas heißen.« Liz schenkte Luc Kaffee aus der Kanne nach, die wie eine Erweiterung ihres Arms war.

»Ach ja?« Luc schüttete Kaffeeweißer in seinen Kaffee. Liz machte nicht einfach nur Small Talk. In einer Kleinstadt blieben selbst die beiläufigsten Blicke nicht unbemerkt.

»Cat ist auch richtig hübsch.« Liz lehnte sich mit einer Hüfte gegen den Tisch, und das Papier-Valentinsherz, das von der Decke baumelte, streifte ihre Haare in einer sanften Liebkosung. »Nicht so auffällig wie manche, aber bei den stilleren Typen weiß man besser, was man bekommt.« Sie hielt einen Moment inne, und Luc spannte sich an. Diese Pausen, die sie gern einlegte, hatten immer etwas zu bedeuten – im Allgemeinen etwas, das er nicht hören wollte. »Du solltest mit ihr ausgehen.«

»Zu einem Date?« Luc stellte seinen Kaffeebecher mit einem lauten Geräusch ab. Heiße Flüssigkeit schwappte über den Rand und auf den Tisch. »Ich bin nicht bereit für ein Date mit irgendjemandem.«

»Wenn du das weiterhin sagst, wirst du es nie sein.« Liz schnappte sich eine Handvoll Papierservietten und wischte den verschütteten Kaffee mit einer geschickten Bewegung auf.

»Außerdem bin ich Amys Coach.«

»Na und?« Liz stieß ein kehliges Lachen aus. »Die Eishockeysaison dauert ja nicht ewig, oder?«

»Nein, aber…« Auch wenn es so aussah, als ob Amy versuchte, ihn und Cat zusammenzubringen, konnte Luc es sich nicht gestatten, sich noch mehr einzulassen, als er es jetzt schon tat. Und er konnte Cat oder Amy nicht glauben lassen, dass er etwas zu geben hätte, was er nun mal nicht geben konnte.

»Siehst du Michael dort drüben am Tresen? Wenn du nicht aufpasst, wirst du so enden wie er. Er hat diese Galerie zum Erfolg geführt, sicher, aber was hat er sonst noch?« Liz' Stimme war schroff. »Abgesehen von ein paar Cousins drüben in Burlington ist er ganz allein.« Ein wehmütiger Ausdruck huschte über ihr sonst so fröhliches Gesicht.

»Maggie ist erst vor zwei Jahren gestorben.« Er war nicht annähernd so wie Michael. Seine Schwestern lebten vielleicht nicht in Firefly Lake, aber sie alle waren trotzdem eine eng verbundene Familie. *Nur dass meine Eltern nicht ewig da sein werden, und was dann?* Er starrte in seine Kaffeetasse, auf die dunkle Flüssigkeit, die die gleiche Farbe hatte wie die Haare seiner Frau. Wie konnte jemand, der so kräftig und lebendig gewesen war, auf einmal nicht mehr sein?

»Eher zweieinhalb.« Unaufgefordert setzte sich Liz ihm gegenüber in die Nische. »Niemand behauptet, dass du Maggie vergessen sollst, aber sie wäre die Erste, die dir sagen würde, dass du dein Leben leben sollst.« Sie stieß seine Schale mit Porridge an. »Iss auf. Ballaststoffe sind gut für deine Verdauung.«

Luc sah sich in dem halb leeren Diner um. Ein Medley aus Sechzigerjahre-Hits kam aus der Jukebox, die älter war als er. Liz' preisgekrönte Bostonfarne hingen noch immer in ihren Körben, so filigran und grün wie damals, als er ein Kind gewesen war. Aber auch wenn alles noch immer genauso aussah, hatte er sich verändert. Vielleicht war es ein Fehler gewesen, hierher zurückzukommen. Die Leute kannten nicht nur deinen Namen. Sie kümmerten sich auch um jeden Aspekt deines Lebens und machten ihn sich zu eigen. »Ich *lebe* mein Leben.«

»Du läufst die meiste Zeit wie ein Hund mit eingezogenem Schwanz herum und nennst das Leben?« Liz schnaubte. »Als du bei Nicks und Mias Hochzeit mit Cat getanzt hast, habe ich dich zum ersten Mal seit weiß Gott wie lange glücklich gesehen.«

»Cat ist eine gute Freundin.« Nur dass er von anderen

guten Freundinnen nicht so dachte, wie er in letzter Zeit von ihr dachte.

»Das sagst du, aber vielleicht benutzt du Maggies Andenken als Ausrede.« Liz erhob sich, als die Glocke über der Dinertür bimmelte. »Du und Cat, ihr wärt ein entzückendes Paar, und die kleine Amy braucht einen Vater. Wer wäre dafür besser geeignet als du?«

Der Haferbrei, den er gegessen hatte, verhärtete sich in Lucs Magen zu einem schweren Klumpen. Beliebig viele Männer wären besser für Cat und Amy als er. Männer, die für ihre Ehefrau und ihr ungeborenes Kind da gewesen wären, als beide ihn am dringendsten gebraucht hätten, und die nicht eine schlechte Entscheidung getroffen hatten, die dafür sorgte, dass sie noch immer unter einer erdrückenden Last von Schuldgefühlen und Schmerz litten.

»Hey, Coach.«

Luc zuckte zusammen, als er Amys Stimme hörte, und er hob automatisch eine Hand, um ihre abzuklatschen.

»Grandma und Ward haben Mom und mich zum Frühstück eingeladen.« Sie schenkte ihm ein freches Grinsen und warf einen Blick auf die Reste seines Porridges. »Grandma hat mich auch gezwungen, Haferbrei zu essen. Sie hat gesagt, heute ist es so kalt, dass der Haferbrei an meinen Rippen kleben wird.«

Luc lachte. »Da hat sie recht.«

»Grandma und ich gehen mit Tante Mia shoppen, während Mom an der Geschichtsausstellung für den

187

Karneval arbeitet.« Amys Augen leuchteten auf. »Du solltest ihr helfen. Sie muss rüber zum Gasthof fahren, und ich möchte wetten, sie würde viel schneller fertig werden, wenn du mitkommst.«

»Amy.« Cat blieb an Lucs Seite stehen. »Zu viel Information.« Ihre Jacke hing über einem Arm, und obwohl ihr blauer Pullover kein bisschen freizügig war, wurde sein Mund trotzdem trocken.

Er zeigte auf die andere Seite der Sitznische, und Amy rutschte hinein. »Cat?«

»Nein, wir stören dich nur beim Frühstücken.« Sie warf einen Blick auf Amy, die Lucs letztes Stück Toast mit der gleichen Miene beäugte wie Pixie, wenn sie einen Hundekuchen wollte. »Ich werde zum Gasthof fahren, um ein paar Fotos für ein Storyboard zu damals und heute zu machen. Firefly Lake hat sich kaum verändert, seit diese alten Fotos, die ich dir gezeigt habe, aufgenommen wurden.«

Luc schluckte und zwang sich, ihr ins Gesicht zu sehen anstatt darauf, wie sich die weiche Wolle ihres Pullovers an die sanfte Wölbung ihrer Brüste schmiegte. Oder wie sein Saum an der Rundung ihrer Hüfte über ihrer Jeans lag. »Greif zu.« Er zeigte auf seinen Toast, und Amy grinste.

»Wie Amy bereits sagte, was hältst du davon, wenn ich mit zum Gasthof komme? Ich könnte meine Eishockeyausrüstung mitnehmen, damit du keine Aufnahmen von einem leeren See machen musst.« Er hatte Amys unverblümten Vorschlag nur deshalb aufgegriffen, weil es freundlich und gutnachbarlich war. Die Lüge brannte in seinem Magen.

»Ich nehme an, das wäre okay.« Cats Blick huschte zu Amy. »Ich meine, wenn du nicht beschäftigt bist oder so.«

»Ich habe bis zu dem Spiel heute Nachmittag frei.« Für einen Typen, der nicht eine Hälfte eines Paars war und keine Kinder hatte, bestanden die Samstage in einer solch kleinen Stadt wie Firefly Lake aus vielen leeren Stunden, die er ausfüllen musste. Der Trupp, der sein Haus baute, arbeitete am Wochenende nicht, daher würde es, obwohl er an den meisten Wochentagen zur Baustelle fuhr, um nach den Fortschritten zu sehen, dort heute nichts Neues geben, und er hatte seinen Bauunternehmer erst gestern getroffen. »Es ist nur fair, wenn ich dir helfe. Schließlich war ich es, der diese Ausstellung überhaupt erst vorgeschlagen hat.« Und ihr zu helfen, würde ihm eine perfekte Ausrede liefern, mehr Zeit mit ihr zu verbringen, ohne dass Amy in der Nähe war. Die Wahrheit brannte noch heftiger in seinem Magen, als es die Lüge getan hatte.

»Das stimmt, das hast du.« Ein leises Lächeln verweilte auf ihren Lippen.

»Toll.« Amy sprach um einen Mundvoll Toast herum. »Ich werde nicht zurück sein, bevor ich mich für das Spiel umziehen muss, das heißt, ihr habt jede Menge Zeit.« Sie schluckte und wischte sich mit dem Handrücken Krümel aus dem Gesicht.

»Amy, wie oft habe ich dir schon gesagt, dass du eine

Serviette benutzen sollst?« Cats Gesicht lief rot an, und sie zog ihre Tochter am Arm. »Grandma und Ward sind bereit zum Aufbruch.«

»Okay.« Amy klatschte Luc noch einmal ab, dann küsste sie Cat, während sie die Nische verließ. »Bis später. Wir werden diesem anderen Team auf jeden Fall in den Hintern treten.«

Cat ließ sich auf den Platz sinken, den Amy eben geräumt hatte, als würden ihre Beine sie nicht länger tragen. »Ich weiß nicht, was in letzter Zeit in sie gefahren ist. Früher war sie so still, dass ich sie zum Reden ermuntern musste, aber jetzt hört sie überhaupt nicht mehr auf damit. Und was aus ihrem Mund kommt...« Sie zerknüllte eine Papierserviette. »Von mir hat sie das nicht.«

»Mach dir keine Sorgen deswegen.« Luc nahm einen Schluck Kaffee, um nicht zu lachen. »Amy ist ein tolles Kind, richtig draufgängerisch.«

»Das ist sie allerdings.« Cat legte die Stirn in Falten. »Und was ist das mit diesem In-den-Hintern-Treten? Ich habe ihr immer nur gesagt, dass sie ihr Bestes geben und Spaß am Spiel haben soll. Ich will, dass sie eine gute und faire Teamspielerin ist.«

»Äh...« Er trank noch mehr Kaffee, den er nicht wollte. »Ich bin ein Kerl. Abgesehen von Amy trainiere ich junge Kerle. Wir treten in den Hintern.«

»Oh.« Cats Stirnrunzeln vertiefte sich. »Na ja, ich wäre dir dankbar, wenn du diesen Ausdruck ihr gegenüber nicht mehr verwenden würdest.«

»Soll ich ihr lieber sagen, dass sie den anderen in den Arsch treten soll?«

»Natürlich nicht, aber ich habe ihr beigebracht, dass körperliche Gewalt, ob in Worten oder Taten, falsch ist. Außerdem schnappt sie überhaupt viel Eishockey-Slang auf. Zum Beispiel diese Witze, mit denen sie vom Training nach Hause kommt.« Cat machte ein gequältes Gesicht.

»Okay, kein Hinterntreten mehr.« Luc versuchte, das Lächeln aus seiner Stimme zu verbannen. »Aber sie ist eine Eishockeyspielerin, daher wird sie, ob es dir gefällt oder nicht, den Slang aufschnappen. Auf diese Weise gehört sie zum Team dazu. Willst du das denn nicht?«

»Klar will ich das, aber ich will auch, dass sie in der Schule dazugehört.« Cat spielte mit dem breiten silbernen Ring an ihrem rechten Ringfinger. »In den letzten Wochen, mit den Gruppentrainings, den Spielen und dem zusätzlichen Einzeltraining mit dir, hatte sie kaum genug Zeit für ihre Hausaufgaben.«

»Hat einer ihrer Lehrer gesagt, dass es ein Problem gibt?«

»Nein, aber das heißt nicht, dass es keines gibt.« Cat wich Lucs Blick aus. »Amy redet nur noch vom Eishockey, und ich will, dass sie auch andere Interessen hat.«

»Hat sie denn Interesse an anderen Dingen gezeigt?« Irgendetwas anderes außer dem Eishockey beunruhigte Cat, aber was?

»Eigentlich nicht.« Cats Schultern sackten nach unten.

»Aber in den letzten paar Wochen ist es so, als ob sie sich für nichts anderes mehr interessieren würde. Nicht für unsere Filmabende oder Brettspiele ...« Ihr Mund ging auf, aber es kamen keine Worte mehr heraus, und sie fuhr sich mit einer Hand an die Kehle.

»Hey, ist ja gut.« Als ihm die Erkenntnis dämmerte, zwickten ihn Schuldgefühle. »Du verlierst Amy nicht. Sie liebt dich. Sie redet ständig von dir, wenn sie mit mir zusammen ist. Du bist der wichtigste Mensch in ihrem Leben.«

»Jetzt, wo du sie trainierst, hört sie mehr auf dich als auf mich.« Cat biss sich auf die Unterlippe, und ihre Miene wurde verkniffen. »Das ist bisher bei keinem anderen Coach passiert.« Sie schlang die Arme um sich.

Luc kämpfte gegen den Drang an, auf die andere Seite der Nische zu rutschen und sie in die Arme zu nehmen. »Davon hatte ich keine Ahnung.« Aber er hätte es sich denken müssen, denn Amy sah zu ihm auf, und wenn sie auf dem Eis war, tat sie alles, wozu er sie aufforderte, und noch mehr. Trainer waren Vorbilder und konnten einen großen Einfluss auf Kinder haben. »Ich bin ihr Coach, daher bringe ich ihr die sportlichen Fähigkeiten bei, aber du wirst immer diejenige sein, der ihr Herz gehört.«

Cat richtete sich auf und drückte die Schultern durch. Was ihre Brüste unter diesem viel zu verführerischen Pullover nach vorn drückte. »Deswegen muss ich das in Ordnung bringen.«

»Warum? Es klingt, als ob ich derjenige wäre, der das

Problem verursacht. Du musst nicht alles allein schaffen.«

»Das habe ich immer getan. So bin ich nun mal.«

Ihre Stimme war schrill und angespannt, wie die des kleinen Mädchens, das Luc in Erinnerung hatte. Obwohl er damals zu jung gewesen war, um es wirklich zu verstehen, war die Welt dieses kleinen Mädchens auf den Kopf gestellt worden, als Brian McGuire aus der Stadt geflüchtet war. Und sie war zu einer Frau herangewachsen, die Angst davor hatte, irgendjemandem zu vertrauen oder sich auf irgendjemanden zu verlassen, vielleicht sogar sich selbst.

»Ich will dir helfen. Lass mich diese Woche vor dem Training mit Amy reden.« In sein Verlangen mischte sich der Beschützerinstinkt, den sie schon immer in ihm ausgelöst hatte.

»Okay ... danke.« Ihre Stimme war noch immer schrill, aber weniger angespannt, was, nahm er an, eine Art Sieg für ihn war. Sie erhob sich und sah ihn an, entschlossen, aber unsicher, als wüsste sie nicht, wie es jetzt weiterging.

Er wusste es auch nicht, aber er rutschte aus der Sitznische und tätschelte ihre steife Schulter. »Wir werden mit meinem Truck zum Gasthof fahren. Über Nacht gab es Eisregen, und der Truck ist sicherer als dein kleiner Stadtwagen.« Seine Hand kribbelte von dieser einen kurzen Berührung.

»Mein kleiner Stadtwagen hat Winterreifen.« Ihre ängstliche Miene schwand, und ihre Stimme enthielt einen neckenden Ton. »Außerdem verbraucht er weniger Benzin als dieser Monstertruck, den du hast.«

»Was wirklich wichtig wäre, wenn du von der Straße und halb über den See schlitterst, oder?« Luc legte Geld für sein Frühstück auf den Tisch und schlüpfte in seinen Parka. »Außerdem ist es kein Monstertruck. Die haben größere Reifen.«

Ihre Zunge schnellte vor, um ihre Unterlippe zu befeuchten. »Stimmt, aber ich kann trotzdem selbst fahren.«

Luc zog den Reißverschluss seines Parkas zu, um die Vorderseite seiner Jeans zu verbergen. Niedriger Benzinverbrauch war kein sexy Thema – aber warum machte diese Frau ihn dann so heiß, selbst wenn sie ihn auf die Palme brachte? Er griff nach seinen Handschuhen und holte einmal tief Luft. »Wie oft muss ich dir das noch sagen? Lass dir von jemandem helfen. Von mir.«

»Na schön.« Ihre Stimme war unerwartet – und täuschend – sanft. Sie zog einen dünnen blauen Schal aus ihrem Jackenärmel und schlang ihn sich um den Hals, bevor sie sich eine dazu passende Mütze auf den Kopf setzte. Ihre blauen Augen raubten ihm den Atem. »Aber ich will fahren.«

Anders als vielen Männern bedeutete ihm ein protziger Wagen nicht viel, aber sein Truck war etwas anderes. Er hatte ihn durch lange Tage und schwere Zeiten hindurch begleitet, und wenn ein großer Metallklotz als Familienmitglied gelten konnte, dann war Buddy wie ein Bruder. »Hast du schon mal einen Truck gefahren?«

»Grandpapa Brassard hat es mir beigebracht. Ich habe auf einem Acker außerhalb der Stadt angefangen, seinen alten Chevy zu fahren, und dann auf den ganzen Nebenstraßen zwischen hier und der Grenze zu Quebec.« Sie schenkte ihm ein freches Grinsen. »Es war auf jeden Fall ein toller Truck. Ich vermisse ihn noch immer.«

Er wühlte in der Tasche seiner Jeans und reichte ihr Buddys Schlüssel. »Du steckst voller Überraschungen, Minnie.«

»Du auch.« Ihre Finger streiften seine, als sie sich den Schlüsselbund schnappte. Ihre neckende Miene schwand, und etwas Urwüchsiges knisterte in den blauen Tiefen ihrer Augen. Sie hielt seinem Blick mehrere Sekunden stand, bevor sie sich abwandte.

Lucs Kopf schnellte herum, und er folgte ihr roboterhaft zum Ausgang des Diners, während ein Teil seines Gehirns ihren sanften Hüftschwung registrierte, umso sexyer, als die Bewegung natürlich und nicht einstudiert war.

»Du bereust es doch nicht etwa schon jetzt, mich fahren zu lassen, oder?« Sie drückte die Tür auf und warf ihm über die Schulter ein freches Grinsen zu.

Seine Nackenhaare stellten sich auf, und das nicht von dem eisigen Windstoß der Vermonter Februarluft. Er war nicht bereit, etwas Ernstes anzufangen, aber Erinnerungen warfen lange Schatten. Vielleicht war es an der Zeit, sich aus diesen Schatten zu wagen und ein paar neue Erinnerungen neben den alten zu schaffen.

»Sieh mal!«

Er riss den Kopf hoch, als er Cats aufgeregte Stimme hörte.

»Nebensonnen! Die habe ich seit Jahren nicht mehr gesehen. Heißt es nicht, dass sie Glück bringen?«

Luc blinzelte zu dem Winterhimmel hoch, wo Flecke aus goldenem Licht zu beiden Seiten der Sonne tänzelten und funkelten. »Ein Schneesturm in den nächsten vierundzwanzig Stunden ist wahrscheinlicher.«

Sie lachte laut. »Du hast keine poetische Seele.«

»Wir Eishockeytypen verstehen nicht viel von Poesie.« Luc lachte ebenfalls, ein tiefes Lachen aus dem Bauch heraus, das unerwartet und instinktiv war.

Seit jenem Tag im November vor zwei Jahren, als das Leben, das er gekannt hatte, schlagartig endete, hatte er gekichert und sogar etwas zustande gebracht, was als Lachen durchgehen mochte, zumindest bei jedem außer ihm. Aber bis jetzt war dieses Lachen nie aus seinem Herzen gekommen. An einem Morgen voller Überraschungen war das vielleicht die größte von allen.

»Langsam, du machst mich ganz schwindelig.« Cat stapfte durch eine Schneewehe zum Rand des zugefrorenen Sees.

»Du hast gesagt, du wolltest eine Actionaufnahme.« Luc kam schlitternd zum Stehen, und Schnee spritzte von seinen Schlittschuhen hoch. Er stützte sich auf seinen Eishockeyschläger und grinste sie an. Seine braunen Haare funkelten in der strahlenden Wintersonne golden, und in seinem dunkelblauen Eishockeytrikot zeichnete er sich scharf vor der winterlichen Landschaft ab.

»Es ist das Vorrecht einer Frau, ihre Meinung zu ändern.« Sein Lächeln hatte irgendetwas an sich, das dafür sorgte, dass Cat jedes Mal zurücklächelte. Sie schoss das Foto und überprüfte das Bild auf dem Display. Perfekt. Luc hatte die Posen von mehreren alten Fotografien nachgestellt. Derselbe Ort, aber eine andere Zeit und ein völlig anderer Mann. Ein Mann, bei dem sie locker bleiben musste, denn wenn sie es nicht tat, würde sie noch tiefer in diese irrationale, unlogische, aber ach so verlockende Geschichte zwischen ihnen hineingezogen werden.

Er glitt zu ihr hinüber. »Wenn du genug Bilder hast, würde ich dir gern etwas zeigen.« Seine Stimme war zögernd und, zumindest für ihn, fast unsicher.

»Ich habe mehr als genug für die Karnevalsausstellung, aber...« Sie kaute auf ihrer Unterlippe. Sie sollte vor Amys Eishockeyspiel noch an ihrem Buch arbeiten. Sie sollte ihre Wäsche machen, zusammen mit einer Million anderer Haushaltsarbeiten. Ihre To-do-Liste erstreckte sich in ebenso viele Richtungen wie die Tentakel eines Kraken.

»Du tust es schon wieder.« Luc steckte den Eishockeyschläger in eine Schneewehe, dann setzte er sich auf die Bank am Ufer, um die Schlittschuhe aufzuschnüren und sie durch seine Winterstiefel zu ersetzen.

»Was?« Cat steckte ihr Tablet in ihre Tasche.

»Zu viel denken. Du musst mehr Spaß haben. Dich mit der Strömung treiben lassen und aufhören, herumzuhetzen. Du fährst sogar Auto, als ob es ein Wettlauf gegen die Zeit wäre.« Er schlang sich die Tasche mit seiner Eishockeyausrüstung über eine Schulter und nahm den Schläger wieder in die Hand.

»Ich habe ein arbeitsreiches Leben. Außerdem bin ich eine Mom.« Das einzige Mal, als sie sich mit der Strömung hatte treiben lassen, war daraus ihre Tochter entstanden.

»Deine Mom ist ein größerer Freigeist als du.« Er milderte seine Worte mit einer sanften Berührung ihres Jackenärmels. »Außerdem, bist du denn gar nicht neugierig, was ich dir zeigen will?«

Mehr, als sie zugeben wollte. »Ich nehm's an.« Eine der Gefahren eines akademischen Geistes war, dass sie auf alles neugierig war. Aber das Leben hatte sie immer wieder gelehrt, maßvoll und vorsichtig zu sein.

»Hier entlang.« Luc legte seine freie Hand unter ihren Ellenbogen und führte Cat die kleine Schneewehe vom See hoch und auf ein paar Nebengebäude hinter dem Gasthof zu. »Hier durch.« Er schob den schneebedeckten Zweig einer Kiefer beiseite und trat einen Schritt zurück, um sie durch die schmale Lücke zwischen den Bäumen zu lassen.

Als Cat hindurchschlüpfte, landete ein Schauer von Schneeflocken mit einem leisen Rascheln auf der Kapuze ihres Parkas. Eine festgefahrene Schneespur schlängelte sich in den Wald. »Was ist das?«

»Guck nicht so besorgt, Minnie. Das ist für die Schneemobile. Der Gasthof räumt den Weg regelmäßig.« Luc folgte ihr und ließ den Zweig wieder los.

»Ich bin nicht besorgt.« Ihre Stimme klang flach und monoton, und ihr Herz war wie Blei in ihrer Brust. Sie war nicht besorgt wegen des Wegs, aber jedes Mal, wenn er sie Minnie nannte, wurde ihre Beziehung, die gar keine war, intimer. Und mit dieser Intimität gingen Erwartungen, Hoffnungen und Träume einher, die nicht erfüllt werden konnten.

Noch eines von Lucs viel zu verlockenden Lächeln breitete sich auf seinem Gesicht aus. Eines, in dem nichts als gute Laune lag. »Na dann, mir nach.«

Sie nickte, während ihr Herz sich zusammenkrampfte. Wenn sie nicht aufpasste, könnte sie sich in diesen Mann verlieben, aber sie würde es nicht tun. Stattdessen würde sie alle diese Momente als das bewahren, was sie waren, anstatt darüber nachzugrübeln, was sie nicht waren.

»Diesen kleinen Burschen sehe ich jeden Tag, wenn ich hierherkomme, um mich zu vergewissern, dass die Jungs mit der Arbeit an meinem Haus vorankommen.« Luc zeigte auf ein plumpes rotes Eichhörnchen, das auf einem niedrigen Zweig saß. Er machte ein leises tschilpendes Geräusch, und das Eichhörnchen huschte den Baum hinunter und verschwand in einem kleinen Tunnel im Schnee, um ein paar Augenblicke später mit einem Kiefernzapfen zwischen seinen winzigen Pfoten wieder zum Vorschein zu kommen.

»Gibt es hier noch andere Tiere? Große?« Cat trat näher an ihn heran. Unter der Kathedrale aus hohen Bäumen blinzelte die Sonne zwischen den Zweigen hindurch und verfärbte den Schnee silbrig blau. Ein leiser Wind flüsterte in den Baumwipfeln und strich ihr übers Gesicht.

»Nein, wir sind noch zu nah beim Gasthof.« Er lachte tief. Es war ein neuartiges Lachen, ohne die unterschwellige Traurigkeit, die sie inzwischen von ihm gewohnt war. Er zog sie in den Schutz seines Körpers. »Mein Urgroßvater mütterlicherseits war Trapper in Quebec. Er hat mich mit in den Busch genommen, als ich ein Kind war. Ich bin nie gern auf die Jagd gegangen, aber er hat mir viel über Tiere und das Überleben im Wald beigebracht. Wilde Tiere wollen ebenso wenig in der Nähe von Menschen sein wie wir in ihrer.«

»Ich stamme aus einer Familie von Mühlenbesitzern und Anwälten.« An Lucs Körper geschmiegt, fühlte sich Cat warm und entspannter, als sie sich je zuvor mit irgendeinem anderen Mann außer Nick gefühlt hatte. Aber sie spürte Lucs Gegenwart auch deutlicher als jeden anderen Mann, auf eine Art, die alles andere als brüderlich war.

»Ich bin selbst Geschäftsmann, jetzt, wo ich von Montag bis Freitag in der Molkerei hinter dem Schreibtisch sitze.« Luc führte sie über einen Seitenpfad tiefer in den Wald hinein. Er ging voran, um ihr einen Weg durch den schweren Schnee zu bahnen, der nicht markiert war, abgesehen von Spuren, die kleine Tiere hinterlassen hatten. An einer dichten Wand von Bäumen hob er einen Zweig an und gab ihr ein Zeichen, sich darunterzustellen.

Cat tat einen Atemzug frostiger, nach Immergrün riechender Luft. Ein schneebedeckter Teich bildete einen perfekten, von Bäumen gesäumten Kreis. Dampf stieg von einer kuppelförmigen Erhebung nahe dem gegenüberliegenden Ufer auf.

»Das ist ein Biberteich. Dort ist seine Burg.« Sie fuhr sich mit einer behandschuhten Hand an den Mund und sah ihn an.

»Klar ist es das. Was sagst du dazu?« Seine Stimme war schroff.

»Es ist magisch.« Die Szene vor ihr hätte aus einem der

Bilderbücher stammen können, die sie Amy vorgelesen hatte, als ihre Tochter noch klein war.

»Hier hat es einen Biberteich gegeben, seit ich mich erinnern kann. Als Maggie zum ersten Mal nach Firefly Lake kam, bin ich mit ihr hierhergekommen. Es ist einer meiner Lieblingsorte. Ich war nicht mehr hier seit ...« Er brach ab und räusperte sich. »Ich war mit niemandem außer ihr hier.«

Und jetzt mit dir. Seine unausgesprochenen Worte schwebten so sanft zwischen ihnen wie der Wind, der die Baumwipfel bewegte.

»Ich muss wieder zu mir zurückfinden. Das ist der Grund, weshalb ich nach Firefly Lake gekommen bin. Aber Maggie ...« Er warf seine Eishockeyausrüstung hin und starrte auf den Teich. Eine wehmütige Miene trübte sein Gesicht. »Sie war der größte Teil meines Lebens, seit ich achtzehn war. Ich habe sie am ersten Tag meines ersten Collegejahrs kennengelernt.«

»Du wirst sie nie vergessen.« Cat presste die Worte zwischen kalten Lippen heraus. »Sie wird immer in deinem Herzen sein, zusammen mit deinen Erinnerungen.« Kostbaren Erinnerungen, die zu besitzen er sich glücklich schätzen konnte. So wie er sich glücklich schätzen konnte, sein Herz einer Frau geschenkt zu haben, die ihm auch ihres geschenkt hatte.

»Ich bin mit dir hierhergekommen, weil ich dich mag. Ich hatte es eigentlich nicht vor, aber nachdem wir mit den Fotos fertig waren, dachte ich ... Ich wollte nicht sofort zurück in die Stadt oder zum Gasthof. Ich wollte das hier mit dir teilen. Es ist schwer, aber ...« Er brach ab und rieb sich mit einer Hand übers Gesicht. »Maggie ist nicht mehr, aber du ... du bist Nicks Schwester und Amys Mom. Unsere Familien sind seit einer Ewigkeit befreundet.« Er ging am Rand des Teichs im Schnee auf und ab. »Es ist kompliziert.«

Das war es, aber sie war vierunddreißig, und die Frauen, die sie studierte, waren abenteuerlustiger als sie. Genau hier in Firefly Lake hatten Frauen Eishockey gespielt, an der Seite von Männern in der Mühle ihrer Familie gearbeitet und im Alleingang den Gasthof und viele andere Geschäfte in der Stadt am Laufen gehalten, während ihre Männer im Krieg gewesen waren. Und doch, wenn sie diese Veränderung nicht bei sich selbst vorantrieb, würde sie stecken bleiben und nie so sein wie diese mutigen Frauen, die sie so bewunderte. Trotz des flauen Gefühls in ihrem Magen musste sie aufhören zu denken und anfangen zu leben.

»Ich mag dich auch.« Da, sie hatte es gesagt. Und wenn es mit jeder Menge Lust verbunden war, ihn zu mögen, musste sie ihm diesen Teil ja nicht sagen.

»Ich sollte mich dafür entschuldigen, dass ich dich geküsst habe, aber das kann ich nicht.« Seine Stimme war belegt. »Ich will dich wieder küssen, aber ...«

»Warum tust du es dann nicht?« Die Gelegenheit, anzufangen zu leben und eine andere, mutige Entscheidung zu treffen, war zum Greifen nah. Wenn sie sie jetzt nicht beim Schopf packte, würde sie es vielleicht nie wieder tun.

Luc holte einmal tief Luft. Seine Pupillen weiteten sich, und sein warmer Atem bewegte die Haarsträhnen, die ihr Gesicht um ihre Kapuze herum rahmten.

Sie zitterte, dann trat sie näher und stellte sich auf die Zehenspitzen, um die Arme um ihn zu schlingen. Sie war nicht mehr das Mädchen, das sie auf der Highschool gewesen war. Selbst wenn sie nicht frei von Angst war, konnte sie trotzdem mutig sein. Und wenn sie eine Entscheidung traf, die sich als Fehler herausstellte, dann würde sie zu diesem Fehler stehen und nach vorn blicken. Von jetzt an würde sie nicht mehr zulassen, dass die Angst vor falschen Entscheidungen – oder dem Begehen von Fehlern – ihr Leben definierte.

»Cat.« Ihr Name entfuhr ihm als leises Stöhnen, und fast als könnte er nicht anders, streckte er eine Hand aus und berührte ihren Kiefer, sein Handschuh weich an ihrer Haut.

Ein sinnliches Bewusstsein kribbelte an ihren Nervenenden. Bevor sie sich gestattete, es zu analysieren, zog sie ihn zu einem Kuss zu sich herunter.

Er verharrte still. »Ich ...«

»Ich habe dich geküsst. Denk nicht einmal daran zu sagen, es täte dir leid.« Auch wenn ihr vieles vielleicht leidtat, tat ihr das hier nicht leid. Sie musste ein Risiko eingehen, selbst wenn es nur ein einziger perfekter Moment war, den sie bekommen würde.

In seinem rauen Lachen schwang ein sexuelles Versprechen mit. »Wer hat etwas davon gesagt, dass es mir leidtut?« Er zog sie hart an seinen Körper und neigte den Kopf.

Danach war Analysieren das Letzte, was Cat tun wollte.

Luc war Cat nicht aus dem Weg gegangen, aber ging sie ihm aus dem Weg? Bis heute hatte er sie, abgesehen vom Eishockeytraining, seit dem letzten Samstag kaum gesehen. Doch nach diesem explosiven Kuss am Biberteich, einem Kuss, der dank der Schneemobile – und der Leute –, die über den Weg kamen, viel zu früh geendet hatte, ging sie ihm Tag und Nacht durch den Kopf. Vor allem in diesen endlosen stillen Nächten im Harbor House, wenn sein Bett zu groß war und er zu viel Zeit zum Nachdenken hatte.

»Ich war noch nie bei einem Winterkarneval.« Amy hüpfte im Old Harbor Park neben ihm auf und ab wie ein aufgeregter Welpe. »Mom und ich wollen seit Jahren zu dem in Quebec City fahren, aber immer kommt irgendwas dazwischen. Letztes Jahr ist das Auto kaputtgegangen. Mom sagt, wir brauchen einen Geldbaum, damit wir mehr lustige Sachen unternehmen können.«

»Amy.« Cat machte eine verzweifelte Geste, um sie zum Schweigen zu bringen. »Wir müssen unser Budget einhalten, das ist alles.«

Ein knappes Budget. Cats besorgte Miene angesichts Amys unschuldiger Aufregung war noch eine Erinnerung daran, wie sehr sich ihr Leben von seinem unterschied. Er sah Amy an und widerstand dem Drang, an dem Pferdeschwanz zu ziehen, der unter ihrer Strickmütze hervorlugte. »Dieser Karneval hat sich nicht verändert, seit deine Mom und ich Kinder waren. Die Eisskulpturen, die Hundeschlittenrennen und das Eishockeyturnier sind noch immer genau so, wie ich sie aus der Zeit in Erinnerung habe, als ich in deinem Alter war.«

»Nur dass du beim Eishockeyturnier mitgespielt hast und ich nicht.« Amys Stimme triefte vor Sarkasmus.

»Diese Jungs waren riesig.« Cats Stimme war entschieden, aber auch mehr als nur ein bisschen verängstigt. »Zum ersten Mal in meinem Leben war ich froh, dass es Mädchen verboten war, an etwas teilzunehmen.«

»Es ist trotzdem unfair.« Amy runzelte die Stirn, bevor sie Luc ein Grübchengrinsen schenkte. »Vielleicht wird es hier nächstes Jahr genug Mädchen geben, die Eishockey spielen, um wenigstens ein Mädchenspiel zu haben.«

»Wir wissen doch gar nicht, ob wir nächstes Jahr um diese Zeit überhaupt noch hier sein werden.« Cats Miene nahm einen angespannten Ausdruck an. »Außerdem, war das Schlittschuhlaufen mit diesen Olympiateilnehmerinnen denn nicht besser als jedes Turnier?«

»Na klar, aber beim Turnier mitzuspielen, hätte einen perfekten Tag noch perfekter gemacht.« Amy hüpfte wieder auf und ab und zeigte zu einer hölzernen Wärmehütte am Rand des Parks, wo dieser an den Firefly Lake grenzte. »Da ist Kylie. Ich habe gesagt, ich treffe sie dort drüben, um mit ihr zur Snackbar zu gehen. Onkel Nick hat uns Geld gegeben, damit wir uns etwas teilen können. Bis später.« Sie verschwand in der Menge.

»Warte ... Amy ...«

»Sie kommt schon klar. Das hier ist Firefly Lake, schon vergessen? Außerdem können wir sie von hier aus im Auge behalten.«

»Ich mache mir Sorgen um sie.« Cats Stimme war leise.

»Natürlich tust du das.« So wie er sich Sorgen um sein Kind gemacht hätte. »Aber fast die ganze Stadt ist hier, daher hat sie viele Leute, die auf sie aufpassen.«

Ein Lächeln umspielte Cats Mund. »Und wenn sie sich danebenbenimmt, wird jemand es mir später ganz bestimmt sagen.«

»Eher früher als später.« Lucs Lachen blieb ihm in der Kehle stecken. Selbst in Winterkleidung eingepackt, war Cat sexy. Und doch könnte er, wenn er auch nur eine Hand nach ihrer ausstreckte, genauso gut eine Anzeige in die Gesellschaftsspalte des *Kincaid Examiner* setzen. Firefly Lakes informelles, aber hocheffizientes Netzwerk von Freunden und Nachbarn würde in Aktion treten, und binnen einer Stunde würde seine Mom am Telefon hängen und ihn fragen, warum er ihr nicht erzählt hatte, was er mit Cat am Laufen hatte. Und da er es nicht einmal sich selbst erklären konnte, hatte er auch seiner Mom nichts zu sagen.

»Du tust viel für Amy, mit dem Training und jetzt auch noch mit den Eishockeyvorführungen der Frauen. Sie weiß es vielleicht noch nicht wirklich zu schätzen, aber ich schon. Du hast ihr einen wundervollen Tag geschenkt.«

»Der Tag heute war nicht nur für Amy. Es war auch für

all die anderen Mädchen in der Gegend hier, die sich fürs Eishockey interessieren könnten.« Sein Herz hämmerte schmerzhaft, denn auch wenn er es nie jemandem, nicht einmal Cat, sagen würde, war der Tag heute auch für Maggie – seine Art, die Erinnerung an sie wachzuhalten.

»Egal, für wen es war, Amy sieht zu Frauen wie deinen Freundinnen auf. Sie kennenzulernen und mit ihnen Schlittschuh zu laufen, ist etwas, woran sie sich für den Rest ihres Lebens erinnern wird.« Cats Stimme stockte. »Du hast einen Traum wahr gemacht.«

»Mom.« Amy kam auf dem schneebedeckten Weg zwischen ihm und Cat schlitternd zum Stehen. »Kylie hat mich eingeladen, heute bei ihr zu übernachten. Ich muss nicht einmal mehr zurück zur Wohnung, weil sie genug Sachen haben, die ich mir borgen kann. Sogar eine Zahnbürste. Tante Mia ist einverstanden. Kann ich? Bitte?« Ihre Augen glänzten.

»Na klar.« Cat lächelte ihre Tochter an. »Das klingt nach Spaß.«

»Du bist die beste Mom aller Zeiten.« Amys Worte überschlugen sich. »Tante Mia macht Hamburger, und wir werden Eis essen und Filme sehen und uns frisieren und schminken und Selfies machen.« Sie hüpfte von einem Bein aufs andere. »Ich und Kylie bleiben richtig lange auf, um uns das Feuerwerk anzusehen. Onkel Nick sagt, wir können morgen früh ausschlafen, solange wir wollen.«

»Kylie und ich.« Cats Stimme enthielt einen Anflug von Lachen.

»Egal.« Amy warf einen Blick auf Luc. »Wenn ich nicht da bin, wird Mom nichts zu tun haben. Du solltest mit ihr essen gehen. Es hat ihr richtig gut gefallen, als wir neulich in der Pink Pagoda waren.«

»Amy.« Cat machte ein ersticktes Geräusch. »Ich bin sicher, Luc hat heute Abend andere Pläne. Wenn du bei Kylie übernachtest, kann ich arbeiten und ... na ja ...«

»Tolle Idee, Amsey.« Luc verbiss sich ein Lachen. Das Mädchen war frech, aber sie war auch ein Schatz, und wenn er nicht aufpasste, würde er sie mehr ins Herz schließen, als es ein Coach sollte. Cat warf ihm einen Blick zu. »Was denn? Wir müssen etwas essen, und warum sollten wir das allein tun?« Er hatte für Samstagabend keine Pläne, außer das Islanders-Spiel zu sehen und Badfliesen auszuwählen. Vielleicht könnte Cat ihm bei den Fliesen sogar helfen. Nach dem, was er von ihrer Wohnung gesehen hatte, verstand sie etwas von Innenausstattung.

»Amsey?« Cats Stimme war zögernd.

»So nennen mich die Jungs im Team. Das ist ein Spitzname.« Amy zuckte die Schultern.

»Ich habe dich nach der Amy in *Betty und ihre Schwestern* genannt. Das ist ein wunderschöner Name, aber Amsey?«

»Mom.« Amy verdrehte die Augen. »Nur du würdest ein Kind nach jemandem in einem Buch nennen. Und auch noch einem ziemlich dämlichen Buch, falls es so ist wie der Film. Und was diese Amy angeht, sie war so ein mädchenhaftes Mädchen. Ich bin überhaupt nicht so wie sie.«

»Nein, aber ich liebe dich trotzdem.« In Cats Stimme lag ein Lächeln und in ihren Augen ein neckendes Zwinkern. »Na los, viel Spaß. Vergiss nicht, dir mit dieser Zahnbürste die Zähne zu putzen.«

»Werde ich nicht.« Amy zögerte. »Aber ich muss zuerst noch mit Coach Luc reden.« Sie sah zwischen den beiden hin und her. »Unter vier Augen.«

»Okay.« Cat umarmte Amy, dann trat sie zur Seite. »Ich bin drüben beim Musikpavillon mit deinem Onkel Nick.«

»Was gibt's?« Luc sah Amy an. Ein Mann könnte sich glücklich schätzen, eine Tochter wie sie zu haben. Sie war gut in Eishockey, na klar, aber sie hatte auch außerhalb des Eises das Zeug zu einem prima Menschen.

Sie beugte sich zu ihm vor. »Ich glaube, meine Mom mag dich.«

»Ich mag deine Mom auch. Sie ist eine gute Freundin.« Was die Wahrheit war, oder zumindest ein Teil davon – und der einzige Teil, den Amy wissen musste.

»Nein, ich meine, sie mag dich *wirklich*.« Ihre Stimme war ein hörbares Flüstern.

Luc wich einen Schritt zurück. Dieses Gespräch wurde viel zu schnell viel zu persönlich. »Ich mag deine Mom auch wirklich. Ich kenne sie, seit ich jünger war, als du jetzt bist. Deine ganze Familie ist wie eine zweite Familie für mich.« Noch eine Halbwahrheit. Lucs Magen rumorte.

»Nein, ich meine, meine Mom mag dich so, wie Melanie Grant Kieran Cormier mag.« Amys Miene war ernst.

»Wer?« In einer Kleinstadt schienen die Leute immer in genau dem Augenblick aufzutauchen, wenn man Privatsphäre wollte, aber wenn man unbedingt eine Ablenkung brauchte, gingen sie ihren eigenen Angelegenheiten nach, als wäre man gar nicht da.

»Kieran, der Typ, der in unserem Team Rechtsaußen spielt. Melanie geht in meine Klasse. Du musst doch gesehen haben, wie sie bei den Spielen immer herumhängt und ihn anstarrt? Lange braune Haare und viel blaue Schmiere um die Augen?« Amy rümpfte die Nase. »Kieran starrt sie auch an, und jedes Mal, wenn sie da ist, zieht er eine Show ab. Ich finde das komisch. Sie sind erst in der sechsten Klasse, aber wenn … na ja, du weißt schon … Also, wenn du meine Mom so ansehen willst, ich glaube, das wäre schon okay für mich.«

»Deine Mom ist toll, aber …« Luc brach ab. Wenn er seine Gefühle für Cat nicht einmal sich selbst erklären konnte, wie könnte er sie dann Amy erklären?

»Sie *ist* toll, und sie ist auch schlau, hübsch und freundlich.« Amys Miene war ernst. »Sie wäre eine tolle feste Freundin für dich.«

»Das wäre sie bestimmt, aber ich suche im Moment keine feste Freundin.« Er versuchte zu lächeln. »Außerdem glaube ich, dass ich zu alt für eine bin, meinst du nicht?«

»Natürlich nicht. Sieh dir meine Grandma und Ward an. Er ist viel älter als du. Und ich glaube, der Chef meiner Mom hat Mrs. Liz sehr gern. Alter ist nur eine Zahl. Das sagt Grandma.« Amy lächelte ihn an.

»Da hat sie recht.« Luc zögerte. Alles, was er sagte, würde Amy entweder falsche Hoffnungen machen oder sie verletzen, und er durfte diesem entzückenden Mädchen nicht wehtun. »Na los. Kylie wartet auf dich.«

»Okay, aber wenn du noch irgendwas über meine Mom wissen willst, frag mich einfach. Sie ist irgendwie ernst, aber sie kann auch richtig lustig sein. Und obwohl sie es selbst nicht glaubt, sieht meine Mom im Bikini toll aus.«

»Amy …« Bis Luc seine Zunge vom Gaumen gelöst hatte, war das Mädchen verschwunden.

Es war Februar in Vermont. Es war nicht so, dass er in absehbarer Zeit die Gelegenheit haben würde, Cat im Bikini zu sehen, daher sollte er gar nicht erst darüber nachdenken. Nur dass er doch darüber nachdachte, und auch wenn er mit Cat nicht die Art Verpflichtung eingehen konnte, die sie brauchte, fiel es ihm immer schwerer zu leugnen, was er wollte.

Und wenn die Art, wie sie ihn am Biberteich geküsst hatte, irgendein Hinweis war, wollte Cat es auch.

Kapitel
12

Cat schlüpfte in ihre Winterjacke, die Luc ihr aufhielt. Trotz der Intimität der Pink Pagoda, wo rote Papierlampions einen rosigen Schimmer über ihren Zweiertisch geworfen hatten, war dieses Dinner kein Date gewesen.

»Bis zum nächsten Mal.« Katie Wong, eine Hälfte des Ehepaars, welches das Restaurant als Team betrieb, seit Cat sich erinnern konnte, hielt ihnen die braune Papiertüte mit ihrem übrig gebliebenen Essen hin und schenkte Cat ein wissendes Lächeln. »Heute Abend war wegen des Karnevals viel los, aber nächstes Mal stelle ich sicher, dass ihr einen ruhigeren Tisch bekommt.« Sie warf einen Blick auf Luc. »Einen romantischeren.«

»Unser Tisch war gut.« Cat nahm die Tüte, dann suchte sie in ihrer Jackentasche nach ihren Handschuhen. Trotz ihrer neu gewonnenen Entschlossenheit, ihr Leben wirklich zu leben, konnte sie keine Romantik mit Luc erwarten. Bei Romantik ging es um Liebe, und das war etwas für Bücher und Filme, nichts fürs richtige Leben.

»Das Essen war köstlich.« Lucs Stimme hatte einen

warmen Klang. »Das war die beste Mahlzeit, die ich außerhalb von Chinatown in San Francisco je gegessen habe.«

»Danke.« Katie machte eine Kopfbewegung. »Ein Bild für unsere Wand?« Sie zeigte auf die gerahmten Fotos im Eingangsbereich über einem Aquarium, in dem mehrere riesige Goldfische träge ihre Kreise zogen.

»Na klar.« Luc trat näher an Cat heran.

»Ich...« Cat brach ab, denn Katie hatte bereits ihr Handy gezückt und knipste drauflos.

»Luc ist sehr gut fürs Geschäft.« Katie machte wieder eine Kopfbewegung. »Er wird uns großes Glück bringen. Lächele, Cat. Du siehst nervös aus.«

Luc drückte durch ihre Jacke hindurch ihre Schulter. »Tut mir leid«, flüsterte er ihr ins Ohr.

Cat biss die Zähne zusammen und lächelte mit verkniffenen Lippen. Sie hatte keinen Grund, nervös zu sein. Sie mochte es nur nicht, fotografiert zu werden, das war alles. Es hatte nichts mit der entspannten Vertrautheit des Dinners zu tun, nach dem sie und Luc noch lange sitzen geblieben waren, bis das Restaurant sich leerte. Oder mit dem sinnlichen Funkeln in seinen blauen Augen, bei dem ihr Herz hämmerte, was bedeutete, dass sie so gebannt von ihm gewesen war, dass sie die anderen Essensgäste kaum wahrgenommen hatte.

»Viel besser.« Katie steckte ihr Handy ein und tätschelte Cats Arm. »Du musst mehr lächeln. Es ist nicht gut, immer so ernst zu sein. Außerdem macht Lächeln schöne Falten.« Sie hielt die Tür zur Straße auf, und kalte Luft wehte zusammen mit einer Schneeböe herein. »Bring sie rasch nach Hause, Luc. Es ist stürmisch heute Abend.« Ihre dunklen Augen funkelten, während sie die Tür hinter ihnen schloss.

Cat fröstelte, während harte Schneeflocken in ihrem Gesicht brannten. »Du musst mich nicht nach Hause bringen.« Sie schwankte in dem eisigen Wind, der auf sie einpeitschte. »Meine Wohnung ist nur ein paar Blocks von hier.«

»Natürlich bringe ich dich nach Hause.« Luc nahm ihren Arm, lotste sie über die Main Street und bahnte ihnen einen Weg durch den Schnee. »Ich würde dich ja fahren, wenn ich meinen Truck hätte und du nicht darauf bestanden hättest, dass wir vom Park zu Fuß hierhergehen. Der Truck dürfte inzwischen vom Schnee begraben sein.«

»Vorhin hat es nicht geschneit.«

Aber während sie in dem Restaurant gesessen hatten, hatten kissenartige Wolken die Sterne verhüllt. Der Wind hatte aufgefrischt, mit einem schrillen, pfeifenden Geräusch, und Schnee war über die Straße geweht wie eine dicke Decke aus Marshmallowcreme.

»Das ist ein echter Vermonter Winter. Mein Dad witzelt immer, dass er mit seiner Schneefräse mehr Meilen zurückgelegt hätte als mit seinem Wagen.« Aus der Dunkelheit und dem Schneetreiben warfen die Straßenlaternen einen blassen Schimmer auf die Main Street. »Bei diesem Wetter wird es kein Feuerwerk geben.«

»Amy wird enttäuscht sein.« Cat keuchte, um mit ihm

Schritt zu halten. Schneeflocken küssten ihre Nase und Zunge, bevor sie um ihre Beine wirbelten.

Luc sah sie an, dann verlangsamte er seine Schritte, als sie an Nicks Kanzlei und dem Handarbeitsladen vorbeikamen. »Entschuldige das mit Katie. Dass Leute Fotos von mir machen, gehörte für mich dazu, als ich in der NHL gespielt habe, aber dir war es unangenehm.«

»Schon gut.« Cats Stiefel rutschten in dem frisch gefallenen Schnee. »Ich wette, sie wird mich herausschneiden. Du bist der Star.«

»Das wollte ich nie sein.« Lucs Stimme war ernst. »Ich wollte Profi-Eishockey spielen, seit ich in der ersten Klasse war, aber als ich es dann tat, musste ich außerhalb des Eises ein völlig anderer Mensch werden. Mir ist es auch unangenehm, wenn Leute mich fotografieren, aber das gehörte wie gesagt zum Job, daher musste ich lernen, damit zu leben.« An der Ecke der Querstraße vor der Galerie blieb er stehen.

»Ist das der Grund, weshalb du zurück nach Firefly Lake gekommen bist? Weil die meisten Leute hier dich wie einen normalen Menschen behandeln?« Bis jetzt hatte Cat nicht vermutet, dass Luc ein solch zurückhaltender Typ war, vielleicht ebenso zurückhaltend wie sie.

»Abgesehen davon, dass ich meiner Familie mit der Molkerei helfen wollte, ja. Ein normales Leben führen zu können, ist unbezahlbar. Dafür nehme ich sogar dieses Wetter in Kauf.« Ein Lächeln legte seine Wangen in Falten, und mit seinen frostig weißen Augenbrauen und

Wimpern sah er wie ein viel zu verlockendes Väterchen Frost aus.

Cat trat von der Bordsteinkante und sank prompt bis über den Rand ihrer Stiefel in den Schnee. »Räumt die Stadt den Schnee jetzt nicht mehr?«

Sein Lachen umhüllte sie wie eine warme Liebkosung. »Es ist spät. Wir waren die Letzten in der Pink Pagoda. Die Stadt räumt den Schnee erst morgen früh wieder.«

Cat stolperte seitwärts. »Warum habe ich Boston je verlassen?«

»Dort schneit es auch.« Luc lachte härter, dann nahm er sie hoch und trug sie das restliche Stück über die Straße.

»Natürlich, aber was... Nein... setz mich ab.« Cat wand sich, doch er hielt sie fest.

»Damit du in einer Schneewehe verschwindest?« Er trat mit einem langen Schritt auf den Gehsteig und ging weiter in Richtung Galerie.

»So tief ist der Schnee nicht. Ich kann selbst gehen.« Cat klammerte sich an Lucs breite Schultern.

»Mit nassem Schnee in den Stiefeln?«

»Nicht der Rede wert.« Sie wackelte mit den Zehen. Was ein Fehler war, denn jetzt rutschte einer ihrer Stiefel herunter, und ihre kaugummirosa Minnie-Maus-Socke war fast auf einer Höhe mit seiner Nase.

Fast ohne stehen zu bleiben, bückte sich Luc, um ihren Stiefel aufzuheben. »Hast du für jeden Tag der Woche ein Paar von diesen Socken?«

»Nein. Amy hatte nur drei Paar.« Cat kreischte auf, als Luc sie sich über die Schulter warf.

»Schlüssel, Minnie?«

»In meiner linken Jackentasche ... oh ...« Sie kreischte wieder auf, als er in ihrer Tasche wühlte. Die Sicherheitslichter gingen an, und er stieg die Außentreppe neben der Galerie hinauf.

»Du kannst mich jetzt wieder absetzen.« Sie stemmte sich gegen seine steinharte Brust.

»Deine Füße sind nass.« Seine Stimme klang angespannt.

»Deine Haare auch.« Unter seiner Wollmütze guckten feuchte Strähnen goldbraunen Haars hervor und berührten ihre Wange. »Komm mit rein, dann gebe ich dir ein Handtuch, damit du dich abtrocknen kannst. Du solltest dich aufwärmen, bevor du zurück zu Moms Haus gehst. Ich kann dir eine heiße Schokolade machen und ...«

Sie brach ab, als sie das obere Ende der Treppe erreichten. Luc setzte sie sanft auf dem kleinen Treppenabsatz ab, mit einer langsamen, erregenden Bewegung.

»Mir ist schon jetzt warm, und wenn ich mit in deine Wohnung komme, dann nicht für eine heiße Schokolade.« Seine Stimme wurde rauer, und er hielt sie noch immer fest an seinen Körper gedrückt.

Sie blinzelte ihn an, aufgewühlt von dem puren Verlangen in seinen Augen. Sie respektierte ihn dafür, dass er sie vor die Wahl stellen wollte, aber sie waren wochenlang auf diesen Moment zugesteuert. Es würde kein Urlaubsflirt sein, so wie mit Amys Dad, einem Typen, den sie kaum gekannt hatte. Das hier war Luc. Er konnte ihr nichts für die Ewigkeit bieten, und das war okay für sie. Sie hatte den Kopf auch nicht voller romantischer Träume oder unrealistischer Hoffnungen. »Ich will das hier ... dich.«

Er bedeckte ihre Hand mit seiner, und sie schlossen die Wohnungstür zusammen auf. Als die Tür aufschwang, strichen Bingley und Darcy mit lautem Miauen um ihre Knöchel.

Sie brauchte nichts für die Ewigkeit, aber sie brauchte, was Luc ihr geben konnte. Trost, wenn auch noch so kurz, und das Gefühl, die Frau zu sein, die sie nie sein konnte, weil sie Amy so jung bekommen hatte und weil sie sich außerhalb des Studiums ausschließlich darauf konzentriert hatte, für ihre Tochter zu sorgen. Eine Frau, die nicht so ernst war und die ein Risiko eingehen konnte, ohne dass es den Rest ihres Lebens verändern würde.

Sie trat in die Diele der Wohnung und bedeutete ihm, ihr zu folgen. »Ich hole dir ein Handtuch.« Sie zog ihren verbliebenen Stiefel und die nassen Socken aus und rollte ihre kalten Zehen auf dem Hartholzboden ein.

In seinen Augen flackerten blaue Flammen, als er ihren Blick auffing. »Bist du sicher?« Er räusperte sich. »Ich glaube, Amy wünscht sich für dich etwas Festes. Sie hat vorhin mit mir geredet und mich gefragt, ob ich dich mag. Und ich mag dich, das weißt du, aber ich kann nichts ... Festes mehr eingehen.« Seine Stimme war auf einmal tonlos.

»Ich habe nie etwas Festes gebraucht.« Sie war unabhängig und eigenständig, Fähigkeiten, die sie früh erlernt hatte, nachdem ihr Dad gegangen war. Cat unterdrückte das kleine Flackern von etwas, das vielleicht Zweifel waren. Hätte ihr Leben anders verlaufen können? Vielleicht, wenn sie vor langer Zeit den Richtigen getroffen hätte, aber das hatte sie nicht, daher würde sie sich nicht gestatten, darüber nachzudenken.

»Amy hatte nie einen Dad, daher sucht sie eine Vaterfigur. Du bist ihr Coach. Es ist nur natürlich, dass sie sich dir zugewandt hat.« Ihre Tochter wurde erwachsen, und sie mit jemand anders zu teilen, war ein natürlicher Bestandteil dieses Prozesses. »Sie hatte nie einen Coach, der nicht der Dad eines ihrer Teamkameraden war.«

Und keiner dieser Dads war wie Luc gewesen. Sie hatten nicht sein Charisma oder den Glamourfaktor, der ihm aus seinen Spielertagen noch immer anhaftete. Und sie hatten sich auch nicht so auf Amy konzentriert, wie er es tat. Und was Cat betraf, so hatte sie nie auf irgendeinen, nicht einmal auf die geschiedenen, so reagiert wie auf Luc.

Sie schlüpfte aus ihrer Jacke und hängte sie an den Garderobenständer, dann nahm sie Lucs Parka und sein Sweatshirt entgegen. »Amy darf nichts von dem hier erfahren.«

Lucs Blick war fest. »Ich will sie nicht verletzen. Oder dich.«

»Das wirst du nicht.« Denn Cat ließ nicht zu, dass sie verletzt wurde, und wenn Lucs einzige Rolle in Amys

Leben die ihres Coachs war, dann konnte er auch Amy nicht verletzen. Sie ging in die Küche, um die Essensreste in den Kühlschrank zu stellen, dann schlurfte sie zurück in die Diele, wo Luc noch immer stand und sie gebannt beobachtete, während sich seine Brust unter dem dünnen T-Shirt hob und senkte. Sie öffnete den Wäscheschrank und entnahm ihm ein Handtuch. »Bitte.« Sie hielt es ihm hin.

Er schnappte sich einen Zipfel des Handtuchs und benutzte ihn, um sie wieder an sich zu ziehen. »Mach du das.«

»Was?« Ihre Fingerspitzen kribbelten, wo sie seine berührten.

»Mir die Haare trocknen.« Er zog sie sanft ins Wohnzimmer und setzte sich in den Sessel vor dem Kamin.

»Ich …« Sie atmete keuchend aus, während er sie auf seinen Schoß hob. »Ich wollte eine heiße Schokolade machen und …«

»Ich werde dich aufwärmen.« Seine Stimme war belegt, und das Handtuch fiel zu Boden.

Ihr Körper glühte vom Kopf bis zu den Zehenspitzen, und sie verschränkte ihre Finger mit seinen. »Ich habe das hier schon sehr lange nicht mehr gemacht.« Sie verlagerte ihre Haltung auf seinem Schoß, und ihre Beine spreizten sich.

»Ich auch nicht.« Seine Finger legten sich fester um ihre. »Es gab für mich immer nur eine Frau.«

Cat zitterte. »Ich dachte … auf der Highschool warst du beliebt und …«

»Du hast falsch gedacht.« Er zog sie an die Wölbung seiner Brust, und ihre Hüfte streifte seine Erektion durch seine Jeans. Eine seiner Hände glitt an ihre Brust, die Brustwarze bereits steif unter ihrem Pullover und dem BH.

»Vielleicht denke ich zu viel.« Sie stöhnte auf, als sein Finger ihren Nippel umkreiste.

Sein Lachen war frech, als seine andere Hand unter den Saum ihres Pullovers glitt und sich kreisend nach oben bewegte. Er löste den Verschluss ihres BHs mit zielsicherer Genauigkeit, und seine warme Hand umfasste eine ihrer Brüste.

Cat wiegte sich in seiner Berührung. Ausnahmsweise in ihrem Leben konnte sie nicht denken. Sie konnte sich nur dem Gefühl und ihm hingeben.

Luc zog Cat den Pullover sanft über den Kopf und tat einen scharfen Atemzug. Im gedämpften Licht der Wohnzimmerlampe war ihre Haut cremig weiß, mit einem Hauch von Rosa, und für eine solch kleine Frau waren ihre Brüste mit den harten, dunkleren Knospen üppig und kurvenreich.

»Was denn?« Ihre Miene war misstrauisch.

»Du bist schön.« Er zog ihr den BH aus und berührte nacheinander jede ihrer Brüste, glitt mit den Fingerspitzen über die Haut und verweilte auf ihren Brustwarzen.

Sie schauderte. »Ich ...«

Er legte einen Finger an ihre weichen Lippen. Trotz des puren Verlangens, das ihn durchströmte, war sein

Herz von plötzlicher Zärtlichkeit erfüllt. »Du bist schlau *und* schön.« Er glitt wieder über die üppige Wölbung ihrer Brüste, und dann schob er sie sanft von seinem Schoß, um ein paar Kissen und eine Decke vor dem Kamin auf den Boden zu werfen. »Hier.« Er klopfte auf das behelfsmäßige Bett.

»Nicht in meinem Schlafzimmer?« Ihre Stimme stockte.

»Das Feuer muss nur noch entfacht werden.« Er zeigte auf das aufgestapelte Holz und die Anzündhölzer im Kamin.

»Michael sagt, dass der Strom im Winter immer noch oft ausfällt. Er hat gesagt, ich soll mich bei dem Holzstapel hinter dem Haus bedienen.« Cat schenkte ihm ein unerwartet flirtendes Grinsen, während sie auf ihrer vollen Unterlippe kaute. Ihre Brüste hoben und senkten sich mit ihrem raschen Atem.

Luc nahm ein Streichholz aus der Schachtel, entfachte es und hielt die Flamme an das Anzündholz. Obwohl er Gelegenheiten gehabt hatte, war er seit Maggie mit keiner anderen Frau zusammen gewesen. Er schob mit einer unsicheren Hand das Schutzgitter vor den Kamin und zog sein T-Shirt aus. Die Zeit war mehr als reif. Sein Körper pochte, und als er sich wieder zu Cat umwandte, stockte ihm der Atem. Auf einem rosa Kissen ausgestreckt, die blonden Haare wirr um ihren Kopf, sah sie sexy aus, wild sogar. Nicht wie die vorsichtige, zugeknöpfte Frau, die zu sehen er gewohnt war.

»Wo waren wir stehen geblieben?«

Sie streckte eine Hand aus und ließ sie über seinen Unterarm gleiten, sodass seine Haut kribbelte. Ihre Augen waren dunkel und erregt, und sie schenkte ihm ein verhaltenes Lächeln. »Du hast mich gebeten, deine Haare zu trocknen.«

»Ja, das habe ich.« Bevor er sie abgelenkt hatte, sie beide abgelenkt hatte, um sich eine letzte Chance zu geben, darüber nachzudenken, was er hier eigentlich tat und warum. Er schnappte sich das Handtuch und reichte es ihr.

»Komm her.« Sie setzte sich auf, hielt seinem Blick stand und breitete die Arme weit aus.

Dann waren das Handtuch und ihre Hände in seinen Haaren, ihre sanfte Berührung eine fast unerträgliche Mischung aus Sinnlichkeit und Heilung. Während er sich in ihrer Umarmung entspannte, löste sich die Verkrampfung in seinen Schultern, die er mit sich herumgeschleppt hatte, schon bevor er seine Verletzung erlitten hatte. Und er konnte nicht anders, er stöhnte auf – laut, kehlig und erregt.

Cat hielt still. »Tue ich dir weh?«

»Nein.« Er ballte für einen Moment die Hände, dann lockerte er sie wieder. »Es tut so gut, dass du professionelle Massagen anbieten solltest. Die Typen würden Schlange stehen.«

»Das bezweifle ich.« Sie lachte leise und beugte sich noch näher vor.

Dann fiel das Handtuch zu Boden, und ihre Hände waren überall; in seinen Haaren, auf seinem Gesicht und in seinen Rücken gekrallt.

»Mach dich nicht kleiner, als du bist.« Luc stöhnte wieder auf, als ihre Finger über seine nackte Brust glitten und die federartigen Härchen neckten.

Nur dass er nicht wollte, dass Cat irgendeinen anderen Typen außer ihm berührte. Der Gedanke prallte an ihm ab wie ein verirrter Schlagschuss. Er wollte sie für sich allein. Ihren scharfen Verstand, ihren hinreißenden Körper und ihre Süße – alles, was sie zu der Frau machte, die sie war. Aber damit durfte er gar nicht erst anfangen, weder jetzt noch irgendwann später. Diese Sache zwischen ihnen war rein körperlich, um ein Verlangen zu befriedigen, das sie beide spürten, nichts weiter.

Die harten Spitzen ihrer Brüste streiften seinen Oberkörper, und er bebte an ihr. Sie fing seinen Blick in einem brennenden Moment der Wahrheit auf, bevor sie mit einer federleichten Berührung über das zickzackförmige Narbengewebe glitt, das über sein rechtes Schulterblatt verlief.

Luc schauderte vor Lust. »Profi-Eishockey ist ein harter Sport.« Er stöhnte die Worte, während ihre Zunge den Platz ihres Fingers einnahm, um eine Spur aus flüssigem Feuer über seine nackte Haut zu ziehen.

»Zu hart.« Ihre Hände glitten hinunter zu den Knöpfen seiner Jeans.

Sein Atem ging in kurzen, abgehackten Stößen, während sie einen Knopf nach dem anderen öffnete, ihre Berührung sanft an seiner Härte. »Cat ...«

»Was?« Ihre Stimme war kehlig, und ihre Zunge schnellte vor, um ihre Lippen zu befeuchten.

»Du bringst mich um.« Er half ihr, seine Jeans über seine Hüften und Beine zu streifen und sie auszuziehen.

»Als ob du mich nicht …« Sie brach ab und stieß einen zischelnden Laut aus. Dann glitten ihre Hände langsam wieder hinauf, um über die Wölbung seiner nackten Hüften zu streichen. »Du trägst keine Unterwäsche.«

»Nein.« Er schauderte, als ihre Fingerspitzen über seine Innenschenkel glitten.

Sie starrte ihn an, und ihr Körper spannte sich an. »Du bist groß.« Ihr Gesicht rötete sich. »Richtig groß.« Sie nahm ihre Brille ab und vergrub das Gesicht in einem der Kissen.

»Wir werden richtig gut zusammenpassen.« Er sprach in einem sanften Ton und nahm das Kissen fort, um ihr Kinn mit einer Hand zu umfassen. »Ich werde dir nicht wehtun, versprochen.«

»Wirst du aufhören, wenn …?« Sie zitterte.

Er rutschte näher an sie heran und bedeckte ihren Kiefer mit Küssen. »Du gibst das Tempo vor. Wenn du aufhören willst, hören wir auf.« Auch wenn er härter war, als er seit dem College je gewesen war, hatte sie hier das Sagen.

»Nein, ich will es. Ich will dich.« Sie legte ihre Brille neben den Streichhölzern ab, dann öffnete sie ihre Jeans und wand sich aus ihr, bis sie nackt war bis auf einen blassrosa Slip mit einer weißen Spitzenborte.

Unter ihrem ernsten Auftreten war sie so feminin, so viel mehr, als er zunächst erwartet hatte. Er betastete den Saum ihres Slips, und sie hauchte einen Seufzer und schmiegte sich an seine Hand. »Cat ...« Als sie ihre Hand auf seine Erektion legte, platzte der Atem fast aus seinen Lungen.

»Du hast gesagt, ich kann das Tempo vorgeben.« Sie schenkte ihm ein halbes Lächeln und presste ihre Brüste an seinen Oberkörper. Ihre Lippen teilten sich, bevor sie den Kopf neigte, um seine Unterlippe in ihren Mund zu saugen.

Er schauderte, als ein Stromstoß von Empfindungen ihn durchzuckte. »Augenblick.« Er zog ihr sanft den Slip aus, bevor er nach der Brieftasche in seiner Jeans griff. Ihre Haut schimmerte im flackernden Feuerschein. Lucs Puls beschleunigte sich, als er das Kondom fand, das er aus Gewohnheit bei sich trug, und es ihr reichte.

Sie riss die Verpackung auf, und gemeinsam streiften sie es über. Er drückte sie sanft wieder in die Kissen und suchte mit seinem Mund ihre Brüste. Das Feuer knisterte, und der würzige Geruch des Holzrauchs vermischte sich mit ihrem leichteren Rosenparfüm. Sie machte ein scharfes Geräusch tief in ihrer Kehle, als er an ihrer Brustwarze saugte und sie mit der Zunge umkreiste.

Ihre Finger vergruben sich in seinen Haaren, und sie reckte sich ihm entgegen.

Er riss sich von ihrer Brust los, dann sah er in ihre Augen, glänzend und dunkelblau vor Verlangen. Er war so erregt, und es war so lange her, dass ihm für einen Moment schwindelig wurde. Ihr Gesicht und ihr Körper, der Feuerschein und das weiche Lampenlicht verschmolzen zu einem goldenen Schimmer. »Ja.« Es war eine Feststellung, keine Frage. Er hielt den Atem an.

»Ja.« Ihre Stimme war angespannt, während er sanft zwischen ihre Beine glitt und sich mit den Unterarmen abstützte. Ihre Hände umklammerten seine Hüften, anfangs leicht, dann fester, und ihre Zunge glitt tief in seinen Mund.

Luc vergaß, sanft zu sein, und er vergaß, zärtlich zu sein, während sie sich unter ihm bewegte und ihn mit einem undeutlichen Stöhnen weiter drängte. Aber er vergaß nicht, sie anzusehen, als er langsam in sie glitt. Während er ihrem Blick standhielt, war es nicht nur körperlich. Er gab ihr auch einen kleinen Teil seiner Seele.

Kapitel
13

Schnee schlug mit einem sanften Säuseln gegen Cats Schlafzimmerfenster, und das graue Licht eines Wintermorgens stahl sich durch die Lamellen der Jalousie. Sie sah blinzelnd auf ihren getreuen Batteriewecker auf dem Nachttisch. Es war erst neun. Amy würde noch ein paar Stunden bei Nick und Mia sein, daher musste sie noch nicht aufstehen und konnte das hier – Luc – noch ein klein wenig länger genießen.

Luc schlief noch immer neben ihr. Braune Bartstoppeln überschatteten seinen Kiefer, und er sah entspannter und jünger aus. Der Sex mit ihm war alles gewesen, was sie sich je erträumt hatte, und noch mehr. Aber selbst während sie ihre Körper miteinander teilten, hatte sie darauf geachtet, ihr Innerstes für sich zu behalten, den Teil, der verletzt werden könnte.

»Morgen, Minnie.« Seine Stimme klang rau.

Sie zuckte zusammen und schluckte die Gefühle hinunter, die in ihrer Kehle feststeckten. »Morgen.« Sie hatte bekommen, was sie wollte. Es musste genügen. »Ich dachte, du schläfst noch.«

»Ich bin schnell wach geworden, dank des frühmorgendlichen Trainings in all den Jahren.« Er schlang einen Arm um sie und zog sie an die Hitze seines Körpers. »Du bereust die letzte Nacht doch nicht, oder?«

»Natürlich nicht. Es war toll.« Nur dass es nicht mehr als die letzte Nacht sein konnte und sie, nachdem sie einen Blick auf die Frau erhascht hatte, die sie hätte sein können, mehr wollte.

»Für mich war es auf jeden Fall auch toll.« Er zog sie sanft in seine Schulterbeuge, und in seinem Ton lag mehr als eine Spur von Befriedigung. »Wenn wir noch ein Kondom gehabt hätten, hätte ich es am liebsten gleich noch mal getan.«

Sie auch, denn sein Körper hatte perfekt zu ihrem gepasst. Nachdem sie sich geliebt hatten, hatten sie sich in ihrem Bett aneinandergekuschelt, wo sie sich stundenlang berührt und geredet hatten. Es war intim und zärtlich gewesen − und es hatte unwiderruflich verändert, wie Cat sich selbst sah.

Sie glitt mit einem Finger über seinen harten Bizeps. Sein großer Körper trug die Narben des Spiels, das er fast sein bisheriges Leben lang gespielt hatte, und jede einzelne zeigte, wer er war. Was sie für Amys Dad empfunden hatte, war Lust gewesen, aber ihre Gefühle für Luc waren tiefer, vielleicht sogar Liebe − falls sie noch immer an Liebe glaubte.

»Da du Amy nicht vor Mittag abholen musst, was hältst du davon, wenn ich uns ein Frühstück mache, und dann kann ich bei der Drogerie vorbeischauen, sobald sie aufmacht. Ich glaube, wir müssen noch ein bisschen mehr üben, meinst du nicht auch?« Seine Finger glitten durch ihre Haarsträhnen und fanden die empfindliche Stelle hinter ihrem Ohr.

»Die Drogerie beim Stadtanger?« Ihr Magen verkrampfte sich. Obwohl sie noch einmal mit ihm schlafen wollte, konnte sie es sich nicht gestatten, sich noch tiefer auf ihn einzulassen. Er war aufrichtig gewesen. Er konnte ihr geben, was immer das hier war, aber nicht mehr.

»Gibt es in der Stadt denn irgendeine andere Drogerie außer Doucette's?« Lucs Hand glitt von ihrem Nacken zu ihrer nackten Brust.

»Nein, aber da kannst du nicht hingehen.« Cat überlief ein Schauder, als er spielerisch in ihre Brustwarze kniff. »Wenn irgendjemand sieht, wie du Kondome kaufst, werden sie wissen, dass du Sex hast, und sie werden sich denken können, dass du ihn mit mir hast. Die halbe Stadt hat uns zusammen beim Karneval und dann in der Pink Pagoda gesehen.« Nachdem sie schon einmal der Mittelpunkt des Geredes gewesen war, saß die Verletzung zu tief. Seitdem wollte sie sich nur noch im Hintergrund halten. »Ich war letzte Woche bei Doucette's und habe zwei Packungen Taschentücher und einen Inhalator gekauft. Zwanzig Minuten später hat mich eine der Freundinnen meiner Mom im Supermarkt angehalten und gefragt, ob Amy krank sei.«

»Und war sie es?«

»Nein. Das Zeug war im Sonderangebot.«

»So ist das eben in einer Kleinstadt.« Lucs leises Lachen vibrierte an ihrer Brust. »Bei dem Wetter wird die Straße nach Kincaid unbefahrbar sein, bis die Schneepflüge durchgekommen sind. Ich nehme an, wir werden kreativ sein müssen. Was meinst du?«

Cat schauderte, als sein Mund ihre Brust umfasste. »Kreativ klingt gut.« Wenn die letzte Nacht ihr etwas gezeigt hatte, dann, dass sie nie kreativ genug gewesen war. Seine Hand glitt über die Wölbung ihrer Hüfte, und ihre Beine spreizten sich unwillkürlich.

Einen Herzschlag später hielt sie still und tauchte aus dem Nebel von Empfindungen auf, die Luc mit seinen Fingern und seinem Mund in ihr hervorrief.

»Was war das?« Sie setzte sich auf und schauderte, als kalte Luft auf ihre nackte Haut traf.

»Was denn?« Luc hob den Kopf.

»Ich habe ein Geräusch gehört.« Sie tastete nach ihrer Brille auf dem Nachttisch.

»Das müssen die Katzen gewesen sein.« Er schenkte ihr ein freches Grinsen.

»Nein, Stimmen.«

»Vermutlich ist Michael unten. Er kommt doch immer früh, oder?« Luc zeichnete eine sinnliche Bahn zwischen ihrem Knöchel und ihrem Spann.

»Sonntags nie.« Cat tastete nach ihrem Pyjama, aber sie hatte ihn gar nicht angehabt.

Schritte hallten auf dem Treppenabsatz vor der Wohnung wider. »Cat? Bist du da drin, Liebes?« Die Stimme ihrer Mom. »Der Strom ist ausgefallen, und der Handyempfang ist abgerissen.« Es wurde ein paarmal laut geklopft, bevor ein Schlüssel im Schloss gedreht wurde. »Ich habe dir einen Becher Tee gebracht.« Die Tür ging knarrend auf, und die Stimme ihrer Mom kam näher. »Wir sind alle drüben im Diner. Amy auch. Der Generator ist angesprungen, also komm am besten vorbei, um dich ein bisschen aufzuwärmen und einen Happen zu essen. Hey, Kätzchen, wo ist denn ...«

In der plötzlichen Stille fluchte Luc leise und fummelte unter der Decke herum.

»Schnell, hierhinein mit dir.« Cat schnappte sich ihren Morgenmantel, der neben dem Bett auf dem Boden lag, und zeigte auf die halb geöffnete Schranktür.

»Ich verstecke mich doch nicht im Schrank.« Er fand ein Handtuch in Cats Wäschekorb und schlang es sich um die Hüften. »Es gibt nichts, wofür wir uns schämen müssten.«

Nur dass sie beide nackt waren und die meisten ihrer Kleider noch immer auf dem Wohnzimmerboden verstreut lagen. Und es war auch nicht *seine* Mutter dort draußen. Cat unterdrückte ein Stöhnen, dann rief sie: »Ich bin eben erst aufgewacht. Ich komme gleich zu dir.«

»Cat?« Georgias Stimme diesmal. »Mia hat mir einen Pullover für dich mitgegeben. Sie weiß, wie leicht du frierst.« Sie machte ein Geräusch, das fast, aber nur fast ein Lachen war.

Dielen knarrten im Flur. »Weißt du, wo Luc abgeblieben ist?« Ihre Mom war im Wohnzimmer, auf der anderen Seite von Cats Schlafzimmerwand. »Er ist gestern Abend nach dem Karneval nicht nach Hause gekommen. Da es keinen Handyempfang gibt, kann seine Mom ihn nicht erreichen, daher hat Chantal mich gebeten … oh.«

Cat zeigte wieder zum Schrank. »Hinein mit dir, jetzt.« Ihre Worte kamen zischelnd, und sie gab Lucs Allerwertestem durch das Handtuch einen Klaps.

Dieser Mann war an allen richtigen Stellen hart.

Sie schlüpfte in ihren Morgenmantel und zog den Gürtel fest zu. Sie würde das hier bis in alle Ewigkeit zu hören bekommen, und es war auch nicht so, dass sie es als irgendeine Art Missverständnis abtun könnte. Selbst wenn ihre Mom und Georgia Luc nicht wirklich zu Gesicht bekamen, waren die Beweise dort draußen offensichtlich, bis hin zu der leeren Kondomverpackung. Und niemand sonst in der Stadt trug ein Winnipeg-Jets-Sweatshirt, und dieses Sweatshirt hing noch immer an dem Garderobenständer, wo sie es am Abend zuvor zusammen mit seiner Jacke aufgehängt hatte.

»Ich bin …« Sie fuhr sich mit den Fingern durchs Haar, und dann erblickte sie über der Kommode ihr Spiegelbild. Ihre Haut war gerötet, und ihre Augen glänzten. Ihre Haare waren zerzaust, und sie sah so entspannt aus wie seit Jahren nicht mehr, vielleicht noch nie. Und sie sah aus, als hätte sie Sex mit einem Mann gehabt, der genau wusste, was er zu tun hatte.

»Lass dir ruhig Zeit, Liebes.« Ein leises Klappern folgte auf die Worte ihrer Mom. »Ich habe dir den Tee auf den Tisch gestellt. Ich werde Amy sagen, dass es dir gut geht und dass sie nicht hochkommen muss. Sie ist mit Ward und Michael unten in der Galerie, um die Alarmanlage zu überprüfen. Sie hat mir den Schlüssel gegeben und gesagt, dass ich einfach hineingehen kann.«

Ihre Tochter. Cats Mund wurde trocken. Amy hätte hereinkommen und sie mit Luc überraschen können. Sie warf einen Blick auf ihn vor der Schranktür.

»Ich lege Mias Pullover auch auf den Tisch.« Die Schritte ihrer Mom entfernten sich wieder. »Und ich werde Lucs Mom sagen, dass er nicht irgendwo in einer Schneewehe stecken geblieben und erfroren ist. Chantal ist immer so besorgt, genau wie ich.«

»Du kannst ihr sagen, dass er es warm und kuschelig hat ...« Georgias Stimme bebte vor Lachen.

»Georgia McGuire, hör sofort auf und wisch dir diese alberne Miene vom Gesicht. Du bist vielleicht eine erwachsene Frau, aber du wirst für mich nie zu alt sein, um ...«

Die Wohnungstür knallte hinter ihrer Mom und Georgia zu. Cat betastete den Gürtel ihres Morgenmantels. Die Stille drang auf sie ein, so kalt und undurchdringlich wie ein atlantischer Seenebel.

»Ich sollte meine Kleider finden.« Während Luc auf die geschlossene Schlafzimmertür zeigte, spannten sich die Muskeln in seinem Unterarm an.

»Ja, ich auch.« Cat schlüpfte mit den Füßen in die Schneemann-Pantoffeln, die Amy ihr zu Weihnachten geschenkt hatte. Sie sah wieder in den Kommodenspiegel. Luc spiegelte sich hinter ihr, und das rosa Badetuch hing tief auf seinen schmalen Hüften. Seine Brust war noch immer nackt, und ihr Mund wurde trocken. »Entschuldige ... meine Mom und Georgia haben nicht gedacht ... es ist nicht so, dass ich ... normalerweise ...«

Sie hatte noch nie einen Mann mit nach Hause gebracht, und abgesehen von diesen längst vergangenen Frühjahrsferien hatte sie auch nie etwas gehabt, was man als One-Night-Stand bezeichnen könnte.

»Wofür solltest du dich denn entschuldigen müssen?« Ein wehmütiges Lächeln umspielte einen Winkel von Lucs sinnlichem Mund, und er fuhr sich mit einer Hand durchs Haar. »Es klingt, als ob deine Mom das alles ziemlich cool nähme. Und sobald meine Mom weiß, dass ich nicht irgendwo im Straßengraben liege, wird für sie auch alles okay sein. Wir sind beide erwachsen. Wir dürfen ein Leben haben. Es ist ja nicht so, dass Amy dort draußen war.«

Nur dass in einer Kleinstadt, wo im Winter nicht viel los war, die Leute redeten und Amy irgendetwas aufschnappen könnte, was sie verletzte. Cat hatte ein flaues Gefühl im Magen, und sie ließ sich auf die Bettkante fallen.

»Wenn der Strom schon seit einer Weile ausgefallen ist, gibt es wohl nicht viel Hoffnung auf genug heißes Wasser für eine Dusche.« Das Handtuch um seine Hüften rutschte tiefer.

Sie schüttelte den Kopf. »Hier gibt es sowieso nie viel heißes Wasser.«

»Hey.« Luc kam um das Ende des Betts und setzte

sich neben sie. »Es ist kein Weltuntergang. Vielleicht sah es damals, als wir Kinder waren, nicht so aus, aber die Leute in Firefly Lake haben Sex. Sicher, im Allgemeinen werden sie dabei nicht von ihrer Mom und ihrer Schwester überrascht, aber es ist kein Drama. Mir ist nicht peinlich, was zwischen uns passiert ist. Und dir?« Seine blauen Augen taxierten sie.

»Nein.« Es war ihr nicht peinlich. Sie würde wieder Sex mit Luc haben, wenn sie die Gelegenheit hätte. Aber das Zusammensein mit ihm hatte sie in eine andere Welt enthoben, und jetzt musste sie wieder zu sich selbst zurückfinden, bevor sie Amy und der halben Stadt drüben im Diner gegenübertrat. »Amy kann sich nicht denken, was passiert ist.«

»Wie auch? Es ist ja nicht so, dass deine Mom oder Georgia es ihr sagen würden, oder?«

»Nein.« Cat rieb die Hände aneinander.

»Außerdem … Sobald ich zu einer Drogerie in Kincaid kommen kann, will ich eine Wiederholung, du nicht?« Er zog sie an sich und schenkte ihr etwas, das unter anderen Umständen eine tröstliche Umarmung gewesen wäre.

Sie wollte es auch, aber trotz der Wärme seines Körpers fröstelte Cat. Sie wollte mehr als Sex. Sie wollte alles, was dazugehörte, mit jemandem zu schlafen. Und nach letzter Nacht wollte sie auch mehr von Lucs Herzen und seinem Leben, als er ihr je geben könnte.

»Deine Mom sieht irgendwie anders aus.« Kylie knuffte Amy über den Tisch hinweg in den Arm. Sie saßen in einer Zweiernische in der Mitte des North Woods Diner, einen Teller Pommes frites mit Bratensoße und Käsewürfeln zwischen sich. Ihre Grandma nannte dieses Gericht »Poutine«, und Amy hatte es noch nie zuvor gegessen, ehe sie nach Firefly Lake gezogen war.

»Mom sieht für mich genauso aus wie immer. Aber Tante Mias Pullover steht ihr gut.« Amy legte die Hände um ihren Becher mit heißer Schokolade.

Mrs. Liz machte die beste heiße Schokolade und die beste Poutine, und angesichts des Dufts von Fleisch, Gemüse und Gewürzen, der aus der Dinerküche strömte, musste sie auch ein gutes Chili machen.

»Nein, sie hat ein ganz neues Aussehen.« Kylie grinste. »So, wie Mia ausgesehen hat, als sie und Nick zusammenkamen. Sobald sie S-e-x hatten.« Sie dämpfte ihre Stimme und buchstabierte das Wort.

Amy starrte auf die Marshmallows, die in ihrem Becher schwammen. Obwohl ihr das Buchstabieren schwerfiel, kannte sie dieses Wort. »Meine Mom hat nicht einmal einen festen Freund.« Obwohl sie versucht hatte, ihre Mom und Coach Luc zusammenzubringen, waren die beiden befreundet, nichts weiter.

»Man muss keinen festen Freund haben, um Sex zu haben.« Kylie zeigte auf Amys Mom, die mit Mrs. Liz hinter dem Tresen stand. »Sieh sie dir an, und dann sieh dir Coach Luc an.« Sie drehte hastig den Kopf in die andere Richtung, wo der Coach mit Amys Onkel Nick und ein paar der Eishockey-Dads an einem mit einem Vorhang verhängten Fenster saß. »Es sieht so aus, als würden sie sich ignorieren, aber tatsächlich sehen sie sich bei jeder Gelegenheit an, die sie kriegen können. Das ist ein Zeichen, dass da etwas läuft.«

»Selbst wenn es so wäre, geht es dich nichts an.« Amys Magen verknotete sich, und sie rutschte ans Ende der Sitznische, möglichst weit weg von Kylie. Ihre Mom hasste es, wenn die Leute über sie redeten, und sie sagte immer, Tratschen gehöre sich nicht. Amy brauchte Freundinnen, aber sie brauchte keine Freundin, die Dinge sagte, bei denen ihre Mom sich schlecht fühlen würde.

»Ich dachte, du wolltest, dass die beiden gestern Abend zusammen essen.« Kylies Blick war noch immer auf den Coach geheftet. »Wenn sie ein Date hatten, haben sie *es* vielleicht getan.« Kylies Stimme wurde über dem Geklapper im Diner lauter.

»Halt die Klappe.« Amy versuchte, einen Ton anzuschlagen, der zu ihren harten Worten passte, denn wenn irgendjemand in der Schule Kylie hörte, dann würden sie vielleicht über ihre Mom und den Coach reden, und dann würde Amy sich auch schlecht fühlen. »Es war kein Date.« Amy nahm einen Schluck von ihrer heißen Schokolade. »Außerdem sagt meine Mom, dass Sex etwas ganz Besonderes ist. Man sollte ihn nur mit jemandem haben, der einem wirklich etwas bedeutet und dem man auch etwas bedeutet.«

»Das sagt Mia auch.« Kylies Miene war nachdenklich.

»Aber wenn deine Mom und Coach Luc Sex hatten und wenn sie ihn weiterhin haben, dann könnte er dein Dad werden. Und dann müsstest du deine Mom mit ihm teilen, oder? Sie könnte ihn mehr lieben als dich.«

Amys Brust verkrampfte sich ebenso sehr wie ihr Magen, und das Atmen fiel ihr schwer. Sie hatte gewollt, dass ihre Mom und Luc zusammenkamen, damit sie einen Dad hätte, aber bevor Kylie es ausgesprochen hatte, hatte sie sich nie überlegt, dass Luc ihren Platz im Leben ihrer Mom einnehmen könnte. »Der Coach wird nicht mein Dad werden. Er und meine Mom haben nichts gemeinsam.« Sie zuckte die Schultern, als wäre es egal.

»Man kann nie wissen. Für einen alten Typen ist er heiß, und deiner Mom könnte das gefallen. Hast du gehört, was die Highschoolmädchen, die nach der Schule bei der Eisbahn herumhängen, über ihn sagen?« Kylie gestikulierte mit den Händen. »Ein Sixpack zum Anbeißen.«

»Er ist der Coach. Sie sollten nicht so über ihn reden.« Amys Augen brannten. Ihre Mom liebte sie. Das wusste sie ganz sicher. Ihre Mom würde Coach Luc nicht mehr lieben als sie – oder? Und warum hatte sie Kylie überhaupt gebeten, ihr bei dieser albernen Dad-Liste zu helfen? Kylie war nur ein Jahr älter als sie, aber manchmal schien sie richtig alt, fast als wäre sie schon eine Erwachsene.

Kylie verdrehte die Augen. »Warum denn nicht? Die Eishockey-Moms reden auch so über ihn. Ich habe sie an dem Tag gehört, an dem ich mit Mia dort war, als sie dich nach dem Training abgeholt hat.«

Amy kratzte an einem Niednagel an ihrem Daumen. »Na und? Die Moms sollten auch nicht so reden.« Aber sie hatte dasselbe Gerede gehört. Und sie hatte auch gehört, wie die Mütter ihrer Teamkameraden über ihre Mom redeten. Wie schlau sie sei, und noch einen Haufen anderes Zeug, das Amy nicht wirklich verstanden hatte, das aber irgendetwas mit dem Dad ihrer Mom und mit ihrer Grandma zu tun hatte.

»Ich glaube, der Coach wäre als Stiefdad ganz okay, aber man kann nie wissen. Manche Typen sind nett, bis sie dich geködert haben, aber danach ändern sie sich komplett. Ich habe dieses Mädchen in Burlington gekannt, und der Freund ihrer Mom war am Anfang nett zu ihr, aber dann, sobald die Mom schwanger wurde, wurde das Mädchen zu einer Tante irgendwo drüben in Maine geschickt, um bei ihr zu leben. Der Typ hat gesagt, er wollte kein Kind, das nicht seines war, bei sich haben. Was, wenn deine Mom und der Coach ein Baby bekommen?« Kylie zuckte die Schultern. »Du bist meine Freundin, daher sage ich nur, dass du aufpassen musst.«

Amy nahm nicht an, dass Coach Luc so etwas je tun würde, aber was wusste sie schon? Sie holte einmal tief Luft. »Ich will nicht mehr darüber reden. Weder jetzt noch irgendwann später.« Trotz dieses brennenden Gefühls hinter ihren Augen war sie fast genauso stark und mächtig wie diese Frauen, die für die Eishockeyvorführungen hierhergekommen waren. Sie mochte wetten, dass diese Frauen, selbst als sie in Amys Alter waren, keine Angst gehabt hatten, Leute in den Hintern zu treten, wenn es sein musste. »Und du solltest auch nicht darüber reden, denn es ist gemein, über andere Leute zu tratschen.« Wenn sie etwas daraus gelernt hatte, dass sie an ihrer alten Schule schikaniert wurde, dann, dass sie für sich selbst eintreten musste. Aber zu wissen, dass sie es tun musste, war immer noch leichter, als es wirklich zu tun.

»Entschuldige.« Kylies Stimme schwankte ein wenig. »Ich wollte nicht, dass du sauer wirst. Nick sagt, ich muss aufpassen, was ich sage, aber manchmal vergesse ich es. Sind wir immer noch Freundinnen?«

»Ich nehm's an.« Das Engegefühl in Amys Brust legte sich ein klein wenig.

»Du hast richtig viel Glück, weißt du das? Deine Mom liebt dich sehr.« Kylies grüne Augen wurden trüb. »Ich möchte wetten, sie würde alles für dich tun.«

»Ja, das würde sie.« Und Amy liebte ihre Mom. Obwohl sie nur zu zweit waren, hatte sie von Geburt an die Familie gehabt, die Kylie nie gehabt hatte. »Onkel Nick und Tante Mia lieben dich auch sehr. Ich habe Onkel Nick sagen hören, er könnte dich nicht mehr lieben, wenn du seine eigene Tochter wärst.«

»Wirklich?« Kylies Augen glänzten.

»Ja.« Amy knuffte Kylie in den Arm. »Er ist der Beste.«

»Das ist er auf jeden Fall.« Kylies Stimme überschlug sich. »Ich hatte Glück mit ihm und Mia. Es gibt dort draußen nicht viele Leute wie sie.« Kylie schob den Teller mit Poutine näher zu Amy heran. »Hey, du hast ja kaum etwas gegessen. Hast du gar keinen Hunger?«

Amy schüttelte den Kopf. Obwohl sie noch vor ein paar Minuten richtig viel Hunger gehabt hatte, war er ihr inzwischen vergangen. Sie studierte ihre Mom etwas genauer. Kylie hatte recht. Sie sah tatsächlich anders aus, fast als wäre sie von innen erleuchtet, und Coach Luc auch.

Als sie sich überlegt hatte, ihre Mom mit dem Coach zusammenzubringen, hatte sie gedacht, dann könnte sie einen Dad haben, so wie all die anderen Kinder, und dazugehören. Wenn, dann hätte sie sich einen Dad ausgesucht, mit dem sie ihren Sport teilen könnte. Aber sie hatte sich nicht überlegt, dass sie ihre Mom dann auch mit ihm würde teilen müssen oder dass er vielleicht kein Kind bei sich haben wollte. Und was, wenn Kylie recht hatte? Was, wenn sich herausstellte, dass ihre Mom Coach Luc mehr liebte als sie?

Amy nahm sich von den matschigen Pommes frites und aß, ohne etwas zu schmecken. Anders als in Boston nannte niemand hier sie dumm, und für eine Weile hatte sie fast vergessen, dass sie es war. Aber wenn ihre Mom Sex mit Coach Luc hatte und sie es nie bemerkt hatte, musste sie richtig dumm sein. Ihr Magen verknotete sich, und sie blinzelte, um den heißen Schwall Tränen zurückzuhalten.

Sie sah wieder zwischen ihrer Mom und dem Coach hin und her. Sie sahen sich tatsächlich an. Sie sah ihn an, als wäre er kein Coach, und er sah sie an, als wäre sie keine Mom. Es war die Art Blick, der Amy und alle anderen ausschloss. Die beiden mochten sich eindeutig, und wenn sie sich nicht schnell irgendetwas einfallen ließ, dann könnte dieser Blick ihr Leben auf alle möglichen Arten verändern, die sie nicht wollte.

Sie zerpflückte ihre Papierserviette zu kleinen Fetzen und starrte auf den Teller, wo mehrere Käsewürfel mit den Tränen verschwammen, gegen die sie verzweifelt ankämpfte. Ihre Mom wollte nicht, dass sie auf dem Eis andere Leute in den Hintern trat, aber sie hatte nie gesagt, dass sie es außerhalb des Eises nicht tun sollte.

Ein Löffel schepperte gegen ein Glas, und Luc sah von seiner Schale mit Liz' feurigem Texas-Chili auf. Ward, Gabrielles Partner, stand im Eingangsbereich des Diners, Gabrielle an seiner Seite. Nick, Cat und Georgia standen hinter ihnen beisammen.

Ward schlug noch einmal mit dem Löffel gegen das Glas, und das Gesprächsgemurmel verstummte. »Wegen des Sturms sind fast alle, die uns etwas bedeuten, hier versammelt, daher dachten Gabrielle und ich, dass es der ideale Zeitpunkt ist, um euch zu sagen, dass Nick und Mia nicht viel länger die einzigen Frischverheirateten in der Stadt sein werden.« Er hielt einen Moment inne und sah Gabrielle an, die lächelte und nickte. »Gestern Abend hat mich Gabrielle zu einem noch glücklicheren Mann gemacht, indem sie sich bereit erklärt hat, meine Frau zu werden.«

Gabrielle legte Ward eine Hand auf den Arm. »In

unserem Alter werden wir keine große Hochzeit abhalten, aber wir werden danach eine kleine Party veranstalten, und wir hoffen, dass ihr alle mit uns zusammen feiern werdet.«

Luc erhob sich, um in den Jubel und die Glückwünsche mit einzufallen. Natürlich freute er sich für Gabrielle und Ward, warum verspürte er dann dieses Zwicken um sein Herz?

»Ich hätte nie gedacht, dass Gabrielle wieder heiraten würde, aber offenbar habe ich mich getäuscht.« Neben ihm lachte Josh Tremblay ironisch auf. »Sobald dieser Silberfuchs in der Stadt auftauchte, war es um sie geschehen. Jetzt schulde ich Georgia fünfzig Dollar.«

»Gabrielle sollte besser nicht erfahren, dass du und Georgia darum gewettet habt, ob sie und Ward heiraten.« Luc beäugte Josh lange genug, um den Typen ins Schwitzen zu bringen. Er mochte ihn, und er hatte sichergestellt, dass sein Bauunternehmer ihn mit ein paar Arbeiten an seinem neuen Haus beauftragte, aber wenn Josh Gabrielle kränken sollte, dann wäre dieser Auftrag vom Tisch.

»Natürlich nicht.« Eine leichte Röte überzog Joshs Wangen unter den dunklen Bartstoppeln. »Es war Georgias Idee, und ich habe zum Spaß mitgemacht. Dieses Mädchen ist so verrückt, wie sie schon immer war.«

Und in letzter Zeit schien es, als ob sie genau Joshs Art von verrückt war. Luc verbiss sich ein Lächeln. »Und da steckte nicht mehr dahinter als eine alberne Wette?«

Josh grinste. »Nein. Ich bin schlauer, als ich früher war.«

»Wenigstens einer von euch ist es.« Er sah wieder zum Eingang des Diners, wo Cat und Georgia ihre Mom umarmten. Während Cat schon immer erzkonservativ gewesen war, hatte ihre Schwester immer Ärger bedeutet. Aber er hatte den Verdacht, dass Georgia unter dieser wilden, kindlichen Schale ein großes Herz hatte. Andernfalls würde Cat ihrer Schwester nicht so nahestehen.

»Tolle Überraschung, was?« Nick gesellte sich zu ihnen. »Mom hat es uns vorhin gesagt, und wir freuen uns alle so für die beiden. Ward ist ein guter Typ, und er kümmert sich um Mom, aber er lässt sie trotzdem so unabhängig sein, wie sie will.«

»Sie passen auf jeden Fall gut zusammen.« Lucs Herz hämmerte einmal schmerzhaft.

Ward hatte seine erste Frau geliebt und um sie getrauert, als sie starb. Aber irgendwie hatte er den Mut gefunden, wieder zu lieben. Wie hatte er das geschafft? Anders als beim Sport gab es für Trauer kein Regelhandbuch.

»Der Bauunternehmer sagt, dass mein Haus spätestens am Memorial Day fertig sein wird, das heißt, wenn Georgia nicht noch länger bleibt, haben Gabrielle und Ward dann im Harbor House ihre Privatsphäre.« Und obwohl er es sich nicht gestatten konnte, sie zu lieben, sehnte sich Luc nach letzter Nacht und dem, was sie erst vor dem Kamin und dann in ihrem Bett getan hatten, nach dieser Art Privatsphäre mit Cat.

»Du baust da ein ganz schön großes Haus für einen

alleinstehenden Typen.« Joshs Stimme war nachdenklich. »Es sei denn, du überlegst dir vielleicht, Gesellschaft zu haben?« Er sah zu Cat und Georgia, die noch immer mit Gabrielle beisammenstanden.

»Verschon ihn.« Nick zog eine dunkle Augenbraue hoch. »Mit der ganzen erweiterten Simard-Familie braucht er den Platz. Außerdem spricht viel dafür, mehr Platz zu haben, als man braucht. Ich dachte, mit einem Anbau würde Mias Haus groß genug für uns alle sein, aber es ist immer noch beengt. Wer hätte gedacht, dass ein Haufen Frauen so viel Zeug hat? Mia braucht einen ganzen Schrank allein für ihre Schuhe.« Sein glückliches Lachen schmerzte in Lucs Ohren.

Josh beäugte Luc noch immer. »Wie lange bleibt Cat in Firefly Lake?«

»Ich weiß nicht.« Luc starrte zu ihm zurück. Der Typ glaubte vielleicht, etwas gesehen zu haben, aber selbst wenn, würde Luc nichts preisgeben – schon gar nicht vor Cats großem Bruder.

»Amy ist toll für das Team. Connor hat viel von ihr gelernt.« Josh grinste. »Ich bin richtig stolz auf meinen Jungen, dass er zugegeben hat, von einem Mädchen etwas über Eishockey lernen zu können. Es ist hart, ein alleinerziehender Dad zu sein, und auch wenn ich Connor dazu erziehen will, Mädchen und Frauen zu respektieren, ist es auf jeden Fall härter, als ich dachte.«

Okay, vielleicht war Luc ja paranoid. Oder vielleicht waren es die Schuldgefühle, die ihn zwickten. Er hatte Sex mit einer Frau gehabt, die nicht seine Ehefrau

war, und jeder musste es sich denken können. Sein Dad
konnte es sich mit Sicherheit denken. Er hatte es an dem
Blick gesehen, den er ihm zugeworfen hatte, als Luc
eine Viertelstunde nach Cat den Diner betreten hatte, so
wie sie es vereinbart hatten. Aber sein Dad wusste, dass
er sich besser um seine eigenen Angelegenheiten kümmerte, und Luc würde dafür sorgen, dass seine Mutter
es ebenfalls tat.

Maggie war seit über zwei Jahren nicht mehr am
Leben. Es gab keinen Grund für Luc, sich zu fühlen, als
hätte er sie betrogen. Aber es war mehr als das. Schon
bevor er Sex mit Cat gehabt hatte, hatte er begonnen,
etwas für sie zu fühlen, was er für niemanden außer
Maggie je gefühlt hatte.

Er hielt einer vorbeikommenden Bedienung seinen
Kaffeebecher hin. Er brauchte Koffein, und zwar viel.
Dann brauchte er noch eine Schale von Liz' Chili. Und
wenn der Stromausfall behoben war, brauchte er eine
Dusche, ein hartes Training und danach wieder eine
Dusche.

Und dann, nach all diesen Dingen, könnte er sich vielleicht über die Gefühle klar werden, die er für eine Frau
hatte, die nicht unterschiedlicher als seine Ehefrau hätte
sein können, die sich aber auf genau dieselbe Art um
sein Herz gelegt hatte. Mehr noch als der Sex war es das,
weswegen er die größten Schuldgefühle hatte.

Kapitel
14

»Nur noch ungefähr zehn Minuten, bis du wieder normal atmen kannst.« Ihre Mom tätschelte Cats Arm, dann zeigte sie auf die noch verbleibende Spielzeit, während die leuchtend roten Sekunden auf der Punktetafel hoch oben in der Arena heruntertickten.

»Ich wusste nicht, dass es mir so deutlich anzusehen ist.« Cat stieß einen Atemzug aus und versuchte, ihre verkrampften Finger in ihren Handschuhen zu entspannen. Es war eine Woche her, seit sie Sex mit Luc gehabt hatte. Seitdem waren sie umeinander herumgeschlichen und hatten wie in einer stillschweigenden Übereinkunft ignoriert, was zwischen ihnen passiert war. Aber egal, ob es in der Küche ihrer Mom oder, so wie heute, hinter der Bank der Heimmannschaft war, jedes Mal, wenn sie ihn sah, verkrampfte sich ihr Herz ein klein wenig fester, und sie begehrte ihn ein klein wenig mehr.

»Ich weiß noch, wie ich selbst mich bei deiner Schwester und deinem Bruder gefühlt habe.« Ihre Mom griff nach einer Thermoskanne und schenkte Cat noch etwas Tee in ihren Becher. »Als Georgia ihre Gymnastikphase durchgemacht hat, bin ich jedes Mal tausend Tode gestorben, wenn sie von diesem Schwebebalken gestürzt ist. Und selbst jetzt stelle ich mir jedes Mal, wenn Nick Ski fährt, vor, wie er bewusstlos am Fuß eines Berges liegt, alle Knochen in seinem Körper gebrochen.« Sie schenkte Cat ein ironisches Lächeln. »Eine Mom zu sein, ist eine gefährliche Angelegenheit. Wenigstens um dich musste ich mir nie Sorgen beim Sport machen.«

Aber ihre Mom hatte sich in anderer Hinsicht Sorgen um Cat gemacht, und das tat sie noch immer. Sie hatte ihren Besuch in Cats Wohnung an jenem Morgen nach dem Schneesturm nie zur Sprache gebracht, aber er stand noch immer zwischen ihnen beiden, zusammen mit all den anderen Dingen, die sich im Laufe der Jahre angehäuft hatten.

Cat schlürfte ihren heißen Tee und versuchte, sich auf die Action auf dem Eis zu konzentrieren. Selbst für ihre ungeübten Augen war klar, dass Amy gut war und dass Lucs Training ihr Können verbessert hatte. Sie war eine schnellere und gewandtere Schlittschuhläuferin geworden. Ihre Drehungen waren geschliffener, und sie beherrschte ihren Schläger mit mehr Selbstvertrauen.

»Luc tut Amy gut.« Ihre Mom sah ebenfalls aufs Eis. »Und sie tut ihm gut. Ich mache mir um Luc fast genauso viele Sorgen wie um Nick, bevor Mia in sein Leben getreten ist. Aber seit du und Amy hierhergezogen seid, sind Lucs Augen nicht mehr so traurig. Er hat diese Woche sogar zweimal an einem Tag gelacht.«

»Er trainiert Amy gern, und sie mag ihn eindeutig.«

Cats Angst, ihre Tochter zu verlieren, war unbegründet. Auch wenn Amy diese Woche eine ungewöhnlich große Klappe gehabt hatte, wurde sie allmählich erwachsen, und die Teenagerhormone machten sich langsam bemerkbar.

»Ich glaube, Luc tut dir auch gut.« Der Ton ihrer Mom enthielt einen Anflug von Belustigung, aber ihr Blick blieb aufs Eis geheftet. »Ihr habt viel gemeinsam. Ihr seid beide konzentriert und entschlossen – und verletzt.«

»Ich bin nicht verletzt.« Jedenfalls nicht so wie Luc. Er hatte die einzige Frau verloren, die er je geliebt hatte, seine Seelenverwandte. Wohingegen sie lediglich den Mann verloren hatte, der Amy gezeugt hatte, einen Mann, den sie kaum gekannt hatte. Außerdem lag dieser Verlust viele Jahre zurück, und sie hatte nach vorn geblickt.

»Wenn du das sagst.« Ihre Mom legte einen Arm um Cats steife Schultern. »Aber ihr seid beide an einem Übergangspunkt in eurem Leben. Er baut sich nach dem Eishockey und Maggie eine Zukunft auf, und du ...«

»Ich baue mir noch immer dieselbe Zukunft auf, die ich immer geplant hatte.« Sie musste der Sache Zeit geben, das war alles. »Sobald ich eine Festanstellung habe, werde ich Amy alles geben können, was sie braucht. Eine Mädchen-Eishockeyliga, Tennisstunden im Sommer, einen richtigen Urlaub und vielleicht sogar eine Privatschule.« Cat stellte ihren Teebecher unsicher auf der Tribüne ab.

»Alles, was Amy braucht, ist eine Mom, die sie liebt und die das Beste für sie will. Dank dir hat sie das bereits. Tennisstunden und eine Privatschule sind schön und gut, na klar, aber das ist nicht das Wichtigste.« Die Stimme ihrer Mutter war neutral.

»Ich will, dass sie auch die besten Möglichkeiten hat.« Cats Magen zog sich zusammen. »So wie du es für uns gewollt hast, nachdem Dad gegangen war. Du hast gesagt, keine Sorge, du würdest uns alles geben, was wir bräuchten, und das hast du getan.«

»Vielleicht habe ich mich getäuscht.« Ihre Mom zupfte an ihren flauschigen Handschuhen. »Vielleicht konnte ich euch das, was ihr wirklich gebraucht habt, nicht geben – Zeit mit eurem Dad.«

»Es war nicht deine Schuld, dass er gegangen ist, und es war auch nicht so, dass irgendeines von uns Kindern ihn besuchen wollte. Er wollte uns nicht, nicht wirklich. Wenn er uns gewollt hätte, dann hätte er nicht getan, was er getan hat.« Cat versuchte, das Kleinmädchenzittern aus ihrer Stimme zu verbannen. »Es ist vorbei.«

»Solange du diese ganze Verletztheit und Wut mit dir herumträgst, wird es nie vorbei sein.« Die Stimme ihrer Mom war liebevoll, aber auch entschieden. »Ward kennenzulernen, hat mich zum Besseren verändert. Seit ich mich endlich meinen Ängsten gestellt und mich bereit erklärt habe, ihn zu heiraten, ist es, als ob sich eine schwere Last von meiner Brust gehoben hat. Er ist ein anderer Mann als dein Dad, und er hat nicht nur meine

Liebe, sondern auch mein Vertrauen verdient. Ich will mich nicht in dein Leben einmischen oder dir sagen, was du zu tun hast...«

»Ich weiß nicht... was... Amy?« Cat erhob sich schwankend, und ihr Blick konzentrierte sich auf den Haufen wogender Körper in der Nähe der Eismitte. In dem Augenblick, als sie ihre Aufmerksamkeit vom Spiel abgewandt hatte, war eine Eishockey-Hölle losgebrochen. Sie zwang sich, an der Tribünenbank entlang zu den Stufen zu gehen, die zum Eis hinunterführten. Trotz der eisigen Kälte in der Arena lief zwischen ihren Schulterblättern Schweiß hinunter.

»Warte.« Ihre Mutter war gleich hinter ihr. »Luc und Scott sind dort. Du wirst Amy nicht helfen, wenn du stürzt und dir den Kopf aufschlägst.«

Cat verlangsamte ihre Schritte, während sie vorsichtig weiter die Stufen hinunterstieg. Amy konnte nicht in diesem Haufen von Körpern sein. Als sie die Eisbahn erreichte, verschwamm ihr Blick.

»Hier.« Ihre Mom öffnete Cat die Pforte und hielt ihren Arm.

»Sie dürfen nicht aufs Eis.« Die männliche Stimme war jung und zögernd.

»Versuch doch, mich aufzuhalten.« Cat wandte sich halb zu dem jugendlichen Schiedsrichter um, der am Rande des Gedränges verharrte, seine Pfeife nutzlos. »Meine Tochter ist dort. Ich muss zu ihr.«

»Wenn du sie aufhältst, wirst du uns alle aufhalten müssen.« Stephanie und eine Gruppe anderer Eishockey-

Moms tauchten hinter Cat auf dem Eis auf, eine unerwartete, aber solide Phalanx der Unterstützung.

Cats Herz hämmerte. Luc, Scott und die Trainer des anderen Teams zerrten mehrere Jungen voneinander weg. Eine rote Spur verdunkelte die Eisfläche neben einem Erste-Hilfe-Kasten und einem Stapel Handtücher.

»Amy ... ich kann sie noch immer nicht sehen.« Sie war nicht auf der Bank der Heimmannschaft und auch nicht am Ende der Eisbahn bei einem der Tornetze. Und sie war nicht in dem Durcheinander von Armen und Beinen, die noch immer auf dem Eis übereinanderlagen. Keine Nummer fünf und kein vertrauter dunkelblonder Haarschopf, der unter einem Helm hervorschaute.

»Bleib hier.« Ihre Mom hielt sie am Ärmel fest. »Wenn du in eine Schlägerei gerätst, machst du alles nur noch schlimmer.«

»Aber Amy, sie ...« Cat schluckte einen Schluchzer hinunter. »In ihrem Alter gibt es beim Eishockey keine Bodychecks. Sie spielen mit Non-Contact. Luc hat es mir versprochen.« Ihre Stimme war ein schrilles Wimmern.

»Jungen in diesem Alter kennen die Bedeutung von Non-Contact nicht.« Stephanie blieb an Cats Schulter stehen. »Glaub mir, ich habe zwei davon. Und was Versprechen von Männern angeht, sie sind nicht viel wert. Nicht einmal Lucs, und er ist einer von den Guten.« Obwohl Stephanies Stimme hart war, war ihre leichte Berührung auf Cats Rücken freundlich.

»Mit Amy ist bestimmt alles in Ordnung.« Das musste es sein, denn wenn nicht ... Cat zwang sich, den Gedankengang zu unterbrechen, nur um zu sehen, wie Scott den letzten Jungen, einen großen Spieler aus dem gegnerischen Team, von der kleinen, reglosen Gestalt unter ihm auf dem Eis wegzog.

»Oh, mein Gott. Mom... sie bewegt sich nicht... sie ist...« Cat schlitterte über die wenigen Meter Eis, die sie von ihrer Tochter trennten.

»Ich habe die Sanitäter schon gerufen, und sie werden jeden Augenblick hier sein.« Lucs Stimme war ruhig. »Scott ist ein geprüfter Eishockeytrainer und Ersthelfer.«

Cats Blick schnellte zu Scott herum, der auf Amys anderer Seite auf dem Eis kniete. »Was ist passiert?«

»Sie hat einen regelwidrigen Bodycheck bekommen, noch bevor die meisten Spieler beider Teams auf ihr gelandet sind.« Er wandte sich wieder Amy zu. »Es wird alles gut, Amy. Ich bin's, Coach Scott. Du musst so still liegen bleiben, wie du kannst, und mir sagen, wo es wehtut.«

Amy wimmerte. »Überall.« Hinter ihrem Gesichtsschutz waren ihre blauen Augen verschwommen, und sie sah blinzelnd zu den grellen Lichtern über ihr hoch. »Mein Kopf.«

»Sie trägt noch immer ihren Helm. Den habe ich ihr gekauft, weil er angeblich der sicherste ist. Ich habe es recherchiert. Ich habe alle Fakten verglichen.«

Amys Haare schauten darunter hervor wie die schlaffen Zöpfe einer Puppe.

»Er hat sie vor dem Aufprall geschützt, aber kein Helm kann vor einer Gehirnerschütterung schützen.«

Luc hockte sich neben Cat auf die Knie. »Ich habe versucht, rechtzeitig zu ihr zu kommen, aber es ist alles so schnell gegangen.«

Cats Kinn bebte. »Es wird alles gut, Schatz. Ich bin hier. Grandma auch und Coach Luc. Beweg dich nicht und tu, was Coach Scott sagt.« Sie sah ihn wieder an, während er eine Mullbinde um Amys linke Hand wickelte, aus der Blut aufs Eis tropfte.

»Sie hat eine tiefe Platzwunde, aber die Wunde ist sauber. Und sie hat Glück gehabt. Schlittschuhkufen können viel Schlimmeres anrichten.« Er befestigte den provisorischen Druckverband, dann berührte er wieder Amys Arme und Beine.

»Ich habe da draußen ganz schön Spaghetti getreten, stimmt's, Mom?« Amys Stimme war so leise, dass Cat sich anstrengen musste, um sie zu hören.

»Spaghetti?« Cats Eingeweide waren wie von einem Schraubstock zusammengepresst. »Ich verstehe nicht, Schatz.«

»Du willst nicht, dass ich den Kindern sage, sie sollen die anderen in den Hintern treten, daher treten sie seitdem Spaghetti.« Lucs Stimme war rau. »Es war Amys Idee, und die Jungs waren alle dafür.«

»Irgendetwas hast du da draußen eindeutig getreten.« Cat schluckte den Kloß in ihrer Kehle hinunter. »Und es sieht aus, als ob du auch getreten wurdest.«

»Ich hätte noch ein Tor geschossen, wenn dieser große Typ mich nicht geschlagen hätte.« Amy zuckte zusammen, als Scott eine Decke über sie breitete. »Aber hast du gesehen, wie mir mein ganzes Team zu Hilfe gekommen ist?« Ihr Lächeln war schief und so kindlich, dass Cats Herz noch etwas mehr zersplitterte.

»Ich glaube nicht wirklich, dass ein Getümmel auf dem Eis zwischen allen Spielern und Ersatzleuten als Hilfe bezeichnet werden kann.« Sie strich mit einem sanften Finger über die Spitzen von Amys durchnässten Haaren.

»Es hat nicht als Schlägerei begonnen. Es ist einfach … passiert, nehme ich an.« Sie sah Cat ängstlich an. »Wir müssen dieses Spiel zu Ende bringen, und morgen ist noch eins und …«

»Darum musst du dir keine Sorgen machen.« Lucs Stimme war ruhig. »Ich habe dem Schiedsrichter schon gesagt, dass er dieses Spiel abpfeifen soll, damit nicht noch jemand verletzt wird.« Er warf einen Blick auf Cat. »Er ist erst siebzehn. Mit so etwas musste er noch nie umgehen.«

»Und du wirst beim nächsten Spiel nicht mitspielen.« Wenn es nach Cat ginge, würde Amy nie wieder mit Jungen Eishockey spielen.

»Ich muss.« Amy sah Luc an. »Ich kann mein Team nicht im Stich lassen. Wir waren dabei, dieses Spiel zu gewinnen, und ich will, dass wir weiterhin gewinnen.«

»Aber …« Cat brach ab, als sie Scotts warnenden Blick auffing. »Lass uns abwarten, was die Ärztin meint«, sagte sie stattdessen.

Auf Amy konzentriert, war der Schmerz in Lucs blauen Augen unmissverständlich. Er fuhr sich mit einer

Hand übers Gesicht. »Ich habe dir versprochen ... ich habe euch enttäuscht, euch beide.«

»Es ist nicht deine Schuld.« Cats Körper bebte. »Du konntest nicht wissen, dass das passieren würde.« Sie brach ab und versuchte, den harten Kloß der Angst in ihrer Kehle hinunterzuschlucken.

Abgesehen von dem Jungen, der Amy angegriffen hatte, war es wenn, dann ihre Schuld. Sie war es, die gesagt hatte, Amy könnte im Jungenteam spielen. Auch wenn sie es getan hatte, um ihre Tochter glücklich zu machen, hatte sie sie trotzdem in Gefahr gebracht.

Hinter Luc stand Stephanie mit ihren Jungen, die Arme in einer unbeholfenen Umarmung umeinandergelegt, flankiert von den restlichen Eishockey-Eltern und -spielern.

Cat fing Stephanies Blick auf. Die Miene der anderen Frau war schmerzverzerrt, aber auch besorgt. »Danke«, murmelte Cat.

Stephanies Gesicht lief rot an. »Wenn du irgend-etwas brauchst ...« Sie räusperte sich. »Wir alle, wir ...« Sie zeigte auf die Gruppe. »Hier bedeutet Eishockey Familie.« Sie zupfte am Kragen ihrer Jacke. »Du und Amy, ihr seid ein Teil dieser Familie.«

Cat nickte ruckartig, und ihr wurde flau im Magen, als sie Amy, die zusammengekauert unter der Decke lag, wieder ansah. Auch wenn der Unfall nicht Lucs Schuld war, war er trotzdem eine Erinnerung daran, warum sie keinem Mann ihr Herz – oder ihr Vertrauen – schenken konnte. Wie Stephanie gesagt hatte, und wie Cat sich beinahe zu vergessen gestattet hätte, wusste sie, was die

Versprechen von Männern wert waren, und hatte bereits einen bitteren Preis dafür bezahlt. Sie war vielleicht schlau, aber wenn es um ihr Herz ging, musste sie auch weise sein.

»Ich suche die Röntgenabteilung.« Zwei Stunden später blieb Luc vor einem Auskunftsschalter im Bezirkskrankenhaus von Kincaid stehen. Der Ort war eine verwirrende Mischung aus alter und neuer Architektur, mit labyrinthartigen Korridoren in alle Richtungen. Und er hatte diesen sterilen Krankenhausgeruch, der ihn an Krankheit und Tod erinnerte.

»Sie ist in der Richtung, aus der Sie gekommen sind.« Eine zierliche weißhaarige Frau in einem blauen Pullover über einer beigen Hose berührte sanft seinen Ellenbogen. »Soll ich Sie hinbringen?«

»Danke. Wenn es nicht zu viele Umstände macht.« In Cats Nachricht hatte nur gestanden, dass Amy von der Notaufnahme zum Röntgen gebracht worden war. Er versuchte, seinen Atem zu beruhigen, und sah blinzelnd auf das Namensschild der Frau. Betty. Ein Name aus einer älteren Generation und so tröstlich wie eine freundliche Großmutter oder Großtante.

»Überhaupt nicht. Ich bin eine Ehrenamtliche. Es ist meine Aufgabe, Leuten wie Ihnen zu helfen, die sich hier verlaufen.« Die Frau hatte dunkle Augen in einem Gesicht, das so runzelig war wie eine Rosine. »Sie sehen aus, als ob Sie eine Tasse Tee gebrauchen könnten.« Sie blieb an einem Automaten stehen und schob eine Plastikkarte hinein. Ein Pappbecher fiel in eine Halterung, und braune Flüssigkeit strömte hinein.

Obwohl er im Allgemeinen ein Kaffeetrinker war, nahm Luc den Becher, den Betty ihm hinhielt, mit einem dankbaren Nicken entgegen und legte seine kalten Hände darum.

»Sie sind dieser Eishockeyspieler, richtig? Der Simard-Junge?« Sie nahm wieder seinen Ellenbogen und führte ihn einen weiteren langen Korridor mit geschlossenen Türen zu beiden Seiten hinunter.

»Ja. Sind Sie ein Eishockeyfan?«

»Nein. Für mich gibt es nur Baseball. Das liegt an diesen Trikots, wissen Sie?« Bettys dunkle Augen funkelten belustigt. »Aber ich kann mich an Ihre Großeltern erinnern. Sie waren gute Leute.« Sie bog in einen anderen Korridor ab. »Hier entlang. Die Röntgenabteilung ist hinter dieser Glastür am anderen Ende. Wenn Sie noch irgendetwas brauchen, geben Sie mir Bescheid.« Ihr Lächeln erwärmte ihn mehr als das Getränk. »Sie haben Ihre Familie stolz gemacht, haben uns alle hier stolz gemacht, aber es ist richtig, dass Sie jetzt wieder zu Hause sind.«

Zu Hause. Luc warf einen Blick auf Betty, die ihm kaum bis zum Ellenbogen reichte. Sein Zuhause war dort gewesen, wo Maggie war, aber Vermont war auch ein Zuhause, und irgendwie, fast unbemerkt, war auch dieses seltsame Gefühl von Geborgenheit, das er bei Cat verspürte, zu einer Art Zuhause für ihn geworden.

Betty umklammerte seinen Arm unerwartet fest. »Es

wird alles gut werden, mein Junge. Was immer Sie beunruhigt, letztendlich wird sich alles finden. Herzen heilen, wenn man sie lässt. Sie brauchen nur ein bisschen länger als gebrochene Knochen, das ist alles.« Ihr fester Blick hielt seinem stand.

»Ich … danke.« Luc blieb stehen, als ein Ruck durch seinen Körper ging. In diesem Augenblick, zum ersten Mal seit langen Monaten, verspürte er ein Gefühl von Hoffnung. Und ein Gefühl von Sinnhaftigkeit und Richtigkeit, zusammen mit der felsenfesten Überzeugung, dass er genau dort war, wo er sein sollte.

Mit einem Lächeln und einem Winken verschwand Betty um die Ecke wie ein gütiger, alt gewordener Engel.

Luc zog die Tür zur Röntgenabteilung auf. Obwohl der Raum voll besetzt war, hatte er nur Augen für Cat, die am anderen Ende auf einem Stuhl kauerte. »Was passiert jetzt?« Er ignorierte die verstohlenen Blicke und das leise Gemurmel und setzte sich auf den Stuhl neben ihr.

»Sie haben Amy eben weggebracht. Ich konnte nicht mit ihr mitkommen.« Sie umklammerte ihre Handtasche, und ihr Blick huschte hin und her. »Sie hat eine leichte Gehirnerschütterung, und der Notarzt hat ihre Hand mit ein paar Stichen genäht, wo die Schlittschuhkufe sie erwischt hat, aber sie wollen sich ihren linken Arm genauer ansehen.« Ihre Stimme brach.

Ohne auf die Schaulustigen zu achten, stellte Luc seinen Tee ab und legte einen Arm um sie. »Ich bin gekommen, so schnell ich konnte. Scott hat nach dem Spiel das meiste abgewickelt, aber es schneit wieder, und die Straße von Firefly Lake ist tückisch. Wo ist deine Mom?«

»Ward ist vor einer Weile gekommen, um sie abzuholen. Er hat für sie beide ein Zimmer in einem B & B ein paar Blocks von hier gebucht.« Sie schenkte Luc ein mattes Lächeln. »Mom war nicht glücklich damit, von hier wegzugehen, aber auch wenn sie es niemals zugeben würde, musste sie sich etwas ausruhen, und es ist ja nicht so, dass sie hier irgendetwas tun könnte. Georgia ist bei der Arbeit. Sie hat gesagt, sie kommt vorbei, sobald ihre Schicht zu Ende ist, aber wenn die Straßen so schlimm sind, wie du sagst, wird sie es vielleicht nicht vom Gasthof zurück in die Stadt schaffen, geschweige denn hierher.« Um Cats Augen lagen violette Schatten, und ihr Körper war steif.

»Das wird sie nicht.« Luc nahm sein Handy aus seiner Jackentasche und entsperrte es. »Schick ihr eine Nachricht. Die Nummer ist in meiner Kontaktliste. Sag Georgia, dass ich hier bin und bei dir und Amy bleibe, solange ihr mich braucht.«

»Das musst du nicht.« Sie rieb sich mit einer Hand übers Gesicht und tat ein paar abgehackte Atemzüge.

»Ich will aber.« Er drückte ihr das Telefon in die andere Hand. »Ich fühle mich verantwortlich für das, was passiert ist. Ich habe Amy in dieses Spiel geschickt. Ich wusste, dass der Junge, der sie geschlagen hat, oft Ärger macht, aber ich hätte nie gedacht ...« Seine Kehle schnürte sich zu. »Ich habe eine schlechte Entscheidung getroffen.« Er hatte sich das Geschehen auf dem ganzen Weg hierher immer wieder durch den Kopf gehen lassen. Amy, die mit dem Puck davonschoss. Der Junge, der von rechts an sie heranfuhr. Das entsetzliche dumpfe Geräusch, als er sie schlug. Dann der Tumult, gefolgt von unheimlicher Stille.

Cats Finger zitterten, während sie die Nachricht schrieb und ihm das Telefon wiedergab. »Es ist meine Schuld, dass Amy überhaupt mit Jungen gespielt hat. Außerdem, wenn sie auf dem Eis ist, teilt Amy ebenso gut aus, wie sie einsteckt, aber dieser Junge war einfach riesig.« Sie blinzelte, und ihre Augen glänzten vor Tränen.

Luc steckte sein Handy wieder ein und legte seine Hand in ihre. »Ich weiß, das macht es nicht leichter, aber Verletzungen gehören einfach zum Eishockey dazu.« Aber nicht zu dieser Art Eishockey. Diese Art sollte Spaß machen. Er starrte auf seine Füße.

Cat versteifte sich, und ihre Hand war klamm. »Du hast gesagt, es würde keinen Körperkontakt geben.«

Sein Herz hämmerte laut in seinen Ohren. »Es hätte auch keinen geben sollen, und ich habe dafür gesorgt, dass der Junge gesperrt wurde, aber jede Sportart ist mit Risiken verbunden.« Noch bevor ihm die Worte ganz über die Lippen gekommen waren, wurde ihm klar, dass er wieder das Falsche gesagt hatte.

»Amy wäre nicht von irgendeinem viel zu großen Jungen angegriffen worden, wenn sie Schwimmen oder Ballett gemacht hätte, oder?« Cats Stimme war schrill, und sie wand ihre Hand aus seiner.

»Hat sie denn je Interesse an Schwimmen oder Ballett bekundet?« Luc sprach mit leiser Stimme, denn alle übrigen Gespräche im Warteraum waren verstummt.

Cat zuckte zusammen und fixierte ihn mit einem starren Blick. »Nein, aber das ist nicht der Punkt. Der Punkt ist ...«

»Die Röntgenuntersuchungen sind jetzt abgeschlossen.« Ein Mann in einem grünen Krankenhauskittel schob Amy im Rollstuhl zu Cat. Amy sah kleiner aus als sonst, und ihre Augen waren halb geschlossen. Über einem blauen Patientenhemd war ihr Gesicht fast so grün wie der Kittel des Mannes. »Sie müssen hier warten, um noch einmal mit der Ärztin zu sprechen.« Er warf einen Blick auf Luc. »Hey, Sie sind doch Luc Simard. Ich bin ein Riesenfan. Es war ein trauriger Tag fürs Eishockey, als Sie aufgehört haben.«

Die Worte trafen Luc wie ein Faustschlag. Es war auch für ihn ein trauriger Tag gewesen, und er vermisste das Team mehr, als er sich je anmerken lassen würde, dieses Gefühl von Gemeinschaft und Kameradschaft, das er als selbstverständlich betrachtet hatte, bis es eines Tages auf einmal nicht mehr da gewesen war.

»Kann ich ein Autogramm haben?« Die Miene des Mannes wurde hoffnungsvoll. »Der Name ist Kevin.« Er zog ein weißes Blatt Papier hinter Amys Krankenblatt hervor und fischte einen Stift aus seiner Brusttasche.

»Na klar.« Luc nahm den Stift und das Papier und kritzelte seinen Namen darauf. »Meinen Sie, Sie können ein Zimmer für uns finden, wo wir auf die Ärztin warten können? Wir könnten ein bisschen Privatsphäre gebrauchen.« Er warf einen Blick auf Cat. Ihr Gesicht war aschfahl, und sie hatte die Arme vor der Brust verschränkt. Das Gesprächsgemurmel hatte wieder begonnen, und wenn er nicht schnell von hier verschwand, würde er für den Rest des Abends Autogramme geben und für Fanfotos posieren müssen, anstatt für Cat und Amy da zu sein, wie er es wollte.

»Na klar.« Kevin steckte das Autogramm ein, das Luc ihm gegeben hatte, und wendete mit einer geschickten Bewegung Amys Rollstuhl. »Kommen Sie mit.« Er führte sie einen kurzen Flur hinunter und in ein kleines Zimmer hinter dem Empfangsbereich für das Röntgen. »Für Sie doch gern, Scooter. Die Ärztin wird bei Ihnen sein, so schnell sie kann.« Er zeigte auf zwei Stühle neben einem Schreibtisch und verschwand.

»Scooter?« Cat steckte eine weiße Krankenhausdecke um Amys Beine fest, bevor sie sich auf einen der Stühle fallen ließ.

»Das ist Coach Lucs Spitzname aus der Zeit, als er in der NHL gespielt hat.« Amys Stimme klang lallend. Über dem Patientenhemd war eine rötlich-violette Prellung am Hals zu sehen, und ihre linke Hand war mit einer Mullbinde und chirurgischem Klebeband umwickelt. »Alle haben ihn so genannt, weil er so schnell war und den Puck selbst aus den engsten Räumen herausholen konnte.«

»Verstehe.« Cats Lächeln war gezwungen, und sie sah Luc an, als würde sie ihn gar nicht sehen.

Amy hustete hohl, und Lucs Eingeweide verkrampften sich. »Hat die Ärztin gesagt, ob ich morgen spielen kann?« Sie blinzelte in das helle Deckenlicht und fuhr sich mit einer Hand an den Kopf.

»Die Ärztin hat noch nicht mit mir gesprochen, aber ich sage, dass du nicht spielen wirst.« Cat steckte Amys Decke noch etwas fester.

»Ich habe mir nur den Kopf gestoßen.« Amy schob die Unterlippe vor und warf die Decke beiseite. »Ein paar Stiche und Beulen und blaue Flecke sind keine große Sache.«

»Deine Mom hat gesagt, dass die Beule an deinem Kopf eine Gehirnerschütterung ist. Du weißt, dass das etwas Ernstes ist.«

Amy hatte so viel Potenzial, und Luc musste sicherstellen, dass es voll ausgeschöpft werden konnte. Er presste die Hände zusammen und verzog das Gesicht, während noch mehr Schuldgefühle seine Brust zuschnürten.

»Ich fühle mich wieder okay, ganz ehrlich.« Amys Sommersprossen wurden von der grünlichen Blässe ihres Gesichts betont. »Ich bin die beste Torschützin im Team. Sie brauchen mich.«

»Selbst wenn das stimmt, nützt es nichts, Tore zu schießen, wenn man verletzt wird.« Cats Stimme war schroff und von Sorge erfüllt.

»Du verstehst überhaupt nichts.« Amys Stimme wurde lauter, und sie wippte hin und her. »Auf dem Eis ist der einzige Ort, wo ich das Gefühl habe, ich selbst zu sein.«

»Schatz.« Cat hielt einen Moment inne und tat einen tiefen Atemzug. »Bitte glaub mir, wenn ich sage, dass ich versuche, es zu verstehen. Ich weiß, wie viel dir das Eishockey bedeutet, aber du wurdest verletzt. Wir wissen noch nicht, was mit deinem Arm ist, aber eine Gehirnerschütterung und eine genähte Platzwunde sind genug, um dich für eine Weile vom Eis fernzuhalten.«

»Coach Luc hat oft mit Verletzungen gespielt.« Amys Blick huschte hinüber zu Luc, und ihre Augen waren kalt.

»Ja, das habe ich, aber das heißt nicht, dass ich die richtigen Entscheidungen getroffen habe.« In Lucs Kopf war ein Summen. Nicht nur heute, auch in all den Jahren davor hatte er viele schlechte Entscheidungen getroffen, und zu spielen, wenn er verletzt war, war nur eine davon gewesen. »Mit einer Gehirnerschütterung kannst du nicht spielen. Deine Mom sagt das, ich als dein Coach sage das, und ich bin sicher, die Ärztin wird das auch sagen.«

»Na schön.« Amys Miene war schmollend. »Aber niemand kann mich davon abhalten, Spiele anzusehen oder den Jungs zu helfen.«

»Was meinst du damit?« Cats Augenbrauen schossen hoch bis zu ihrem Haaransatz.

»Ein paar der Jungs im Team sind hoffnungslose Eishockeyspieler.« Amy stieß einen tiefen Atemzug aus. »Ich habe ein paar von ihnen in der Mittagspause trainiert. Nicht auf Schlittschuhen, aber ich habe ihnen ein paar Sachen gezeigt, und dann haben sie mir geholfen.«

»Wie – geholfen?« Genau wie ihre Augenbrauen stieg jetzt auch Cats Stimme höher.

»Mit Mathe.« Amy verdrehte die Augen. »Connor Tremblay kann auf Schlittschuhen kaum von einem Ende der Eisbahn zum anderen laufen, aber er ist eine Art Mathegenie. Coach Scott lässt ihn schon jetzt die Arbeiten für die siebte Klasse machen. Gott, Mom, was hast du denn gedacht?«

»Du hast nie etwas davon erwähnt, was soll ich denn dann denken?« Sie warf einen Blick auf Luc. »Hast du davon gewusst?«

»Nein.« Auch wenn es eine Erklärung dafür war, dass Connor es auf einmal schaffte, sich die meiste Zeit irgendwie auf den Beinen zu halten. Luc klopfte mit den Fingern auf seine Armlehne. »Wenn deine Mom und die Ärztin nichts dagegen haben, kannst du mir gern ein bisschen offizieller beim Training helfen, aber jetzt musst du es erst einmal locker angehen lassen, damit du wieder ganz gesund wirst.«

»Wenn ich nicht auf dem Eis bin, kannst du mir nicht sagen, was ich zu tun habe.« Amys Kopf bewegte sich ruckartig, während sie zwischen ihm und Cat hin und her sah, und ihre Miene verhärtete sich. »Du bist mein Coach, nicht mein Dad.«

»Amy …« Cats Stimme war ein gequältes Stöhnen. »Verletzt oder nicht, ich werde nicht zulassen, dass du so mit Luc sprichst.«

»Warum stellst du dich auf seine Seite? Ich bin deine Tochter, und du sagst immer, dass wir ein Team sind.«

»Das sind wir ja auch ...«

»So fühlt es sich aber nicht an. Vielleicht hast du ihn lieber als mich? Weil er ...« Amys Mund verzog sich, und sie beugte sich in ihrem Rollstuhl vor. Und dann übergab sie sich. Genau auf Luc.

Kapitel 15

Vor der Tür des Zimmers, in dem die Ärztin für die Nacht ein Bett für Amy gefunden hatte, blieb Cat stehen. »Ich bin sicher, Amy hat sich nicht absichtlich auf dich übergeben. Die Ärztin hat gesagt, dass Kindern mit einer Gehirnerschütterung oft schlecht wird. Und was das betrifft, was Amy gesagt hat, sie war aufgewühlt und verängstigt, das ist alles.« Nur dass sich die Miene in Amys Gesicht, als sie zwischen ihr und Luc hin und her gesehen hatte, in Cats Herz eingebrannt hatte. Sie war verstohlen gewesen und fast so, als ob ihre Tochter dachte, Cat hätte sie verraten. Und warum sollte Amy denken, dass Cat sich auf Lucs Seite stellen oder dass sie ihn je lieber haben würde?

»Mach dir keine Sorgen deswegen.« Luc zuckte die Schultern, und seine Bauchmuskeln spannten sich unter einem gelben T-Shirt mit der Aufschrift VERTRAUEN SIE MIR, ICH BIN FAST EIN ARZT in grünen Buchstaben.

Cats Blick folgte dem engen T-Shirt hinunter zu der schwarzen Krankenhaushose, die an der Mitte seiner muskulösen Waden endete. Selbst jetzt, wo Amy drei Meter weiter in einem Krankenhausbett schlief, konnte der Mann sie immer noch erregen. Sie zwang sich, sich zu konzentrieren. »Trotzdem, deine Kleidung ist ruiniert. Ich werde sie dir natürlich ersetzen.«

»Vergiss es. Ich habe dieses Shirt und die Jeans sowieso nie besonders gemocht.« Luc schenkte ihr ein halbes Lächeln. »Das Wichtigste ist, dass mit Amy alles gut wird. Ihr Arm ist nur geprellt, nicht gebrochen, und wenn wir nicht mitten in einem Schneesturm wären, hätte die Ärztin sie heute Abend nach Hause geschickt. Sie ist ein zähes Kind.«

Zäh oder nicht, Cat schauderte bei der unauslöschlichen Erinnerung an den reglosen Körper ihrer Tochter auf dem Eis. »Natürlich wird mit ihr alles gut, aber das ist nicht der Punkt. Ich will nicht, dass sie noch länger in einem Jungenteam spielt.«

»Ist sie denn nie verletzt worden, als sie mit Mädchen gespielt hat?« Lucs Stimme war leise, und er nahm Cats Arm und führte sie den Korridor hinunter, fort von Amys Zimmer. »Sie war in einer Wettbewerbsliga, und Mädchen können auch aggressiv sein.«

»Vielleicht will ich überhaupt nicht, dass Amy Eishockey spielt.« Cat starrte auf das gerahmte Aquarell an der Wand, bis die gedämpften Farben der Green Mountains ineinander verschwammen.

»Meinst du wirklich, du kannst sie aufhalten? Sie liebt ihren Sport, so wie alle großen Spieler.« Luc legte einen Arm um Cats gekrümmte Schultern. »Wenn du nicht willst, dass sie mit Jungen spielt, na schön. In der regulären Saison gibt es sowieso nicht mehr viele Spiele, und Firefly Lake konnte nie hoffen, es in die Play-offs zu schaffen. Aber du musst Amy eine andere Option geben. Was ist mit einem dieser Eishockeycamps? Als Maggies Freundinnen zum Karneval hier waren, habe ich mit ihnen über Amy geredet. Wenn ich sie empfehle, wird sie einen Platz bekommen, keine Frage. Außerdem könnten sie wegen ihrer Legasthenie ihren Fall getrennt betrachten und auf die üblichen akademischen Voraussetzungen für ein Stipendium verzichten.«

»Das wäre toll – zu schön, um wahr zu sein. Aber ...« Cats Atem beschleunigte sich. »Selbst wenn Amy zu einem Eishockeycamp fährt, ist das eine einmalige Angelegenheit. Ich muss ihr helfen zu erkennen, dass sie Wahlmöglichkeiten hat – auch solche, bei denen sie sich nicht verletzen wird.«

»Nach dem, was ich gesehen habe, hat sie ihre Wahl bereits getroffen.« Lucs Blick war ebenso fest wie seine Stimme.

Er hatte recht, aber was er nicht wusste und was Cat ihm auch nicht zu sagen gedachte, war, dass Cat jedes Mal, wenn Amy aufs Eis ging, an den Mann erinnert wurde, der sie gezeugt hatte – und sie nicht wollte, dass ihre Tochter so wurde wie er. »Es ist klasse von dir, dass du Amy helfen willst, aber im Moment kann ich nicht ...« Ihre Stimme brach, und sie schluckte mühsam.

»Du bist eine Bärenmutter, die ihr Junges beschützt, und mein Timing ist schlecht. Komm her.« Luc zog sie in seine Arme. »Du hattest einen harten Tag. Du musst ja nichts jetzt gleich entscheiden.«

»Okay.« Cat vergrub das Gesicht in dem T-Shirt, das Kevin von der Röntgenabteilung ihm geliehen hatte. Luc trug es noch nicht lange, aber es hatte schon jetzt seinen warmen und tröstlichen Geruch angenommen, und seine Brust hob sich in einem gleichmäßigen Rhythmus unter ihrer Wange. »Ich sollte gehen. Amy braucht mich.« Sie stellte sich auf die Zehenspitzen, um Lucs kräftige Halssäule zu erreichen.

»Natürlich.« Er neigte den Kopf, um ihre Lippen mit seinen zu streifen, ein kurzer Hauch eines Kusses, der half, ihr Herz zu heilen, und ihrer Seele Trost spendete. »Ich werde in dem Warteraum am Ende des Korridors sein, wenn du irgendetwas brauchst. Essen, eine Zeitschrift, egal was.«

»Danke, dass du hierhergekommen und bei uns geblieben bist … danke für alles.« Cat rollte die Zehen in ihren Stiefeln ein. Seit sie sechs war, hatte sie sich eingeredet, dass sie keinen Mann in ihrem Leben brauchte, jedenfalls nicht dauerhaft. Aber jetzt starrte der Beweis ihr ins Gesicht, größer als all die Fakten, auf die ihr logischer Verstand so viel Wert legte. Sie brauchte einen Mann, den einen, der genau hier war, der sie noch immer beschützte und auf sie aufpasste, wie er es getan hatte, als sie Kinder gewesen waren.

Aber was sie jetzt für Luc empfand, war keine kindliche Schwärmerei mehr. Ohne es geplant zu haben, hatte sie sich in ihn verliebt. Auch wenn es vielleicht wie eine spontane Entscheidung ausgesehen hatte, hatte sie nur deshalb mit ihm geschlafen, weil er ihr so viel bedeutete.

Seine Augen bildeten an den Winkeln Fältchen, als er lächelte. »Es ist nicht das erste Mal, dass ich die Nacht im Warteraum eines Krankenhauses verbringe. Als ich für Vancouver gespielt habe, ist ein Typ, mit dem ich mir ein Zimmer geteilt habe, mindestens einmal bei jedem Roadtrip in der Notaufnahme gelandet.«

»Ich hoffe, das ist ein Scherz.« Cat versuchte, sein Lächeln zu erwidern, während ihre Knie weich wurden.

Liebe. Sie holte einmal tief Luft, um sich das Wort auf der Zunge zergehen zu lassen. Auch wenn sie es ihm niemals sagen könnte, ergab alles, was sie in Büchern gelesen oder in diesen ganzen Liebesfilmen gesehen hatte, zum ersten Mal Sinn. Die Welt schien heller, weil Luc darin war. Und wenn sie in seiner Nähe war, fühlte sie sich nicht nur geborgen, sie fühlte sich vollkommen.

»Nein.« Sein Grinsen wurde breiter, und die Kordelhose rutschte auf seinen Hüften tiefer. »Nachdem er die Notärztin geheiratet hatte, die ihn in L.A. ein paarmal zusammengeflickt hatte, neigte er viel weniger zu Unfällen.«

»Oh.« Cats Lachen war gezwungen, und ihr Puls raste, als sie zu Amys Zimmertür zurückwich. »Na ja, danke noch mal.«

Luc konnte ihre Liebe nicht erwidern oder ihr geben, was sie wirklich brauchte. Das konnte niemand. Die

Welt schien sich zu verlangsamen, und ihr wurde schwer ums Herz.

»Nacht, Minnie.« Seine Miene veränderte sich, und Hitze trat an die Stelle der Neckerei. »Bis morgen.«

»Gute Nacht... Scooter.« Ihre Stimme stockte, und sie hielt seinem Blick mehrere endlose Sekunden stand, bevor sie Amys Tür aufdrückte und hinter den Vorhang schlüpfte, der das Bett ihrer Tochter umgab.

»Mommy?« Amys Stimme war belegt vom Schlaf und so kindlich, dass sich Cats Herz zusammenkrampfte.

»Ich dachte, du schläfst.« Sie setzte sich auf den Stuhl neben dem Bett und strich Amy die Haare aus dem blassen Gesicht.

»Das habe ich, aber als ich aufgewacht bin, warst du nicht da.« Im sanften Schimmer des Nachtlichts, das in der Wand eingestöpselt war, sah Amy kleiner aus, und sie hielt einen Zipfel der Bettdecke mit ihrer einbandagierten Hand umklammert.

»Ich war nur für eine Minute draußen im Flur.«

»Warst du mit Coach Luc zusammen?« Trotz ihrer Sanftheit enthielt Amys Stimme einen scharfen Unterton.

»Ja, und jetzt ist er im Warteraum. Es schneit zu stark, als dass er heute Abend noch zurück nach Firefly Lake fahren könnte.« Nur dass Luc, unabhängig vom Wetter, sowieso hiergeblieben wäre. Denn diese Art Mann war er.

Amy streckte eine Hand nach Cat aus. »Leg dich zu mir, damit ich wieder einschlafen kann.«

»Na klar.« Cat zog ihre Stiefel aus, und dann schlüpfte sie vorsichtig auf das schmale Bett zu ihrer Tochter.

»Erzähl mir eine Geschichte.« Amy rollte sich auf die Seite und in die Biegung von Cats Körper.

»Was für eine Geschichte?« Cats Atem streifte die weichen Haarsträhnen nahe Amys Ohr.

»Davon, als ich klein war.« Amys blaue Augen waren verschwommen von den Schmerzmitteln, die die Ärztin ihr verabreicht hatte. »Von uns. Du, ich und unsere Familie. Die Geschichte, die du mir immer erzählst.«

Ein schweres Gewicht legte sich auf Cats Brust. »Es war einmal vor langer Zeit ein kleines Mädchen namens Amy Gabrielle. Sie lebte mit ihrer Mommy und zwei Katzen namens Darcy und Bingley zusammen. Sie wohnten in Boston in einem Backsteingebäude in der Nähe eines Parks.«

»Ihre Mommy hat sie mehr geliebt als alles andere auf der Welt.« Amys Worte klangen gedämpft.

»So ist es.«

»Obwohl Amys Daddy weit weggegangen ist, bevor sie geboren wurde, hat sie ihn nicht vermisst, weil sie ihn nie gekannt hat. Alles, was sie je brauchte, war ihre Mommy.« Amy kuschelte sich an Cats Nacken, und ihr Atem beruhigte sich, während sie in den Schlaf glitt.

Cat lag still da. Sie musste für Amy alles sein, weil Jared sie von dem Augenblick an, in dem sie sich kennenlernten, belogen hatte. Und dann, nachdem er bei diesem Unfall ums Leben gekommen war, hatte Cat keine andere Wahl mehr gehabt, als sich allein durchzuschlagen, daher hatte sie ihr Bestes getan, genau wie damals, nachdem ihr Dad gegangen war.

»Mom?« Amy liebkoste Cats Nacken.

»Ich bin hier. Ich gehe nirgendwohin.« Amy war alles, was Cat hatte, aber Cat war auch alles, was Amy hatte. Eine Schwere setzte sich in ihrem Herzen fest. Egal, was sie für Luc empfand, selbst wenn es eine Liebe war, die bis tief in ihr Innerstes reichte, würde Amy an erster Stelle kommen.

Seine Schlittschuhkufen schnitten mit einem hohlen Zischen ins Eis, während Luc die Biegung des Firefly Lake in der Nähe vom Old Harbor Park umrundete. Der zugefrorene See, gesäumt von der kleinen Stadt und den dunkelgrünen Hügeln, funkelte im Sonnenschein des Sonntagnachmittags. Auch wenn alles andere in seiner Welt auf den Kopf gestellt war, war der Firefly Lake immer so solide gewesen wie Vermonter Zuckerahorn. Das war er noch immer. Und heute, so wie immer, dröhnte aus derselben blechernen Lautsprecheranlage eine Mischung aus Country- und Popmelodien, und dieselben Freunde und Verwandten tummelten sich noch immer auf dieser Outdoor-Eisbahn. Inzwischen – zwei Wochen nach Amys Unfall – war es März geworden, und es würde in diesem Winter nicht mehr viele Tage geben, an denen man auf dem See Schlittschuh laufen konnte.

Luc winkte Liz zu, die mit Michael in der Nähe der Snackbar stand, bevor er in einem Kreis zurück zur anderen Seite der Eisbahn nahe Carmichael's Jachthafen fuhr. Sean und Charlie saßen auf einer Parkbank am Rand des Eises, zwischen sich die kleine Lexie, in einen rosa Schneeanzug gepackt und in einen Schlitten gesteckt. Sein Herz krampfte sich zusammen. Lexie war noch zu jung, aber in einigen Wintern würde sie hier draußen sein, ihr erstes Paar Schlittschuhe an den Füßen, neben ihrer Mom und ihrem Dad. So wie er sich einmal vorgestellt hatte, mit Maggie und ihrem gemeinsamen Kind Schlittschuh zu laufen. Er zwang sich, zu winken und zu lächeln, dann beschleunigte er sein Tempo, bis der Wind auf seiner Nase und seinen Wangen brannte.

»Langsam. Ich bin nicht mehr so jung, wie ich einmal war.« Die dunkelblauen Augen seiner Mutter, die fast die gleiche Farbe hatten wie ihr dicker blauer Parka, funkelten unter ihrer weißen Strickmütze, während sie an seine Seite glitt.

»Du hast mich trotzdem eingeholt.« Luc kam schlitternd zum Stehen und umarmte sie einhändig.

Die Frau, die ihn auf genau dieser Eisbahn auf seine ersten Schlittschuhe gestellt hatte, erwiderte seine Umarmung, dann musterte sie ihn. »Ich habe deinen Vater bei Gabrielle und Ward gelassen, damit ich allein mit dir reden kann. Du bist uns in den letzten Wochen aus dem Weg gegangen.«

»Ich sehe Dad unter der Woche jeden Tag im Büro. Und dich auch, wenn du den Molkereiladen verlassen und vorbeischauen kannst.« Luc lief weiter übers Eis, und seine Mom folgte ihm. »Mit dem Training und der

Arbeit bin ich sehr beschäftigt.« Die Lüge schnürte ihm die Kehle zu. Denn wegen dieser Sache mit Cat, was immer das für eine Sache war, war er seinen Eltern tatsächlich aus dem Weg gegangen, nicht weil ihm wichtig war, was sie dachten, sondern weil er nicht über etwas reden wollte, das er selbst nicht verstand.

»Du bist so beschäftigt, dass du seit dem Winterkarneval erst ein einziges Mal zum Dinner gekommen bist. Dein Dad hat mir gesagt, dass du den ganzen Tag kaum mehr als zwei Worte sprichst.« Die Schlittschuhe seiner Mom machten ein knirschendes Geräusch, während sie mit seinem Tempo mithielt. Am Saum ihrer Mütze flatterten silberblonde Haarbüschel im Wind.

»Ich bin dabei, das Geschäft zu lernen, daher muss ich mich konzentrieren.« Er schlug einen etwas sanfteren Ton an. »Du weißt doch, wie Dad ist. Er ist so detailversessen, und er will, dass ich Simard's in- und auswendig kenne. Ich will ihn nicht enttäuschen – ich will keinen von euch enttäuschen.«

»Das könntest du gar nicht.« Seine Mom machte eine Drehung, um vor Luc rückwärtszulaufen, was hieß, dass er ihrem forschenden Blick nicht entkommen konnte. »Und ich weiß auch, wie du bist.« Sie hielt einen Moment inne und musterte ihn von Kopf bis Fuß. »Und deshalb will ich, dass du Cat und Amy für nächstes Wochenende zu uns zum Dinner einlädst. Samstag oder Sonntag, je nachdem, wann ihr alle könnt.«

»Wie ... warum ...« Luc starrte auf seine Schlittschuhe. Jedes Leugnen wäre zwecklos und würde nur dazu führen, dass er sich noch schlechter fühlte, als er es ohnehin schon tat. »Cat hat im Moment viel Arbeit.« Was stimmte, außerdem konnte er es nicht über sich bringen, diesen nächsten Schritt zu tun und Cat zu etwas so Bedeutendem wie einem Familiendinner einzuladen. Wenn sie am Esszimmertisch seiner Eltern neben ihm saß, würde es sich anfühlen, als würde sie Maggies Platz in seinem Herzen und seinem Leben einnehmen.

»Cat isst aber trotzdem zu Abend, oder? Sie ist eine entzückende Frau, und ich bin so stolz darauf, wie du Amy hilfst. Gabrielle sagt, dass Amy diese Woche wieder aufs Eis kann.« Die Augen seiner Mom trübten sich. »Ich bin froh, dass du nicht mehr spielst. Bei jedem Spiel hatte ich Angst, du könntest verletzt werden, und wenn du es warst, war ich erst recht besorgt.«

»Mom.« Er stieß einen Atemzug aus, der eine Dampfwolke in der frostigen Luft bildete. Er war außerhalb des Eises weitaus schlimmer verletzt worden als auf dem Eis – die Art Verletzung, mit der er zu leben gelernt hatte, die aber nie vollständig heilen würde.

»Ich weiß, es geht mich nichts an.« Die Miene seiner Mom war besorgt und zärtlich zugleich. »Aber ich will, dass du wieder glücklich bist, und Cat ...«

»Cat ist eine gute Freundin, wie sie es immer war.« Luc wandte sich ab und starrte auf die bläulich weiße Weite des Sees.

Er war ein aufrichtiger Typ, aber jetzt hatte er seine Mom in weniger als fünf Minuten zweimal belogen. Sein Magen rumorte. Cat war weitaus mehr als nur eine gute Freundin, und obwohl er versuchte, sich in Geduld zu üben, trieb es ihn in den Wahnsinn, nie allein mit ihr zu sein. Amy hing an ihr wie ein Kängurubaby im Beutel seiner Mutter, und da Michael vor diesem Wochenende auf einer Einkaufsreise gewesen war, war Cat jedes Mal, wenn er bei der Galerie vorbeiging, zu beschäftigt gewesen, um eine Pause einzulegen und zu plaudern.

»Wenn du das sagst.« Seine Mom zog eine Augenbraue hoch. »Ich wusste gar nicht, dass Cat Schlittschuh laufen kann«, fügte sie hinzu, bevor sie zu einer eleganten Drehung ansetzte, so leicht wie eine halb so alte Frau und mit derselben Anmut wie der Eiskunstlauf-Champion, der sie einmal gewesen war.

»Was?« Luc blinzelte, während seine Mutter sich vor ihm drehte. »Das kann sie auch nicht, nicht wirklich.«

Sie beendete ihre Drehung und nahm seinen Arm. »Vielleicht nicht, aber sie ist mit Amy dort drüben. Siehst du?« Sie zeigte zur Stadtseite des Sees.

Cat stand am Rand der Eisbahn, nahe beim Ufer. Sie hielt Amys Hand und schwankte in einem Paar weißer Eiskunstlaufschuhe.

»Auch wenn sie noch nicht Schlittschuh laufen kann, sind ihre Versuche gar nicht schlecht.« Seine Mom warf ihm einen spekulativen Blick zu. »Wann wirst du dir selbst eingestehen, was du für sie fühlst?«

»Ich habe keine Ahnung, wovon du redest.« Das war Lüge Nummer drei. Galle stieg Luc in der Kehle hoch, während »Yesterday« von den Beatles aus der Lautsprecheranlage dröhnte.

»Wenn du das nicht weißt, dann bist du nicht der Sohn, den ich großgezogen habe.« Die Stimme seiner Mom enthielt diesen scharfen Unterton, den Luc, wie er annahm, verdient hatte. »Die Leute reden über dich. Vielleicht hast du so lange auf der Überholspur gelebt, dass du vergessen hast, wie es hier in Firefly Lake ist, aber wenn du Zeit mit einer Frau verbringst, so wie du es mit Cat tust, dann gehst du mit ihr entweder eine Verpflichtung ein, oder du lässt es bleiben. Ist sie deine feste Freundin, oder wie man das heutzutage nennt?«

»Ich … Nicht genau. Es ist erst seit ein paar Wochen. Wir lassen es langsam angehen.« Luc sah übers Eis.

Cat setzte einen Fuß vor den anderen, genau wie er es ihr beigebracht hatte. Dann lockerte sie ihren Griff um Amy und marschierte ganz allein in kleinen Schritten vorwärts. Heftiger Stolz und eine unerwartete, aber vertraute Wärme wallten in ihm auf.

»Obwohl er damals auch noch nicht Schlittschuh laufen konnte, wusste ich binnen fünf Minuten, nachdem ich euren Dad kennengelernt hatte, dass er der eine für mich war.« Die Augen seiner Mom wurden etwas sanfter. »Und er hat dasselbe über mich gesagt. Wenn man es weiß, dann weiß man es, und dann gibt es keinen Grund, es zu verstecken. Oder sich zu verstecken.« Sie tätschelte seinen Arm, bevor sie herumschnellte und davonglitt.

Lucs Magen wurde steinhart. Er könnte nie jemanden so lieben, wie er Maggie geliebt hatte. Sie war nicht nur seine Vergangenheit. Auch wenn sie nicht mehr war, war sie noch immer ein Teil seiner Gegenwart, und sie würde auch ein Teil all seiner kommenden Tage sein. Er versteckte sich nicht in Firefly Lake. Er mochte Cat, na klar, aber es war viel zu früh, um damit an die Öffentlichkeit zu gehen, sie offiziell seine feste Freundin zu nennen. Außerdem war eine »feste Freundin« jemand, mit dem man auf der Highschool oder auf dem College ging, und nicht, wenn man in den Dreißigern war.

Doch während Paul McCartney weitersang und die Worte von »Yesterday« in Lucs Herz widerhallten, schlängelte er sich zwischen den anderen Schlittschuhläufern hindurch, von Cat angezogen wie von einer unsichtbaren Kraft.

»Hey.« Er blieb neben ihr stehen.

»Luc.« Sie starrte aufs Eis.

»Woher hast du denn die Schlittschuhe?« Er schlug einen etwas sanfteren Ton an. Ihre steife Körperhaltung verriet ihm, dass irgendetwas los war, aber was?

»Das ist ein altes Paar von Georgia. Sie hatte sie mit anderem Zeug auf Moms Dachboden zurückgelassen.« Sie hob den Kopf, um ihn anzusehen, und blinzelte in die Sonne.

»Ich bringe Mom das Schlittschuhlaufen bei.« Amy zwängte sich zwischen ihn und Cat. »Ich kann zwar für ein paar Tage noch nicht Schlittschuh laufen, aber sie sagt, dass ich eine tolle Lehrerin bin.«

»Du bist auf jeden Fall ein toller Coach, so, wie du mir bei den letzten Trainings mit dem Team geholfen hast.« Luc lächelte Amy an, aber sie lächelte nicht zurück. Stattdessen sah sie durch ihn hindurch, als wäre er Luft.

»Amy, bitte.« Cats Stimme war erschöpft, und ihre Augen waren grau umschattet.

»Was denn?« Amy funkelte Luc an.

»Wie wär's, wenn du für einen Moment zu Grandma gehst und mit ihr redest?«

»Versuchst du etwa, mich loszuwerden?« Amy verschränkte die Arme vor der Brust.

»Natürlich nicht, aber Grandma könnte deine Hilfe gebrauchen.« Cat zeigte zu Gabrielle, die am Rand des Sees stand, eine zappelnde Pixie in den Armen. »Wenn du den Hund hältst, kann sie ein bisschen Schlittschuh laufen.«

»Das hätte sie sich überlegen sollen, bevor sie Pixie mitgenommen hat, oder?« Amys Stimme klang schmollend, und sie kratzte mit ihren Stiefeln über das Eis.

»Amy.« Cats Ton war entschieden. »Du weißt, dass du nicht so reden sollst.«

Amy zog eine Schmollmiene. »Egal, aber ich komme gleich wieder.« Sie starrte Luc hart an. »In fünf Minuten.«

»Man könnte glauben, sie ist schon ein Teenager, stimmt's?« Cats sprödes Lachen ging in ein Seufzen über. »Ich versuche, ein Auge zuzudrücken, weil es hart für sie ist, nicht Eishockey spielen zu können. Außerdem hat die Ärztin gesagt, dass Gehirnerschütterungen Kinder traurig und wütend machen können. Aber seit Amy verletzt wurde, ist sie wie verwandelt. Sie war noch nie so großmäulig und unhöflich.«

Luc warf einen Blick auf Cats Tochter, während sie davonstapfte, wobei sie immer wieder einen verstohlenen Blick über die Schulter warf. Amy war auch auf der Eisbahn nicht sie selbst gewesen, aber er hatte nichts zu Cat gesagt, weil er sie nicht noch mehr beunruhigen wollte. Doch der Ausdruck in Amys Gesicht war klar. Halt dich von meiner Mutter fern. Und wehe, wenn nicht.

Cat stützte das Kinn in die Hände und starrte auf den Computer, ohne den Text auf dem Bildschirm zu sehen. Was war bloß los mit ihr? Amy war in der Schule, die Galerie war still bis auf die sanften Klänge einer irischen Ballade, und Michael war im Lagerraum damit beschäftigt, eine Lieferung auszupacken. Die Arbeit hier erfüllte sie mit weitaus mehr Befriedigung, als sie erwartet hatte, und sie blühte auf angesichts der Herausforderung, Michael zu helfen, sein Geschäft gedeihen zu lassen, aber heute war ihr Kopf so benebelt, als wäre er mit Watte gefüllt, und sie konnte keine zwei zusammenhängenden Sätze schreiben. Obwohl Dienstag war, war das hier ein Montagmorgen-Gehirnnebel unter Steroideinfluss.

Vor der Galerie hingen dicke Eiszapfen vom Dachvorsprung. Trotz der Schneewehen, die die Main Street noch immer säumten, war die Sonne wärmer als noch vor einer Woche, und vorhin hatte sie ein Trio hölzerner Osterhasen und mehrere Weidenkörbe mit bunten Eiern ins Schaufenster der Galerie gestellt. Wenn sie ihren Verstand nicht bald zusammennahm, würde sie sich wieder von einem Lehrauftrag zum nächsten durchhangeln müssen, bevor sie sich's versah, und das wäre es dann mit dieser Sicherheit, die sie Amy bieten wollte.

Sie sah auf, als die Glocke über der Ladentür bimmelte. »Liz?«

»Michael ist irgendetwas zugestoßen.« Die ältere Frau trug eine mehlbestäubte rote Dinerschürze.

»Was meinst du damit?« Cat stand vom Schreibtisch auf und trat zu Liz, die neben einem Tisch mit regionalen Töpferwaren stand. »Er ist hinten im Lagerraum.«

»Er geht nicht an sein Handy, und ich habe ein ungutes Gefühl.« Liz' Stimme brach.

»Ich bin sicher, es geht ihm gut.« Cat nahm Liz' Arm und lotste sie zum hinteren Teil der Galerie. »Wenn irgendetwas mit ihm nicht stimmen würde, hätte ich es doch gehört. Ich war den ganzen Vormittag hier.«

Unter ihrer Schürze bebte Liz' Brust. »Ich weiß, was ich fühle. Meine schottische Großmutter hatte das Zweite Gesicht.«

Cat drückte die Tür zum Lagerraum auf. »Er ...«

»Michael!« Liz riss sich von Cats Arm los und stürzte auf ihn zu. Er lag neben dem Arbeitstisch auf dem Boden, bunte Quilts um sich herum verstreut.

»Ich bin gestürzt.« Sein rechter Arm war verdreht. »Eben stand ich noch da und habe einen Karton ausgepackt, und dann wurde mir auf einmal schwindelig, und ich hatte diese Schmerzen und ... Ich weiß nicht, wie ich hier unten gelandet bin.«

»Ich rufe einen Krankenwagen.« Cat stürzte zurück zum Schreibtisch und schnappte sich ihr Handy. Wenn sie aufgepasst hätte, dann hätte sie etwas gehört. Ihr Magen schmerzte, während sie den Notruf wählte, dann rannte sie zurück zum Lagerraum. Ihre Absätze klapperten über den Holzboden. »Die Rettungssanitäter sind unterwegs.«

»Wir müssen die Ausstellung vorbereiten. Sie wird im Mai eröffnet.« Michael versuchte sich aufzusetzen, aber Liz drückte ihn sanft wieder zu Boden.

»Keine Sorge, ich werde mich darum kümmern.« Cat schnappte sich einen Quilt und steckte ihn unter Michaels Kopf.

»Ich werde dir helfen.« Angst sammelte sich in Liz' braunen Augen, während sie Michaels Wange tätschelte. »Du bist ja ganz verschwitzt und kalt.« Sie schnappte sich noch einen Quilt und deckte Michael vom Kinn bis zu seinen Quastenslippern damit zu.

»Es geht mir gut.« Michael zuckte zusammen. »Ihr zwei müsst kein solches Getue um mich machen.«

»Es geht dir nicht gut. Es geht dir schon seit Wochen nicht gut, und ich hätte darauf bestehen sollen, dass du einen Termin beim Arzt machst, bevor du diese letzte Einkaufsreise unternommen hast. Ich kann dich nicht verlieren.« Liz' Stimme brach. Haarsträhnen lösten sich aus ihrem ordentlichen französischen Twist, und sie rieb sich mit ihrer freien Hand übers Gesicht.

Michael hob seinen gesunden Arm, um Liz' Handgelenk zu nehmen. »Du wirst mich nicht verlieren.« Seine Stimme war schwach.

Liz schluckte und ließ ihr Gesicht an Michaels Arm ruhen. Lautlose Tränen kullerten ihr übers Gesicht und hinterließen einen feuchten Fleck auf dem Quilt.

Cat stand wie angewurzelt im Türrahmen des Lagerraums. Ihre Knie zitterten. »Die Sanitäter ... Ich werde draußen auf sie warten.« Sie zwang sich, sich zurückzuziehen. Das hier war ein privater Moment, zu intim, als dass die beiden ihn mit ihr teilen sollten.

»Nein.« Liz' Stimme war belegt von Tränen. »Geh nicht. Wenn ihm etwas passiert ... Ich kann nicht ...« Sie schluckte, und ihre Augen blickten verzweifelt. »Ich war so dumm.«

»Wenn hier jemand dumm war, dann ich.« Michael hob die Hand und wischte mit einem Finger sanft die Tränen von Liz' Wangen.

»Wir leben in verschiedenen Welten. Das haben wir schon immer getan. Deine Mutter hat meine eingestellt, um euer schickes Haus dort oben auf dem Hügel zu putzen.« Liz' Lächeln war wehmütig.

»Sie sind beide nicht mehr – und die meisten dieser alten Vorurteile auch nicht.« Michael bekreuzigte sich matt. »Ich habe meine Frau ebenso sehr geliebt wie du deinen Mann. Gott schenke ihren Seelen Frieden, aber dieses schicke Haus steht leer, und ... wenn du könntest ... Es ist nicht zu spät für uns.«

Mit einem leisen Schluchzer vergrub Liz ihr Gesicht an Michaels Hals.

Cats Augen tränten. Auch wenn er die Worte nicht gesagt hatte, war Michaels Miene voller Zärtlichkeit und Liebe. Wie es wohl wäre, jemanden zu haben, der einen so ansah?

»Oh, Michael.« Liz' Stimme war gedämpft.

»Ich habe im Moment noch nicht vor zu sterben, also lass uns nach vorn blicken, nicht zurück. Ich wollte schon immer mal nach Australien. Was meinst du, Lizzie?« Sein Lachen war schwach, aber es« war noch immer Michaels Lachen.

»Ich würde auch zum Mond fliegen, wenn es das ist, was du willst, aber Australien klingt verdammt nett. Ich müsste mir einen Reisepass und ein paar neue Anziehsachen besorgen, aber ... oh ...« Liz hob den Kopf, und ihre braunen Augen glänzten wie Sterne in ihrem von Sorge zerfurchten Gesicht. »Kannst du dir mich in Australien vorstellen?«

»Ich kann mir euch beide dort vorstellen.« Cats Herz krampfte sich zusammen, und sie presste sich eine Hand an die Brust. Das Glück auf Liz' Gesicht war deutlich spürbar. Das gleiche Glück, das auf Nicks Gesicht zu sehen war, wenn er Mia anblickte, und auch zwischen Charlie und Sean. Die Art Glück, nach der ihr romantisches, kindliches Herz sich früher gesehnt hatte, bis sie erwachsen geworden war und, außer auf den Seiten von Büchern, die Logik über die Romantik triumphieren ließ und ihr Kopf über ihr Herz siegte.

»Keine Tränen, bitte, von keiner von euch.« Michaels Blick huschte von Liz zu Cat und zurück. »Wenn ihr wegen irgendetwas weinen wollt, dann weint darüber, dass zwei Maura-Fitzpatrick-Quilts auf diesem schmutzigen Boden liegen. Maura ist die beste Quiltdesignerin, die Vermont je hervorgebracht hat, und dank euch beiden ruht mein Kopf jetzt auf Stoff im Wert von mehreren tausend Dollar. Und noch ein paar Riesen liegen auf mir.«

»Du bist mehr wert als jeder Quilt.« Liz berührte Michaels aschfahle Wange. »Außerdem ist dieser Boden nicht schmutzig. Cat hat ihn erst gestern gewischt, und sie ist eine ebenso ordentliche Haushälterin wie ich.« Sie fummelte in ihrer Schürze nach einem Taschentuch.

Michael knurrte. »Das mag ja sein, aber ich liege trotzdem unter der ›Abendruhe‹, habe ich recht? Das klingt vielleicht nach einem Bestattungsunternehmen, aber es besteht kein Grund, Vorkehrungen für mein baldiges Ableben zu treffen.«

Eine Sirene heulte, und Cats hektischer Atem beruhigte sich etwas.

Michael wandte sich wieder zu ihr um. »Du warst immer ein braves Mädchen, und aus dir ist eine gute Frau geworden. Ich übertrage dir die Verantwortung.«

»Ich werde mein Bestes für dich tun.« Cat presste die Worte hervor.

»Natürlich wirst du das.« Michaels Stimme klang schroff. »Für jemanden mit so viel Buchwissen hast du weitaus mehr Verstand zwischen den Ohren, als ich erwartet hatte.«

Cat versuchte zu lächeln. Trotz seiner wachsartigen Haut und der bläulichen Verfärbung um seinen Mund konnte Michael sie noch immer aufziehen.

»Sieh zu, dass du gesund wirst, in Ordnung? Tu, was die Ärzte dir sagen.«

»Das wird er.« Liz erhob sich, als zwei Sanitäter zur Tür hereinkamen. »Gott wird sich um Ersteres kümmern und ich mich um Letzteres.«

»Du musst etwas essen.« Luc schob ein in braunes Papier gewickeltes Sandwich über Cats Schreibtisch. Die Tür hatte sich eben hinter Gabrielle und Ward geschlossen, und die Galerie war endlich leer.

»Ich habe keinen Hunger.« Sie betastete eine Ecke des Papiers. »Ich weiß es zu schätzen, dass du mir Essen vorbeibringst, aber ich bekomme nichts herunter, wenn ich gestresst bin.«

»Nicht einmal das Vermonter BLT?« Er hob einen Teil des Papiers an, um den Duft von Speck und frisch gebackenem Brot entweichen zu lassen.

»Woher wusstest du das?« Sie leckte sich die Unterlippe.

»Georgia war zur selben Zeit im Deli wie ich. Sie hat mir gesagt, dass dies dein Lieblingssandwich ist – Bauernbrot, regionaler Käse von Simard's Molkerei und extraknuspriger Speck.« Er stützte die Ellenbogen auf den Schreibtisch und studierte ihr blasses Gesicht. »Michael schafft das schon. Erinnerst du dich nicht, was Liz gesagt hat, als sie angerufen hat?«

»Ein Herzinfarkt ist immer noch ein Herzinfarkt, egal wie leicht er war.« Cat brach ein kleines Stück Käse ab und spielte damit. »Außerdem hat er sich bei dem

Sturz zwei Rippen angebrochen und das Handgelenk gezerrt.«

»Ja, aber wenn du und Liz ihn nicht sofort gefunden hättet, hätte es viel schlimmer kommen können.« Luc brach eine Ecke von dem Sandwich ab. »Komm schon, ich habe Liz versprochen, dafür zu sorgen, dass du etwas isst.«

»Es war Liz, die wusste, dass irgendetwas nicht stimmte. Sie hatte dieses Gefühl.« Cat schauderte. »Es ist nicht logisch, und ich kann es nicht erklären, aber sie hatte recht.« Sie nahm das Stück Sandwich, kaute und schluckte roboterhaft.

»Nicht alles im Leben lässt sich mit Logik und Fakten erklären.« Er sah auf ihren Laptop und den Stapel Papiere daneben. »Wie kommt deine Forschung voran?«

»Gut.« Cats Stimme war tonlos. »Ich bin mit meinem Buch fertig, und ich habe genug Material für die Artikel, die ich entworfen habe, um dieses Stipendium überhaupt erst zu bekommen. Ich habe auch schon angefangen, sie zu schreiben.«

»Das ist ja toll.« Er zögerte, und ein bleiernes Schweigen breitete sich zwischen ihnen aus. »Oder etwa nicht?«

»Es könnte sein, dass es trotzdem nicht ausreicht, um eine Festanstellung zu bekommen.« Sie knabberte wieder an dem Sandwich, dann fuhr sie sich mit einer Hand an den Mund, um ein Gähnen zu unterdrücken.

»Warum? Jedes College würde sich glücklich schätzen, dich einzustellen.« Nur dass sie, wenn sie diesen Job bekäme, nicht mehr in Firefly Lake leben würde und

Amy und sie aus seinem Leben so gut wie verschwunden wären. Er spürte einen Stich in seinem Innern.

»Danke für das Vertrauensvotum, aber so einfach ist das nicht.« Sie schenkte ihm ein trauriges Lächeln. »Es ist ein harter Arbeitsmarkt, und bei diesen ganzen befristeten Lehraufträgen, die ich annehmen musste, um für mich und Amy zu sorgen, konnte ich mich in Sachen Forschung nicht auf dem aktuellen Stand halten. Mein Ph.D. liegt auch schon ein paar Jahre zurück, daher bin ich nicht mehr neu und interessant. Bisher habe ich mich ausschließlich für Jobs in Neuengland beworben, weil ich in Moms Nähe bleiben und auch Amy nicht zu sehr entwurzeln wollte, aber davon gab es nicht allzu viele, und jetzt …« Sie zuckte die Schultern. »Obwohl ich inzwischen an dem Punkt angelangt bin, an dem ich praktisch überallhin gehen würde, werde ich vielleicht nicht einmal mehr das tun können.«

»Das ist nicht fair.« Er wollte vielleicht nicht, dass Cat Firefly Lake verließ, aber er wollte trotzdem, dass sie Erfolg hatte. Sie war nicht nur schlau, sie war auch die fleißigste Arbeiterin, die er je gekannt hatte.

»Vielleicht nicht, aber wir wissen beide, dass vieles im Leben nicht fair ist.« Ihre Augen blickten trostlos, und ein weiteres Gähnen teilte ihr Gesicht fast in zwei Hälften.

Und ob er das wusste, daher schluckte er die Worte hinunter, die ihm auf der Zunge lagen, zusammen mit dem bitteren Geschmack in seinem Mund. »Wie wär's, wenn ich hier für dich einspringe, damit du nach oben gehen und dich für ein paar Stunden aufs Ohr legen kannst? Zusätzlich zu dem Schock hattest du in den letzten zwei Stunden halb Firefly Lake hier drinnen, die sich alle nach Michael erkundigt haben. Du bist völlig erschöpft.« Auch wenn Cat nie robust aussah, war ihre Haut im Allgemeinen nicht so durchschimmernd und die Ringe unter ihren Augen nicht so dunkel.

Sie schüttelte den Kopf. »Michael hat mir die Verantwortung übertragen. Außerdem... musst du heute Nachmittag nicht wieder zur Arbeit? Es war toll von dir, dass du die Molkerei verlassen hast, als du die Sirene des Krankenwagens gehört hast, aber du musst nicht bleiben.«

»Ich habe meinem Dad eine Nachricht geschickt. Da ich früh angefangen und letzten Samstag den halben Tag gearbeitet habe, erwartet er mich heute nicht mehr im Büro zurück.« Er streckte eine Hand nach Cats aus, und selbst bei dieser schlichten Berührung zischelte Hitze an seinem Arm hoch und direkt in seine Lenden. »Lass dir von mir helfen.«

»Das würde ich ja gern, aber... es ist schwierig.« Sie schob das größtenteils ungegessene Sandwich beiseite.

»Versuch's einfach.«

»Ich habe fast mein ganzes Leben lang selbst auf mich aufgepasst.« Ihre Stimme war angespannt, und sie nahm ihre Brille ab und vergrub das Gesicht in den Händen.

Sie hatte Angst davor, irgendjemanden an sich heranzulassen. Zärtlichkeit trat an die Stelle von Lucs Verlangen. Cat hatte Mauern um sich herum errichtet, weil sie Angst hatte, und vielleicht hatte sie diese Mauern so hoch und so dick werden lassen, dass sie nicht wusste, wie sie sie einreißen sollte, selbst wenn sie es wollte.

»Hey.« Er kam um den Schreibtisch, zog sie hoch und nahm sie in die Arme. »Was ist los?«

»Ich weiß nicht.« Sie schniefte, und er nahm eine Handvoll Taschentücher aus der Schachtel auf dem Schreibtisch. »Normalerweise bin ich nicht so emotional, aber mit Amys Unfall und jetzt auch noch Michael ist es, als ob überall, wohin ich mich wende, eine Katastrophe nur darauf wartet, zuzuschlagen.«

»Das stimmt doch nicht. Du hattest eine Pechsträhne, das ist alles.« Luc wählte seine nächsten Worte vorsichtig. »Ich werde Amy weiterhin trainieren, solange ihr hier seid, aber hast du noch einmal über dieses Sommercamp nachgedacht?«

»Klar habe ich das, aber Amy war bis jetzt nie länger als eine Nacht von mir getrennt, schon gar nicht eine ganze Woche.« Cats Stimme brach wieder. »Ich will nicht, dass sie denkt, ich würde sie wegschicken, weil ich sie loswerden will. Sie muss wissen, dass sie in meinem Leben an erster Stelle kommt. Ich würde sie niemals im Stich lassen.«

»Warum sollte sie das denken? Trotz dem, was sie an dem Abend im Krankenhaus gesagt hat, weiß Amy, dass du sie liebst, und wenn du sie zu diesem Camp schickst, würde es ihr zeigen, dass dir wichtig ist, was sie will.« Lucs Nackenhaare stellten sich auf, während er Cats leidgeprüftes Gesicht musterte. Alles bei Cat ging unmittelbar auf den Verrat ihres Dads zurück. Auch wenn sie äußerlich eine Erwachsene war, war innerlich ein großer Teil von ihr noch immer dieses verängstigte kleine Mädchen, das von dem ersten Mann im Stich gelassen wurde, dem sie hätte vertrauen sollen.

»Du hast recht. Amy ist nicht ich.« Cat brachte ein unsicheres Lächeln zustande. »Ich habe die Sommercamps gehasst. Nick und Georgia haben sie geliebt, aber für mich waren sie mein schlimmster Albtraum. Diese ganzen Sportarten und organisierten Aktivitäten waren die Hölle für mich, und lesen konnte ich immer nur, kurz bevor das Licht gelöscht wurde. Aber mein Dad hat die Aufenthalte bezahlt, daher musste ich hinfahren. Das Jahr, in dem ich Windpocken bekam und am zweiten Tag nach Hause musste, war das beste. Ich glaube, ich war nie so glücklich wie in dem Moment, als Moms Wagen vor dem Hauptgebäude hielt.«

Luc zog sie wieder an seine Brust. Cat hatte die Tür zu ihrem geschützten Herzen nur einen Spaltbreit geöffnet, aber weit genug für ihn, um einen Blick auf eine Frau zu erhaschen, die noch immer von ihrer Vergangenheit heimgesucht wurde, eine Frau, auf die er noch immer aufpassen und die er beschützen wollte, so wie früher das verlorene, unsichere Mädchen. Doch er fühlte sich zu der Frau auf eine Art hingezogen, wie er sich zu dem Mädchen nie hingezogen gefühlt hatte.

»Ich weiß nicht, was das zwischen uns ist, aber ich will ein Teil deines Lebens sein.« Sein Magen flatterte, als er eine Hand nach ihrer ausstreckte, um ihre Finger mit seinen zu verschränken. »Andernfalls hätte ich niemals mit dir geschlafen.«

Ihr stockte der Atem.

Mit seiner freien Hand zeichnete er ein kreisförmiges Muster auf der Vorderseite ihres Pullovers. »Amy wird erst in ein paar Stunden von der Schule zurückkommen, oder?«

Cat schauderte, als er durch die feine Wolle ihre Brust streichelte. »Heute hat sie früher Schluss, aber Nick holt sie ab und fährt mit ihr, Kylie und Emma zu einer Veranstaltung beim Reitstall. Sie werden erst nach dem Abendessen zurück sein.«

Luc neigte den Kopf und drückte ihr sanfte Küsse ins Haar. »Wenn du dich jetzt ein bisschen aufs Ohr legst, hätten wir immer noch etwas Zeit, nachdem die Galerie geschlossen ist?«

»Ja.« Das Wort kam als ein kehliges Flüstern.

Er hob ihr Kinn an, sodass sie zu ihm aufsah. »Ich will dich – das hier, was immer wir haben.«

»So erschöpft bin ich nicht.« Cats Stimme war belegt, und ihre Pupillen waren geweitet. »Michael schließt die Galerie mittags immer für eine halbe Stunde.« Sie glitt mit einer Hand an seiner Brust hinunter bis zu seiner Gürtelschnalle. »Dreißig Minuten sind nicht viel, aber ich könnte eine späte Mittagspause machen.«

Er schauderte, als ihre Hand noch tiefer hinunterglitt. »Ich brauche nicht lange.« Er bedeckte ihre Lippen mit seinen. Er wollte nicht einmal warten, um sie nach oben zu führen. Der Lagerraum war privat genug.

»Ich auch nicht.« Ihr Körper verkrampfte sich, als sie sich an ihn presste. »Warte kurz, während ich die Tür abschließe und ...«

»Mom?« Die Glocke über der Tür läutete wie ein Feueralarm.

Cat riss sich von ihm los. »Schatz ... ich ... du ... du solltest doch bei deinem Onkel Nick sein.«

Amy blieb neben dem Schreibtisch stehen und warf einen Blick auf Luc. »Er ist draußen im Wagen.« Ihre Stimme war schrill.

Luc fuhr sich mit einer Hand durchs Haar, und seine Beine wurden schwach. »Es ist nicht ... deine Mom und ich ... wir haben nicht ...«

»Ich bin vielleicht dumm, aber so dumm nicht.« Amys Gesicht war so weiß wie ihr flauschiger Schal. »Du ... du und meine Mom ...«

»Du bist nicht dumm, niemals.« Cat streckte die Arme nach Amy aus, aber das Mädchen wandte sich ab. »Was ist denn mit deiner Jeans passiert? Sie ist nass und ...«

»Als ob dir das wichtig wäre.« Amys Ton war empört.

»Natürlich ist es mir wichtig.« Cats Kiefer arbeitete. »Mir ist alles wichtig, was mit dir passiert.«

»Ein Junge hat mich in eine Schneewehe geschubst – nachdem ich ihn zuerst geschubst hatte.« Amys Mund war zu einer harten Linie verzogen, und ihre Augen waren von Schmerz und Wut erfüllt.

»Was für ein Junge? Warum? Du weißt doch, dass wir in unserer Familie Probleme nicht mit körperlicher Gewalt lösen.« Cat hielt Amy am Handgelenk fest.

»Einer der Jungen in meiner Klasse, Mason, hat gesagt, du hättest etwas mit Coach Luc. Er hat gelacht und auch noch ein paar andere Dinge gesagt, gemeine Dinge. Ich habe ihn geschubst, und dann hat er mich geschubst.« Amy riss sich von Cat los. »Ich nehme an, es hätte mir egal sein sollen. Er hatte ja recht. Du bist eine richtige ...«

»Nein.« Luc streckte eine Hand nach Amy aus, aber sie schnellte auch von ihm weg.

Mason spielte nicht im Team, aber er hing beim Eishockeytraining herum, und Luc hatte ihn bereits dafür zur Rede gestellt, dass er einige der kleineren, schwächeren Spieler schikanierte. Er war ein scharfsinniges Kind, und wie ein Jagdhund auf der Fährte einer Beute musste er irgendetwas zwischen ihm und Cat aufgeschnappt haben. Wenn er nur früher bemerkt hätte, was Mason im Schilde führte, dann hätte er das hier vielleicht verhindern können.

»Halt du dich da raus, und komm mir nicht damit, was ich zu tun oder zu lassen habe. Ich habe dir schon mal gesagt, du bist nicht mein Dad, und von jetzt an bist du auch nicht mehr mein Coach.« Amy warf sich gegen seine Taille, und Luc bedeckte seine Lenden mit einer Hand, während er mit der anderen ihren Arm festhielt. »Mason hat auch gesagt, dass du mich nur wegen meiner Mom trainierst. Weil du sie ...«

»Das stimmt nicht.« Luc erstarrte und warf einen Blick auf Cat, die mit entsetzter Miene in der Mitte der Galerie stand. »Ich trainiere dich, weil du Talent hast. Wieso glaubst du irgendetwas anderes?«

Amy wand sich aus seinem Griff, und dann traf ihre Faust seinen Magen. »Warum sollte ich das nicht tun? Ich habe dich vor einer Minute mit Mom gesehen. Jeder in der Stadt hätte euch sehen können.«

Luc zuckte zusammen und holte einmal scharf Luft. Für eine Zwölfjährige schlug das Kind verdammt hart zu. »Ich…«

»Hör auf, Amy, sofort.« Cat zerrte sie von Luc weg, aber Amy schnellte herum zu einem Regal mit Glaswaren, und eine Obstschale fiel krachend zu Boden.

»Ich hasse dich.« Sie stolperte zum Eingang der Galerie, riss die Tür auf und stieß mit Nick zusammen, der draußen stand, eine Hand halb zu seinem offenen Mund erhoben. »Ich hasse euch beide.«

Dann knallte die Tür zu. Der Knall vermischte sich mit dem Geräusch von zerspringendem Glas, um sich in Lucs Herz zu bohren.

Kapitel
17

»Ich … sie … sie ist aufgewühlt und …« Cat drängte auf zitternden Beinen an Luc vorbei. Sie musste Amy nachlaufen und versuchen, es zu erklären. Sie riss die Galerietür auf und trat in eine Pfütze mit eisigem Wasser, das ihr bis zu den Knöcheln reichte.

»Warte.« Nick hielt sie am Arm fest.

»Wo ist Amy?« Cat suchte die Main Street ab. Die Nachmittagssonne blendete sie einen Moment, und sie stolperte gegen ihren Bruder.

»In meinem Wagen.« Nick umfasste ihre Schultern und wies mit einer Kopfbewegung zu seinem silbernen Lexus, der zwei Häuser weiter am Straßenrand parkte.

»Ich muss mit ihr reden.« Wasser sickerte in Cats Schuhe. Ihre Wildlederpumps würden ruiniert sein, aber das war egal. Alles war egal außer Amy. Bis an ihr Lebensende würde sie diese Miene im Gesicht ihrer Tochter, als sie Luc und sie überrascht hatte, nicht vergessen.

»Meinst du, sie würde in diesem Moment auf dich hören? Sie ist eine McGuire. Wir handeln zuerst, sagen einen Haufen Dinge, die wir nicht meinen, und beruhigen uns später.«

Nicht Cat. Sie überlegte sich jeden Schritt, bevor sie ihn tat, und sprach nie, bevor sie nachgedacht hatte. Nur dass sie sich, fast ohne nachzudenken, Hals über Kopf in Luc verliebt hatte – genau wie sie es vor all den Jahren mit Amys Dad getan hatte. »Amy hat Luc mit mir gesehen und ...« Ihre Brust bebte, während die Panik in ihr aufstieg.

»Wenn ihr nicht Sex auf diesem Schreibtisch hattet, was ihr nicht hattet, hat Amy nichts gesehen, was bei ihr für immer Narben hinterlassen würde.« Nicks Ton war ironisch. »Du darfst ein Leben haben.«

»Amy ist für mich immer an erster Stelle gekommen. Ich habe mir geschworen, nicht so zu sein wie Dad. Ich dachte, ich sei etwas Besonderes für ihn, aber er ist gegangen und ...« Sie machte ein ersticktes Geräusch.

»Deine ganze Welt ist zusammengebrochen.« Nick schob sie sanft über den matschigen Gehsteig zurück zur Galerietür. »Meine auch, und erst Mia hat mir die Augen dafür geöffnet, dass ich noch immer besessen von dem war, was Dad getan hatte. Egal, ob du mit ihm redest oder nicht, du musst mit dem, was passiert ist, Frieden schließen. Und was Amy betrifft, niemand würde je infrage stellen, dass sie für dich an erster Stelle kommt, aber manchmal musst du selbst für dich an erster Stelle kommen. Du bist eine Mom, keine Nonne.«

»Ich ...« Cat schluckte noch einen Schluchzer hinunter. Sie würde nicht weinen, denn wenn sie das tat, würde sie vielleicht nie wieder damit aufhören. Nick verstand es nicht, niemand verstand es.

Die blauen Augen ihres Bruders waren voller Wärme, als er sie ansah. »Amy hat das nicht so gemeint, als sie sagte, dass sie dich hasst.«

»Du hast es gehört?« Cats Stimme bebte.

»Nur weil sie es auf dem Weg zur Tür hinaus gebrüllt hat.« Nick schenkte ihr ein halbes Lächeln. »Sie ist sauer, und sie ist an der Schwelle zur Pubertät. Außerdem ist sie es nicht gewohnt, dich mit jemandem zu teilen. Ich möchte wetten, im Moment hat sie viele Gefühle, bei denen sie nicht weiß, wie sie damit umgehen soll. Versuch, es nicht persönlich zu nehmen.«

Cat klappte der Mund auf. »Seit wann redest du denn wie ein Erziehungsratgeber?«

»Ich will der beste Dad sein, der ich sein kann.« Nicks Stimme war ernst. »Ich lese ein paar Bücher, die Mia mir empfohlen hat. Sie hilft mir auch viel. Ich will nicht so sein wie unser Vater.«

»Das könntest du gar nicht.« Cats Augen brannten. »Mias Mädchen und Kylie können sich glücklich schätzen, dich zu haben.«

»Ich kann mich auf jeden Fall glücklich schätzen, sie zu haben.« Nick drückte tröstlich ihre Schulter. »Und jetzt geh da hinein, Muppet, und sag Luc, dass er nicht wegen Erregung öffentlichen Ärgernisses auf der Titelseite des *Kincaid Examiner* stehen wird. Amy ist verletzt und verlegen, das ist alles. Weißt du noch, wie du in ihrem Alter warst? Wie hättest du denn reagiert, wenn

Mom etwas mit einem Typen gehabt hätte, der nicht Dad war? Oder auch nur mit Dad? Ich mag Ward, aber ich will mir lieber nicht vorstellen, wie er es mit Mom tut, und ich bin fast vierzig.«

Cat schauderte. »Wie Amy sagen würde, zu viel Information.«

Nicks Lächeln neckte sie. »Ich werde Amy trotzdem mit Kylie und Emma zum Reitstall fahren und sie nach dem Abendessen zurückbringen. Wir werden vorher bei mir vorbeifahren und ein paar trockene Anziehsachen für sie holen. Ich bezweifle, dass sie irgendetwas zu den Mädchen sagen wird, aber wenn sie mit Mia oder mir reden will, werden wir zuhören. Und wenn nicht, werden wir die ganze Sache ignorieren und abwarten, bis sie sich beruhigt. Wir McGuires verstehen uns gut darauf, Dinge zu ignorieren.«

Cat kniff ihre eisigen Zehen zusammen. Vielleicht war sie doch mehr wie der Rest der McGuires, als sie dachte. Und vielleicht musste sie sich eine dickere Scheibe von der Familie ihrer Mom abschneiden. Auch wenn sie sich – oft und laut – stritten, redeten die Brassards und die Pelletiers noch immer miteinander, und selbst wenn sie nicht einer Meinung waren, verbargen sie nie, wie sehr sie einander liebten.

»Danke, großer Bär.« Ein paar dicke Tränen kullerten ihr über die Wangen, während sie ihren Bruder verlegen umarmte.

»Über diese ganze Geschichte mit Amy wird Gras wachsen. Und was mich betrifft, ich bin froh, dass du endlich ein bisschen Action bekommst. Luc ist ein guter Typ, der dir ein paar Sachen beibringen kann, die du nicht aus Büchern lernen wirst.« Nick erwiderte ihre Umarmung. »Und denk dran, ich will derjenige sein, der dich zum Altar führt.«

»Ich … Luc und ich … wir sind nicht … aber selbst wenn, egal mit wem, ich kann allein zum Altar gehen.« Oder vielleicht würde sie, wenn es je dazu kommen sollte, einfach durchbrennen und diese ganze kirchliche Heirat auslassen.

»Natürlich kannst du das, aber ich will für dich da sein – immer.« Nicks Miene wurde etwas sanfter. »Und jetzt geh schon.« Er grinste und gab ihr einen Klaps auf den Arm.

Sie wischte noch ein paar Tränen weg und gab ihm einen Klaps zurück.

»Cat?« Die Galerietür schwang auf, und Luc hielt einen mit grünen und blauen Libellen gemusterten Schoßquilt hoch. »Ich konnte deine Jacke nicht finden. Dir muss eiskalt sein.«

Cat schüttelte den Kopf und wandte sich ab, um zu Nicks Wagen zu starren. Amy saß zusammengekauert in einer Ecke der Rückbank, den Kopf gesenkt. Selbst als der Wagen losfuhr, sah sie nicht auf.

»Hier.« Luc legte den Quilt um Cats gekrümmte Schultern.

Ihre Augen brannten, während sie ihm zurück in die Galerie folgte und das Schild an der Tür auf »Geschlossen« umdrehte. Wasser quoll aus ihren durchnässten Schuhen auf Michaels wertvollen Eichenboden. Sie schlüpfte aus den Schuhen und ließ sie neben der Tür stehen. Die Scherben waren verschwunden – Luc musste sie zusammengefegt haben –, aber die riesige Lücke auf dem Ausstellungsregal spiegelte die riesige Lücke in ihrem Herzen wider. Sie wickelte den Quilt fester um sich und versuchte, das Zittern zu unterdrücken.

»Ich habe Wasser aufgesetzt.« Luc nahm ihren Arm, um sie zu stützen, und sie lehnte sich an ihn und fühlte die Stabilität und den Trost, die er ihr bot. »Du brauchst etwas Heißes.« Er schenkte ihr ein halbes Lächeln und führte sie zum Lagerraum. »Ich weiß. Ich entwickle mich allmählich zu einer Kreuzung zwischen meiner Mom und Liz.«

»Oder meiner Mom.« Mütterliche Ratschläge wurden von Generation zu Generation weitergegeben. Und doch hatten all diese Ratschläge sie heute im Stich gelassen, und ihr fehlten die Worte, um mit ihrer Tochter über das zu reden, was am wichtigsten war. Cat ging mit butterweichen Knien in den Lagerraum und stolperte zum Arbeitstisch. Was hatte sie getan? Und wie konnte sie es wieder einrenken? Sie zog sich einen Hocker heran und setzte sich.

Luc nahm zwei Becher aus dem Schrank über der kleinen Spüle in einer Ecke des Raums. »Es tut mir leid. Ich habe nicht nachgedacht. Jeder hätte hereinkommen können, nicht nur Amy.«

»Ich habe auch nicht nachgedacht.« Weil sie so gefesselt von all dem gewesen war, was Luc in ihr auslöste. Schuldgefühle rollten über Cat hinweg wie ein Tsunami.

»Es tut mir nicht leid, dass ich wieder mit dir schlafen wollte, aber ich hätte hier nicht davon anfangen sollen.« Luc goss heißes Wasser in die Becher, dann warf er einen Kamillenteebeutel in Cats. »Soll ich mit Amy reden?«

»Noch nicht.« Cat stützte die Ellenbogen auf den Tisch, und der Quilt glitt an ihrer Seite herunter. Libellen symbolisierten Veränderung und einen Blick über die Oberfläche des Lebens hinaus. Das hatte sie irgendwo gelesen und es zusammen mit all den anderen Fakten abgeheftet, mit denen ihr Kopf vollgestopft war – Fakten, auf die sie sich konzentriert hatte, um Gefühle zu vermeiden. Aber mit Luc zusammen zu sein, hatte sie genug verändert, um ihm die Wahrheit zu sagen.

»Bevor ich zurück nach Firefly Lake gekommen bin, habe ich mich versteckt. Vor dem Leben, Männern, allem.«

»Warum?« Nur ein einziges Wort, aber die Sanftheit in Lucs Stimme brach ihr fast das Herz. Er trug die Becher zum Tisch, dann setzte er sich auf den Hocker neben ihrem.

Cat befeuchtete ihren trockenen Mund. »Ich habe Amys Dad in den Frühjahrsferien meines letzten Collegejahrs in Florida kennengelernt. Es war ein Last-Minute-Trip mit ein paar Mädchen aus meinem Wohnheim. Jemand hatte abgesagt, daher war noch ein Platz frei, und ich habe ihn genommen. Eines Abends sind wir alle zu einer Strandparty gegangen und haben ange-

fangen, mit dieser Gruppe von Jungen zu reden. Jared ...
ich mochte ihn, und ich dachte, er würde mich auch
mögen, daher habe ich mit ihm geschlafen. Einmal im
Leben wollte ich so sein wie andere Mädchen. Das war
ich noch nie gewesen. Nicht auf der Highschool, nicht
in meinem Auszeitjahr bei der Familie meiner Mom in
Quebec und auch nicht auf dem College.« Sie rieb sich
mit einer Hand übers Gesicht.

»Und?« Lucs teilnahmsvoller Blick fing ihren auf.

»Wir hatten zu viel getrunken. Er hatte ein Kondom,
aber wir hatten irgendwie schon rumgemacht, und ich
nehme an, er hat es zu spät übergestreift. Neun Monate
später bekam ich Amy.« Ihr Magen verknotete sich.

In Lucs Miene lag kein Hauch von Verurteilung, nur
Freundlichkeit. »Hast du ihm gesagt, dass du schwanger
warst? Er hätte Verantwortung übernehmen sollen.«

»Wie sich herausstellte, hatte Jared zu Hause in Minnesota eine Verlobte, die er nie erwähnte.« Cat holte ein
paarmal tief Luft. »Ich habe das mit ihr an dem letzten
Abend herausgefunden, an dem wir dort waren. Einer
seiner Freunde witzelte herum, und ich hörte ... Er und
die anderen Typen hatten eine Wette mit Jared abgeschlossen und ...« Ihr Magen verkrampfte sich infolge
der Verletztheit und Demütigung, die sie damals empfunden hatte. Desselben Gefühls von Verrat wie in dem
Moment, als sie sich im Schatten der Palmen am dunklen Ende des Motelparkplatzes auf ihre rosa Sandalen
übergeben hatte, bis nichts mehr in ihrem Magen gewesen war.

»Oh, Schatz, du...«

»Nein.« Cat schüttelte den Kopf. Sie musste das hier zu Ende bringen. »Ich hätte es ihm trotzdem gesagt, aber in der Woche, in der ich herausfand, dass ich schwanger war, kam Jared bei einem Farmunfall ums Leben. Eine meiner Mitbewohnerinnen hatte auf derselben Reise etwas mit einem seiner Kumpel angefangen. Sie hat es mir erzählt.« Sie starrte in ihren Becher mit Tee, ohne ihn zu sehen. »Für ein schlaues Mädchen habe ich einen ziemlich dummen Fehler gemacht.«

»Aber weil du ein schlaues Mädchen bist, hast du nicht zugelassen, dass dieser Fehler, oder ein einziger Idiot, dein Leben ruiniert.« Lucs Stimme war rau, und er legte eine Hand auf ihre. »Trotz allem, was heute Nachmittag passiert ist, bist du eine gute Mom, und Amy ist ein gutes Kind. Etwas anderes darfst du niemals denken.«

»Aus etwas Schlechtem habe ich das kostbarste Geschenk aller Zeiten bekommen. Amy.« Cat betrachtete ihre vereinten Hände. Seine Knöchel waren mit hellbraunen Härchen bedeckt, und seine Haut war zerfurcht und narbig von den Verletzungen des Spiels, das er sein Leben lang gespielt hatte. Ihre Hand war blass, mit langen Fingern, die Hand einer Wissenschaftlerin. »Aber sie war noch nie so sauer auf mich. Was, wenn sie mir nicht verzeiht?«

»Natürlich wird sie dir verzeihen, aber im Moment ist es vielleicht gut, dass sie ihre Gefühle nicht in sich hineinfrisst.«

Seine Stimme und auch seine Worte hätten sie getröstet, wenn Cat hätte getröstet werden können. Vielleicht würde Amy ihr verzeihen, aber würde sie sich selbst je verzeihen können? »Sie hat dich geschlagen. Schlagen ist niemals akzeptabel. Das habe ich ihr beigebracht.«

»Sie wird sich auf jeden Fall behaupten können, wenn sich irgendjemand auf dem Eis wieder mit ihr anlegt.« Luc rieb sich seine Taille.

»Außerdem hat sie einen ihrer Klassenkameraden geschubst.« Cats Hände zitterten, und sie legte sie um den Becher.

»Nach dem, was ich von Mason weiß, bezweifle ich, dass Amy ihn als Erste geschubst hat.«

»Das heißt nicht, dass es okay ist.« Cat wollte es vielleicht nicht tun, aber sie musste Luc den Rest der Wahrheit sagen und es ihm begreiflich machen. »Amys Dad hat College-Eishockey gespielt. Seine Freunde haben ihn Enforcer genannt. Damals wusste ich nicht, was das heißt, aber jetzt weiß ich es, und das war der Grund, weshalb ich anfangs nicht wollte, dass Amy Eishockey spielt. Doch jetzt liebt sie Eishockey so sehr, und ich muss ihr beibringen, dass es falsch ist, sich zu schlagen.«

Lucs Lächeln schwand. »Nur weil ihr Dad auf dem Eis ein harter Typ war, heißt das nicht, dass Amy genauso sein wird. Natur oder Erziehung, weißt du? Ob du es glaubst oder nicht, du hast großen Einfluss auf sie.« Seine Stimme war seine Coachstimme, ruhig und logisch. »Und was Mason betrifft, sie hätte ihn nicht schubsen sollen, aber sie hat dich beschützt. Wenn du eine Gruppe zwölf- und dreizehnjähriger Jungen hast, erlebst du es öfter, dass einer von ihnen irgendetwas sagt und alle sich prügeln.«

Cat versteifte sich und wand ihre Hand aus seiner. »Nicht jeder Junge ist so.«

»Nein, aber nach dem, was ich beim Training gesehen habe, sind viele so. Amy wird sich beruhigen. Du kannst mit ihr reden, wenn sie nach Hause kommt. Nick hat recht, wir hatten keinen Sex auf dem Schreibtisch, daher hat sie nichts gesehen, was sie für den Rest ihres Lebens verkorksen wird.« Belustigung funkelte in seinen Augen.

»Das war nicht für deine Ohren bestimmt.« Cats Gesicht begann zu glühen.

»Eine Frau, die errötet, ist sehr sexy.«

»Es ist peinlich.« Cat hielt sich die Hände vors Gesicht.

Luc nahm ihre Hände fort. »Ich will mehr von dir wissen, Cat.« Seine Miene wurde ernst. »Alles von dir.«

»Du kennst mich doch. Du kennst mich seit meiner Geburt.« Sie fuhr sich mit einer Hand an die Kehle.

»Aber bis jetzt hast du die wichtigsten Seiten von dir versteckt.« Seine Stimme war leise und versprach eine Intimität, die nicht nur körperlich, sondern auch emotional war. »Ich will, dass du mich an dich heranlässt. Was hast du denn schon zu verlieren?«

Sie schluckte, und dann nickte sie ruckartig. Nichts. Oder vielleicht alles.

Luc verlagerte seine Haltung auf dem Sofa. Die beiden Katzen rollten sich auf seinem Schoß zusammen wie umgekehrte Fragezeichen und miauten protestierend. Er kraulte zwei Paar braun getigerte Ohren, und zwei Paar bernsteinfarbene Augen fielen langsam wieder zu. In der Oase von Cats stiller Wohnung schien es Tage anstatt nur Stunden her zu sein, dass Amy ihn dabei überrascht hatte, wie er Cat küsste.

»Du verhätschelst meine Katzen.« Cat setzte sich neben ihn und zog die Beine an.

»Ich höre nicht, dass eine von ihnen sich beklagt.« Er kraulte Bingley unter dem Kinn, und die Katze belohnte ihn mit einem lauten Schnurren. »Außerdem, nachdem ich sie vorhin aus deinem Schlafzimmer ausgesperrt habe, muss ich sicherstellen, dass sie mir nicht böse sind.«

»Daher dieses Katzenklettergerüst oder was immer das ist?« Sie zeigte auf den Kratzbaum, der jetzt eine Ecke ihres Wohnzimmers einnahm, bevor sie ihm ein neckendes Grinsen schenkte, das ihm in Erinnerung rief, warum er die Katzen von ihrem Bett hochgenommen hatte und dann neben ihr hineingeschlüpft war. »Du solltest nur Pizza holen.«

»Len's Eisenwarenhandlung liegt auf dem Weg zu Mario's.« Luc schenkte ihr seinen verführerischsten Blick. »Außerdem hat Len diesen Kratzbaum praktisch verschenkt.« Er schnappte sich die Fernbedienung und schaltete den Fernseher ein. »Darcy und Bingley gefällt er, oder?«

»Natürlich.« Ein Lächeln umspielte Cats Mund. »Und Amy wird ihn auch lieben. Sie liegt mir seit einer

Ewigkeit in den Ohren, dass ich eines von diesen Dingern besorgen soll, aber du musst mir keine Geschenke machen.«

»Er ist nicht für dich. Er ist für Darcy und Bingley.« Er schaltete zu einem Sportsender um. Es tat gut, mit Cat abzuhängen, mehr als gut, wenn er ehrlich war. »Wenn ich in einer Stunde gehe, bin ich weg, bevor Amy nach Hause kommt, und dann wirst du jede Menge Zeit haben, um mit ihr zu reden.«

»Sie hat nicht angerufen.« Cats Miene verdüsterte sich.

»Wenn es ein Problem gäbe, hätte Nick angerufen oder dir eine Nachricht geschickt.«

»Ja, aber vielleicht hätte ich ihn anrufen sollen.« Sie biss sich auf die Unterlippe.

»Er hat dir doch gesagt, dass sie etwas Zeit benötigt, um sich zu beruhigen. Du gibst ihr die Privatsphäre, die sie im Moment braucht, also versuch, dir keine Sorgen zu machen.« Luc zog sie an seine Schulter. »Lass uns ein bisschen Eishockey ansehen. Sie zeigen eine Wiederholung des Bruins-Spiels von Samstagabend.«

»Hast du dieses Spiel nicht schon gesehen?« Ihre Stimme enthielt ein neckendes Trällern.

Er kitzelte die weiche Rundung ihrer Taille. »Wie oft hast du *Stolz und Vorurteil* gesehen?«

»Das ist etwas anderes.« Sie lachte und kitzelte ihn ebenfalls. »Es ist ein Klassiker.«

»So wie die Bruins gegen die Penguins ein Eishockey-Klassiker sind.« Er schlang einen Arm um sie. »Weißt du was, du siehst dir jetzt mit mir Eishockey an, und morgen Abend sehe ich mir mit dir einen dieser Häubchen-und-Ballkleid-Filme an.«

Sie warf ihm einen empörten Blick zu. »Abgemacht. Ich habe eine Jane-Austen-Filmbox.«

»Warum wundert mich das nicht?« Er kicherte und kniff sie in die Nase. »Du siehst immer noch ziemlich müde aus.« Sie war noch blasser als vorhin, und ihr Mund war blutleer. »Lehn den Kopf an meine Schulter. Wenn du einschläfst, wecke ich dich, bevor ich gehe.« Er nahm eine Decke von der Sofalehne und wickelte sie um ihre Beine.

»Danke.« Sie kuschelte sich an ihn, und Lucs Herz setzte einen Takt aus. Das hier war richtig. Cat und die beiden Katzen. Nichts Besonderes tun, aber trotzdem war es die wunderbarste Zeit, die er mit irgendjemandem verbracht hatte, seit Maggie gestorben war. Er war fast glücklich, zumindest seine neue Art von glücklich.

»Luc?« Ihre Stimme war ein leises Murmeln an seiner Schulter.

»Was?« Er stellte den Fernseher stumm. Er brauchte das Spiel nicht; er brauchte nur sie.

»Ich werde nicht schlafen können, bevor Amy nach Hause gekommen ist.« Sie spielte mit der Quaste am Rand der Decke. »Erzähl mir von Maggies Tod. Wenn ... du darüber reden kannst.« In ihrer Stimme lag keine müßige Neugier, nur sanfte Besorgnis. »Du hast gesagt, du wolltest alles von mir wissen. Ich will auch alles von dir wissen.«

Sein Herz hämmerte, und das Blut dröhnte in seinen

Ohren. »Hat deine Mom es dir nicht erzählt?« Er starrte auf den Bildschirm, wo die Spieler auf dem Eis hin und her flitzten.

»Doch, aber das ist nicht dasselbe.« Die Freundlichkeit in ihrer Stimme verlieh ihm Mut, und als sie eine Hand in seine legte, hielt er sie fest, als wäre sie ein Bollwerk gegen die reißende Flut von Gefühlen, die ihre Worte entfesselt hatten.

»Witwer sollten älter sein, nicht dreiunddreißig. In dem Alter sollte man ein Kinderzimmer einrichten, nicht eine Grabstätte auswählen. Man sollte einen Collegefonds anlegen und die Zukunft seiner Familie planen.« Er stockte, als das Band um seine Brust ihn fast erdrückte.

»Ich kann mir nicht vorstellen, wie hart das gewesen sein muss.« Cat drückte sanft seine Hand.

»Die meisten Leute wollen nicht über den Tod reden.« Nachdem sie Blumen und Karten geschickt oder eine große Spende an die USA-Eishockey-Stiftung zu Maggies Andenken entrichtet hatten, waren fast alle Menschen, von denen er gedacht hatte, er könnte auf sie zählen, aus seinem Leben verschwunden, als wäre das, was ihm passiert war, irgendwie ansteckend. »Meine Eltern haben mir geholfen, so gut sie konnten, aber ...« Er brach ab und kämpfte um Beherrschung.

»Sie müssen auch getrauert haben.« Cats sanfte Stimme war wie Balsam für seine gequälte Seele.

»Ja.« Zum ersten Mal in seinem Leben hatten seine Mom und sein Dad ihn nicht trösten können. Wie

Maggies Eltern und Schwestern waren sie ebenso gebrochen und fassungslos gewesen wie er. »Maggie war nicht krank. Sie hat sich gesund ernährt, Sport getrieben und nie geraucht oder Drogen genommen. Sie war eine US-Olympiateilnehmerin. Ihr Bild war sogar auf einer Müslipackung.«

Cat beugte sich vor und schaltete den Fernseher aus. »Und?« Ihre Stimme brach, so wie Lucs Herz gebrochen war.

»Sie war in der dreizehnten Woche schwanger, als eines Nachmittags mitten beim Training am Rand der Eisbahn ein Hirnaneurysma platzte. Ich war mit meinem Team unterwegs, und bis ich zurückkam, war alles schon vorbei. Ich habe sie im Stich gelassen.« In seinen Worten lag der bittere Geschmack von Schuldgefühlen. »Ich war nicht da, als sie mich gebraucht hat. Wenn ich da gewesen wäre, vielleicht wäre sie dann durchgekommen.«

Cat rieb ihm den Rücken und verlagerte ihre Haltung so, dass ihre Knie sich berührten. »Warum? Nach dem, was Mom gesagt hat, haben die Rettungskräfte alles getan, was sie nur konnten.« Ihre Sanftheit legte die Schicht der Trauer frei, die er tief vergraben hatte, in dem vergeblichen Versuch zu vergessen, dass sie existierte. Es half ihm, Cat zu sagen, was er noch nie jemandem gesagt hatte, nicht einmal seiner Mom.

»Maggie hat sich an dem Tag, bevor ich zu diesem Roadtrip aufgebrochen bin, nicht gut gefühlt. Sie hatte Kopfschmerzen.« Luc streichelte die dösenden Katzen und starrte auf seine Füße. »Ich war abgelenkt. Das Team steckte in einer Niederlagenserie, und ich war um meine Frau und mein Kind weniger besorgt als um den sinkenden Erfolg. Was für ein Ehemann war ich nur?«

»Du warst genau so wie alle Ehemänner.« Das Mitgefühl in Cats Stimme gab ihm fast den Rest. »Die meisten Leute, die Kopfschmerzen haben, sterben nicht an einem Hirnaneurysma. Ich hatte oft Kopfschmerzen, als ich mit Amy schwanger war, und der Arzt sagte, das sei ganz normal. Du konntest unmöglich wissen, dass Maggies Kopfschmerzen es nicht waren.«

»Aber ich war nicht da, daher wusste ich nicht, dass die Kopfschmerzen sich verschlimmert haben mussten. Sie hat das Training an dem Tag nur abgehalten, um einer Freundin zu helfen. Warum ist sie überhaupt zur Eisbahn gegangen?« Er hatte sich Maggies letzte Stunden immer und immer wieder durch den Kopf gehen lassen, aber das Ergebnis war jedes Mal dasselbe. Die Frau, die er liebte, war nicht mehr, und er hatte sich nicht einmal verabschiedet.

»Maggie hat eine Entscheidung getroffen, aber sie hätte auch ganz allein zu Hause sterben können.« Cat rutschte noch näher an ihn heran. »Wenigstens hatte sie Menschen bei sich, als ihre Zeit gekommen war.«

»Vielleicht wäre ihre Zeit nicht gekommen, wenn sie nicht schwanger gewesen wäre. Sie war besorgt, weil sie bereits drei Fehlgeburten erlitten hatte, aber sie hatte eine Menge Untersuchungen. Als der Arzt uns grünes Licht gab, habe ich sie gedrängt, es wieder zu versuchen.

Ich – obwohl ich es war, der ihr versprochen hatte, sie zu lieben und zu beschützen. Und als es ... sie ... ich war tausend Meilen entfernt.«

Er ließ den Kopf in die Hände sinken. Als der Anruf von einem unbekannten Notarzt gekommen war, hatte er ein paar endlose Sekunden versucht, sich einzureden, es sei ein schlechter Scherz. Er hatte aus seinem Hotelzimmerfenster auf das schimmernde Blau des Swimmingpools gestarrt, wo alles noch immer genauso aussah wie zwei Minuten zuvor, obwohl seine Welt in sich zusammengestürzt war.

»Ich habe nicht zugehört.« Seine Kehle war wund, als hätte er ein Schnitzmesser verschluckt. »Wir hätten kein eigenes Kind haben müssen. Wir hätten eines adoptieren können. Ich habe sie praktisch getötet.«

»Nein, das hast du nicht.« Cats Stimme war entschieden. »Maggie hat getan, was sie eben getan hat. Und du auch. Meinst du wirklich, sie würde dir die Schuld an dem geben, was passiert ist? Wollte sie denn nicht auch ein eigenes Baby haben?«

»Doch, aber ...«

Cat legte sanft einen Finger an seine Lippen. »Nach dem, was du über sie erzählt hast, hätte Maggie dir nicht eine Minute die Schuld gegeben.«

»Das hält mich nicht davon ab, mir selbst die Schuld zu geben.«

»Ist das denn fair?«

»Das ist nicht der Punkt. Da ich noch immer hier bin, muss ich mit dem, was ich getan habe, für den Rest meines Lebens zurechtkommen.« Er sackte in den Sofakissen zusammen.

»Du wirst Maggie immer lieben und vermissen, aber du darfst dich nicht von unnötigen Schuldgefühlen von innen auffressen lassen. Sie hat dich ebenso sehr geliebt wie du sie, und diese Art Liebe ist größer als alle Schuldgefühle oder Vorwürfe.« Cat sah ihm tief in die Augen. »Maggie zuliebe, wenn schon nicht dir selbst zuliebe, musst du dir verzeihen.«

Seine Augenlider brannten, und der Schmerz in seiner Brust verschlimmerte sich.

»Komm her.« Sie schob die Katzen sanft zur Seite, um ihn in ihre Arme zu ziehen. »Ist ja gut. Lass es heraus.«

Er vergrub das Gesicht an ihrem weichen Pullover, und die glühend heißen Tränen, die er nie irgendjemanden hatte sehen lassen, quollen ungehindert hervor.

»Ich rufe dich später an.« Cat reichte Luc seine Jacke. Sein Körper war steif und seine Miene verschlossen. Sein Schmerz war kein Geheimnis, aber sie hätte nie vermutet, dass er sich die Schuld an Maggies Tod gab. Wenn er das nicht überwand, wie könnte es dann – egal, wie sehr sie ihn in ihr Leben ließ – je einen echten Platz für sie in seinem geben?

»Sag Amy ...«

Ihr Handy schrillte mit einer Melodie aus der *Muppet Show*. »Entschuldige, das muss ich annehmen. Es ist Nick.« Sie schnappte sich das Telefon vom Couchtisch und tätschelte Lucs Schulter.

»Was soll das heißen?« Ihr Herz raste, während sie versuchte, die Worte ihres Bruders zu verstehen. »Wie konnte Amy denn verschwinden? Sie ist zwölf, nicht zwei.«

»Sie ist zur Toilette gegangen, aber nicht zurückgekommen.« Entsetzen hallte in Nicks Stimme wider. »Wir haben überall gesucht. Ich habe die Polizei verständigt und ...«

»Ich bin schon unterwegs.« Das Telefon rutschte Cat aus der Hand, und Luc fing es auf.

»Was?« Sein Mund formte das Wort.

Ihre Ohren dröhnten, und das Wohnzimmer drehte sich wie ein Jahrmarktkarussell, während Luc Nicks Anruf beendete und Cats Arm packte, um sie zu stützen. »Amy war mit Nick und den Mädchen beim Reitstall, aber jetzt ist sie verschwunden. Ich muss ...«

»Ich fahre dich hin.« Er fand ihre Jacke und half ihr hinein. »Nach dem letzten Mal dachte ich, sie hätte ihre Lektion gelernt, was das Weglaufen angeht.«

»Das dachte ich auch.« Cat schnappte sich ihre Handtasche von einem Stuhl. »Ich habe Nick noch nie so panisch gehört.«

»Hast du ein Foto?« Lucs blaue Augen blickten düster.

»Meinst du, jemand hat sie mitgenommen?« Cats Stimme schwoll an, während sie in ihrer Handtasche nach ihren Schlüsseln suchte. »Wenn sie weggelaufen ist ... nein ... Sie muss falsch abgebogen sein, als sie von der Toilette zurückgekommen ist. Es ist dunkel, und bei dem Schnee ...«

»Ich meine gar nichts, denn wir wissen noch nicht, was passiert ist. Der Reitstall liegt nicht an einer viel befahrenen Straße, und vermutlich ist es viel Wirbel um nichts, aber die Cops werden trotzdem ein Foto haben wollen, für alle Fälle.« Luc nahm die Schlüssel von ihr entgegen, dann sah er sich im Wohnzimmer um und schnappte sich ein gerahmtes Schulfoto von Amy von einem Bücherregal. »Hat sie irgendwelches Geld bei sich?«

»Nicht mehr als fünf Dollar. Sie hat immer ein bisschen Geld dabei, falls sie sich in der Schule irgendetwas kaufen muss.« Cat schlüpfte in ihre Stiefel und setzte sich die Wintermütze auf den Kopf. Amy konnte nicht schon wieder vermisst werden. Jeden Augenblick würde Nick sie anrufen, um ihr zu sagen, dass es ein Irrtum war.

Luc nahm wieder ihren Arm. Er schloss die Wohnungstür hinter ihnen ab, dann führte er sie die Außentreppe hinunter und an der dunklen Galerie vorbei. »Wohin würdest du gehen, wenn du Amy wärst?«

»Sie vermisst Boston noch immer, aber das ist zu weit weg. Wie sollte sie dorthin kommen? Und zu wem würde sie gehen? Wir haben dort Freunde, aber … ihre ganze Familie ist hier.« Cat schluckte einen erstickten Schluchzer hinunter. »Vorausgesetzt, dass sie nicht trampt, wie sollte sie zur Greyhound-Bushaltestelle kommen? Und der Bus fährt von hier nicht sehr oft.« Sie presste sich eine Hand an den Mund.

»Wenn sie sich etwas in den Kopf setzt …« Er brach

ab und biss sich auf die Lippe, aber die Wahrheit stand in seinen Augen geschrieben. Er hatte allzu große Angst, dass Amy auf dem Weg nach Boston war.

Cat presste eine Hand auf ihren Bauch. Ihre Tochter hatte ein tollkühnes Wesen. Cat hatte es auf der Eisbahn gesehen, und sie hatte es wieder gesehen, als Amy vorhin aus der Galerie gestürmt war. Wie bei dem Mann, der sie gezeugt hatte, war es ein Charakterzug, der sie beim Eishockey – und erst recht im wirklichen Leben – in Gefahr bringen konnte.

»Lass uns zuerst in der Arena nachsehen. Dorthin ist sie das letzte Mal gegangen.« Als sie das untere Ende der Treppe erreichten, führte Luc sie zu seinem schneebedeckten Truck.

Aber selbst wenn sie bei der Eisbahn war, wie war sie dorthin gekommen? Jemand hätte sie fahren müssen. Cat unterdrückte einen Aufschrei und kletterte über eine Schneewehe, um auf den Beifahrersitz des Trucks zu rutschen. Eiskügelchen schlugen in einem schnellen Stakkato gegen die Scheibe, und der Wind heulte, während er einen dichten Vorhang aus Schnee über die Main Street wehte. Sie presste die Hände auf ihren Bauch. Es gab vielleicht keinen Platz für sie in Lucs Leben, aber vielleicht gab es auch keinen für ihn in ihrem. Egal, wie sehr sie es wollten.

Kapitel
18

Als Amy den Reitstall verlassen hatte, war es noch hell
gewesen, aber die Dämmerung hatte sich rasch herabge-
senkt, und jetzt war es fast Nacht. Es war auch kälter geworden, und der Schnee, der vorhin von dem warmen
Reitstall aus hübsch ausgesehen hatte, fiel dicht und
schnell von dem bedeckten Himmel und tilgte die wenigen vertrauten Orientierungspunkte.

Sie sah sich überall um, vor allem hinter ihr, wo ihre
Fußspuren von neuem Schnee bereits halb verdeckt
waren. Sie konnte jetzt nicht mehr in Firefly Lake bleiben, nicht nach dem, was zwischen ihrer Mom und dem
Coach war. Und sie könnte auch nie wieder hier zur
Schule gehen, nicht nach dem, was Mason gesagt hatte.
Sobald sie es zurück nach Boston geschafft hatte, würde
sie sich den nächsten Schritt überlegen. Vielleicht würden die Freunde ihrer Mom, die ihre Wohnung gemietet
hatten, sie bei sich unterkommen lassen.

Amy blieb am Waldrand stehen und rollte ihre klam-
men Finger in ihren Fäustlingen ein. Wenn sie in diesen dunklen Wald ging, würde sie vielleicht nie wieder

herausfinden. Es wäre besser, nah bei der Straße zu bleiben. Die Greyhound-Bushaltestelle war an der Tankstelle am Stadtrand. Wenn sie sich den Fahrplan richtig gemerkt hatte, ging in einer Stunde ein Bus. Vorhin schien die Stadt nicht allzu weit entfernt zu sein, aber das war tagsüber gewesen, und sie hatte in einem Wagen gesessen.

Als sie hinter sich im Wald ein Rascheln hörte, zuckte sie zusammen. Die Spuren im Schnee zu ihren Füßen waren klein, von einem Kaninchen vielleicht, aber dieses Geräusch war lauter. Sie hatte nicht an die wilden Tiere hier draußen gedacht. Hastig wandte sie sich vom Wald ab und ging zurück zur Straße, die Hand um Onkel Nicks Brieftasche in ihrer Jackentasche gelegt. Sie würde ihm das Geld zurückzahlen, aber inzwischen würde er sowohl seine Brieftasche als auch sie, Amy, vermissen. Sie hatte sie ihm aus der Jacke gezogen, während er Kylie und Emma in der Reithalle zusah. Ihr Magen knurrte, und sie wühlte in ihrer anderen Jackentasche nach dem halb gegessenen Schokoriegel, den sie vorhin dort verstaut hatte.

Die schmale Landstraße war nicht viel heller als der dunkle Wald, der sie zu beiden Seiten säumte. Amys Herz raste, während sie auf dem Seitenstreifen entlangging, wo sich der Schnee zu kleinen Hügeln türmte. Lag die Stadt in dieser Richtung? Ihre Beine zitterten. Dieses Geräusch hatte ihr so viel Angst gemacht, dass sie jeden Orientierungssinn verloren hatte. Sie rutschte auf einer vereisten Fläche aus, ließ die Schokolade fallen und fiel mit dem Gesäß voran in den Graben. Dabei landete sie auf einer Schneewehe.

Über ihr leuchteten gelbe Scheinwerfer um die Biegung der Straße, und sie duckte sich tief, um abzuwarten, bis der Wagen vorbeigefahren war. Sie würde nicht trampen. Schlimme Dinge passierten Leuten, die trampten, und ihre Mom hatte ihr eingeschärft, es niemals zu tun.

Aber der Wagen schoss nicht vorbei. Stattdessen verlangsamte er sein Tempo, und Amy war in seinem Scheinwerferlicht gefangen. Sie versuchte, sich hochzurappeln und wegzulaufen, aber der Schnee war nass und schwer, und sie fand keinen Halt. Während sie wild mit den Armen ruderte, blieb sie auf einmal mit der Jacke an irgendetwas hängen. War das dieses Tier? Sie schrie auf und taumelte nach vorn, während ihr Atem in kurzen, abgehackten Stößen ging.

Eine Wagentür knallte zu, und eine dunkle Gestalt bewegte sich auf sie zu. »Amy?«

Als sie die Stimme ihrer Tante Georgia hörte, gaben Amys Beine unter ihr nach, und sie purzelte noch tiefer in den verschneiten Graben. »Ja.«

»Was tust du denn ganz allein hier draußen, Schatz?« Eine andere Stimme, eine, die Charlie Carmichael gehörte, Tante Mias Schwester, die als große Journalistin in Firefly Lake fast ebenso berühmt war wie Coach Luc.

»Ich habe Mist gebaut.« Amys Stimme war ein Wimmern. »Ich glaube, jetzt brauche ich Hilfe. Ich stecke fest. Ich kann nicht ...« Sie zerrte an ihrer Jacke, und ein Stück Stoff löste sich mit einem reißenden Geräusch.

»Ein Glück, dass wir vorbeigekommen sind, was?«
Charlie kniete sich an den Rand des Grabens und
streckte ihre behandschuhten Hände aus. »Halt dich fest.
Ich ziehe dich raus.«

Mit zwei kräftigen, ruckartigen Zügen wurde Amy
die abschüssige Böschung hochgezerrt und landete
neben Charlies Stiefeln auf dem Seitenstreifen der
Straße. Sie lag keuchend da und versuchte, zu Atem zu
kommen.

»Das letzte Mal, dass ich das getan habe, war in den
französischen Alpen.« Charlies braune Augen funkelten
im Scheinwerferlicht des Wagens. »Du bist viel leichter,
als es mein Fotograf war.«

»Amy ... Schatz ... Gott sei Dank bist du in Sicherheit.« Tante Georgia bückte sich, um sie an sich zu drücken. »Deine Mom ist panisch.«

»Du hast schon mit ihr geredet?« Amy versuchte, sich
aufzusetzen. Ihr Kopf drehte sich, und ihr Herz fühlte
sich an, als spränge es jeden Moment aus ihrer Brust.
Ihre Mom würde so sauer sein. Sie könnte von Glück
reden, wenn sie nicht bis zur Highschool Hausarrest bekam.

»Ich habe sie angerufen, während Charlie dich heraus-
gezogen hat.« Die Stimme ihrer Tante klang, als würde
sie gleich in Tränen ausbrechen, was seltsam war, denn
Tante Georgia war die entspannteste Person, die Amy
kannte.

»Es tut mir leid.« Amy zitterte so heftig, dass sie den
Reißverschluss ihrer Jacke nicht aufziehen konnte.

»Ich mach das schon.« Tante Georgia zog Amy die nasse Jacke und die nassen Handschuhe aus, dann gab sie ihr ihre eigenen warmen Sachen. »Du bist ja völlig durchgefroren. Steig in den Wagen.«

Amy kauerte sich auf die Rückbank, auf die ihre Tante gezeigt hatte, und nahm die Decke, die sie ihr hinhielt. Neben ihr schlief die kleine Lexie in einem Autokindersitz.

»Hier.« Tante Georgia schwenkte ihr Handy. »Deine Mom wartet. Du musst mit ihr reden.«

»Ich kann nicht.« Die Worte klangen eher wie ein Weinen, und sie versuchte, sich so klein wie möglich zu machen. »Sag Mom, dass es mir gut geht und dass ich bald mit ihr reden werde, aber ich kann jetzt nicht, ich muss …« Amy wusste nicht, was sie tun musste, aber sie hatte keine Ahnung, was sie sagen würde, wenn sie jetzt mit ihrer Mom redete, außer irgendwelches Zeug, das alles noch viel schlimmer machen würde.

Tante Georgia wandte sich um und sagte irgendetwas ins Telefon, was Amy nicht hören konnte. Dann schnellte sie wieder herum, und ihre Worte überschlugen sich. »Ich sollte sauer auf dich sein, aber das kann ich nicht. Jedenfalls nicht jetzt. Nick sucht dich überall, und als ob das nicht genug wäre, kann er seine Brieftasche nicht finden. Zum Glück ist er mit einem der Cops auf die Highschool gegangen, sodass er sich nicht ausweisen musste. Du weißt wohl nicht zufällig etwas darüber, oder?« Ihre Augen verengten sich, während sie Amy von oben bis unten musterte.

»Ich habe sie irgendwie ... genommen. Sie ist in meiner Jackentasche.« Sie zeigte auf die Jacke, die ihre Tante noch immer hielt. »Ich wollte es nicht. Es ist einfach passiert.« Die Fehler hatten sich so schmutzig und chaotisch aufgetürmt wie der Schnee, den die Schneepflüge auf dem großen Feld am Rand der Arena hinterließen. »Es tut mir leid.«

»Du kannst dir deine Entschuldigungen für deine Mom und Nick aufheben. Wenn Charlie nicht etwas am Straßenrand gesehen hätte ...« Die Stimme ihrer Tante brach, während sie die Brieftasche aus der Jackentasche nahm. »Sie dachte, ein Tier sei angefahren worden, deshalb haben wir angehalten. Du hättest sterben können, Schatz, hier draußen ganz allein.« Sie rieb sich mit einer Hand übers Gesicht.

»Ich nehme an, du bist weggelaufen, stimmt's?« Auf dem Fahrersitz ließ Charlie den Wagen an und drehte die Heizung auf.

Amy starrte auf den schmelzenden Schnee, der von ihren durchnässten Stiefeln auf die Fußmatte tropfte. »Ich wollte nicht, jedenfalls nicht wirklich.« In den warmen Fäustlingen grub sie die Fingernägel in ihre Handflächen.

»Aber du wolltest Firefly Lake verlassen?« Tante Georgia stieg auf den Beifahrersitz und wandte sich zu Amy um. Ihre Stimme war freundlich, und im Halbdunkel wirkte ihre Miene verständnisvoll.

»Ja.« Nur dass sie jetzt, wo sie darüber nachdachte, die Probleme vermutlich nicht so leicht hinter sich lassen könnte, egal wo sie war.

»Ich weiß gar nicht mehr, wie oft ich Firefly Lake verlassen wollte, als ich in deinem Alter war, aber hier bin ich wieder, genau dort, wo ich angefangen habe.« Tante Georgia betastete ihre Perlenkette, und ihr Lachen war so blechern wie das künstliche Gelächter in einer Fernsehshow.

»Manchmal muss man einmal um die ganze Welt fahren, bevor man zurück nach Hause findet. In meinem Fall hat es weitaus länger gedauert als bei Georgia.« Charlies Stimme war so leise, dass Amy sich anstrengen musste, sie zu hören.

»Ich habe nie gesagt, dass ich bleibe, oder?« Ihre Tante sah zurück zu Amy und machte ein fassungsloses Gesicht.

»Man kann nie wissen.« Charlie lenkte den Wagen wieder auf die Straße, dann grinste sie Amy im Rückspiegel an. »Wusstest du, dass deine fabelhafte Tante einer Seniorinnengruppe kostenlosen Yoga-Unterricht erteilt? Und ich trage meinen Teil dazu bei, indem ich für die Lokalzeitung darüber schreibe. Deswegen waren wir hier draußen unterwegs. Der Kurs findet auf einer Farm ein paar Meilen hinter dem Reitstall statt.«

»Du solltest das nächste Mal mitkommen.« Tante Georgias Gesicht rötete sich, und ihr Lächeln war unerwartet süß. »Die älteren Damen würden dich sofort ins Herz schließen.«

Amy murmelte ein »Klar«, dann vergrub sie den Kopf im Kragen von Tante Georgias Kunstpelzjacke, die so weich wie ein Plüschteddy war. Ihre Mom würde sie vermutlich nicht mehr aus der Wohnung lassen, außer zur Schule. Vielleicht würde sie sie sogar nicht einmal mehr Eishockey spielen lassen. Ihr Magen verkrampfte sich. Aber sie hatte das mit Coach Luc so gründlich vermasselt, dass er sowieso nie wieder mit ihr reden würde, geschweige denn sich eine Eisbahn mit ihr teilen.

Ihre Augen tränten, und sie starrte Lexie an, die noch immer neben ihr schlief. Für Babys war das Leben leicht. Man musste nur essen, schlafen, spielen und Kacka machen. Alle liebten dich und sagten dir, wie süß du wärst.

Wenn du ein Baby wie Lexie warst, dann hattest du eine Mom und einen Dad, die verrückt nach dir und nacheinander waren. Niemand würde je sagen, dass deine Mom es mit deinem Coach trieb oder dass du besondere Hilfe nicht deshalb bekämst, weil du etwas Besonderes wärst, sondern nur wegen deiner Mom. Wenn deine Eltern sich küssten, war es vielleicht immer noch seltsam und eklig, aber sie waren nun mal deine Eltern. Sie sollten seltsam und eklig sein, das hatte Kylie gesagt.

Obwohl Amy nicht mehr kalt war, schauderte sie wieder, als der Stadtrand von Firefly Lake in Sicht kam. Durch das Schneetreiben blinkten Lichter von den großen Häusern oben auf dem dunklen Hügel, wo ihre Grandma lebte. Sie hatte es sich nicht nur mit ihrer Mom und Coach Luc vermasselt, sie hatte es sich auch mit allen anderen vermasselt, und jetzt musste sie dafür geradestehen.

»Wir haben alle schon Fehler gemacht.« Tante Georgia

streckte einen Arm nach hinten aus und drückte Amys Hand. »Ich, Charlie und sogar deine Mom, trotz ihres super Notendurchschnitts. Das Wichtigste ist, dass man aus diesen Fehlern lernt. Für Nick und deine Mom wird alles wieder gut sein, du wirst schon sehen.«

Amy reckte das Kinn und biss sich auf die Unterlippe. Ihre Tante wollte nur helfen, aber das konnte sie nicht. Der einzige Fehler, den ihre Mom je gemacht hatte, war, dass sie schwanger geworden war. Aber bis heute hatte sie nie gedacht, das könnte heißen, dass *sie* ein Fehler war. Doch dann hatte Mason es so laut gebrüllt, dass alle Kinder, die auf die Busse warteten, es gehört haben mussten. Coach Scott war auch da gewesen, daher musste er es ebenfalls gehört haben. Es war noch tausendmal demütigender gewesen als alles, was ihr damals in Boston passiert war, und jetzt konnte sie sich diese Worte nicht mehr aus dem Kopf schlagen. Wie könnte sie ihnen allen je wieder gegenübertreten? Und wie könnte sie ihrer Mom und Coach Luc gegenübertreten?

Lexie schlug die großen blauen Augen auf und winkte mit ihren pummeligen Händchen, als hätte sie Amy noch nie zuvor gesehen. Dann machte sie ein glucksendes Geräusch, das in ein lautes Lachen überging.

Ja, für Babys war das Leben leicht. Amy streifte einen von Tante Georgias Fäustlingen ab und verschränkte ihren kleinen Finger mit Lexies, dann kauerte sie sich wieder auf ihrem Platz zusammen. Sie war so entschlossen gewesen, vor allem davonzulaufen, was schiefgegangen war, dass sie die Richtung genommen hatte, die sie für den einzig möglichen Ausweg gehalten hatte. Aber wie Tante Georgia gesagt hatte, war sie wieder genau dort gelandet, wo sie angefangen hatte, nur dass sie diesmal in noch viel größeren Schwierigkeiten steckte als je zuvor.

»Georgia und Charlie müssten inzwischen doch mit Amy hier sein. Cat schob die Vorhänge zurück, die das große Erkerfenster im Wohnzimmer des Harbor House verdeckten, und spähte in die Nacht hinaus. Der Schnee fiel noch immer und hüllte die Bäume ein, die die Auffahrt säumten.

»Es ist erst eine Viertelstunde her, dass Georgia angerufen hat.« Ihre Mom trat zu ihr ans Fenster und legte einen Arm um Cats angespannte Schultern. »Der Reitstall ist weit außerhalb der Stadt, und wir wissen nicht genau, wo die beiden sie gefunden haben.«

Jede Minute fühlte sich wie eine Stunde oder sogar ein Tag an. Cat trat von einem Fuß auf den anderen. Vielleicht hätte sie nach Hause fahren sollen, aber Georgia war der Ansicht gewesen, es würde leichter für Amy sein, wenn sie sie zuerst ins Harbor House brachte. Jetzt war sich Cat da nicht mehr so sicher. Hier würden sie ein Publikum haben.

»Was hat sich Amy nur dabei gedacht? Ich weiß, wir hatten Streit, aber warum ist sie schon wieder weggelaufen?« Und warum wollte Amy nicht mit ihr reden, als Georgia anrief? Dachte sie etwa, Cat würde ihr nicht verzeihen? Konnte sie denn nicht verstehen, dass Cat sie immer lieben würde, egal was auch passierte? Schmerz bohrte sich in Cats Brust, und sie presste die Nase wieder an die Scheibe, um in das Schneetreiben hinauszusehen.

»Zwölfjährige Mädchen können sich ziemlich schnell in etwas hineinsteigern. Du und Georgia, ihr wart genauso, als ihr in Amys Alter wart.« Ihre Mom rieb Cats Rücken mit sanft kreisenden Bewegungen.

»Meine Tochter auch.« Ward gesellte sich zu ihnen und hielt ihr einen Becher Tee hin. »Ein paar Jahre hatte ich das Gefühl, in einem ständigen Hurrikan zu leben. Wenn meine Frau nicht gestorben wäre, hätte sie sicher gewusst, wie man mit Erica umgehen musste, aber ich wusste es eben nicht. Man kann nur sein Bestes versuchen.«

Nur dass Cats Bestes offenbar nie gut genug war. Sie schüttelte den Kopf angesichts des Tees. Sie konnte mit dieser Angst in ihrer Kehle nichts essen oder trinken. »Georgia und ich sind nie weggelaufen.« Aber sie hatten auch nie gesehen, wie ihre Mom einen von Cats Lehrern oder Georgias Gymnastiktrainer küsste.

»Eine meiner Schwestern ist einmal weggelaufen.« Luc beendete eine weitere Runde von der Diele zum Wohnzimmer, Pixie an seinen Fersen. »Sie war dreizehn und sauer, weil Mom ihr nicht erlaubt hat, diesen Bikini zu kaufen, den sie unbedingt haben wollte. Sie hat es bis zu den Bahngleisen am Stadtrand geschafft, bevor ein Nachbar sie entdeckt hat. Es war nur ein Bikini, aber so, wie sie sich aufgeführt hat, hätte man glauben können, die Welt wäre untergegangen.«

»Für ein dreizehnjähriges Mädchen war sie das vermutlich auch.« Ihre Mom drückte Cats Arm. »Amy liebt dich. Es wird alles gut, du wirst schon sehen.«

Cat wünschte, sie könnte sich da so sicher sein, aber dieses Problem war zu groß und ging zu tief, als dass alles wie durch ein Wunder wieder gut werden könnte. »Ist das Charlies Wagen?« Sie rieb an einer beschlagenen Stelle am Fenster.

»Ja.« Ward wandte sich zur Haustür, aber Cat kam ihm zuvor und riss sie auf.

»Amy.« Sie rannte auf Socken über die Veranda und die Stufen hinunter. Sie erreichte ihre Tochter an dem schneebeladenen Ahornbaum vor dem Haus und streckte die Arme aus.

Amy stolperte hinein. »Es tut mir leid.« Ihre Worte waren abgehackt. »Ich habe Riesenmist gebaut.«

»Du bist in Sicherheit. Alles andere können wir hinkriegen.« Was immer erforderlich war, egal wie lange es dauerte, Cat würde eine Möglichkeit finden. Sie berührte die Wange ihrer Tochter, dann ihre Haare und Hände, alles beruhigend vertraut. Amy roch auch so wie immer, ein leichter Hauch von Zitrusshampoo, vermischt mit Pfefferminz.

»Danke.« Cat sah von Georgia, die hinter Amy stand, zu Charlie, die noch immer im Wagen saß. »Danke euch beiden.«

»Schon gut.« Georgia drückte kurz Cats Hand. »Das Wetter wird schlechter, daher muss Charlie zusehen, dass sie mit Lexie nach Hause kommt. Sie hat gesagt, wenn du reden willst, sollst du sie anrufen.«

Nachdem Charlies Wagen aus der Auffahrt verschwunden war, wandte sich Cat wieder zum Haus um. »Lasst uns hineingehen. Du musst doch völlig durchgefroren sein.« Sie rieb Amys Hände zwischen ihren beiden. »Und Georgie, das sind doch deine Handschuhe und deine Jacke … Du hast sie Amy gegeben.«

»Sie brauchte sie dringender als ich.« Georgia zuckte die Schultern und scharrte mit den Füßen.

Cat löste einen Arm von Amy, um ihn um ihre Schwester zu legen. »Du hast ja ein richtig weiches Herz. Ältere Damen kostenlos in Yoga unterrichten und verlorene Mädchen retten. Was kommt als Nächstes?«

»Ich war es nicht, die sie gerettet hat.« Georgias Unterlippe bebte. »Als mir klar war, dass es Amy war, bin ich in Panik ausgebrochen, so wie immer. Charlie hat sie aus dem Graben gezogen.«

»Sag das nicht. Du hast mich angerufen und bist bei Lexie geblieben.« Cat zwang ihre Füße, die Verandastufen hoch und zurück ins Haus zu gehen.

»Ich war nicht verloren, nicht wirklich.« Amys Stimme war gedämpft, während sie in den Armen ihrer Großmutter versank.

»Verloren oder nicht, jetzt bist du zu Hause und in Sicherheit.« Cat fing Lucs Blick auf, der mit Ward weiter hinten in der Diele stand. Seine Miene war so traurig, dass ihr Herz sich zusammenkrampfte.

»Coach Luc?«

»Ja?« Sein Ton war schroff.

»Es tut mir leid, dass ich dich geschlagen habe und

dass ich diese Sachen über dich und meine Mom gesagt habe.« Amys Stimme war schrill und dünn, eine Kleinmädchenstimme.

»Entschuldigung angenommen.« Luc ging auf die Wendeltreppe zu. »Ich bin froh, dass es dir gut geht. Wir sehen uns an der Eisbahn, wenn du so weit bist.«

»Du meinst, du wirst mich immer noch trainieren? Nach allem, was passiert ist?«

Cats Magen verknotete sich angesichts der Hoffnung und Reue in Amys Stimme.

»Ich habe es versprochen, oder?« Lucs Lächeln wirkte angespannt. »Solange du in Firefly Lake bist und in der Arena Eis ist, werde ich dich trainieren. Falls es deiner Mom recht ist.« Sein Lächeln schwand, und er warf einen Blick auf Cat, als wäre sie irgendeine x-beliebige Eishockey-Mom. »Ruf mich an.«

»Ja.« Auch wenn sich die anfängliche Angst in Cats Kehle gelegt hatte, wurde sie nun von einer ganz anderen Art Angst ersetzt. Einer, die nichts mit Amys Sicherheit zu tun hatte, aber alles damit, was Cats Liebe zu ihrer Tochter für ihre heimliche Liebe zu Luc bedeuten würde.

Kapitel
19

Cat tätschelte Amys Beine durch den grün-weißen Quilt mit dem Sternenmuster, den sie zu ihrem zwölften Geburtstag zusammen ausgesucht hatten. »Du musst etwas essen.«

Amy spielte mit einem Streifen Toast, dann stellte sie den Teller auf dem Nachttisch neben ihrem Bett ab. Ihre Augen waren verquollen und rot umrandet vom Weinen. Sie nahm den zerschlissenen Sockenaffen, den sie hatte, seit sie ein Baby war, und streichelte seinen Schwanz. »Ich habe keinen Hunger.«

Cat verlagerte ihre Haltung auf dem Einzelbett neben ihrer Tochter. Sie musste sich auf Amy konzentrieren, nicht auf den Blick in Lucs Augen im Harbor House, bevor er sich abgewandt hatte und die Treppe hinaufgestiegen war, jeder Schritt auf den blanken Holzstufen wie ein bittersüßer, aber unwiderruflicher Abschied.

»Wegen heute Nachmittag …« Sie brach ab und sah sich in Amys Schlafzimmer um. Die beige gestrichenen Wände waren mit Eishockeypostern bedeckt. Schulbücher, Kleidungsstücke und Teile ihrer Sportausrüstung lagen auf dem Boden verstreut. »Ich wollte nie, dass du siehst, wie Coach Luc und ich uns küssen.« Ihre Kehle schnürte sich zu.

»Du sagst immer, wir sind ein Team, aber jetzt, mit ihm...« Amy faltete den Rand des Quilts zwischen ihren Fingern. »Es ist ja nicht so, dass ich nicht wüsste, dass du mit ihm essen gegangen bist und so. Du hast es nie vor mir verheimlicht, und am Anfang wollte ich ja sogar, dass du ihn magst.«

»Aber das hat sich geändert?« Amy musste aufrichtig bezüglich ihrer Gefühle sein, egal was es für Cat bedeuten könnte.

»Nichts hat so geklappt, wie ich es mir vorgestellt hatte.« Amy rieb sich mit dem Ärmel ihres Schlafanzugs die Augen. »Ich wollte, dass ihr beide zusammen ausgeht, weil ich dachte ... Ich habe keinen Dad, und ich wollte so sein wie die ganzen anderen Kinder.« Ihr Blick war gequält und verzweifelt. »Ich dachte, Coach Luc wäre toll, weil er sich mit Eishockey auskennt, und außerdem gibt er mir das Gefühl, etwas Besonderes zu sein.«

»Besonders inwiefern?« Warum hatte sich Amy nicht schon längst als etwas Besonderes gefühlt?

»Eishockey ist das Einzige, worin ich gut bin. Hier in Firefly Lake muss ich nicht gut in der Schule sein, um beim Eishockey mitmachen zu können, und als Coach Luc angefangen hat, mich zu trainieren, war ich deshalb etwas Besonderes. Auch wenn es ein paar Kindern und ihren Eltern nicht gefallen hat, hatte ich zum ersten Mal in meinem ganzen Leben etwas, das andere Kinder wollten. Es war toll, weißt du?« Ihre Stimme bebte, und Cats Herz brach noch ein klein wenig mehr.

»Und als Luc und ich angefangen haben, uns zu treffen – auch wenn es das war, was du wolltest –, da hattest du nicht mehr das Gefühl, etwas Besonderes zu sein?« Cat versuchte, das Zittern – und die Angst – aus ihrer Stimme zu verbannen.

Amy spielte mit dem Affenschwanz. »Kylie hat gesagt, wenn ihr beide, du und Coach Luc, zusammenkommt, würdest du ihn vielleicht lieber haben als mich.«

Cat stieß einen zitternden Atemzug aus. »So funktioniert Liebe nicht, Schatz. Das menschliche Herz dehnt sich wie ein großes Gummiband, sodass immer genug Liebe für alle da ist. Wie ich dich liebe, das ist anders als die Art, wie ich deine Grandma oder Onkel Nick und Tante Georgia liebe, aber das heißt nicht, dass ich dich weniger lieben würde.«

Auch wenn das, was sie für Luc empfand, zweifellos Liebe war, war es eine heimliche Liebe und musste es immer bleiben. Er konnte ihre Liebe nicht so erwidern, wie sie ihn liebte. Und selbst wenn er es täte, konnten sie nicht zusammen sein, weil Amy sich damit so schlecht fühlte. »Selbst wenn ich mich eines Tages in einen Mann verliebe, es würde dir nichts von meiner Liebe nehmen.«

»Aber Mason und ein Haufen anderer Kinder in der Schule haben gesagt, Coach Luc würde nur deinetwegen mit mir trainieren.« Amy geriet ins Stocken, und neue Tränen kullerten ihr übers Gesicht. »Das heißt, dass ich gar nichts Besonderes bin.«

»Mason und diese anderen Kinder irren sich. Viele von ihnen sind vermutlich neidisch, weil du so gut in Eishockey bist. Glaubst du wirklich, jemand wie Coach Luc würde so viel Zeit damit verbringen, dir zu helfen, wenn du kein Talent hättest?« Cat schnappte sich eine Handvoll Taschentücher aus der Schachtel und tupfte Amys Tränen ab.

»Wahrscheinlich nicht, aber selbst wenn du es nie gesagt hast, glaube ich, du willst nicht, dass ich Eishockey spiele. Ich bin gut darin, aber deshalb bin ich trotzdem nichts Besonderes für dich.« Amys Worte wurden von einem herzzerreißenden Schluchzer begleitet.

»Natürlich bist du etwas Besonderes für mich, und das aus allen möglichen Gründen, die nichts mit Eishockey zu tun haben.« Wie hatte Amy nicht wissen können, wie sehr Cat sie liebte? »Du bist die beste Tochter, die ich mir hätte wünschen können. Du bist liebevoll, freundlich, witzig und schlau, und das ist erst der Anfang. Wir sind immer noch ein Team, und das werden wir immer sein.«

»Aber Eishockey …« Amy starrte auf den Quilt. »Hat es etwas mit meinem Dad zu tun?«

Von dem Tag an, an dem Amy ihr erstes Paar Eishockey-Schlittschuhe angezogen hatte und mit einer solchen Leidenschaft und Entschlossenheit aufs Eis gegangen war, hatte Cat gewusst, dass dieser Moment einmal kommen würde. Aber wie ein Vogel Strauß hatte sie den Kopf in den Sand gesteckt und so getan, als würde Amy niemals viel nach dem Mann fragen, der sie gezeugt hatte, abgesehen von den schlichten Fakten, die Cat ihr bereits genannt hatte. Irgendwann im Laufe der Zeit hätte sie begreifen sollen, dass Probleme, die man ignorierte, nur umso größer wurden.

»Dein Dad hat für die Universität von North Dakota College-Eishockey gespielt.« Cat saugte etwas Luft in ihre Lungen. »Er war gut, aber er hat sehr hart gespielt, und ich habe Angst, dass du … dass du …« Sie brach ab und schluckte schwer. Obwohl sie es nicht vorgehabt hatte, und wie Luc ihr bereits klargemacht hatte, hatte sie einige ihrer Gefühle für Jared auf ihre Tochter übertragen. Und jetzt bezahlte sie den Preis dafür.

Amy keuchte auf. »Du musst mir vertrauen, Mom. Ich habe auch deine Gene. Ich weiß, dass ich heute Mist gebaut habe, aber ich bin nicht mein Dad. Und ich will auch nicht so sein wie er. Er klingt wie ein echter Loser. Warum hast du überhaupt etwas mit ihm angefangen?«

»Ich habe auch Mist gebaut.« Obwohl sie damals ein ganzes Stück älter als ihre Tochter und fast mit dem College fertig gewesen war, hatte Cat ebenso dazugehören wollen wie Amy jetzt. »Aber daraus ist das Beste in meinem Leben entstanden – du.« Sie strich Amys zerzauste Haare glatt.

»Mason hat gesagt, ich sei ein Fehler.« Amy spie die Worte aus.

»Das habe ich nie gedacht, und ich habe es auch nie gesagt. Und Grandma, Onkel Nick oder Tante Georgia würden es auch niemals tun. Sie sind deine Familie, und auch wenn du eine Überraschung warst, lieben sie dich alle ebenso sehr wie ich, und das haben sie von Anfang an getan.« Cat zwang sich, mit fester Stimme zu sprechen. Amy musste ihr glauben, und wenn sie es nicht gleich tat, dann würde Cat ihr die Wahrheit immer und immer wieder sagen, solange es nötig war.

»Mason ist vielleicht ein großer Lügner, aber er hat richtig laut gebrüllt.« Amys Stimme war heiser vom Weinen. »Alle müssen es gehört haben, und sie werden glauben, dass ich ...«

»Nein, sie werden glauben, dass er es ist, der einen Fehler gemacht hat.« Cat versuchte, ihren Atem zu beruhigen. »Ich werde zur Schule gehen und mit deinen Lehrern und Coach Scott und allen anderen reden, um diese Sache richtigzustellen.«

»Das würdest du für mich tun?« Amy schniefte.

»Natürlich. Ich würde alles für dich tun.« Selbst wenn sie Luc für immer aufgeben musste. Cats Magen sackte wie im freien Fall nach unten. »Und das Eishockey macht dich für mich zu etwas Besonderem, aber das ist nur eines von vielen Dingen.«

»Wirklich?« Amys Stimme brach.

»Wirklich.« Cat zog sie an sich. »Apropos Eishockey, Luc hat mir von diesem Sommer-Eishockeycamp für Mädchen im Bundesstaat New York erzählt. Er denkt, du könntest ein Stipendium bekommen, wenn er dich empfiehlt. Das sollte dir klarmachen, wie besonders er dich findet. Was sagst du dazu?«

»Ich?« Amy klappte der Mund auf. »Du würdest mich dorthin gehen lassen?«

»Ja, du, und ja, das würde ich. Trotz allem, was heute passiert ist, vertraue ich dir und glaube an dich.« Cat rieb sich die Schläfen. In Sorge um Amy und Luc und ihre nicht enden wollenden Jobsuche hatte sie seit Tagen Kopfschmerzen, ein dumpfes, anhaltendes Pochen hinter den Augen. »Wenn du weiterhin mit Coach Luc trainieren und zu dem Camp fahren könntest, wäre das ein Ausgleich dafür, dass du im Moment nicht in einem Team spielst?«

»Na klar.« Amy putzte sich die Nase. »Die Eishockeysaison ist sowieso fast vorbei.« Ihre Augen wurden nachdenklich. »Aber Coach Luc hat gesagt, dass es eine Stunde von hier ein gutes Mädchenteam gibt. Sie spielen bei Turnieren und so. Wenn ich weiterhin mit ihm trainieren und in der nächsten Saison außerdem in diesem Team spielen könnte, dann wäre es mir egal, dass ich nicht wieder nach Boston kann. Sobald du an der Schule alles geregelt hast, könnten wir hier in Firefly Lake bleiben.«

Cat starrte auf ihre Hände. Wenn aus all den Bewerbungen, die sie verschickt hatte, nichts wurde, was würde sie dann tun? Amy konnte nicht an ihre alte Schule zurückkehren, aber Cats Forschungsstipendium lief nur noch bis Ende Juni. Sie wollte Amy nicht schon wieder entwurzeln, aber vielleicht würde sie keine andere Wahl haben. Und wenn sie keinen besseren Job fand, würde sie vielleicht sowieso nicht mehr genug Geld haben, um das Eishockey zu bezahlen. Wenn Amy in diesem Mädchenteam spielte, würde Cat Benzinkosten und viele andere Ausgaben haben. Ihre Gedanken drehten sich in einem fort im Kreis, aber sie kam einer Antwort trotzdem nicht näher.

»Erst vor ein paar Stunden bist du von Firefly Lake weggelaufen.« Cat verschränkte ihre Finger mit Amys. »Obwohl ich zu diesem Eishockeycamp Ja gesagt habe, musst du verstehen, dass es nie eine Lösung ist, vor Problemen wegzulaufen. Du musst dich den Konsequenzen deines Tuns stellen.« Cats Magen zog sich zusammen. Sie musste ihren eigenen Rat beherzigen, angefangen mit Luc. »Ich war panisch, als dein Onkel Nick angerufen und gesagt hat, er könnte dich nicht finden. Er war auch panisch. Und du weißt genau, dass du seine Brieftasche nicht hättest nehmen dürfen.«

»Ich habe nichts von seinem Geld ausgegeben, und wenn ich es getan hätte, hatte ich vor, alles zurückzuzahlen.« Amys Miene war allzu unschuldig. »Wirst du mir jetzt Hausarrest erteilen?«

»Vielleicht.« Aber ein schlichter Hausarrest würde Amy die Ernsthaftigkeit dessen, was sie getan hatte, nicht klarmachen. »Wir beide werden uns morgen zusammen hinsetzen und über die richtigen Konsequenzen deines Tuns reden.«

»Du meinst, ich muss dir helfen, dass dir eine Strafe für mich einfällt?« Amy verdrehte die Augen.

»Warum nicht? Dann wird es mehr bedeuten, meinst du nicht?« Cat wollte diese Art Sorge nie wieder durchmachen.

»Warum musst du immer so schlau sein?« Amy grinste,

und Grübchen zeigten sich in ihren Wangen. »Ich liebe dich, Mom, und es tut mir leid.«

»Ich liebe dich auch sehr.« Cat streckte einen Arm aus, um die Nachttischlampe auszuschalten, und küsste Amys Stirn.

»Und was ist mit dir und dem Coach?« Das Bettgestell knarrte, als Amy tiefer unter die Decke rutschte.

»Ich werde ihn morgen anrufen, aber du kommst für mich an erster Stelle, und das wirst du immer tun.« Eine halbe Antwort, aber die Wahrheit starrte Cat ins Gesicht. Nach dem, was heute passiert war, konnte es nichts mehr zwischen ihr und Luc geben. Sie war schon einmal der Mittelpunkt des Geschwätzes gewesen, und auch wenn die Verletztheit nachgelassen hatte, waren die alten Wunden noch immer da. Sie hätte auf die Stimme der Logik hören und sich von Anfang an nie mit dem Coach ihrer Tochter einlassen sollen. Amy an die erste Stelle zu setzen, hieß manchmal eben auch, schwere Entscheidungen zu treffen.

»Kylie hat gesagt, wenn du und Coach Luc zusammenkommt, könntet ihr ein Baby kriegen. Das würdest du doch nicht tun, oder? Mit ihm oder irgendjemand anders?« Amys Stimme war leise.

»Natürlich nicht. Wie ist Kylie denn auf diese Idee gekommen?« Auch wenn Cat Amy gern eine Schwester oder einen Bruder geschenkt hätte, war es schon schwer genug, eine alleinerziehende Mutter für ein Kind zu sein. Und jetzt, wo Amy fast ein Teenager war, war es ohnehin zu spät.

»Alle lieben Babys am meisten. Sieh dir Lexie an.«
Amy rollte sich auf die Seite und zu einer Kugel zusammen.

»Egal, wie alt du bist, du wirst immer mein Baby sein.«
Cat stand sanft vom Bett auf und steckte den Quilt um
ihre Tochter fest, wie sie es getan hatte, als Amy klein
gewesen war.

»Was, wenn die Kinder in der Schule nicht aufhören,
über mich zu reden?« Amys Schultern versteiften sich.

»Das werden sie.« Dafür würde Cat sorgen. »Und jetzt
hör auf, dir den Kopf zu zerbrechen, und schlaf schön.
Morgen früh sieht alles gleich viel besser aus.«

Für Amy würde es das vermutlich tun. Für Cat hingegen reichten die Probleme zu tief, als dass sie sie mit
einer Nacht unruhigen Schlafs lösen könnte.

Luc schoss den Puck von der Eismitte zum Netz hin,
wo er den Torkasten mit einem Scheppern traf, das in
der leeren Arena widerhallte. Obwohl die Ärztin Amy
grünes Licht fürs Schlittschuhlaufen gegeben hatte, war
sie seit dem Tag, an dem sie vermisst wurde, nicht mehr
zu ihrem Einzeltraining erschienen und hatte auch bei
den letzten Gruppentrainings der Saison nicht mitgemacht. Abgesehen von einem einzigen kurzen Anruf, bei
dem sie ihn gebeten hatte, ihr ihre Privatsphäre zu lassen,
kommunizierte Cat seit fast einer Woche nur noch per
Textnachricht mit ihm und nur dann, wenn es etwas mit
Amys Eishockey zu tun hatte.

Er schoss noch einen Puck. Diesmal traf er das Glas.

»Wenn du es zerbrichst, bezahlst du es.« Scotts Kopf tauchte hinter der Strafbank auf.

»Das ist bruchsicher.« Anders als sein Herz. Luc glitt hinüber zur Bande und kam schlitternd zum Stehen. »Was tust du denn hier?«

»Ich bin vorbeigekommen, um ein paar Unterlagen abzuholen.« Scotts Blick wurde schärfer. »Du übst nach der Arbeit Torschüsse?«

Luc zuckte die Schultern und stützte sich auf seinen Schläger. »Was kümmert dich das?«

»Ist Amy heute wieder nicht erschienen?« Hinter seiner Brille wirkten Scotts Augen weise.

»Nein.« Mit jedem Tag, der verstrich, ohne dass er Cat und Amy sah, schmerzte Lucs Herz ein klein wenig mehr. Noch vor ein paar Monaten hätte er nicht gedacht, dass er je wieder so viel empfinden oder Freude am Alltag haben könnte, aber fast ohne dass er es bemerkt hätte, hatten dieses Kind und seine Mom ihn verändert.

»Cat war vorhin in der Schule.« Scott kam um die Strafbank herum, um Luc an der Bande zu treffen. »Am ersten Tag, als Amy wieder zur Schule kam, haben ein paar Kinder sie noch mehr schikaniert, weil du sie trainierst. Und ihre Eltern sind nicht viel besser. Jetzt will Amy überhaupt nicht mehr zur Schule gehen oder auch nur die Wohnung verlassen.«

»Das arme Kind.« Wut wallte in Luc auf, heiß und schnell. »Jeder, der Amy spielen sieht, muss erkennen, dass sie Potenzial hat.«

»Es hat nichts damit zu tun, sie spielen zu sehen. Wenn

einer der Elternteile denkt, dass ein anderes Kind einen unfairen Vorteil bekommt, macht er ein Drama daraus. Da Firefly Lake eine solch kleine Stadt ist, macht Gerede hier schneller die Runde als an anderen Orten.« Scotts Kiefer mahlte. »Du erinnerst dich doch bestimmt noch, wie es für dich war.«

»Du meinst, als ich mein Trikot nur angezogen habe, wenn ich aufs Eis musste, weil ein paar Eltern mich ausgebuht haben? Das war hauptsächlich bei Auswärtsspielen.« Aber es hatte trotzdem wehgetan, denn alles, was Luc wollte, war, das Spiel, das er liebte, so gut zu spielen, wie er nur konnte.

»Auch bei ein paar Heimspielen.« Scotts Stimme war gleichmütig, aber Luc zuckte trotzdem zusammen. »Jetzt bist du in der Gegend hier der große Held, weil du ein Olympiateilnehmer und NHL-Allstar warst, aber damals, als du in Amys Alter warst, war es anders.«

»Ja, das war es.« Und es hatte Luc früh gelehrt, wem er vertrauen konnte und wem nicht.

»Ich habe mit Cat geredet, und sie wird Amy morgen wieder zur Schule schicken. Die anderen Lehrer und ich werden alles tun, was wir können, um das Gerede während der Schulstunden zu unterbinden, aber du kannst Kinder nicht rund um die Uhr überwachen. Amy ist ein tolles Mädchen, und sie hat sich so gut gemacht. Es ist ein Jammer, dass diese Sache dermaßen eskaliert ist und ihrem Selbstvertrauen einen neuen Dämpfer verpasst hat.«

Lucs Magen verkrampfte sich. »Wie kann ich helfen?«

»Seht ihr euch noch, du und Cat?« Scott starrte auf einen Punkt über Lucs Kopf.

»Wie kommst du darauf, dass dich das irgendetwas angeht?« Luc tat einen Atemzug. Im Moment respektierte er Cats Bedürfnis nach Privatsphäre, aber er wollte ihr und Amy auch helfen.

»Es geht mich nichts an, aber wenn auch nur ein paar Eltern glauben, dass es sie etwas angeht, schnappen die Kinder das auf.« Scotts Ton war neutral, nicht urteilend. »Und dann, bevor du dich's versiehst, brodelt die Gerüchteküche. Ich liebe Firefly Lake, und ich wollte nie irgendwo anders leben, aber es ist nicht die Art Ort, wo man für sich bleiben kann.«

»Ich werde mit Cat reden.« Sie konnte ihm nicht ewig aus dem Weg gehen. »Das alles muss sie innerlich zerreißen.« Der Ort, bei dem sich Luc sicher gewesen war, dass er ihm eine Zuflucht sein und ihm Stabilität geben würde, um wieder zu sich selbst zu finden, hatte sich als ebenso kompliziert entpuppt wie jeder andere auch.

»Cat sah ziemlich mitgenommen aus vorhin. Amy ist ihr ganzes Leben, und der Hauptgrund, weshalb sie zurück nach Firefly Lake gezogen ist, war, um Amy einen Neuanfang zu ermöglichen. Es ist nur eine Vermutung, aber ich denke, sie gibt sich die Schuld an dem, was passiert ist.« Scotts Mund verzog sich zu einer grimmigen Linie.

Schweiß bildete sich zwischen Lucs Schulterblättern und lief über seinen Rücken. »Wenn Amy nicht zur Schule geht, was tut sie denn dann?«

»Cats Mom behält Amy in der Wohnung im Auge, damit Cat arbeiten kann.« Scott hielt einen Moment inne und warf einen nachdrücklichen Blick auf Luc. »Der Arzt hat gesagt, dass Michael nicht vor Mitte April wieder arbeiten kann. Cat leitet diese Galerie im Alleingang. Neben der ganzen Sorge um Amy hat sie auf jeden Fall alle Hände voll zu tun.«

Luc unterdrückte ein Stöhnen. Cat hatte ihm nicht gesagt, dass sie Hilfe brauchte, und sie musste auch Gabrielle auf Geheimhaltung eingeschworen haben. Aber das spielte keine Rolle. Er würde ihr helfen, egal wie. Ohne ihn würde sie gar nicht erst in diesem Schlamassel stecken.

»Danke, Kumpel. Ein Glück, dass du vorbeigekommen bist.«

»Glück?« Belustigung funkelte in Scotts haselnussbraunen Augen. »Glück hat nichts damit zu tun. Ich dachte mir, dass ich dich hier finden würde. Manche Typen gehen in die Bar, wenn das Leben ihnen einen Haufen Knüppel zwischen die Beine wirft. Du gehst aufs Eis. Der Papierkram war nur eine Ausrede für Stephanie dort draußen. Im Gegensatz zu dir habe ich nicht vergessen, wie es in Kleinstädten läuft.«

Luc grinste. »Klugscheißer.«

»Das sagt ja der Richtige.« Scott schlug Luc auf die Schulter. »Sieh zu, dass du Cat findest. Wenn sonst schon nichts, wirst du zumindest erreichen, dass meine Frau endlich Ruhe gibt. Sie liebt ein Happy End.«

Er hatte sein Happy End einmal gehabt. Noch eines war nicht drin.

Scott beäugte ihn von oben bis unten und warf ihm noch einen bedeutungsvollen Blick zu. »Du hast einen Stanley Cup und eine Olympiamedaille gewonnen. Und du hast dich den größten Enforcern entgegengestellt, die die NHL gegen dich aufbieten konnte. Sag mir nicht, dass du zu feige bist, um mit einer Frau zu reden.«

»Idiot.« Luc grinste.

Zwanzig Minuten später war ihm das Grinsen vergangen. Er hatte keine Angst, Cat gegenüberzutreten, aber es war lange her, dass er zuletzt vor einer Frau für seine Sache eintreten musste. Und jedes Mal, wenn er bei Maggie Mist gebaut hatte, hatte er gewusst, wie sie tickte. Bei Cat hatte er so gut wie keine Ahnung.

Luc parkte seinen Truck vor der Galerie und ging hinein, einen Karton mit Cats Lieblingsmuffins in den Händen. Backwaren waren nicht ganz so offensichtlich wie Blumen, und sie schien ohnehin nicht die Art Frau zu sein, der es gefallen würde, wenn er mit einem Strauß Rosen auftauchte.

»Es tut mir leid, aber wir schließen gleich.« Cat sah hinter ihrem Schreibtisch auf, und ihre Miene erstarrte.

»Dann ist das Timing ja perfekt.« Er ging zur Tür und drehte das »Geschlossen«-Schild so um, dass es zur Straße zeigte.

»Meine Mom ist mit Amy oben, aber sie muss bald nach Hause. Heute ist ihr Buchclub-Abend.« Cats Blick huschte hin und her.

»Meine Mom ist auch in diesem Buchclub, und er fängt erst in zwei Stunden an. Ich brauche nur zehn

352

Minuten.« Er zog sich auf der anderen Seite von Cats Schreibtisch einen Stuhl heran und setzte sich. »Ich habe gehört, es gibt viele Probleme mit Amy und der Schule. Warum hast du mich nicht angerufen?«

»Das konnte ich nicht.« Sie zog an der Schleife des Muffinkartons, den Luc zwischen ihnen auf den Schreibtisch gestellt hatte. »Scott hat es dir erzählt?«

»Ja.« Er schwieg einen Moment. Es waren nicht nur die dunklen Schatten unter ihren Augen oder die deutlicher hervortretenden Wangenknochen. Sie saß zusammengekauert in ihrem Sessel, als wäre sie irgendwie gebrochen. »Du hast gesagt, du bräuchtest Privatsphäre und Zeit, und das habe ich dir beides gegeben. Aber es liegt hauptsächlich an mir, dass Amy so aufgewühlt ist, daher will ich das wieder einrenken.«

»Es geht nicht nur um Amy, es geht auch um mich.« Sie schob den Muffinkarton zur Seite. »Ich hätte nichts mit dir anfangen sollen. Du bist ihr Coach, und da ich nicht will, dass du aufhörst, sie zu trainieren, können wir uns nicht mehr sehen.«

Ein schweres Gewicht legte sich auf Lucs Brust. »Ist das nicht ein bisschen extrem? Es war ein Kuss, das ist alles. Stimmt, wir haben die Situation nicht sehr gut eingeschätzt und hätten diskreter sein sollen, aber ...«

»Aber was?« Cat stützte das Kinn in die Hände. »Ich mag dich. Ich mag, was wir zusammen hatten, aber Amy kommt für mich an erster Stelle. Ich bin hierhergezogen, um ihr dabei zu helfen, wieder ins richtige Gleis zu kommen, doch jetzt weigert sie sich, zur Schule zu gehen, weil die anderen Kinder nicht aufhören, über sie zu reden. Es ist wie in Boston, nur noch zehnmal schlimmer.«

»Weil sie auch über dich reden? Über uns?« Luc wurde schwer ums Herz.

Sie nickte ruckartig. »In Boston wurde sie wegen ihrer Legasthenie gehänselt, aber hier reden alle über meine Familie.« Sie schluckte und presste sich die Hände vors Gesicht. »Die Details sind andere, sicher, aber es ist trotzdem genau wie vor all den Jahren mit meinem Dad. Es ist ... Ich kann nicht ...« Ihr Schlucken ging über in ein ersticktes Geräusch. »Ich habe mir geschworen, dass kein Kind von mir je durchmachen muss, was ich durchgemacht habe, und jetzt ...«

»Damals hattest du niemanden, der für dich eingetreten ist.« Wut schwelte in Lucs Magen und stieg in ihm hoch. »Jetzt hast du mich und viele andere Menschen in dieser Stadt an deiner Seite. Ich möchte wetten, es sind nur ein paar, die reden. Den meisten Leuten ist es egal, ob wir uns sehen oder nicht.«

Sie hob das Gesicht, und der verlorene Ausdruck in ihren Augen zerriss sein Herz noch mehr. »Ich weiß nicht, ob es den meisten Leuten egal ist oder nicht, aber mir ist es nicht egal. Und Amy auch nicht. Solange du und ich Zeit miteinander verbringen, wird es Leute geben, die behaupten, dass sie nur meinetwegen von dir besonders behandelt wird.«

Lucs Puls beschleunigte sich. »Jeder, der das sagt, ist nur neidisch, weil sein Kind nicht Amys Talent hat. Im

Nachhinein war es vielleicht nicht die beste Entscheidung, dass wir beide etwas miteinander angefangen haben, aber jetzt ist es zu spät, um das zu ändern. Wenn wir ein Riesendrama daraus machen, sieht es so aus, als ob wir uns dafür schämen. Ich schäme mich nicht für das, was zwischen uns ist. Und du?«

»Nein.« Ihre Stimme brach.

»Ganz abgesehen von allem anderen sind wir Freunde. Ich will deine Freundschaft nicht verlieren.« Er wollte auch alles andere nicht verlieren, aber er konnte keine klare Möglichkeit sehen, um es zu bekommen. »Vor einem Problem wegzulaufen, hat noch nie etwas gelöst. Und man darf die Schikanierer auch nicht gewinnen lassen.«

Sie schenkte ihm den Anflug eines Lächelns. »Genau das habe ich zu Amy gesagt.«

»Siehst du?« Er versuchte, gleichmäßig zu atmen und sich zu beruhigen. »Vielleicht müssen wir für eine Weile Abstand voneinander halten, damit Amy sich nicht bedroht fühlt und die Gerüchte verstummen. Ich werde tun, was immer am besten für sie ist. Ihr beide bedeutet mir viel.«

»Du bedeutest uns auch viel.« Cats Lippen zitterten, und ihre Augen waren schmerzerfüllt. »Amy zuliebe müssen wir Abstand voneinander halten. Und ich kann dir nicht versprechen, dass sich das je ändern wird.«

Kapitel
20

Drei Tage später drückte Cat auf die Klingel neben der Haustür von Michaels entzückendem Neuengland-Schindelhaus. Obwohl Ende März war, fiel noch immer Schnee in sanften Flocken und legte sich auf das Verandageländer, und die Spitzen der niedrigen Büsche nahe dem Haus waren weiß vom Frost.

Die Tür schwang auf, und Michael stand da, in einer dunklen Cordhose und einem cremefarbenen Pullover. »Nachdem mein Arzt mir Hausarrest erteilt hat, danke ich dir, dass du hergekommen bist.« Er führte Cat in eine gemütliche, mit Kunstwerken gesäumte Diele und nahm ihr die Jacke ab.

Cat zog ihre Stiefel aus und folgte ihm ins Wohnzimmer, wo sie auf sein Zeichen hin in einem dick gepolsterten beerenfarbenen Sessel Platz nahm. »Wie geht es dir?« Sie legte ihre Tasche unter dem Sessel ab.

»Gut, auch wenn man es nicht vermuten würde bei dem Getue, das Liz um mich macht.« Er setzte sich in einen ebensolchen Sessel rechts neben einem steinernen Kamin, in dem ein fröhliches Feuer tänzelte. »Wenigstens hat sie mir erlaubt, zu Ehren deines Besuchs etwas anderes als meinen Hausmantel anzuziehen. Sie ist heute sogar für ein paar Stunden zur Arbeit gefahren.«

»Liz liebt dich. Sie will, dass du noch lange da bist.« Selbst während sie lächelte, wurde Cat schwer ums Herz.

Michaels Miene wurde etwas sanfter. »Ich gehe nirgendwohin, es sei denn, Liz kommt mit mir mit. Wir waren zu viele Jahre zwei Dummköpfe. Wenn ich mir überlege, dass ich erst einen Herzinfarkt kriegen musste, damit wir beide aufrichtig sagen konnten, was wir wirklich füreinander fühlen …« Er schüttelte den Kopf, während er Cat eine Tasse Tee aus der Kanne einschenkte, die auf einem Tablett auf dem Tisch zwischen ihnen stand. »Wir hätten ins Grab gehen können mit der Vorstellung, die albernen Dinge, die uns angeblich trennen, seien wichtiger als das, was uns verbindet. Wen kümmert es denn, was irgendjemand anders denkt?«

Cats Hand zitterte, während sie die Tasse entgegennahm, die Michael ihr hinhielt. »Liz hat zu mir so ziemlich das Gleiche gesagt.«

Zusammen mit Weisheiten wie »Reg dich nicht über Kleinkram auf« und »Wenn du die Chance auf Glück hast, lass sie nicht vorbeiziehen«. Nicht nur ihre Worte, sondern auch der ungewohnt ernste Ausdruck in ihren braunen Augen waren in Cats Kopf hängen geblieben. Auch wenn sie Luc nicht ausdrücklich erwähnt hatte, war klar, was Liz meinte. Nur dass das, was zwischen Cat und Luc war, nicht dasselbe war wie das zwischen

Michael und Liz. Bei ihnen war schließlich kein Kind beteiligt, und Amy war noch immer aufgewühlt und verwirrt.

Cat schob die beunruhigenden Gedanken beiseite. »Ich habe die Geschäftsbücher vom Buchhalter mitgebracht, damit du sie durchgehen kannst.« Sie stellte die Tasse wieder auf das Tablett und verschränkte die Finger. »Der Absatz steigt wieder.«

»Dank dir.« Michaels Lächeln war warmherzig. »Ich werde mir die Geschäftsbücher später ansehen. Zuerst will ich mit dir über etwas anderes reden.«

»Was denn?« Cat presste ihre verschränkten Hände auf ihren Magen. Michael würde sie nicht feuern, aber vielleicht wollte er ja, dass jemand anders das Tagesgeschäft in der Galerie übernahm, jemand, der Geschäftserfahrung besaß und mehr von Kunst und Kunsthandwerk verstand als sie.

»Ich will dir eine Partnerschaft in der Galerie anbieten, mit der Aussicht, sie vollständig zu übernehmen, wenn ich so weit bin, in den Ruhestand zu gehen.« Michael lehnte sich zurück. »Du bist eine kluge Frau, und mein Geschäft könnte in keinen besseren Händen sein.«

»Ich …« Das Zimmer drehte sich, und Cat presste die Hände noch fester auf ihren wie wild rumorenden Magen. »Ich weiß dein Angebot zu schätzen, aber ich suche noch immer eine Festanstellung an einer Universität.« Das war, was sie sich seit ihrem zweiten Collegejahr in den Kopf gesetzt hatte. Trotz der nagenden Zweifel war es das, was sie wollte. Oder etwa nicht?

»Und wie klappt deine Jobsuche?« Michaels scharfe blaue Augen hielten ihrem Blick stand.

»Nicht so gut.« Es hatte keinen Sinn, um den heißen Brei herumzureden. Zum ersten Mal in ihrem Leben hatte sie sich ein Ziel gesteckt, das sie vielleicht nicht erreichen würde. Cat fuhr sich mit einer Hand übers Gesicht. »Es ist ein hart umkämpfter Arbeitsmarkt. Ich schreibe ständig Bewerbungen, aber dort draußen gibt es für jemanden wie mich nicht allzu viele Stellen.« Ihr Kiefer spannte sich an. »Ich habe mich vor über einem Monat für einen Job an einem kleinen College in New Mexico beworben, aber ich habe noch nichts von ihnen gehört.«

»In diesen Bewerbungsausschüssen müssen viele Idioten sitzen.« Michael schenkte ihr ein halbes Lächeln. »Aber New Mexico? Was würdet ihr zwei, du und Amy, denn so weit weg von der Familie tun?«

»Hast du mit meiner Mom geredet?« Cats Magen rumorte wieder.

»Nein, aber es ist doch völlig klar, dass du nicht einen halben Kontinent entfernt von den Menschen sein willst, die dir etwas bedeuten.« Er stellte seine Tasse mit einem scheppernden Geräusch auf der Untertasse ab. »Ich wollte eigentlich Kunsthistoriker werden, aber als ich das College abschloss, gab es auf meinem Gebiet auch nicht viele Jobs. Ich hatte in den Semesterferien in Galerien gearbeitet, und das gefiel mir. Meine Frau war Textilkünstlerin und wollte gern in Neuengland bleiben, und als mein Vater anbot, uns zu helfen, hier in einem Gebäude, das ihm gehörte, ein Geschäft zu eröffnen, da dachte ich, warum nicht? Das ist jetzt über vierzig Jahre her, und es hat mich glücklich gemacht. Vielleicht noch glücklicher, als wenn ich meinen eigentlichen Weg verfolgt hätte.«

»Ich …« Cat brach ab. Sie hatte immer nur den einen Weg gesehen, aber was, wenn dieser Weg nicht alles war, was es für sie gab?

Michael streckte eine Hand über den Tisch aus, um Cats Arm zu tätscheln; seine Berührung war sanft, fast väterlich. »Abgesehen davon, dass meine Frau so früh verstorben ist, hatte ich ein ziemlich gutes Leben. Wenn meine Pumpe noch länger pumpt, habe ich noch einiges an Lebenszeit vor mir, auf die ich mich freuen kann. Firefly Lake ist mein Zuhause, und ich habe mir hier ein ordentliches Geschäft aufgebaut.« Sein Grinsen war jungenhaft. »Nicht schlecht für einen dieser ›Kunstfuzzis‹, wie manche Leute in der Gegend hier mich noch immer nennen.«

Cat schaffte es, zurückzulächeln. »Ordentlich« war eine Untertreibung. Sie hatte die Geschäftsbücher gesehen, und selbst wenn die wirtschaftliche Lage angespannt war, war es mit der Galerie stetig bergauf gegangen. »Mir macht die Arbeit Spaß, und du bist ein toller Chef, aber ich habe mir nie überlegt, mich selbstständig zu machen.«

»Du bist gut darin.« In Michaels Stimme schwang unerwarteter Stolz mit. »Es gibt viele Möglichkeiten, wie du dieses Gehirn, das du hast, nutzen kannst, ohne dabei halb zu verhungern.«

»Na klar, aber ...« Cat biss sich auf die Unterlippe. Wie würde ihr Leben aussehen, wenn sie sich auf einmal für einen anderen Weg entscheiden würde? Ihr Herz raste, und Aufregung durchströmte sie.

»Aber was?« Michaels Stimme war heiser. »Du hast dieses Stipendium angenommen und bist hierhergezogen, um Amy zu helfen, aber du liebst die Arbeit, der du drüben beim Gasthof nachgehst, und wenn ich mich nicht täusche, würdest du gern mehr in der Richtung machen. Das könntest du, wenn du weiter bei mir arbeitest. Ich kann es mir leisten, dir zu zahlen, was du wert bist, mit allen Zusatzleistungen. Und du würdest auch nicht rund um die Uhr arbeiten müssen, wie du es jetzt tust.«

Cat stockte der Atem. Die Galerie wäre ein fester Job. Nicht mehr diese Unsicherheit, die damit einherging, sich von einem Lehrauftrag zum nächsten durchzuhangeln. Kein Jonglieren mehr mit möglichst vielen Lehraufträgen und Arbeiten von früh bis spät, weil es die einzige Möglichkeit war, um sich und Amy über Wasser zu halten. Sie würde Sicherheit, Stabilität und eine Arbeit haben, die ihr Spaß machte. Auch wenn sie nicht die Bücher und Artikel schreiben würde, die ihr ursprünglich vorgeschwebt hatten, könnte sie stattdessen populäre Geschichtsbücher schreiben, die ihr am besten gefielen. Die Geschichten von Menschen, die Orte wie Firefly Lake geprägt hatten. Und sie würde auch mehr Zeit für Amy haben – und dazu ein Leben, das nicht aus so viel Arbeit bestand, dass sie kaum Zeit hatte, es zu leben.

»Ich … wow … du …« Sie brach ab, und ihr Blick wurde verschwommen.

»Du musst mir nicht sofort Bescheid geben. Nimm dir alle Zeit, die du brauchst, um darüber nachzudenken.« Michael lächelte. »Ich tue das nicht aus Nächstenliebe. Du bist die Richtige für den Job.«

»Ich dachte auch nicht … Nächstenliebe … nein.« Cats Zunge wurde schwer in ihrem Mund.

»Vielleicht nicht jetzt, aber irgendwann wäre dir dieser Gedanke durch den Kopf gegangen.« Er knurrte. »Glaub nicht, dass ich nicht wüsste, wie ungern du dir helfen lässt. Ich kenne das von mir selbst.« Seine Augen funkelten. »Aber die Hilfe würde auf Gegenseitigkeit beruhen. Du würdest mir auch helfen. Ich will reisen, und jetzt habe ich Liz, die mich begleiten würde. Die Galerie in deinen Händen zu lassen, würde mir eine große Last von der Seele nehmen.«

»Ich weiß nicht, was ich sagen soll.« Cats Gedanken wirbelten durcheinander wie die Schneeflocken, die draußen vor dem bleiverglasten Fenster noch immer herabrieselten. Was wollte sie, nicht nur für Amy, sondern auch für sich selbst? Könnte eine Abkehr von einem Weg, der nicht funktionierte, ihr letztendlich vielleicht doch geben, was sie wollte? War sie so versessen auf ein einziges Ziel gewesen? Hatte sie darüber etwa vergessen, dass es dort draußen eine ganze Welt voller Möglichkeiten gab?

Michaels Miene wurde wehmütig. »Du kannst viel Zeit im Leben damit verbringen, zurückzublicken, und das kann dich davon abhalten, voranzukommen. Wenn du an eine Tür klopfst, die verschlossen bleibt, kletterst du eben durch ein offenes Fenster. Vielleicht denkst du, die Leute werden glauben, dass du gescheitert bist oder dich selbst verraten hast, weil du keinen Universitätsjob an Land ziehen konntest, aber warum solltest du das tun? Niemand, dem du wirklich etwas bedeutest, wird dich geringer schätzen, wenn du etwas anderes arbeitest. Das Einzige, was sie sehen werden, ist, dass du dein Leben in die Hand nimmst. Und bei allen anderen kann es dir egal sein.«

Nur dass sich Cat fast ihr Leben lang darum gesorgt hatte, was andere Leute dachten, seit ihr Dad dafür gesorgt hatte, dass über ihre Familie in ganz Firefly Lake geredet wurde. In der Schule erfolgreich zu sein, war für sie zu einer Möglichkeit geworden, sich selbst zu beweisen. Alte Gewohnheiten ließen sich nur schwer ablegen, aber das hieß nicht, dass Cat es nicht versuchen musste. Ihr wurde flau, und sie umklammerte die Armlehnen des Sessels. »Du hast recht.«

»Das habe ich meistens.« Michael grinste. »Aber sag das nicht Liz.«

Trotz ihrer durcheinanderwirbelnden Gedanken musste Cat lachen. »Werde ich nicht.«

»Wenn ich je eine Tochter gehabt hätte, hätte ich mir gewünscht, dass sie so ist wie du. Nicht nur schlau und unabhängig, sondern ein durch und durch guter Mensch.« Michael tätschelte sie noch einmal väterlich. »Sprich mit Amy. Finde heraus, was sie davon hält. Mir ist klar, dass du auch an sie denken musst.«

Schnee wehte gegen die Scheibe, und trotz der Wärme des behaglichen Zimmers fröstelte Cat. Natürlich dachte sie an Amy, und sie konnte sich schon vorstellen, was ihre Tochter davon halten würde. Wenn sie Michaels Jobangebot annahm, dann könnte sie sich dieses Mädchen-Eishockeyprogramm leisten, von dem Amy geredet hatte. Und wenn sie hier in Firefly Lake blieb, dann würde sie ihre Tochter nicht aus einer Schule herausreißen müssen, an der sie sich nun endlich eingewöhnte.

Nur dass Cat jetzt mehr wollte. Sie wollte Glück, das nichts mit der Arbeit oder Amy zu tun hatte. Eine Erkenntnis setzte sich in ihrer Magengrube fest. Sie wollte auch das Glück, das damit einherging, mit Luc zusammen zu sein. Trotz der Aufregung um Michaels Jobangebot und wie es ihr Leben erleichtern könnte, war der Preis für wahres Glück – und eine dauerhafte Liebe – vielleicht zu hoch, als dass sie ihn bezahlen könnte.

»Du machst das sehr gut, aber lass es langsam angehen. Du warst seit einem Monat nicht mehr auf dem Eis.« Luc klopfte Amy auf die Schulter, und sie warf ihm unter ihrem Helm ein zögerndes Lächeln zu – das erste Lächeln, das sie ihm schenkte, seit sie endlich wieder zu ihrem üblichen Training nach der Schule erschienen war. »Ty Carmichael wird mit dir ein paar Übungen durchgehen, während ich mit deiner Mom rede.« Er winkte dem blonden Teenager auf der anderen Seite des Eises zu, der drei kleine Mädchen überragte, die wie Miniatur-Schneeleute eingepackt waren – die künftigen Eishockeyspielerinnen von Firefly Lake, ihren Eltern zufolge. »Ty will an seiner Trainerlizenz arbeiten, daher helfe ich ihm.«

»Okay.« Amy starrte auf ihre Schlittschuhe.

»Gibt es ein Problem?« Luc betrachtete ihren gesenkten Kopf und ihre steife Haltung.

»Es hat nichts mit Ty zu tun.« Schließlich hob Amy den Kopf. »Aber du darfst meine Mom nicht aufregen. Sie regt sich in letzter Zeit ziemlich leicht auf.« Ihre Miene war ernst, abwehrend und beschützend, alles in einem.

»Ich werde sie nicht aufregen. Ich will mit ihr über dieses Eishockeycamp für dich reden.« Er wollte mit Cat auch über viele andere Dinge reden – die kleinen Dinge ebenso wie die großen, die den Stoff des Alltagslebens ausmachten und bei denen er sich daran gewöhnt hatte, sie mit ihr zu teilen. Was er jetzt vermisste.

»Oh.« Amys Stimme erwärmte sich ein wenig.

»Geh zu Ty, aber sag ihm, wenn du müde wirst, okay?« Lucs Herz krampfte sich zusammen. Er sorgte sich um Cat, aber selbst wenn sie ihre Beziehung irgendwie weiterführten, gäbe es Grenzen, denn ein Kind mit ihr würde niemals möglich sein. Er konnte dieses Risiko nie wieder eingehen.

»Von Eishockey werde ich nie müde.« Diesmal schenkte Amy ihm ein echtes Lächeln, bevor sie über das Eis zu Ty und den kleinen Mädchen lief.

»Cat.« Er glitt an die Bande. Sie saß in der ersten Reihe

der Tribüne, Pixie auf ihrem Schoß. »Kann ich kurz mit dir reden?«

»Na klar.« Ihr Gesicht war noch weißer als ihre winterweiße Mütze. »Wie macht sich Amy?«

»Großartig. Sie ist eine solche Kämpferin, sie wird im Handumdrehen wieder so fit sein wie früher.« Er öffnete die Pforte und setzte sich neben sie. »Die Bewerbung für das Eishockeycamp ist fast fertig. Du musst sie nur noch unterschreiben und Kopien von Amys ärztlichen Unterlagen einreichen. Ich habe den Stapel Unterlagen bei Stephanie am Empfang gelassen.«

»Danke.« Sie hustete, und ihr Atem bildete eine Wolke in der kalten Luft. »Ich weiß es wirklich zu schätzen, dass du Amy weiterhin trainierst und sie auch für das Camp empfiehlst.«

»Warum sollte ich das nicht tun?« Er streckte eine Hand aus, um Pixies Ohren zu kraulen, und versuchte zu lächeln. »Ich erwarte, eines Tages als der Coach bekannt zu werden, der den nächsten weiblichen US-Eishockeystar entdeckt hat.«

»Zwischen jetzt und dann kann viel passieren.« Ihre Stimme war tonlos, und ihre Augen waren trübe.

»Natürlich, aber es kann nichts schaden, groß zu denken.« Es sah Cat nicht ähnlich, nicht positiv zu denken. »Was tut Pixie denn hier?« Wenigstens war der Hund, in einem rosa Jäckchen mit einem weißen Kunstpelzbesatz, so fröhlich wie immer.

»Mom ist zum Shoppen nach Burlington gefahren. Da Ward in Boston ist, habe ich gesagt, ich würde heute auf Pixie aufpassen. Sie ist Moms kleiner Liebling.« Ihr Lächeln war matt.

»Ich hatte Pixie gestern in meinem Büro in der Molkerei, als deine Mom in Kincaid war. Ich habe den Hund auch mitgenommen, als ich nach meinem Haus gesehen habe.« Luc konnte nicht genau sagen, was es war, aber irgendetwas stimmte nicht mit Gabrielle. Normalerweise blieb sie in der Nähe von Firefly Lake, aber diese Woche war sie an zwei Tagen hintereinander weggefahren.

»Es ist toll, Mom so glücklich und energiegeladen zu sehen.« Cat hustete wieder.

»Wenn du dich mit dieser Erkältung angesteckt hast, die im Moment umgeht, ist das hier der schlechteste Ort für dich. Fahr nach Hause, ich bringe Amy in einer Stunde vorbei.«

»Danke, aber es geht mir gut.« Cat richtete sich auf und spielte mit Pixies rosa Strassstein-Halsband.

Lucs Nackenhaare kribbelten. Cat ging es nicht gut, und er musste herausfinden, was los war. Er nahm das Klemmbrett, das er auf der Bande abgelegt hatte, und klappte es auf. »Ich will mit dir auch über Amys Bewerbung für ein Stipendium reden. Ich habe so viel ausgefüllt, wie ich konnte, aber es gibt zwei Abschnitte, die du vervollständigen musst.«

Sie sah sich die Stellen an, die er angestrichen hatte, und ein Niesen erschütterte ihre zierliche Gestalt. »Ich werde das heute Abend ausfüllen. Ich kann dieses Formular morgen bei Stephanie abgeben, wenn ich die ärztlichen Unterlagen vorbeibringe.« Sie kramte in ihrer Jackentasche nach einem Taschentuch. »Meinst du wirklich, Amy wird ein Stipendium bekommen?«

»Ich wüsste nicht, wieso nicht.« Er sah zum Eis, wo sich Amy auf eine Passspiel-Übung mit Ty konzentrierte. »Sie hat ein ganz besonderes Talent. Ich möchte wetten, nach diesem Camp werden ein paar Scouts Interesse zeigen.«

»Sie ist erst zwölf.« Cats Stimme bekam einen Anflug von Panik.

»Kinder werden ungefähr ab vierzehn gescoutet, aber falls und wenn es dazu kommt, musst du das nicht allein handhaben. Ich würde dir helfen.«

»Danke.« Cat hielt den Hund fest an sich gedrückt. »Es sieht so aus, als ob ich endgültig in Firefly Lake bleiben werde. Michael hat mir eine Partnerschaft in der Galerie angeboten. Ich habe schon mit Amy geredet, und ich werde das Angebot annehmen.«

»Das ist ja toll.« Luc hob einen Arm, um sie an sich zu drücken, aber dann hielt er inne. Keine öffentlichen Bekundungen von Zuneigung, nicht einmal eine freundliche, harmlose Umarmung. »Vorausgesetzt, die Galerie ist das, was du willst?«

»Als ich hierherzog, hätte ich Nein gesagt. Aber jetzt ... Ich nehme an, man weiß nie, was um die nächste Ecke wartet.« Sie zuckte die Schultern und schenkte ihm ein schiefes Lächeln. »Ich mag die Arbeit, und ich mag und respektiere Michael. Es fühlt sich richtig an. Außerdem ist es das Beste für Amy. Ihr Selbstvertrauen hat einen schweren Schlag erlitten durch das, was ein paar Kinder in der Schule gesagt haben, aber jetzt, wo dieses Gerede allmählich verebbt, will ich sie nicht noch einmal entwurzeln.« Sie zögerte. »Wir können Freunde sein, und ich brauche deine Hilfe, was Amys Eishockey angeht, aber was alles andere betrifft, es tut mir leid.« Sie hustete noch einmal.

Lucs Herz setzte einen Takt aus. Amy musste im Moment an erster Stelle kommen, aber wenn Cat in Firefly Lake blieb, dann würde er jede Menge Zeit haben, um sie davon zu überzeugen, dass es sich lohnte zu sehen, wohin das mit ihnen führen könnte. Sein Blick ruhte für einen Moment auf den süßen Konturen ihres Mundes, und trotz der Kälte begannen seine Handflächen zu schwitzen.

»Hast du mich gesehen, Mom?« Amy kam auf der anderen Seite der Bande schlitternd zum Stehen. »Ich war schneller als Ty.«

»Es tut mir leid, Schatz, das habe ich verpasst.« Cat sah Luc nicht an. »Kannst du das noch mal machen?«

»Ich dachte, du siehst mir zu.« Amys Augen verengten sich. »Ich kann es nicht noch mal machen. Ich bin müde und hab Hunger.« Ihre Stimme hatte einen leicht weinerlichen Ton.

»In deinem Rucksack sind Obst und ein Muffin.« Cats Ton war entschieden. »Coach Luc und ich haben über deine Eishockeycamp-Bewerbung geredet. Ich kann dir nicht jede Minute zusehen.«

»War das alles, worüber ihr geredet habt?« Amys

Stimme war schmollend, und sie starrte Luc herausfordernd an.

»Amy, du weißt, dass das nicht akzeptabel ist. Du wirst höflich und respektvoll gegenüber deinem Coach und mir sein. Andernfalls ...«

»Ich hab's kapiert, okay?« Amy setzte eine Kleinmädchenmiene auf und knackte mit den Fingerknöcheln.

»Ich glaube nicht, dass du es kapiert hast, daher werden wir über die Konsequenzen deines Verhaltens reden, wenn wir nach Hause kommen.« Cats Ton war ruhig und entschieden.

Amy stapfte hinüber zu ihren Sachen, dann wandte sie ihnen den Rücken zu und nahm sich eine Banane aus ihrem Rucksack.

Luc tat einen Atemzug. »Es wird alles gut werden. Amy hat in letzter Zeit viel durchgemacht. Und du auch.« Er sehnte sich danach, Cat in seine Arme zu nehmen, um sie zu trösten. Und ihr zu helfen und für sie da zu sein, wenn sie es brauchte.

Aber im Augenblick konnte er nichts von alledem tun, und er wusste nicht, ob er es irgendwann könnte. Würde Amy ihn je im Leben ihrer Mom akzeptieren?

»Irgendetwas liegt in der Luft.« Von ihrem Platz neben
Cats Sessel stieß Georgia ihre Schwester an und wies mit
einer Hand durch das Wohnzimmer des Harbor House.
»Warum sonst sollte Mom die ganze Familie an einem
Sonntagnachmittag hierher einladen?«

»Weil du morgen abreist und Tante Josette und die
Cousins und Cousinen zu einem Überraschungsbesuch
gekommen sind?« Cat kauerte sich in die Tiefen des
Ohrensessels, krank, aber auch erschöpft. Nacht für
Nacht lag sie wach und machte sich Sorgen wegen Amy,
die sich, wie es schien, zu einem viel jüngeren Kind zu-
rückentwickelt hatte. Wenn sie Cat nicht misstrauisch
beäugte, klammerte Amy sich fast so an sie, wie sie es als
Kleinkind getan hatte. Seit sie drei Tage zuvor beim Eishockeytraining geredet hatten, machte Cat sich zudem
noch mehr Sorgen wegen Luc und wie sie das mit ihm
vermasselt hatte. Das Einzige, weswegen sie sich keine
Sorgen machte, war die Tatsache, dass sie die Galerie-
Partnerschaft übernehmen würde. Ihr neuer Job gab ihr
ein Gefühl von Sinnhaftigkeit und Aufregung.

»Da ist noch etwas.« Georgia beugte sich weiter vor. »Warum ist Moms Familie jetzt hier? Ich dachte, sie wollten über Ostern kommen. Das ist doch erst in ein paar Wochen.«

»Ich weiß nicht.« Cat hielt sich eine Hand an den Kopf.

Mia spielte leise auf dem Klavier, und zwischen der Musik und dem Geplapper ihrer Verwandten schmerzte Cats Kopf. Ihr Blick fiel auf den Kamin, wo Flammen in den Schornstein hochzüngelten. Luc stand mit Nick und Ward vor dem Messing-Schutzgitter. Allein schon sein Anblick sorgte dafür, dass ihr Herz schmerzhaft hämmerte.

»Was ist denn los mit dir?« Georgia knuffte Cat in den Arm. »Wenn es ein Rätsel gibt, bist du es doch immer, die es lösen will, und nicht ich.«

»Nichts. Es geht mir gut.« Cat rieb sich die Schläfen zu den wirbelnden Tönen der »Rhapsody in Blue«.

Georgia schnaubte. »Wenn alles so gut ist, warum siehst du mich dann genauso an, wie du es bei der Party zu meinem sechsten Geburtstag getan hast, bevor du dich auf den ganzen Kuchen übergeben hast?«

»Ich bin …« Cat presste sich eine Hand an den Mund, dann stürzte sie zu der kleinen Toilette am Ende des Flurs und schloss die Tür hinter sich ab.

»Cat?« Georgias Stimme hallte durch die Tür, gefolgt von einem lauten Klopfen. »Lass mich rein.«

»Nein.« Cat hob den Kopf von der Toilette, um sich in dem Spiegel über dem Waschtisch zu betrachten.

»Ich bin deine Schwester.« Georgia hämmerte wieder gegen die Tür.

Cat sackte auf dem Fliesenboden zusammen. Es konnte nicht sein. Nur dass alle Anzeichen da waren. Anzeichen, die sie auf Sorge, Müdigkeit, Stress und Abgelenktheit zurückgeführt hatte.

»Wenn du mich nicht reinlässt, breche ich die Tür auf.« Georgias Stimme enthielt kein Necken, nur Besorgnis.

Angesichts der Tatsache, dass es von Georgia kam, war das Aufbrechen der Tür keine leere Drohung. Mit tauben Fingern entriegelte Cat die Tür.

»Du siehst fürchterlich aus.« Georgia zwängte sich neben Cat in das kleine Bad und schloss die Tür wieder ab. »Hast du eine Magengrippe?«

Cat schüttelte den Kopf und setzte sich auf den geschlossenen Toilettendeckel. Wie groß waren die Chancen, zweimal eine Verhütungspanne zu haben? Vermutlich eine statistische Unwahrscheinlichkeit, aber es kam hin. In dem einzigen Fach, in dem sie nie gut gewesen war, war sie ungewollt zu einer Expertin geworden. Die Erschöpfung hätte an der Erkältung liegen können, die sie einfach nicht loswurde. Aber die Übelkeit, der Schwindel, die Reizbarkeit und die Art, wie sie bei Werbespots mit Kindern und Tieren in Tränen ausbrach, konnten es nicht. Warum hatte sie nicht früher eins und eins zusammengezählt?

»Oh.« Georgias Ton war vorsichtig. Sie schnappte sich einen Waschlappen aus dem Schränkchen unter dem

Waschbecken, befeuchtete ihn mit kaltem Wasser und tupfte Cat damit das Gesicht ab. »Hast du es ihm schon gesagt?«

»Nein.« Sie musste Lucs Namen nicht nennen. Niemand sonst könnte der Vater dieses Kindes sein. Cat wusste es, Georgia wusste es, und in ein paar Monaten würde es die ganze Stadt wissen. »Mir ist es eben erst klar geworden.«

»Oh, Süße.« Georgia warf den Waschlappen ins Waschbecken und zog Cat an sich. »Ich bin für dich da. Und Mom und Nick werden es auch sein.«

Auch wenn ihr Bruder vermutlich Luc erst umbringen und später Fragen stellen würde.

Cat schauderte. »Ich glaube nicht, dass Luc Kinder haben will.« Selbst wenn er sich an eine andere Frau binden könnte, was fraglich war, hatte sich sein Gesichtsausdruck, als er ihr von Maggies Tod erzählte, in Cats Seele eingebrannt. Er glaubte, dass die Schwangerschaft sie getötet hatte. Egal, was Cat gesagt hatte, er gab sich noch immer die Schuld.

»Luc ist ein guter Typ. Er wird das Richtige tun. Warum glaubst du, dass er das nicht tun würde?« Georgias Stimme klang entschieden.

»Natürlich würde er das, aber ich will keine Verpflichtung sein. Und was ist mit dem Baby? Wie würde es sich anfühlen zu wissen, dass dein Dad nur Verantwortung übernommen hat, weil er es musste?« Cat vergrub den Kopf in den Händen.

»Bei Amys Dad war es etwas anderes. Jared ist gestorben, bevor du es ihm sagen konntest, aber Luc ist genau hier. Er wird dich nicht im Stich lassen.« Georgia kauerte sich auf Cats Höhe, und ihr besorgter Blick verschwamm vor Cats Gesicht.

»Irgendwann werde ich mit Luc reden müssen, aber zuerst muss ich nachdenken. Du darfst zu niemandem etwas sagen. Versprich mir das, Georgie.«

»Natürlich, aber ...«

»Nein, kein Wort.« Cat umklammerte die Hand ihrer Schwester. »Ich muss dir vertrauen können. Ich habe eben erst meinen neuen Job angefangen, und Michael ...« Sie verscheuchte die Panik und schluckte die nächste Welle Übelkeit hinunter.

»Michael wird es verstehen.« Georgia drückte ihre Hand. »Ich will dir helfen.«

»Im Moment kannst du mir am besten helfen, indem du die Klappe hältst und sicherstellst, dass nicht alle anderen auf die Idee kommen, irgendetwas würde mit mir nicht stimmen. Abgesehen von Mom ist Tante Josette da. Ihr entgeht auch nichts. Und Mia ...« Ein Zittern erfasste Cats Körper.

»Versprochen. Ich kann nicht vieles gut, aber für Ablenkung sorgen, das kann ich.« Georgias Miene wurde traurig. »Ich wünschte ...«

»Ich wünschte auch.« Jahrelang hatte Cat gewünscht, ihr Dad wäre nicht gegangen. Jetzt wünschte sie, sie hätte nie mit Luc geschlafen, egal wie toll der Sex gewesen war.

»Georgia? Bist du da drin?« Nicks Stimme kam von

der anderen Seite der Toilettentür. »Und hast du Cat gesehen? Mom und Ward suchen euch beide.«

»Ich komme gleich. Cat ist hier bei mir. Wir frischen unser Make-up auf.« Georgia schnitt eine Grimasse. »Er ist ein Typ«, ergänzte sie flüsternd. »Er wird nicht bemerken, dass wir beide kaum Make-up tragen, das wir auffrischen könnten.«

»Danke, Georgie.« Cat erhob sich von dem Toilettensitz. Sie betrachtete Georgia neben sich im Spiegel. Sie und ihre Schwester waren sich äußerlich überhaupt nicht ähnlich, und sie hatte nie gedacht, dass sie sich menschlich ähnlich waren, aber vielleicht hatte sie sich getäuscht.

Georgias Lächeln war unsicher. »Du hast mich noch nie um Hilfe gebeten, niemals, aber jetzt … lass mich dir helfen. Ich will dir helfen. In den letzten paar Wochen dachte ich nicht, dass ich über den Sommer hinaus in Firefly Lake bleiben würde, aber jetzt werde ich das tun. Ich werde sogar dein Geburtshelfer sein, falls du einen brauchst. Im Gegensatz zu dir war ich nie zimperlich.«

Cats Augen brannten. »Nicht dass dein Leben eine solche Katastrophe wäre wie meines, aber ich bin auch für dich da.« Sie war so konzentriert darauf gewesen, ihren Dad nicht zu brauchen, dass sie ganz vergessen hatte, wen und was sie brauchte. Angefangen bei ihrer Schwester.

»Du bist eine tolle Mom für Amy, und du wirst auch für dieses Baby eine tolle Mom sein.« Georgia strich Cats Haare glatt.

Auch wenn Amy nicht sofort etwas bemerken würde, was würde diese Neuigkeit ihr antun? Cat biss sich auf die Lippe. »Du glaubst nicht, dass irgendjemand dort draußen darauf kommen wird? Luc?«

»Er ist ein Mann, genau wie Nick. Wie sollte er darauf kommen?« Georgia hakte Cat bei sich unter.

»Ich hoffe, du hast recht.« Cat studierte ihr blasses und ausgezehrtes Gesicht, das im Spiegel zu ihr zurückstarrte.

»Klar habe ich das, aber falls irgendjemand fragt, sag, du hast etwas gegessen, was du nicht vertragen hast. Ich werde dir den Rücken stärken. Ich habe vorhin in der Küche Tante Josettes Hummersuppe gesehen, und sie sieht so grauenhaft aus wie immer.« Georgias Augen glänzten, aber sie schenkte Cat ein neckendes Grinsen. »Und jetzt lass uns hinausgehen und fabelhaft sein.«

Fünf Minuten später, während sie mit ihrem Bruder und ihrer Schwester vor dem Kamin stand, hatte sich Cat nie weniger fabelhaft gefühlt, aber in einem Punkt hatte Georgia recht. Irgendetwas lag in der Luft, und wenn es, was immer es war, nicht bald passierte, würde sie wieder auf dieser Toilette sein, noch bevor sie einen obligatorischen Löffel von Josettes berüchtigter Hummersuppe gekostet hatte.

Ward räusperte sich, und Mia hörte auf, Klavier zu spielen. »Gabrielle und ich haben euch alle heute aus einem besonderen Grund hierher eingeladen.« Er streckte die rechte Hand aus, und Cats Mom ergriff sie. »Ihr wisst, dass wir keinen großen Wirbel um eine

Hochzeit veranstalten wollten, daher haben wir uns gedacht, was gäbe es für eine schönere Art, als unsere Verwandten und Freunde zu uns zum Essen einzuladen und ganz nebenbei zu heiraten.«

»Mom ...«

Ward hob seine freie Hand, um Nick zum Schweigen zu bringen. »Das ist, was deine Mutter will, und ich würde alles tun, um sie glücklich zu machen. Ich hoffe, du freust dich für uns.« Ward zog Gabrielle an sich.

Nicks dunkle Augenbrauen zogen sich zusammen. »Natürlich freue ich mich, aber ...«

Cat verbiss sich ein Lächeln. Ihr überfürsorglicher Bruder mochte Überraschungen genauso wenig wie sie.

»Wir alle freuen uns für euch.« Mia trat an Nicks Seite und ergriff den Arm ihres Ehemanns. »Ich finde, das ist eine wundervolle Idee. Wenn die Mädchen nicht wären, hast du, wie ich mich erinnern kann, vor unserer Hochzeit gesagt, wolltest du am liebsten durchbrennen und sofort in die Flitterwochen fahren.«

Nick schenkte seiner Frau ein widerstrebendes Lächeln, während Gelächter durch den Raum perlte.

Gabrielle streckte eine Hand nach Nick aus, dann wandte sie sich an Cat und Georgia. »Ihr alle, kommt her und stellt euch neben mich.«

»So, wie sich meine Familie zu mir stellen wird.« Ward wies mit einer Handbewegung zur Treppe. »Sie sind bis jetzt im Hintergrund geblieben, aber ich musste sie in das Geheimnis einweihen, damit sie aus Seattle herfliegen konnten.«

Eine hochgewachsene, schlanke Frau mit einem sichtbaren Schwangerschaftsbauch stieg die Treppe hinunter, gefolgt von einem breitschultrigen Mann, der ihr eine Hand ins Kreuz gelegt hatte und ganz wie ein Navy-Pilot aussah. Ein kleines blondes Mädchen hielt die andere Hand des Mannes umklammert, und als es die Zuschauer bemerkte, vergrub es sein pummeliges Gesicht am Hosenbein seines Dads. Wards Tochter Erica mit ihrem Ehemann und ihrer kleinen Tochter.

Cats Herz lag bleischwer in ihrer Brust. Wie würde es sich anfühlen, Teil einer solchen Familie zu sein? So geliebt und geehrt zu werden, wie Ericas Mann sie ehrte? Oder so angehimmelt zu werden, wie er dieses kleine Mädchen anhimmelte und auch das neue Baby anhimmeln würde?

»Tolle Überraschung, was?« Lucs tiefe Stimme kam von Nicks anderer Seite. »Sie haben sogar den Pfarrer bis zur letzten Minute versteckt.« Luc wies mit einer Handbewegung auf Reverend Arthur, der hinter Wards Tochter und ihrer Familie die Treppe hinuntergekommen war.

Cats Magen rumorte, als der scharfe Geruch von Lucs Aftershave sich mit dem Rauch vom Kamin vermischte. Sie freute sich für ihre Mom, aber die Überraschung war auch eine Erinnerung an das, was Cat nicht hatte und niemals haben würde.

»Mom.« Amy zupfte Cat am Arm. »Siehst du das Kleid, das Grandma mir gegeben hat? Als sie mich gebeten hat, es anzuziehen, hat sie gesagt, es sei wegen eines Geheimnisses. Was meinst du? Normalerweise mag ich keine Kleider, aber das hier ist doch hübsch.« Amy drehte sich ein klein wenig, und der hauchzarte violette Rock des Kleids bauschte sich um ihre schlanke Gestalt wie die Blütenblätter einer Blume.

»Du siehst wunderschön aus, Schatz.«

»Ward sagt, wenn ich will, kann ich ihn Grandpa Ward nennen. Ich glaube, das würde mir gefallen.« Amy drehte sich noch einmal im Kreis, und Luc berührte ihre Schulter, um sie sanft von dem Kamingitter wegzuschieben.

»Wenn du nicht aufhörst, machst du deine Mom noch ganz schwindelig. Sie schwankt schon jetzt ein bisschen.« Er nahm Cats Ellenbogen, um sie zu stützen.

Es war nicht Amy, die sie schwindelig machte. Es war Lucs Baby, da war sie sich sicher. Auch wenn er oder sie erst so groß wie eine Erdnuss war, machte das Baby sich schon jetzt bemerkbar.

Mia setzte zu einem improvisierten Hochzeitsmarsch an, und man hörte Gelächter, Glückwünsche und die schrille Stimme von Tante Josette, die in einer Mischung aus Englisch und Französisch alle zusammenscheuchte.

Und dann trat Stille ein, und nur Reverend Arthur sprach die feierlichen Worte der Hochzeitszeremonie. Die Stimme ihrer Mom bebte, während sie ihr Ehegelübde sprach, aber als sie Ward ansah, waren ihre Augen erfüllt von Liebe. Wards Stimme war rau, als er seinerseits versprach, Gabrielle bis ans Ende seiner Tage zu lieben und zu ehren, und dann gab es nur noch Zärtlichkeit, während er ihrer Mom den diamantbesetzten Platin-Ehering an den Ringfinger steckte.

Die kleine Lexie gluckste, und Cat blickte sich im Wohnzimmer um. Bis jetzt hatte sie Charlie und Sean noch gar nicht gesehen, aber es war gut. Alles war gut bis auf dieses Stanley-Cup-Finale, das in ihrem Magen stattfand. Sie taumelte wieder, und Georgia berührte ihre Taille.

Und dann war Gabrielle Brassard Ward Aldrichs Ehefrau. Über ihrem eleganten silbergrauen Kleid glühte ihr Gesicht, und Ward strahlte zu ihr zurück.

Es gab Umarmungen und Küsse, und Tante Josette scheuchte alle noch ein bisschen mehr zusammen, während sie sie ins Esszimmer bat. Leute schossen Fotos, und Cat lächelte, wie es von ihr erwartet wurde, und umarmte alle, die sie umarmten, sogar Luc. Jemand hatte Pixie eine weiße Schleife ans Halsband gebunden, und der kleine Hund flitzte zwischen ihnen allen umher und bellte.

Es war genau so, wie eine Hochzeit sein sollte. So, wie Cat es sich einmal für ihre eigene Hochzeit gewünscht hatte, damals, als sie dachte, sie würde das Kleid ihrer Mémère tragen, ein bauschiges Kunstwerk aus weißen Spitzen und Tüll, und im Harbor House zu ihrem Happy End die Treppe hinunterschweben.

Einmal ungeplant schwanger zu werden, war Pech. Zweimal war etwas anderes. Während Cat ihre Mom und Ward zusammen ansah, erstarrte ein Teil ihres Herzens. Sie hatte die romantische Fantasie vor langer Zeit aufgegeben, aber tief in sich, in einem Teil ihres Herzens, den sie nie wirklich zur Kenntnis genommen hatte, sehnte sie sich noch immer nach diesem weißen Kleid. Doch obwohl es in einem Koffer verpackt auf dem Dachboden im Harbor House lag, war dieses Kleid ebenso tot wie der Traum, für den es einmal gestanden hatte.

Der gedämpfte Lärm von Gabrielles und Wards Hochzeitsparty eine Etage tiefer hielt noch immer an, aber bald nachdem Cat mit Amy gegangen war, hatte sich Luc bei Braut und Bräutigam entschuldigt und war hoch in sein Zimmer geschlüpft.

Er saß auf der Kante des riesigen Doppelbetts und starrte auf die kahlen hellgrauen Wände. Cat wohnte schon lange nicht mehr in diesem Zimmer, und es war gestrichen worden, bevor er am Ende des letzten Sommers eingezogen war, damals, als sein Haus nur ein Ordner mit den Zeichnungen eines Architekten und ein neu gegossenes Fundament gewesen war. Jetzt war dieses Haus fast fertiggestellt, und alles war genau so, wie er es sich vorgestellt hatte, nur ohne die Frau, bei der er sich darauf verlassen hatte, dass sie es zu einem Zuhause machen würde. Doch während Gabrielle und Ward sich ihr Eheversprechen gaben, war es ihm auf einmal klar geworden – eine Wahrheit, die so offensichtlich war, dass er schon früher darauf hätte kommen sollen. Doch bevor er mit Cat redete, musste er zuerst noch etwas anderes tun.

Er stand vom Bett auf und trat an den Schrank am anderen Ende des Zimmers, seine Schritte schwer auf dem Teppich. Ganz hinten auf dem obersten Regal, hinter einem ordentlichen Stapel mit Sweatshirts, fand er das

Holzkästchen, das zu öffnen er seit Maggies Beerdigung nicht über sich hatte bringen können. Das Kästchen, das er ihr zu ihrem einundzwanzigsten Geburtstag gemacht hatte, mit den Schreinerfähigkeiten, die sein Dad ihm beigebracht hatte. Das Kästchen, in dem sie ihre kostbarsten Schätze aufbewahrte.

Luc holte einmal tief Luft und legte es aufs Bett. Obwohl seine Brust schmerzte, hob er den Deckel an und nahm einen Gegenstand nach dem anderen heraus.

Zuerst waren da die Karten, die er Maggie zu jedem Geburtstag und Valentinstag geschenkt hatte, von ihrem ersten Collegejahr, als sie sich kennengelernt hatten, bis zu ihrem Tod. Sein Finger verharrte auf einem Hochzeitsfoto von ihnen beiden, auf dem sie wie die Kinder aussahen, die sie waren. Darunter war die blaue Samtschatulle, die ihren Verlobungsring mit dem kleinen Diamanten enthielt, das Beste, was er sich damals hatte leisten können, und sie hatte nie gewollt, dass er ihn ersetzte. Dann Blumen von ihrem Brautstrauß, die sie gepresst hatte, und das Glücksbringer-Armband, das er ihr zu ihrem Collegeabschluss geschenkt hatte.

Seine Augen wurden feucht, während er die winzigen Glücksbringer betastete, jeder einzelne ein Symbol ihres gemeinsamen Lebens. Als er bei der silbernen Babyrassel innehielt, schnürte sich seine Kehle zu. Wie wäre ihr Kind wohl gewesen? Er würde es nie erfahren, und je mehr er darüber nachdachte, desto mehr quälte er sich selbst.

Am Boden des Kästchens, unter noch mehr Fotos, waren die Tagebücher, die Maggie von der Junior High an geführt hatte. Vielleicht hätte er sie verbrennen sollen, aber das konnte er nicht, denn sie waren ein Teil von ihr, eine letzte greifbare Verbindung zu ihrem Leben. Er setzte sich im Schneidersitz aufs Bett und blätterte wahllos in den Seiten.

Der Arzt sagt, viele Frauen erleiden eine Fehlgeburt, und es gibt keinen Grund, weshalb ich kein gesundes Baby bekommen kann. Wenn ich bereit bin, werden Luc und ich es wieder versuchen.

Er sah auf das Datum, und seine Lungen brannten. Sie waren damals seit fast zwei Jahren verheiratet, und der Zeitpunkt schien richtig, um zu versuchen, ein Kind zu bekommen, das sie sich beide wünschten. Sie hatten das College abgeschlossen, und er war in seiner zweiten Saison bei der NHL. Das Geld floss nur so, und das Leben war schön. Er schluckte, und Maggies geliebte Handschrift verschwamm vor seinen Augen. Diese erste Fehlgeburt hätte eine Ausnahme sein sollen, aber danach folgte noch eine und dann noch eine.

Seine Hände zitterten, als er ein Tagebuch mit Bildern von Luftballons auf dem Umschlag aufklappte.

Die Ärzte können nichts finden, was mit mir oder auch mit Luc nicht stimmt. Luc sagt, dass es Pech ist, aber ich kann nicht umhin zu denken, dass es irgendwie meine Schuld ist. Er ist nie da. Ich weiß, das Team braucht ihn, aber ich brauche ihn auch.

Obwohl Schuldgefühle in ihm aufstiegen und ihn zu ersticken drohten, las Luc weiter.

Ich habe ein gutes Gefühl bei dieser Schwangerschaft. Schließlich habe ich es diesmal schon bis zur zwölften Woche geschafft, die längste Zeit bis jetzt. Ich werde meine verlorenen Babys nie vergessen, aber diesmal wird alles gut werden. Da bin ich mir ganz sicher. Luc hat mir zur Feier des Anlasses einen Glücksbringer für mein Armband geschenkt. Der Arzt sagt, ich kann beim Training helfen, solange ich nicht selbst Schlittschuh laufe. Als ob ich das tun würde! Ich habe Angst, auch nur auf High Heels zu laufen, geschweige denn auf Schlittschuhen. Aber selbst von der Trainerbank aus wird es eine Erinnerung an das sein, was ich am meisten liebe. Abgesehen von Luc und unserem Baby natürlich!

Darunter hatte sie zwei große Herzen und ein kleineres gezeichnet. Der Rest des Buchs war leer.

Luc glitt mit einem Finger über die geschwungenen Formen von Maggies Handschrift, so vertraut wie seine eigene. Seine Augen brannten, während er die Dinge zurück in das Kästchen legte und wieder bei dem Hochzeitsfoto verweilte. Er starrte in Maggies liebe braune Augen, suchte nach einer Antwort auf die Frage, die er nie stellen konnte. Hätte sie ihm die Schuld gegeben, weil er ein letztes Mal versuchen wollte, ein Baby zu bekommen? Er nahm es nicht an, doch er würde es nie mit Sicherheit wissen. Aber vielleicht war es gar keine Frage der Schuld, sondern des Verzeihens. Maggie hätte ihm verziehen, keine Frage, und sie hätte auch gewollt, dass er sich selbst verzieh.

Luc legte das Foto ganz oben in das Kästchen und schloss den Deckel mit einem leisen Klicken. Er beugte sich vor und ließ sanft den Kopf darauf ruhen. Das Kiefernholz war glatt unter seiner Wange, bis auf die Vertiefungen, wo er ihre Initialen eingeschnitzt hatte. Maggie war ein Geschenk, und er würde die Zeit, die er mit ihr gehabt hatte, immer in Ehren halten, aber Cat war ein anderes Geschenk, und er war jetzt ein anderer Mann. Einer, der endlich bereit war, die Vergangenheit dorthin zu schieben, wo sie hingehörte, und sich ein Leben mit Cat und Amy aufzubauen.

Er richtete sich auf und stieß einen flachen Seufzer aus. Maggie war seine erste und ewige Liebe gewesen. Aber vielleicht würden die Freundschaft und Fürsorge, der Trost und ein abgrundtiefes Gefühl von Nähe, alles vermischt mit dieser unerwarteten, aber knisternden sexuellen Anziehung, die er bei Cat verspürte, genug sein. Viele Paare bauten sich mit weniger ein gemeinsames Leben auf. Vielleicht war es nicht das ruhige Leben, das er ursprünglich geplant hatte, aber es würde besser sein, weil Cat und Amy Teil davon sein würden.

Cat würde verstehen, warum er keine Kinder wollte. Sie hatte bereits Amy, und sie hatte nie davon gesprochen, dass sie noch ein Baby wollte. Mit der Zeit könnte Amy sein Kind werden, und er würde der beste Dad sein, der er für sie sein konnte. Sobald Cat sich bereit erklärte, ihn zu heiraten, würden sie eine Familie sein, und niemand in Firefly Lake würde es wagen, über sie oder darüber, warum er Amy trainierte, zu reden. Er würde den beiden alles geben, was er hatte. Seine Loyalität und Hingabe, aber auch alle Sicherheit und Stabilität, die man mit Geld kaufen konnte.

Cat könnte ihm sogar helfen, sein Haus so einzurichten, dass es auch ihres war. Auch wenn sie nie darüber geredet hatten, gefiel es den meisten Frauen, Wandfarben, Vorhänge und dieses ganze Zeug auszuwählen. Luc lehnte sich in die Kissen zurück und verschränkte die Hände hinter dem Kopf. Er würde Cat ein paar Tage Zeit geben, bis sich die Aufregung über die Hochzeit ihrer Mom gelegt hatte, bevor er mit ihr redete. Er würde sie zu sich nach Hause einladen und sie bitten, sein Leben mit ihm zu teilen. Er würde ihr keinen Ring kaufen, denn sie war eine Frau, die bei der Auswahl ihres eigenen Rings vermutlich ein Wörtchen mitreden wollte, aber sobald sie Ja sagte, konnten sie anfangen zu planen.

Es war die perfekte Lösung. Cat war ebenso praktisch veranlagt wie er, und keiner von ihnen war ein blauäugiger Teenager, der im ersten Liebesrausch gefangen war. Hitze strömte durch seine Brust. Liebe. Das Wort traf ihn mit der Wucht eines Pucks am Kopf. War es Liebe, was er für Cat fühlte? Sein Körper bebte, und sein Mund wurde trocken. Er hatte nur ein einziges Mal zuvor Liebe gekannt, und dieses Gefühl jetzt war anders als das, was er mit Maggie erlebt hatte.

Aber es musste Liebe sein, denn es fühlte sich richtig an, und zum ersten Mal seit über zwei Jahren war Luc aufrichtig zufrieden. Gelächter drang von der Party unten herauf, und er lächelte. Er hatte einen guten Plan, einen vernünftigen Plan. Nichts konnte schiefgehen.

Cat fuhr durch das schmiedeeiserne Tor, das die Einfahrt zu Lucs Haus markierte, und weiter über einen Kiesweg zwischen zwei Reihen hundertjähriger Ahornbäume. Die Auffahrt schlängelte sich durch einen Wald mit altem Baumbestand, bevor sie sich in der Nähe des Sees verbreiterte, wo das Haus in einer kleinen Bucht versteckt lag. Cat parkte neben Lucs Truck vor dem Haus. Abgesehen von Amys Training war es ihr gelungen, ihm in den vier Tagen seit der Hochzeit ihrer Mom aus dem Weg zu gehen. Jetzt musste sie ihm lediglich ein paar Quilts zeigen – etwas, worum Michael sie gebeten hatte –, und dann konnte sie wieder gehen. Für das Geld, das Luc bereit war auszugeben, hatte Michael darauf bestanden, dass sie ihm einen persönlichen Besuch abstattete.

Sie hob den schweren Karton mit den Quilts aus dem Kofferraum und ging vorsichtig den vereisten Weg zum Haus hoch. Es war altmodische Neuengland-Architektur, mit einer weitläufigen Eingangsveranda und einer weißen Schindelfassade, aber auch modern, mit der Dreifachgarage auf einer Seite und den deckenhohen, noch kahlen Fenstern, die darauf warteten, dass ein Innenausstatter sich ihrer annahm. Obwohl hier und da vereinzelt noch immer Schnee lag, war die Luft mild und so warm wie seit Monaten nicht mehr. Wasser tropfte von den kahlen Zweigen der Bäume nahe der Veranda.

Sie musste Luc das mit dem Baby sagen, aber wie? Vielleicht würde es, nachdem sie bei einem Arzt gewesen war, leichter sein, die richtigen Worte zu finden. Als sie die Hand zu einem Messingtürklopfer hob, der wie ein Elch geformt war, schwang die Haustür auf, und Luc stand ihr gegenüber.

»Komm, lass dir helfen.« Er nahm ihr den Karton ab und bat sie mit einer Handbewegung herein.

»Danke.« Sie trat in die Diele. Er war so groß, aber sie war klein. Wenn dieses Baby nach ihm kam, könnte sie Probleme kriegen. Sie zog ihre nassen Stiefel aus und ließ sie auf der Ablage in der leeren Diele stehen, in der es noch nach Holz und frischer Farbe roch.

»Ich habe noch keine Möbel.« Luc schenkte ihr ein halbes Lächeln, während er ihr die Jacke abnahm und sie über das geschnitzte Treppengeländer hängte, das ins obere Stockwerk führte. Er trug verwaschene Jeans und ein Flanellhemd in dem gleichen Blau wie seine Augen.

Cat schluckte den Kloß in ihrer Kehle hinunter. Würde das Baby diese Augen haben? Sie zwang sich, sich auf die hell gestrichenen Wände und die kathedralenartigen Decken zu konzentrieren, während er sie durch das künftige Wohn- und Esszimmer zu dem großen Raum im hinteren Teil des Hauses führte.

»Es ist wunderschön.« Sie trat an eine Terrassentür, die auf eine andere Veranda und den Firefly Lake hinausging. Obwohl der Großteil des Sees noch immer zugefroren war, glitzerte ein Stück offenes Wasser in der Nähe des Ufers in der Nachmittagssonne. Sie zeigte zur linken Seite der Veranda, wo eine große Fläche des schlammigen Bodens mit Stöcken und gelbem Flatterband abgesteckt war. »Wird das dort ein Tennisplatz?«

»Das ist der Plan.« Lucs Lachen klang angespannt und für ihn untypisch nervös. Er stellte den Karton neben einem Fenster auf den Boden.

Die Quilts. Sie war hier, um über Quilts zu reden, nicht um dieses umwerfende Haus zu bewundern, das ihr wieder einmal in Erinnerung rief, wie viel Geld jemand verdienen konnte, indem er eine Gummischeibe über eine Eisfläche schoss. »Ist das hier das Zimmer, in dem du einen Quilt aufhängen möchtest? Michael sagte, du seist interessiert an einem Statement-Piece.« Sie bückte sich, um die Laschen des Kartons aufzuklappen, und zog den Rand des obersten Quilts heraus, ein Wald-Design in Grün-, Blau- und Brauntönen.

»In diesem oder irgendeinem anderen Zimmer.« Er hockte sich neben sie. »Bis gestern, als ich Michael in der Bäckerei über den Weg gelaufen bin, wusste ich nichts über Quilts oder Statement-Pieces.«

»Oh.« Cat biss sich auf die Unterlippe. »Na ja, wenn du einen Wandquilt als Statement für dieses Zimmer auswählst, musst du sicherstellen, dass dein Innenausstatter ihn zuerst sieht, damit er farblich zu den Polstern und Kissen passt. Ich habe drei Quilts in verschiedenen Farbpaletten mitgebracht, aber falls dir keiner davon gefällt, wie wär's, wenn du deinen Innenausstatter mit Stoffmustern zur Galerie schickst? Dort haben wir noch viel mehr Designs.«

»Ich habe keinen Innenausstatter – noch nicht.« Er bedeckte ihre Hände auf dem Karton mit seinen, und in seinen Augen lag ein Ausdruck, den Cat dort noch nie zuvor gesehen hatte, sanft und vielleicht sogar liebevoll. »Wie wäre es, wenn du den Quilt aussuchst, den du gern in diesem Zimmer aufhängen würdest?«

Cat wippte auf den Fersen nach hinten. »Es ist dein Haus, daher musst du entscheiden ...«

»Nein.« Luc nahm ihr den Quilt aus den Händen, dann zog er sie sanft hoch. »Ich will, dass es auch dein Haus ist. Unser Haus. Du, Amy und ich. Deswegen habe ich Michael gefragt, ob du hierherkommen könntest. Du scheinst Quilts zu mögen, und als Michael erwähnte ... da dachte ich ... ach verdammt, ich kann mit Worten nicht so gut umgehen wie du.« Er verstärkte den Griff um ihre Hände. »Ich möchte, dass du hier dein Leben mit mir teilst.«

Hoffnung vermischte sich mit schwindelerregender Freude in Cats Brust. »Du meinst ... du willst, dass ich ...« Sie konnte die Worte nicht aussprechen, konnte sie kaum denken. Luc wollte sie heiraten, weil er sie ebenso sehr liebte wie sie ihn. Nicht wegen des Babys. Er wusste das mit dem Baby ja noch gar nicht. Die schüchterne Cat McGuire wurde von Firefly Lakes Sporthelden und Goldjungen geliebt.

»Ich will, dass du mich heiratest.« Er legte zärtlich einen Finger an ihre Lippen. »Warte. Bevor du irgendetwas sagst, muss ich es erklären.«

Eine Sternexplosion in allen Regenbogenfarben brach vor Cats innerem Auge los. Er konnte erklären, soviel er wollte, und zum ersten Mal in ihrem Leben war sie gern bereit, still zu sein und zuzuhören. Nicht zu fragen oder zu analysieren, sondern dieses Wunder anzunehmen. Das wachsende Baby in ihrem Bauch legte einen kleinen Stepptanz hin. Wenn sie irgendwo anders gewesen wäre, hätte Cat sich auf die Suche nach der nächstbesten Toilette gemacht, aber nicht jetzt.

»Das macht doch Sinn, meinst du nicht auch? Wenn wir heiraten, können wir so zusammen sein, wie wir beide es wollen, und niemand wird über uns oder Amy reden. Ihretwegen, und weil die Leute reden, hast du gesagt, dass wir uns nicht mehr sehen können. Als deine Mom und Ward geheiratet haben, da dachte ich, warum nicht? Du und ich, wir sind gute Freunde, und der Sex ist auf jeden Fall toll.« Seine blauen Augen blickten aufrichtig, und Cat bekam eine kalte Dusche verpasst, so als hätte er einen Eimer eisiges Seewasser über ihr ausgeschüttet. »Wir gehen beide auf die vierzig zu, und es ist ja nicht so, dass wir eine Familie gründen wollen. Du hast schon Amy, und ich ... ich will keine eigenen Kinder. Amy kann mein Kind werden. Ich meine, wenn dir das recht ist.« Er schenkte ihr einen hoffnungsvollen Blick.

»Was…« Cat leckte ihre trockenen Lippen, und ihr Magen rumorte. Vielleicht sollte sie doch diese Toilette finden. »Kinder sind eine große Verantwortung, sicher, eine lebenslange Verantwortung…«

»Ich wusste, dass du genauso fühlst«, unterbrach er sie, während sich Erleichterung auf seiner Miene abzeichnete. »Amy ist zwölf, und du hast eben erst die Galerie übernommen. Es würde dir nicht in den Sinn kommen, noch ein Baby zu wollen. Wir können weiterhin Kondome benutzen, aber vielleicht solltest du anfangen, die Pille zu nehmen, als zusätzliche Sicherheit, damit du nicht schwanger wirst. Oder ich könnte mich darum kümmern. Ich würde das für dich tun.«

Es war, als würde man die Stalltür schließen, nachdem das Pferd ausgerissen war. Eine der Lieblingsredensarten ihrer Mémère schoss Cat durch den Kopf wie ein böser Kobold. Sie hatte sich getäuscht. Luc liebte sie nicht. Er hatte das Wort Liebe nicht einmal verwendet. Ihm gefiel die Vorstellung vom Heiraten, weil es praktisch war und weil es, ob es ihm bewusst war oder nicht, eine Möglichkeit war, wie er ihr und Amy helfen könnte.

»Ich kann dich nicht heiraten.« Sie wand ihre verschwitzten Hände aus seinen. Sie hatte befürchtet, er würde sie wegen des Babys aus Pflichtgefühl heiraten wollen, aber das hier war noch tausendmal schlimmer. Obwohl Luc noch nicht einmal davon wusste, wollte er das Baby nicht. Und er wollte sie nur, weil es praktisch war. Er wollte nicht ganz allein in diesem riesigen Haus leben. Aber Freundschaft und toller Sex waren nicht dasselbe wie Liebe. Nicht einmal annähernd. Wut wallte in ihr auf, und sie kniete sich hin, um sich an dem Karton zu schaffen zu machen.

»Warum denn nicht? Ich dachte, das wäre die perfekte Lösung. Du bist die vernünftigste Frau, die ich kenne. Das ist eines der Dinge, die ich so an dir mag. Ich hasse es, dass es dich so traurig macht, wenn die Leute reden. Ich will dir und Amy alles geben.« Er fuchtelte mit seinen langen Armen durch die Luft. »Außerdem ... bedeutest du mir so viel.« Seine Stimme klang ruppig.

Cats Körper wurde schwer von Traurigkeit. Er dachte, er könnte ihr sein Herz schenken, aber es war mit Maggie begraben und würde es immer sein. Er wollte ihr alles geben bis auf das, was am wichtigsten war.

»Eine Ehe ist keine Geschäftsvereinbarung«, sagte sie nur.

Und sie brauchte und verdiente es nicht bloß, geliebt zu werden, sondern sie liebte ihn auch zu sehr, um ihn auf eine solche Weise zu heiraten. Sie war es gewohnt, den harten Weg zu gehen, und obwohl es hart war, eine alleinerziehende Mutter zu sein, war es auch nicht härter, als einen Mann zu heiraten, der kein Kind wollte und der sie nicht liebte.

Sie presste eine Hand auf ihren Bauch. Was, wenn er dachte, dass sie absichtlich schwanger geworden war, um ihn in die Falle zu locken? Oder weil sie hinter seinem Geld her war? Ihre Gedanken wirbelten durcheinander, während ihr sonst so klares Denkvermögen sie im Stich ließ. Oder vielleicht hatte es sie schon in dem

Moment im Stich gelassen, als sein Sperma auf ihr Ei traf. Das Schwangerschaftsgehirn gab es wirklich, sie war der beste Beweis. Sie wusste nur, dass sie von hier verschwinden musste, bevor sie anfing zu schwafeln und zuließ, dass ihr Herz über ihren Kopf siegte.

»Ich weiß, dass eine Ehe kein Geschäft ist. Und ich will mein Leben wirklich mit dir teilen.« Er flehte sie an.

»Es tut mir leid, aber wie ich bereits sagte, ich kann dich nicht heiraten.« Sie hasste die Kälte in ihrer Stimme, aber sie war machtlos dagegen. Wenn Luc je dahinterkam, was sie wirklich fühlte, würde sie in einem noch tieferen Schlamassel stecken, als sie es ohnehin schon tat. Wenn sie nicht mehr länger warten konnte, um ihm das mit dem Baby zu sagen, würde Nick ihr vielleicht helfen. Er war Anwalt. *Moment mal.* Sie ging zwei Schritte rückwärts über den teuren Holzboden. Sie war eine unabhängige Frau und eine Erwachsene. Sie brauchte ihren großen Bruder nicht, um ihre Schlachten zu schlagen.

»Warum denn nicht?« Der verletzte Ausdruck in Lucs Augen durchdrang ihren benommenen Zustand und erdrückte sie fast. »Wir sind ein gutes Team. Du und Amy, ihr würdet dieses Haus zu einem Zuhause machen.« Seine Stimme brach, und er wandte sich ab, um auf den See hinauszusehen. »Ich dachte, ich bedeute dir auch etwas.«

Das tat er, und sie *waren* ein gutes Team, aber selbst mit dieser Stabilität, die er ihr auf einem Silbertablett servierte, konnte sie das Risiko nicht eingehen, dass ihr Herz noch mehr gebrochen wurde, als es ohnehin schon war. Ein Schauder durchzuckte ihren Körper, während eine Erinnerung aus längst vergangener Zeit an die Oberfläche drang. Sie hatte auf der Eingangsveranda des Harbor House gestanden, während die Tür des Umzugswagens mit den Sachen ihres Dads mit entsetzlicher Endgültigkeit zuknallte.

Ich will ein Teil deines Lebens sein, Kittycat. Das hier muss nicht viel ändern. Ihr Dad hatte sein besonderes Lächeln für sie aufgesetzt. *Sag es Georgia oder Nick nicht, aber du warst immer mein Liebling. Meine kleine Prinzessin.*

Dann, als sie nichts sagte, wurde seine Stimme schmeichlerisch. *Du bist ein praktisch veranlagtes Mädchen. Du verstehst, warum ich nicht bei deiner Mom oder in Firefly Lake bleiben kann, aber sobald ich Fuß gefasst habe, kannst du bei mir leben und mein Haus zu einem Zuhause machen.*

Cat blinzelte, während das Bild ihres Dads sich auflöste wie eine Nebelschwade über dem See. In all den Jahren danach hatte er nie Fuß gefasst, und das einzige Haus, das sie zu einem Zuhause machen wollte, war ihr eigenes. Ihres und Amys und das dieses neuen Babys. Sie würde sich auf sich selbst verlassen, wie sie es immer getan hatte. Ihr Körper glühte, und das Schlucken fiel ihr schwer.

»Egal, was ich für dich fühle, ich kann dich nicht heiraten.« Die gestelzten Worte hinterließen einen säuerlichen Geschmack in ihrem Mund, und die Übelkeit wurde schlimmer. Um den Blickkontakt abzubrechen, bückte sie sich und wollte den Karton mit den Quilts aufheben, aber Luc kam ihr zuvor.

»Der ist schwer. Ich werde ihn zu deinem Wagen tragen.« Seine Stimme klang krächzend. »Ich will doch keinen Quilt.«

Als ob alles nicht schon schlimm genug wäre, hatte sie der Galerie auch noch ein gutes Geschäft vermasselt. »Ich...« Sie presste die Lippen fest zusammen.

»Es ist egal.« Luc ging durchs Haus zurück zur Eingangstür. »Such einen Quilt für deine Mom und Ward aus und schick mir die Rechnung. Nenn es ein Hochzeitsgeschenk. Du bist den ganzen Weg hierhergekommen.« Seine Stimme war abgehackt und ohne jede Emotion.

Cat schnappte sich ihre Jacke vom Geländer und fand ihre Stiefel. Die Kälte war aus ihrer Stimme gewichen und hatte sich in ihren Knochen festgesetzt.

Als Luc ihr die Tür öffnete, drückte sie auf die Fernbedienung an ihren Schlüsseln, damit er den Karton im Kofferraum verstauen konnte. Sie würde die nächsten paar Minuten irgendwie überstehen, dann würde sie anhalten, Georgia anrufen und sie bitten, noch ein bisschen länger in der Galerie zu bleiben. Sie musste nicht nur von Luc wegkommen, sie musste auch allein sein. Ihr Magen schlug einen Purzelbaum, als wollte er ihr in Erinnerung rufen, dass sie wegen des Babys nie wieder wirklich allein oder getrennt von Luc sein würde.

Sie folgte ihm zum Wagen und sank auf den Fahrersitz, ihre Muskeln auf einmal so steif wie die einer älteren Frau. Sie konnte im Moment nicht an das Baby denken. Sie konnte auch nicht an Luc denken oder daran, wie sehr sie ihn liebte.

»Cat?« Vor dem Wagen formte sein sinnlicher Mund ihren Namen.

Sie drehte den Schlüssel in der Zündung und fuhr das Fenster herunter. »Ja?«

»Fahr vorsichtig.«

»Na klar.« Das tat sie immer. Sie war nicht nur praktisch veranlagt und vernünftig, sie war auch vorsichtig und gewissenhaft, vor allem wenn es um ihr Herz ging.

Sie ließ den Wagen an und fuhr auf die runde Auffahrt. Als sie einen Blick in den Rückspiegel warf, stand er da und sah ihr mit düsterer Miene nach, bis sie auf die Straße einbog, die sie zurück in die Stadt bringen würde.

Und zurück zu etwas, dem sie sich schon längst hätte stellen sollen. Die Abschiedsworte ihres Dads hallten in ihrem Kopf wider, während heiße Tränen über ihr Gesicht kullerten. Obwohl er weit weg in Nevada war, warf ihr Dad noch immer einen Schatten über ihr Leben. Sie war beruflich vorangekommen, aber wenn sie mit allem anderen ebenso vorankommen wollte, musste sie den Verrat ihres Dads ein für alle Mal hinter sich lassen.

Ihre Mom hatte recht. Sie musste dieses Durcheinander aus Verletztheit und Wut, das sie mit sich herumschleppte, loslassen und aufhören, ihre Entscheidungen davon beeinflussen zu lassen. Sie war nicht mehr das verlassene kleine Mädchen, das sie einmal gewesen war. Cat schniefte und nahm eine Hand vom Lenkrad, um sich damit übers Gesicht zu reiben. Sie war eine starke, fähige Frau, und die Sicherheit und Stabilität, die ihr Dad ihr geraubt hatte – die Sicherheit und Stabilität, die sie seitdem gesucht hatte –, war die ganze Zeit in ihr gewesen.

Luc umrundete in schnellem Tempo eine Ecke der Arena. Seine Schlittschuhe wirbelten winzige Eissplitter auf, und seine Lungen brannten, während Adrenalin durch seinen Körper schoss. Er hatte es nicht für möglich gehalten, sich noch schlechter zu fühlen als in dem Moment, als Cat seinen Heiratsantrag ablehnte, aber jetzt, zwei Tage später, war die Wahrheit allzu offensichtlich. Er fühlte sich verdammt viel schlechter.

»Halt mal an.« Nick streckte nahe der blauen Linie eine Hand über die Bande.

»Was denn?« Luc kam schlitternd zum Stehen.

Das Letzte, was er brauchte, war, dass Cats Bruder seine Nase in seine Angelegenheiten steckte. Die Frau hatte gesagt, dass sie ihn nicht heiraten wollte. Ende der Geschichte.

Nur dass es das nicht war. Nicht wenn Cat ihm Tag und Nacht durch den Kopf ging.

»Bleib locker, Kumpel.« Nick lehnte sich über die Bande, ganz geschäftsmäßig in seinem schwarzen Wollmantel, der über seinem Anzug und der Krawatte halb aufgeknöpft war.

»Warum?« Luc versuchte, seinen Atem zu beruhigen. Nicht einmal das mörderische Schlittschuhlaufen hatte Cat aus seinen Gedanken vertreiben können.

»Du kriegst noch einen Herzinfarkt.« Nicks Stimme war belustigt. »Das ist deine Sache, na klar, aber wenn du so weitermachst, kriegt Amy auch noch einen.«

»Amy?« Scheiße, er hatte nicht auf die Zeit geachtet und vergessen, dass er sie in ein paar Minuten trainieren sollte.

»Ich habe sie in die Umkleide geschickt.« Nick grinste. »Wenn sie zurückkommt, stell dich nicht in ihre Windrichtung. Du schwitzt wie ein Schwein.«

»Sagt der Typ, der den ganzen Tag hinter einem Schreibtisch sitzt.« Luc fluchte leise.

»Hey, wenn du ein Mädchen wärst, würde ich sagen, du hast PMS.« Nick wich einen Schritt zurück. »Was habe ich dir denn getan?«

»Nichts. Vergiss es.« Luc versuchte zu lächeln. »Warum hast *du* Amy heute hergebracht? Wo ist deine Schwester?«

»Georgia ist mit ihr zum Arzt gefahren. Cat hat Bronchitis oder so, daher helfen Mia, Charlie und Liz in der Galerie aus, um Michaels große Quilt-Ausstellung vorzubereiten.« Nick schenkte ihm ein zögerliches Lächeln. »Ich möchte wetten, wenn Ward Mom nicht zu diesen Überraschungsflitterwochen nach Florida entführt hätte, wäre sie auch dort. Diese Frauen halten zusammen wie Klebstoff.«

Schweiß, der nicht von seinem Training herrührte, lief unter Lucs Trikot zwischen seinen Schulterblättern hinunter. Würde Cat ihrer Schwester und den anderen sagen, was zwischen ihnen vorgefallen war? Vielleicht nicht, denn sie war ein zurückhaltender Mensch. Und ein kranker. Sein Magen verkrampfte sich.

»Ich hoffe, mit Cat ist alles okay.« Er wollte für sie da sein. Sie lieben und von ihr geliebt werden. Auch wenn es eine Art Liebe war, die er nie zuvor verspürt hatte, war es trotzdem Liebe. Andernfalls hätte er Cat niemals einen Antrag gemacht. Verstand sie denn nicht, wie schwer es ihm fiel, zu sagen, was in seinem Herzen vor sich ging? Sie sollte wissen, dass er sie liebte und dass er die Ehe nicht auf die leichte Schulter nahm.

»Sie schafft das schon, aber ich, Sean, Josh Tremblay und ein paar andere Typen vom Billardabend im Moose and Squirrel schauen heute Abend alle bei der Galerie vorbei, um zu helfen. Du solltest auch kommen.« Nicks Augen verengten sich. »Hat Cat dir noch nicht Bescheid gegeben?«

»Ich habe seit einer Weile nicht auf mein Handy gesehen.« Die Lüge brannte Luc auf der Zunge. Er hatte wie ein Besessener auf sein Handy gesehen, aber keine der Nachrichten oder Anrufe waren von Cat gewesen. Er hatte nicht gedacht, je wieder lieben zu können, aber er hatte sich so getäuscht. Sein Magen flatterte.

»Ich gebe zu, am Anfang war ich nicht allzu begeistert davon, dass du mit meiner Schwester zusammenkommst, aber du tust Cat gut. Du beruhigst sie und bringst sie zum Lachen. Sie war in letzter Zeit nicht mehr so ernst.« Nick verschränkte die Arme vor der Brust. »Ist mit euch beiden alles in Ordnung?«

»Warum fragst du nicht Cat?« Luc schluckte.

Nick hatte seine Anwaltsmiene aufgesetzt, und das war nie ein gutes Zeichen.

»Das habe ich, aber sie hat mir gesagt, ich soll mich aus ihren Angelegenheiten heraushalten.« Nicks Leg-dich-nicht-mit-mir-an-Stimme war noch ein schlechtes Omen.

»Dann kann ich dir auch nicht mehr sagen.« Luc bewahrte einen gleichmütigen Ton. »Sie ist eine erwachsene Frau.«

»Na schön.« Als Nick zögerte, kam Luc noch mehr ins Schwitzen. »Aber wenn du irgendetwas tust, was Cat verletzt, werde ich nicht tatenlos zusehen. Dass unser Dad uns verlassen hat, hätte uns alle fast zugrunde gerichtet, und Cat ist nie wirklich darüber hinweggekommen. Und dann war da Amys Dad. Wenn ich diesen Dreckskerl je in die Finger gekriegt hätte…« Nick dehnte die Finger, als wollte er Luc in Erinnerung rufen, dass er, auch wenn er den ganzen Tag hinter einem Schreibtisch saß, einen Trainer auf der Kurzwahltaste hatte.

Luc zuckte, wie er hoffte, lässig und unverbindlich die Schultern. Nur dass er Cat vielleicht tatsächlich verletzt hatte. Seine Knie wurden weich. Er hatte ihr nicht gesagt, dass er sie liebte, weil alles an ihr ihn so aus dem Gleichgewicht warf, dass er die Worte nicht herausgebracht hatte. Er dachte, sie würde wissen, was er fühlte. Was ihn zu einem noch größeren Idioten machte, als er je für möglich gehalten hätte.

»Hey, Coach.« Amy schlitterte aufs Eis und winkte ihm zu. »Bist du bereit?«

»Na klar.« Zumindest würde er sich zwingen, so zu tun, als ob, und Amy war eine Ablenkung von ihrem viel zu scharfsichtigen Onkel. Der Typ hatte jahrelang in New York City gearbeitet, und auch wenn er zwei von vier Wochen in Firefly Lake ein trautes Leben mit Mia führte, hatte er seinen Großstadtgrips und seine Fähigkeit, den Schwachsinn anderer Leute zu durchschauen, nicht verloren. »Ich muss los.« Luc schenkte Nick das Lächeln, das er sein ganzes Erwachsenenleben über perfektioniert hatte, wenn er mit neugierigen Reportern zu tun hatte – aalglatt und bedeutungslos, aber mit einer sorgfältig einstudierten aufrichtigen Note.

»Ich muss ein bisschen Papierkram erledigen, Amy, aber ich werde hier oben auf der Tribüne sein.« Nick warf noch einen spekulativen Blick auf Luc. »Gib mir Bescheid, wenn du irgendetwas brauchst oder wenn Coach Luc dich zu hart rannimmt.«

»Okay.« Amy blinzelte Luc an. »Warum solltest du mich denn zu hart rannehmen?«

»Ohne Grund.« Nur dass ihr Onkel mit allen Wassern gewaschen war und wie ein Hund, der einer Fährte auf der Spur war, ahnte, dass irgendetwas nicht stimmte, und keine Ruhe geben würde, bis er herausgefunden hatte, was es war. »Fangen wir mit ein paar Aufwärmrunden an. Ich laufe mit.« Auch wenn Luc im Allgemeinen keine Runden mit Amy lief und er bereits bis zum Siedepunkt aufgewärmt war, wollte er sie Cat zuliebe im Auge behalten. Es hatte nichts damit zu tun, dass er sich möglichst fern von diesem ausgekochten Anwalt halten wollte.

»Gute Arbeit, Amsey.« Zwanzig Minuten später hatte sich Lucs Atem beruhigt. Eishockey war sein Ding, und zu seiner eigenen Verblüffung fühlte er sich als Trainer noch immer fast genauso in seinem Element wie früher als Spieler. Vor allem als Amys Trainer, denn sie war magisch auf dem Eis. Nur dass die Gedanken an Cat noch immer da waren. Genau wie die Liebe. Und er war zu dumm gewesen, ihr diese Liebe zu gestehen.

»Coach?« Amy kam gleitend neben ihm zum Stehen. »Ich weiß, wir sind noch nicht fertig mit dem Training, aber kann ich kurz mit dir reden?« Sie warf einen Blick auf Nick, der zwei Reihen hinter dem Eis auf seinem Handy telefonierte und dabei auf seinen Laptop starrte. »Ich meine, unter vier Augen?«

»Na klar.« Luc zeigte zu der Bank der Auswärtsmannschaft auf der anderen Seite der Arena. »Ist es dort drüben okay?«

»Ich nehm's an.« Amy löste den Riemen ihres Helms und nahm ihn ab. Die Haare klebten ihr am Kopf, und ihr sonst so rosiges Gesicht war bleich.

»Brauchst du eine Pause?« Unbehagen kribbelte in Luc. Sie war doch hoffentlich nicht krank, oder? Sie war so eifrig, dass er manchmal vergaß, vom Tempo zu gehen. »Das hättest du mir vorhin sagen sollen.«

»Ich bin nicht müde.« Sie leckte sich die aufgesprungenen Lippen. »Ich habe einen großen Fehler gemacht, und ich weiß nicht, wie ich es wieder hinbiegen soll.« Sie setzte sich auf die Bank, und ihre Schultern sackten nach innen.

»Hast du mit deiner Mom geredet?« Luc setzte sich neben sie.

Nick telefonierte noch immer, aber sobald er aufgelegt hätte, würde der Typ angeschossen kommen und seine Nase hier hereinstecken wie die größten Klatschmäuler von Firefly Lake.

»Ein Teil dieses Fehlers betrifft Mom, daher kann ich nicht mit ihr reden.« Amys Worte platzten aus ihr hervor.

Lucs Magen verkrampfte sich. »Ist eine von euch verletzt oder in irgendwelchen Schwierigkeiten?«

»Nicht wirklich.« Sie verschränkte die Finger. »Aber ich habe etwas richtig Dummes gemacht, dümmer als alles, was ich bisher je gemacht habe. Und ich habe Mom traurig und vielleicht sogar krank gemacht. Tante Georgia hat sie zum Arzt gebracht. Mom wollte nicht, aber Tante Georgia hat sie gezwungen.«

»Wie hättest du deine Mom denn krank machen können? Dein Onkel Nick hat gesagt, sie hätte Bronchitis oder so.« Lucs angespannter Atem beruhigte sich.

»Sie hustet noch immer viel, aber ich glaube nicht, dass es eine Bronchitis ist. Als Tante Georgia zu meiner Mom gesagt hat, sie müsste zum Arzt gehen, hat sie auch gesagt, Mom könnte *es* nicht noch länger auf sich beruhen lassen, aber ich weiß nicht, was *es* ist. Mom wäre sauer, wenn sie erfährt, dass ich mit dir geredet habe, aber du bist ein Teil des Problems.« Amys Augen blickten ängstlich.

»Wie denn das?« Luc bemühte sich um einen sanften Ton.

»Mom will dich meinetwegen nicht mehr sehen.«
Amys Stimme bebte. »Obwohl ich gesagt habe, dass es
mir leidtut und du mich noch immer trainierst und alles,
glaubt Mom, sie kann nicht mit dir ausgehen, weil du
mich trainierst. Ich hatte Angst, Mom würde dich lieber
haben als mich, daher habe ich ein paar schlimme Sachen
zu ihr gesagt.«

»Ach, Amsey, das ist nicht deine Schuld.« Luc fuhr
sich mit einer Hand an den Kopf. »Deine Mom wird
dich immer am liebsten haben. Und dass ich dich trainiere, ist mein Privileg. Es hat nichts mit deiner Mom
zu tun.«

»Jetzt verstehe ich das ja, aber obwohl Mom dich sehr
gernhat, will sie trotzdem nicht mit dir ausgehen, weil
die Leute über sie und darüber, dass du mich trainierst,
geredet haben. Wenn du mich nicht mehr trainierst,
dann kannst du wieder mit Mom ausgehen, und sie wird
wieder glücklich sein, so wie früher, und nicht mehr so
traurig.« Amys vertrauensvolle Miene zog einen Riss
durch Lucs Herz. »Auch wenn die Kinder in der Schule
nichts mehr gesagt haben, seit Coach Scott mit ihnen geredet hat, habe ich Angst, dass sie es trotzdem tun könnten. Wenn du mich nicht mehr trainierst, müsste ich mir
auch deswegen keine Sorgen machen.«

»So einfach ist das nicht.« Lucs Magen verkrampfte
sich. Was hatte er einmal zu Amy gesagt? Er würde
keine Schikanierer in seinem Team dulden. »Ich weiß es
zu schätzen, dass du zu helfen versuchst, aber du bist erst
zwölf.«

»Zwölfeinviertel. In neun Monaten werde ich dreizehn.« Sie stieß einen langen Atemzug aus. »Wenn ich müsste, würde ich sogar das Eishockey für meine Mom aufgeben, und nicht nur, dass du mich trainierst.«

»Auch wenn deine Mom Angst hat, du könntest verletzt werden, würde sie niemals wollen, dass du das Eishockey aufgibst.« Luc rieb sich die Stirn. Die Schikanierer waren vielleicht nicht in seinem Team, aber sie waren immer noch da draußen. Egal, was zwischen ihm und Cat passierte, er musste Haltung zeigen.

»Aber … Mom ist nicht glücklich, und ich weiß nicht, wie ich das hinbiegen soll.« Diesmal brach Amys Stimme. »Außerdem hat sie diese Woche zweimal eine Thunfisch-Nudel-Kasserolle gemacht.«

»Was hat denn Thunfisch-Nudel-Kasserolle mit irgendetwas davon zu tun?« Luc tätschelte unsanft Amys Schulter.

»Mom weiß, dass ich Thunfisch hasse, aber ich habe trotzdem drei Portionen von dieser Kasserolle gegessen, und ihr ist es gar nicht aufgefallen.« Amy zog ein bekümmertes Gesicht. »Und sie sieht sich immer wieder richtig lahme Filme an. *Stolz und Vorurteil* und einen ganzen Haufen andere, die sie sich aus der Bibliothek ausgeliehen hat. Und dann weint sie, außer wenn ihr schlecht wird.«

Lucs Beine zitterten. »Was meinst du damit, dass ihr schlecht wird?«

»Sie muss sich übergeben. Sie sagt, dass es wegen Tante Josettes Hummersuppe ist, aber das ist eine Ewigkeit her. Diese Suppe war wirklich grauenhaft, aber warum sollte Mom jetzt immer noch schlecht davon sein? Als ich letztes Jahr eine Lebensmittelvergiftung hatte, war mir genauso schlecht, aber es hat nicht lange angehalten.«

Cat konnte nicht schwanger sein, oder? Luc wurde schwindelig. Sie hatten jedes Mal Kondome benutzt. Neue Kondome. Abgesehen vom ersten Mal. Das Kondom, das er in seiner Brieftasche gehabt hatte … Ein Zittern breitete sich von seinen Beinen in seine Brust und bis in seine Hände aus. Er hatte ihr gesagt … Oh, verdammt … er hatte gesagt, dass er keine Kinder wollte. Er hatte es praktisch zur Bedingung dafür gemacht, sie zu heiraten.

»Geht es dir gut, Coach? Du siehst fast genauso schlecht aus wie Mom.« Amys Stimme klang besorgt.

»Mir ist nicht schlecht.« Jedenfalls nicht in dem Sinn, den Amy meinte. Luc versuchte, seinen ausgedörrten Mund zu befeuchten.

»Du hast gesagt, deine Mom weint viel?« Als Maggie schwanger war, konnte die kleinste Kleinigkeit sie aus der Fassung bringen.

»Ja, es ist seltsam, denn normalerweise weint Mom nie.« Amy schüttelte den Kopf. »Ich hoffe, ich werde nie so.«

»Warte, bis dir jemand eine Olympiamedaille um den Hals hängt.« Luc versuchte, zwischen seinen betäubten Lippen zu lächeln. »Dann wirst du mit Sicherheit weinen wollen.«

»Meinst du, das wird wirklich passieren?« Amys Augen weiteten sich.

»Solange du so weitermachst wie bisher, wüsste ich nicht, wieso nicht.« Er räusperte sich. »Und ich werde da sein und dich anfeuern.«

»Das ist noch Jahre hin. Ich will erst mal dafür sorgen, dass Mom sich besser fühlt, aber ich weiß nicht, wie.« Amy lehnte sich an seine Schulter, und obwohl Luc auch nicht zum Weinen neigte, sorgten die Wärme und das Vertrauen in dieser Geste dafür, dass seine Augen brannten. Oder vielleicht lag es auch an dem Gedanken an Cat, die Frau, die er liebte, schwanger, allein und noch immer so entschlossen, alles allein zu schaffen.

»Es war richtig von dir, es mir zu sagen.« Er hätte es vielleicht nicht riskieren wollen, Kinder zu haben, aber wenn Cat sein Kind bekam, dann würde er für sie da sein, ob es ihr gefiel oder nicht. Und selbst wenn sie ihn nicht so liebte wie er sie.

»Meinst du, du kannst Mom helfen?«

»Da bin ich mir sicher. Und ich bin mir auch sicher, dass ich nicht aufhören muss, dich zu trainieren.« Lucs Herz schwoll von dieser neuen und noch immer verwirrenden Liebe, zusammen mit Sorge und einer ganzen Menge mehr. Cat musste so verängstigt und verwirrt sein. »Was meinst du, wie ich mich im Vergleich zu diesem Mr. Darcy mache?«

Amy studierte ihn. »Du siehst ganz okay aus, fast so gut wie der in dem Film.« Ein leises, süßes Lächeln umspielte einen ihrer Mundwinkel.

Fast. Das würde Luc annehmen. Er würde alles annehmen, wenn es hieß, dass er Cat zurückbekommen könnte. »Was noch?«

»Mr. Darcy hat ein paar dumme Sachen gemacht, aber letztendlich hat er es bei Lizzy wiedergutgemacht. Und er war auch richtig reich, das hat vielleicht geholfen, und er hatte ein tolles Haus. Mom gefällt sein Haus.«

Das Band um Lucs Brustkorb schnürte sich fest zu. Er hatte mehr dumme Sachen gemacht, als Mr. Darcy je gemacht hatte, und Cat war es egal, wie reich er war. Auch wenn ihr, abgesehen von diesen dummen Sachen, sein neues Haus zu gefallen schien.

»Ich nehme an, es hat nicht immer so ausgesehen, aber irgendwie hätte ich gern, dass du und Mom zusammenkommt.« Amys Stimme war leise. »Bevor ich eifersüchtig wurde, habe ich eine Liste mit Dingen erstellt, die ein toller Dad tun sollte. Da hast du bei jedem Punkt ein Häkchen gekriegt.«

Lucs Augen brannten. »Wenn ich eine Tolle-Tochter-Liste hätte, würdest du auch bei jedem Punkt ein Häkchen kriegen. Wie klingt das für dich?«

»Okay.« Das Wort war ein leises Flüstern, dann streckte Amy eine Hand nach Lucs aus und verschränkte ihre Finger mit seinen.

»Gut.« Er nahm ihre kleine Hand in seine. »Ich werde mit deiner Mom reden, aber vielleicht werde ich deine Hilfe brauchen.« Wenn Cat ihm die kalte Schulter zeigte, würde er alles einsetzen müssen, was er konnte, um zu ihr durchzudringen.

»Wie könnte ich dir denn helfen?« Amys Miene war verwirrt.

»Deine Mom will im Moment nicht mit mir reden.« Was er verdient hatte, aber wenn Cat ihm noch eine Chance gab, dann würde Luc den Rest seines Lebens damit verbringen, es wiedergutzumachen.

»Oh.« Amys Stimme war leise. »Ich werde versuchen zu helfen, aber du darfst Mom nicht sagen, dass ich mit dir geredet habe.« Sie umklammerte seine Hand. »Versprochen?«

»Versprochen.« Lucs Kehle wurde eng vor Gefühlen. Amys Vertrauen war ein kostbares Geschenk, das er niemals missbrauchen würde.

»Da ist noch etwas anderes, vielleicht sogar noch Schlimmeres.« Amys Mund arbeitete. »Ich habe Mom gesagt … ich habe es so hingestellt, als ob ich es hassen würde, wenn sie ein Baby kriegt, weil jeder Babys am meisten liebt. Also für den Fall, dass ihr zwei je zusammenkämt. Aber wenn sie eines Tages … Ich meine … es könnte okay sein.« Sie zögerte. »Außerdem hat Mom gesagt, dass Herzen dehnbar sind und dass es immer mehr als genug Liebe für alle gibt.«

»Da hat deine Mom recht.« Die Wahrheit hallte in Lucs Kopf wider wie dieser riesige chinesische Gong im Partysaal der Pink Pagoda. Er würde nie aufhören, Maggie zu lieben, aber sein Herz war groß genug für Cat, Amy und Dutzende von Babys. »Baby oder nicht, du wirst immer einen Platz in meinem Herzen haben, Amsey. Deinen Platz. Kein Baby könnte dir den je wegnehmen.« Luc rieb sich mit seiner freien Hand die Augen. »Außerdem könnte ein Baby noch viele Jahre lang nicht Eishockey spielen. Vielleicht wäre es überhaupt nicht sportlich.«

Amy stieß ein Kichern aus. »Es könnte so werden wie Mom.«

Aber egal, wie ihr Baby war, Luc würde es mit allem lieben, was er zu geben hatte. So wie er Cat liebte und davon ausgegangen war, dass sie es wusste, während er zu beschäftigt mit sich selbst gewesen war, um es ihr zu sagen. Angesichts dieses halbherzigen Antrags war es kein Wunder, dass sie ihn abgewiesen hatte. Er würde es hinkriegen, egal wie er es anstellen müsste und wie lange es brauchte. Er würde es auch für Amy besser hinkriegen. Er drückte ihre Hand ein letztes Mal. »Wir sind ein Team, Amsey.«

»Und wir werden Spaghetti treten.« Sie schlug mit den Absätzen ihrer Schlittschuhe gegen seine.

Nick tauchte neben der Bank auf, seinen Laptop unter einem Arm. »Ist das Training schon zu Ende?«

»Nein, wir reden über Strategie.« Luc zwinkerte Amy zu. »Wenn du das Spiel spielen willst, musst du die Strategie kennen. Stimmt's, Amsey?« Er schenkte Nick ein ausdrucksloses Lächeln.

»Stimmt.« Amy klatschte Luc ab und grinste.

»Und jetzt haben wir Arbeit zu erledigen.« Luc stand auf und rollte die Schultern.

»Sehr wichtige Arbeit.« Amy stapfte zum Eis und schnallte ihren Helm wieder an. »Wettrennen, Coach?«

»Na klar.«

»Aber ...« Nick starrte Luc ein wenig zu lange an. Luc starrte zu ihm zurück.

Belustigung funkelte in Nicks Augen. »Teufel noch mal.« Er stieß ein Keuchen aus, das ein Lachen hätte sein können, dann schlug er Luc auf den Rücken. »Mit meiner Schwester hast du auf jeden Fall deinesgleichen gefunden.«

Luc hoffte inständig, dass das stimmte. »Ich ...« Er brach ab. Er würde nichts zu Cats Bruder sagen, bevor er mit der Frau selbst gesprochen hatte.

»Ich freue mich für dich, wirklich.« Diesmal lachte Nick tatsächlich. »Aber falls du sie auf die Palme gebracht hast, denke dran: Cat hat scharfe Krallen.«

Als ob Luc das nicht längst wüsste. Er sah zum Eis, wo Amy auf ihn wartete. Aber in Cats Tochter hatte er eine unerwartete Verbündete, und er hatte keine Angst davor, das einzusetzen.

»Viel Glück, Bruderherz. Ich kann dir da nicht helfen. Cat hatte schon immer ihren eigenen Kopf, und sie hat es mir nie gedankt, wenn ich mich in ihre Angelegenheiten eingemischt habe, aber ich werde dir nicht im Weg stehen.«

»Danke.« Luc glitt mit neuer Entschlossenheit aufs Eis. Die einzige Person, die ihm im Weg stand, war Cat selbst. Und ein ganzes Team von Typen, die dem Stanley Cup nachjagten, wäre weniger furchteinflößend.

Kapitel
23

Cat hielt sich eine Hand vor die Nase und ging durch die Lobby der Arena zum Empfangstresen. Der Geruch von schalem Bier, Schweiß und Eishockeyausrüstung verflüchtigte sich offenbar nie, trotz der fast ununterbrochenen Bemühungen des Reinigungspersonals.

»Amy? Beeil dich, Schatz.« Sie warf einen Blick auf ihre Tochter ein paar Schritte hinter ihr, dann nickte sie einem Typen mit einem Mopp und einem Eimer vor dem Umkleideraum der Heimmannschaft zu.

Er gestikulierte mit seinem Mopp und grinste. »Coach Luc ist in seinem Büro.«

»Danke, aber wir sind hier, um Stephanie zu sehen.« Luc war der Letzte, dem Cat begegnen wollte. Sie öffnete ihre Tasche und zückte ein Bündel Papiere. Sie hatte Amys ärztliche Unterlagen schon einmal vorbeigebracht, daher war es ihr ein Rätsel, warum Stephanie sie nicht finden konnte. Ebenso war es ihr ein Rätsel, warum sie keine gescannten Kopien akzeptieren wollte und darauf bestanden hatte, dass sowohl Cat als auch Amy persönlich vorbeikamen.

»Ich wollte eben gehen.« Hinter dem Empfangstresen schlüpfte Stephanie, die ihren flauschigen rosa Pullover und eine gut geschnittene Jeans trug, in eine Jacke. Anders als Stephanies übliche, mehrere Nummern zu kleine Garderobe war dieses Outfit etwas, das Cat vielleicht für sich selbst ausgewählt hätte.

»Ich dachte, du hättest gesagt, du würdest bis halb sechs hier sein.« Cat sah auf die Wanduhr über Stephanies Schreibtisch. Es war erst kurz nach fünf; sie hatte die Galerie früher geschlossen und war nach Stephanies Anruf sofort hierhergerast, um sicherzustellen, dass sie genug Zeit haben würden, um zu klären, was schiefgegangen war.

Stephanie machte eine entschuldigende Geste. »Es ist etwas dazwischengekommen.«

»Schon gut. Ich lasse die Unterlagen hier. Ruf mich am Montagmorgen an, wenn du noch irgendetwas brauchst. Ich habe schon mal Kopien vorbeigebracht, erinnerst du dich? Und warum musst du Amy sehen? Sie war mitten bei den Hausaufgaben.« Sie zeigte auf ihre Tochter, die entschlossen schien, Cats Blick auszuweichen.

Stephanie zuckte die Schultern. »Bürokratie. Ich muss diese ganzen kleinen Kästchen abhaken, weißt du?«

»Na ja, jetzt, wo du sie gesehen hast, können wir ja wieder gehen. Bist du so weit, Amy?« Wenn sie von hier verschwinden konnte, bevor Luc aus seinem Büro kam, konnte sie es noch einen Tag länger vermeiden, mit ihm zu reden.

»Mom.« Amy schüttelte Cats Berührung ab. »Wir haben's nicht eilig. Wenn wir schon hier sind, könnten wir uns doch einen Snack holen? Oder vielleicht gibt es im Moment ein Eiskunstlauftraining oder so. Es ist Freitag. Ich habe das ganze Wochenende, um meine Hausaufgaben zu machen.«

»Du magst Eiskunstlauf doch gar nicht …«

»Du kannst die Unterlagen nicht hierlassen.« Stephanies Zunge schnalzte gegen ihre Zähne. »Die sind vertraulich. Du musst mit Luc reden.« Sie wandte sich an Amy. »Geh schon rein, Kleine. Der Coach will auch mit dir reden.«

»Nein … Amy … komm hierher zurück.« Cat biss sich auf die Lippe, als die Tür zum Büro des Coachs hinter ihrer Tochter zuknallte. »Ich komme gleich am Montagmorgen wieder.« Sobald sie Amy geholt hätte, würde sie mit ihr darüber reden, was Zuhören hieß.

»Die Bewerbungsfrist für das Camp endet heute Abend.« Stephanie kam um den Schreibtisch herum und zog eine entschuldigende Miene. »Luc ist gleich dort hinten. Er erwartet dich.«

»Aber ich …« Cat umklammerte ihre Unterlagen fester. Es musste eine andere Option geben.

»Keine Ausnahmen.« Stephanies Gesicht lief ebenso rosa an wie ihr Pullover, und sie starrte auf ihre Stiefel. »Das habe ich dir schon mal gesagt, oder?«

»Egal, ich …«

»Nein, es ist nicht egal.« Stephanie spielte mit dem Riemen ihrer riesigen Handtasche. »Wenn ich es jetzt nicht sage, werde ich es vielleicht niemals tun. Wie ich dich behandelt habe, als wir Kinder waren, war nicht richtig. Was mit Amy in der Schule passiert ist ... das war auch nicht richtig. Ich wollte nur sagen ... du weißt schon ... Es tut mir leid.«

»Danke.« Cats Gesicht begann zu glühen.

»Du würdest es immer weit bringen. Ich nicht. Das Größte in meinem Leben war, dass ich zu den Cheerleading-Meisterschaften gefahren bin.« Sie ließ die Schultern hängen. »Meine Mom und ich haben im letzten Sommer eine Busreise nach Nashville unternommen, als mein Ex die Jungen hatte, aber das ist alles. Ich war noch nicht mal in New York City. Jedes Jahr an Silvester, wenn die Jungen schlafen, sitze ich auf dem Sofa und sehe mir diese Riesenparty auf dem Times Square im Fernsehen an, und ich ...« Ihr Mund bebte.

»Stephanie, du ...«

»Nein, ich habe mir geschworen, dir das zu sagen. Ich versuche, meinen Jungen beizubringen, freundlich zu sein, daher sollte ich meinen eigenen Rat befolgen, angefangen mit dir.« Sie streckte die rechte Hand aus. »Ob du's mir glaubst oder nicht, aber seit du damals mit Amy aufgetaucht bist, um sie zum Eishockey anzumelden, habe ich über dich und mich und wie es früher zwischen uns beiden war, nachgedacht. Ich bin auch eine alleinerziehende Mom, und mein Ex ... Na ja, dieser Job ist alles, was ich habe. Manchmal ... ist es schwer, weißt du?«

»Ja, das ist es.« Cat ergriff Stephanies Hand. Ein Handschlag würde fast dreißig Jahre Feindseligkeit nicht auslöschen, aber es war ein guter Anfang. Und da Leute, die in Firefly Lake lebten, im Allgemeinen hierblieben, würden sie und Stephanie vielleicht noch einmal dreißig Jahre oder mehr haben, um die Dinge in Ordnung zu bringen.

»Was Luc angeht, auch wenn ich es vielleicht wollte, war selbst damals auf der Highschool nie etwas zwischen uns. Und jetzt, na ja … ich hoffe, es klappt für euch beide.«

»Es … er …« Cats Gedanken wirbelten durcheinander.

»Du bist für ihn das Tüpfelchen auf dem i, Süße.« Stephanie schenkte ihr ein unsicheres Lächeln.

»Was?« Das Wort entfuhr Cat, bevor sie es verhindern konnte. »Entschuldige, ich …«

»Nein, ich muss mich entschuldigen.« Stephanie fuhr sich mit einer Hand an die Wange, und ihr Gesicht lief noch röter an. »Wenn ich nervös werde, kommen mir dumme Sachen über die Lippen. Vielleicht liegt es an diesen ganzen alten Filmen, die ich mir ansehe. Ich habe mein Leben lang hier festgesteckt, daher sind sie irgendwie eine Art Flucht. Ganz schön bescheuert, was?«

»Nein.« Auch wenn sie selbst nicht in Firefly Lake festgesteckt hatte, verstand Cat dieses Bedürfnis nach Flucht. Das war der Grund, weshalb sie sich in den letzten Wochen in die historischen Liebesromane auf ihrem E-Reader vertieft hatte – nachdem sie sich jeden Film aus der kleinen Sammlung der Bibliothek ausgeliehen hatte, der ihr eine Ablenkung von ihrem wirklichen Leben versprochen hatte. »Ich mag Filme auch.«

Stephanies braune Augen glänzten. »Ich muss jetzt los, aber vielleicht könnten wir irgendwann mal … ich meine, wenn du nicht zu viel zu tun hast … zusammen abhängen … und einen Film sehen.«

»Das würde mich freuen.«

»Mich auch.« Stephanie schenkte Cat noch ein schüchternes Lächeln, dann schoss sie an ihr vorbei und rannte fast durch den Empfangsbereich der Arena, während die Absätze ihrer Stiefel über die Fliesen klackerten.

Cat presste eine Hand auf ihren Bauch. Wer hätte gedacht, dass sie und Stephanie etwas gemeinsam hatten, geschweige denn eine zweite Chance, um neu anzufangen und zu versuchen, ihr Verhältnis zu verbessern? Sie hatte es nie für möglich gehalten, aber wenn Stephanie sich diesen Ruck geben konnte, dann konnte sie es auch.

Genau wie sie es mit Luc tun musste. Sie starrte auf seine geschlossene Bürotür. Sie war erwachsen. Genau wie Luc. Und hier ging es um Amy, daher konnte sie fünf Minuten mit ihm reden, klären, was immer mit der Bewerbung für das Eishockeycamp schiefgegangen war, und wieder gehen. Sobald sie ihm das mit dem Baby gesagt hätte, würde sie ohnehin für den Rest ihres Lebens immer wieder mit ihm reden müssen. Auch wenn diese Besprechung keine zweite Chance war, könnte sie zumindest helfen, das Eis zu brechen.

Sie klopfte an die Tür.

»Cat.« Lucs Stimme war leise, als er die Tür öffnete.

»Hier.« Sie hielt ihm die Papiere hin. »Amys ärztliche Unterlagen.«

Er sah sie an, machte aber keine Anstalten, die Papiere zu nehmen. »Es tut mir leid.« Ein Puls pochte in seiner Kehle, und seine blauen Augen blickten düster.

»Fehler passieren, aber Amy wäre so enttäuscht, wenn sie das Camp verpassen würde, weil irgendwelche Unterlagen fehlen. Stephanie hat gesagt, die Bewerbungsfrist endet heute Abend.« Cat presste ihre freie Hand fester auf ihren Bauch. Morgenübelkeit war eine Fehlbezeichnung. Es war eine Übelkeit, die den ganzen Tag anhielt und auch die ganze Nacht, aber das war nicht die Schuld des Babys. Sie würde es genug für zwei Elternteile lieben, so wie sie es bei Amy tat. Und wo war Amy überhaupt? Abgesehen von Luc war das beengte Büro leer, und die Verbindungstür zum Trainingsraum war geschlossen.

»Hier geht es nicht um die Bewerbung für das Eishockeycamp.« Lucs Blick fiel auf ihre Hand, dann sah er wieder hoch in ihr Gesicht. Er bat sie mit einer Geste in das Büro. »Ich habe bereits inoffiziell gehört, dass Amy aufgenommen wurde. Trotz ihrer Legasthenie wird sie vermutlich ein Vollstipendium kriegen.«

»Worum geht es denn dann?« Cat stopfte die Unterlagen zurück in ihre Tasche, dann hielt sie sich wieder die Hand vor die Nase. Der Arenageruch war hier drinnen noch schlimmer, falls das überhaupt möglich war. »Und wo ist Amy?«

»Mit Scott und dem Team im Trainingsraum, bei einer spontanen Party zum Saisonende. Ich musste eine Möglichkeit finden, mit dir zu reden.« Lucs Stimme war rau, und er nahm ihren Arm, um sie sanft auf einen Stuhl zu setzen. Denselben Stuhl, auf dem sie vor all diesen Wochen gesessen hatte, bevor sie sich gestattet hatte, ihn zu lieben, damals, als er nicht mehr für sie war als ein alter Freund der Familie und Kindheitsschwarm.

»Wir haben nichts zu bereden.« Sie starrte auf ihre zerkratzten, vom Winter strapazierten Stiefel.

»Ich würde ein Baby nicht nichts nennen, aber ich habe es dir nicht leicht gemacht, es mir zu sagen.« Er kauerte sich neben den Stuhl und rieb ihr über ihrer Jacke den Rücken. »Ich habe mich getäuscht. Ich dachte, du wüsstest, was ich für dich – für uns – fühle, daher habe ich nicht… Es tut mir leid.« Seine Stimme war traurig, aber nicht wütend.

»Wie hast du das mit dem Baby erfahren? Georgia hat mir versprochen, nichts zu sagen.« Cats Augen brannten.

»Georgia hat es mir nicht gesagt. Niemand hat es mir gesagt. Ich bin von selbst darauf gekommen.« Sein Atem ging schneller. »Ich liebe dich, Cat, und auch wenn ich einen falschen und chaotischen Weg dafür gewählt habe, ist das der Grund, weshalb ich dich bei mir zu Hause gebeten habe, mich zu heiraten. Zu dem Zeitpunkt wusste ich nicht, dass du schwanger bist, aber ich wusste, dass ich dich liebe. Das tue ich immer noch. Und Baby oder nicht, ich will dich immer noch heiraten.« Seine Hand wanderte von ihrem Rücken zu ihrem Gesicht, um über die Konturen ihres Kinns zu gleiten.

»Maggie war die Liebe deines Lebens.« Luc tat das

Richtige, genau wie Cat es gewusst hatte, aber auch wenn er aufrichtig klang, wollte sie nicht die zweite Wahl sein. Sie wollte nicht bloß einen Mann, der für sie und ihr Kind da sein würde, sie wollte auch ihre eigene Liebesgeschichte.

Luc wippte auf den Fersen nach hinten. »Ich habe mich in Maggie verliebt, als ich ein Teenager war. Wenn sie gelebt hätte, wären wir zusammen alt geworden. Aber ich habe sie verloren, und auch wenn sie immer ein Teil meines Herzens sein wird, gehört mein Herz auch dir. Wie du zu Amy gesagt hast – Herzen sind dehnbar und groß genug, um mehr als nur einen Menschen zu lieben.«

»Wie ... Amy ... sie?« Ihre Stimme schwankte, und Luc rutschte auf einem Knie näher.

»Amy liebt dich, und genau wie ich will sie, dass du glücklich bist.« Er umfasste ihr Kinn, um sie zu zwingen, ihn anzusehen.

»Ich ...« Glück flackerte für einen Moment auf und wurde dann erstickt. »Du hast gesagt, du willst keine Kinder. Ich bin nicht absichtlich schwanger geworden. Du musst mir glauben, dass ich nicht versucht habe, dich auszutricksen.«

»Als ob ich das je denken würde. Diese Art Frau bist du nicht.« Der Ausdruck in Lucs Augen war liebevoll und aufrichtig. »Wir waren zu zweit, schon vergessen? Wenn irgendjemand dafür verantwortlich ist, dann ich. Es war wohl mein Kondom.«

Er stand auf und zog Cat hoch, als wäre sie so leicht

wie Distelwolle. »Ich wollte keine Kinder, weil ich mir geschworen habe, niemals einer anderen Frau, die ich liebe, das zuzumuten, was Maggie durchgemacht hat.« Seine Stimme brach, und sein großer Körper bebte. »Und jetzt du... Wenn dir irgendetwas zustößt... ich könnte nicht... Gott, Cat, meine Gefühle gehen so tief, und es war schwer, es dir sofort zu sagen, aber ich liebe dich so sehr. Ich kann dich nicht auch noch verlieren. Ich will nicht den Rest meines Lebens ohne dich an meiner Seite leben.« Seine Augen waren auf einmal schmerzerfüllt.

Cat schlang die Arme um ihn. »Meine Schwangerschaft mit Amy war problemlos, und die hier fängt genauso an. Die Ärztin sagt, bis jetzt ist alles in Ordnung.« Sie holte einmal tief Luft. Anstelle von Schweiß, Bier und schmutziger Eishockeyausrüstung roch sie ihn. Sauber und sicher. Der Mann, den sie wollte und der sie ebenfalls wollte.

Ein zärtliches Lächeln hob einen seiner Mundwinkel an. »Ich hätte nie gedacht, dass ich zweimal im Leben so viel Glück haben könnte. Maggie ist meine Vergangenheit, aber ich will, dass du und Amy und unser Baby meine Zukunft seid.«

Glück durchflutete Cat wie das Wasser, das durch geschmolzenes Eis in den Firefly Lake strömte, wenn der Winter dem Frühling wich. »Amy? Sie... du hast mit ihr geredet?«

»Das ist eine Sache zwischen Amy und mir. Ich habe ihr versprochen, nichts zu dir zu sagen. Sei nicht sauer, aber zusammen mit Stephanie hat Amy mir geholfen, dich heute hierherzulotsen.«

»Ich...« Cats Herz hämmerte gegen ihre Rippen.

»Ich will das mit dir hinkriegen.« Lucs Stimme war rau, und er hielt sie fest an sich gedrückt. »Es war falsch, wie ich mit allem umgegangen bin. Lass es mich wieder hinbiegen.«

»Ich liebe dich, Luc. Ein Teil von mir hat dich immer geliebt, schon damals, als ich ein verlorenes und schikaniertes kleines Kind war, aber ich dachte nicht, dass du meine Liebe je erwidern könntest.«

»Ich liebe dich auch.« Seine Stimme bebte vor Gefühl. »Du hast meine Welt wieder ins Lot gebracht. Du hast mir geholfen, aus dieser Ödnis der Trauer herauszukommen, in der ich feststeckte, und wieder zu hoffen und mich auf die Zukunft zu freuen. Ich brauche dich, Cat. Glaubst du mir?«

»Ja.« Sie musste keine Beweise analysieren oder Dinge durchdenken. Sie musste nur auf ihr Herz hören.

»Ich habe dich nicht verdient, aber wenn du mir eine Chance gibst, werde ich für den Rest meines Lebens jeden Tag damit verbringen, dir zu zeigen, wie viel du mir bedeutest.« Seine Stimme war von Liebe erfüllt.

Cat hob den Kopf. »Du kannst deine Vergangenheit nicht ändern, ebenso wenig, wie ich meine ändern kann. Ich habe vor ein paar Tagen meinen Dad angerufen, und weißt du was?«

»Nein, was denn?« Lucs Miene war vorsichtig.

»Ich habe so viele Jahre damit verbracht, wütend auf

ihn zu sein. Einen Großteil dieser Jahre habe ich ihn auch vermisst, zumindest dann, wenn ich ihn nicht für das gehasst habe, was er Mom und uns allen angetan hat. Aber als ich ihn anrief, war es seltsam. Ich konnte nichts als Mitleid empfinden. Er erschien mir gar nicht mehr wie mein Dad, sondern nur wie jemand, den ich früher einmal kannte.«

Obwohl sie geweint hatte, nachdem sie aufgelegt hatte, Tränen, die aus den Tiefen ihrer Seele hervorquollen, waren es Tränen gewesen, die ihr halfen, endlich zu heilen und nach vorn zu blicken, als hätte sie all das Schlechte fortgespült und dem Guten einen Ort zum Wachsen gegeben. »Ich habe selbst mehr als genug Fehler gemacht, aber wir haben eine Zukunft vor uns. Ich will meine Zukunft mit dir teilen.«

Luc hatte ihr ein unbezahlbares Geschenk gemacht. Nicht nur Liebe, sondern Akzeptanz. Und die Art Sicherheit, die nichts mit Geld und alles mit dem zu tun hatte, was sie seit jenem Kindheitstag gebraucht hatte, als der Verrat ihres Dads ihr Vertrauen für immer erschüttert hatte.

Lucs Atem wurde kurz, und die Gefühle drückten ihm fast die Luft ab. Cat hatte ihm noch eine Chance gegeben, und jetzt musste er das Beste daraus machen. Ihr die Liebesgeschichte schenken, die sie brauchte und verdiente. Die Art Liebesgeschichte, von der sie immer nur in ihren Büchern gelesen oder die sie in Filmen gesehen hatte. »Komm her.« Er zog sie an seine Seite und ging mit ihr zur Bürotür hinaus, durch den verlassenen Empfangsbereich und zur Eisbahn.

»Wohin ... warum?« Ihre Augen blickten verwirrt.

Er schenkte ihr ein knappes Lächeln, dann öffnete er die Tür zum Eis und führte sie zur Bank der Heimmannschaft. Sie war mit kleinen weißen Lichtern gesäumt, die er vorhin dort installiert hatte und die jetzt im Dunkeln der Arena leuchteten.

»Was ...?« Sie tat einen Atemzug.

»Pst.« Er schob sie sanft auf die Bank und ließ sich vor ihr auf ein Knie nieder. »Ich habe das letzte Mal einen großen Fehler begangen, aber diesmal will ich es richtig machen.«

»Okay.« In Cats festen blauen Augen lag all die Liebe, die er sich je hätte wünschen können, und noch mehr.

Er streckte eine Hand unter die Bank aus und holte eine Schachtel hervor, die in glänzendes rosa Papier gewickelt war. »Ich liebe dich, Minnie, und ich will für dich da sein.«

»Du warst immer für mich da.« Ihre Worte kamen als ein leises Flüstern. »Selbst wenn ich es nicht wollte oder nicht zu brauchen glaubte.«

»Ich will es weiterhin tun, aber von jetzt an will ich auch, dass wir füreinander da sind.« Er nahm den Deckel von der Schachtel, und Cat tat einen Atemzug.

»Woher hast du ...?«

»Liz macht ganze Quilts. Sie hat gesagt, ein Brautkleid für die kleine Minnie Maus hier sei ganz einfach.« Luc setzte die Plüschpuppe zwischen ihnen auf die

Bank. »Keine Sorge, ich habe sie auf Geheimhaltung eingeschworen.« Er wühlte wieder in der Schachtel und holte eine als Bräutigam verkleidete Micky Maus hervor.

»Ich ...«

Er schluckte und setzte, noch immer auf einem Knie, Micky neben Minnie, bevor er Cats Hände in seine nahm. »Ich liebe es, wie schlau du bist, aber noch mehr liebe ich, wie süß und freundlich du bist. Ich liebe dich mit jeder Faser meines Wesens.« Er hielt einen Moment inne, und seine Kehle schnürte sich noch fester zu. »Wenn ich dich noch einmal frage – wirst du mich heiraten?«

»Ja.«

Nur ein einziges Wort, aber es war genug.

»Ich werde dich nicht im Stich lassen. Oder Amy und das Baby. Ich schwöre es.« Lucs Stimme war rau, und seine Hände zitterten in ihren. Cats geliebtes Gesicht verschmolz mit den funkelnden Lichtern. »Selbst wenn du nicht Ja gesagt hättest, wollte ich sicherstellen, dass niemand in der Gegend hier dir oder Amy je wieder wehtut.« Er nahm eine Hand fort, um auf einen Schalter neben der Bank zu drücken, und die Arenalichter gingen an.

»Was meinst du damit?«

»Es ist Freitagabend. Familien-Schlittschuhlaufen, schon vergessen?« Luc zeigte zum anderen Ende der Arena, wo Amy, Scott, Amys Teamkameraden und halb Firefly Lake aufs Eis schlitterten. »Da du hierbleibst, will ich, dass du dir sicher bist, willkommen zu sein.«

»Aber alle sind hier. Warum?«

Lucs Blick wanderte von Amy zu Gabrielle und Ward, der Pixie hielt, zu Nick, Mia und den Mädchen, zu Georgia mit Josh an ihrer Seite, zu Charlie und Sean mit Ty, der Lexie in einem Kinderwagen übers Eis rollte, zu seinen Eltern, Stephanie und ihren Jungen und sogar zu Mason und seinen Eltern.

»Michael ist letzte Woche bei mir in der Molkerei vorbeigekommen. Wir haben über Zeug für die Handelskammer geredet, und er hat etwas gesagt, das mich ins Grübeln gebracht hat. Er sagte, das, was uns verbindet, sei wichtiger als das, von dem wir vielleicht glauben, dass es uns trennt. Ich habe die Gelegenheit beim Schopf gepackt, um ein paar Leute daran zu erinnern.«

»Du ... ich ...« Cats Augen glänzten. »Michael hat so ziemlich dasselbe zu mir gesagt.«

»Er ist fast genauso schlau wie du.« Luc grinste. »Von da an hat es sich irgendwie im Schneeballsystem verbreitet. Der einzige Vorteil davon, ein bisschen berühmt zu sein, ist, dass die Leute mich nicht vor den Kopf stoßen wollen. So ziemlich die ganze Stadt wird heute Abend kommen. Es gibt Pizza von Mario's, chinesisches Essen von den Wongs bei der Pink Pagoda und kalten Aufschnitt und Salate vom Deli. Alle Geschäfte in der Stadt haben zusammengelegt, sodass es den ganzen Abend kostenloses Schlittschuhlaufen und kostenlose Leihschlittschuhe gibt.«

Luc beugte sich zu ihr vor, und trotz des Schepperns von Schlittschuhen dämpfte er seine Stimme. »Es sind gute Leute hier, aber viele von ihnen hatten es nicht leicht. Leute wie Mason und seine Familie. Sein Dad ist seit fast einem Jahr arbeitslos, und obwohl Mason Eishockey spielen wollte, konnten seine Eltern es sich in dieser Saison nicht leisten. Er ist ein guter Spieler, deswegen wurde Amy zu seiner Zielscheibe. Er hat sich über sie geärgert.«

»Du hast das alles für mich getan ... für meine Tochter ... ich ...« Sie fuhr sich mit einer Hand an den Mund.

»Ich habe es für uns alle getan. Für dich, Amy, mich und jeden in dieser Stadt.« Luc nahm ihre Hand in seine und drückte ihr einen sanften Kuss auf die Knöchel. »Die meisten Leute wollen sich anständig verhalten, aber manchmal brauchen ein paar von ihnen einen Schubs in die richtige Richtung. Oder, in Masons Fall, ein Paar Schlittschuhe und die Eishockeygebühr fürs nächste Jahr, sobald ich sicher bin, dass er versteht, welche Konsequenzen seine Worte haben können.«

»Und du ... du warst es, der diesen Schubs gegeben hat, auf eine Art, die alle Leute einbezieht statt auseinanderbringt.« Cats Lächeln war von so viel Süße und Liebe erfüllt, dass Lucs Herz einen Takt aussetzte.

Er zuckte die Schultern. »Ich habe nicht viel getan. Eigentlich war es Michaels Idee. Ich habe den Leuten nur die richtige Richtung gezeigt.« Luc suchte die Menge ab, bis er Michael fand, der mit Liz an der Bande stand. Der ältere Mann schenkte ihm ein leises, wissendes Lächeln.

»Stell dein Licht nicht unter den Scheffel.« Cat

drückte seine Hand. »Egal, wessen Idee es war, du hast sie umgesetzt.«

Luc rutschte neben ihr auf die Bank und neigte den Kopf zu ihrem.

»Du kannst mich hier nicht küssen. Nicht vor allen Leuten.« Cats Gesicht nahm diese entzückende rosa Färbung an, die er liebte, süß und ach so sexy.

»Genau darum geht es. Alle sollen wissen, dass wir zusammen sind, also gewöhn dich besser dran.«

Aber selbst während sein Mund den ihren bedeckte und seine Hand sich um ihre Taille legte, um sie und ihr Baby nah an sich zu ziehen, wusste Luc tief in sich, dass er sich nie daran gewöhnen würde. Und er würde es auch nie als selbstverständlich betrachten, denn das hier war nicht nur ein Happy End, von dem er nie gedacht hätte, dass er es je wieder finden würde, sondern ein brandneues Kapitel in einer Geschichte vom gemeinsamen Leben und Lieben.

Epilog

Drei Wochen später

»Der Tradition zufolge bringt es Pech, wenn der Bräutigam die Braut vor der Zeremonie sieht.« Die Hände in die Hüften gestemmt und sehr elegant in ihrem zartrosa Brautjungfernkleid, stand Mia am oberen Ende der Wendeltreppe im Harbor House und versperrte Luc den Weg. Ihrer strengen Miene zum Trotz war ihr Ton belustigt.

»Bitte! Nur für ein paar Minuten!« Luc sah an Mia vorbei zu Charlie, die in einem ebensolchen Kleid hinter ihrer Schwester stand.

»In der Gegend hier wird Tradition bei Hochzeiten großgeschrieben.« Charlies braune Augen funkelten. Durch das halb geöffnete Fenster dahinter bewegte ein warmer Wind den Spitzenvorhang, und Vögel stimmten einen Frühlingschor an.

»Sie haben recht«, schaltete sich jetzt auch Georgia ein. Als Cats Trauzeugin trug sie ein Kleid in einem etwas dunkleren Rosa, das zu dem Tattoo in Form eines keltischen Knotens auf ihrem Unterarm passte.

»Ich dachte, wenigstens du würdest Mitleid mit mir

haben, Georgie.« In der begrenzten Welt von Firefly Lake gab es niemanden, der weniger traditionell war als Georgia. »Ich will Cat nur zuerst ohne einen Haufen Leute um sie herum sehen. Am Ende der Auffahrt stehen sogar ein Reporter und ein Fotograf.«

»Nur von der Lokalzeitung.« Mia warf ihm einen neckenden Blick zu, bevor sie sich zu den beiden anderen umwandte. »Ich nehme an, wir könnten eine Ausnahme machen.«

Charlie und Georgia grinsten und traten zur Seite.

»Fünf Minuten, und ich muss deine Zeit messen.« Georgia zeigte zum Telefon. »Mom wird ausflippen, wenn wir auch nur eine Minute zu spät zur Kirche kommen. Sie hat jahrelang darauf gewartet, eine Brautmutter zu sein, und jetzt ist sie in weniger als zwei Monaten selbst eine Braut *und* eine Brautmutter geworden. Und noch ein Enkelkind ist unterwegs. Du kannst von Glück reden, dass sie keine Herzprobleme hat, sonst könnte so viel Aufregung sie glatt umbringen.« Ihr Lachen war warm und so ansteckend, dass Luc, Charlie und Mia mit einfielen.

»Danke.« Luc stellte sich in einen Kreis mit den drei Frauen und wurde auf einmal ernst. »Danke für alles. Ihr habt diese Hochzeit so schnell auf die Beine gestellt, und ihr alle helft Cat in der Galerie, weil sie sich immer so müde fühlt und ihr so schlecht ist.« Was ihm so viel Angst machte, dass er dreimal täglich in der Arztpraxis angerufen hatte, bis Cat dafür sorgte, dass er aufhörte.

»Auch wenn du der Grund bist, weshalb sie sich müde

fühlt und ihr schlecht ist, bist du schon okay.« Georgia stieß ihn mit dem Ellenbogen in die Seite.

»Und wir lieben Cat, daher lieben wir dich auch.« Mia, stets die Friedensstifterin, tätschelte seinen Arm.

»Hinein mit dir, bevor wir euch holen müssen.« Charlie schubste ihn sanft zu Gabrielles geschlossener Schlafzimmertür. »Gabrielle und Ward sind vor zehn Minuten gegangen, abgesehen von Amy ist die Luft rein.«

Luc lächelte zum Dank und klopfte an die Tür.

Sie öffnete sich langsam, und Amys Kopf kam durch den schmalen Spalt zum Vorschein. »Hey, Coach. Bin ich froh, dich zu sehen! Mom ist das reinste Nervenbündel.« Sie packte Luc an seinem Revers und zerrte ihn durch die Tür, bevor sie sie hinter ihm zuknallte.

»Luc?« Cat saß auf einer kleinen Bank vor einem Frisiertisch. Ihr Spiegelbild war fast ebenso weiß wie das Brautkleid ihrer Großmutter, das sich um ihre zierliche Figur bauschte.

»Ich bin hier.« Sein Herz krampfte sich zusammen, als er den panischen Ausdruck in ihren Augen sah.

»Siehst du?« Amy hakte sich bei ihm unter und führte ihn zu Cat. »Ich habe sie noch nie so nervös gesehen. Sie zuckt regelrecht, schlimmer als Bingley und Darcy, wenn es ein Gewitter gibt.«

»Was ist los?« Luc kauerte sich neben Cat auf den Boden, während Amy hinter ihm verharrte. »Ist es das Baby? Soll ich Dr. O'Brien holen? Sie ist unten im Wohnzimmer. Ich habe sie gebeten, mit dir im Wagen zur Kirche zu fahren.«

»Es ist nicht das Baby.« Cat betastete die Perlenkette, die ihre Tante Josette aus Montreal mitgebracht hatte, und ihr Lächeln war süß und verärgert zugleich. »Und was Jessa O'Brien betrifft, wenn du so weitermachst, wird sie nach der Hochzeit noch bei uns einziehen.«

»Meinst du, das würde sie tun? Sie ist doch Single, oder?« Warum war er nicht schon selbst auf die Idee gekommen? Das neue Haus war mehr als groß genug, und wenn sie nicht bei ihnen im Haupthaus wohnen wollte, gab es ein Gästecottage. Cat und das Baby würden noch sicherer sein. Und Amy auch, denn Kinder wurden ständig krank. Hatte er zumindest gehört.

»Ja, Jessa ist Single, aber nein, sie wird nicht bei uns einziehen.« Cat lachte und legte eine Hand auf die sanfte Wölbung ihres Bauches, noch kaum zu sehen, aber Liz hatte trotzdem ein paar unsichtbare Änderungen an dem Brautkleid vornehmen müssen. »Es geht mir gut. Und Scooter junior auch, der, Wunder über Wunder, offenbar entschieden hat, mir einen Tag zu schenken, an dem ich mich nicht übergeben muss. Aber ich ängstige mich halb zu Tode, denn in ein paar Minuten muss ich dort hinausgehen und mich von allen Leuten ansehen lassen. Ich mag es nicht, im Mittelpunkt der Aufmerksamkeit zu stehen.«

»Ach, Schatz.« Luc stützte den Kopf auf ihre Schulter. »Du siehst wunderschön aus, und ich werde die ganze Zeit an deiner Seite sein.«

»Ich auch.« Der Blick in Amys Gesicht über ihrem blauen Junior-Brautjungfernkleid fing seinen im Spiegel auf. »Na ja, vielleicht nicht die ganze Zeit, weil ich nicht mit in eure Flitterwochen fahren werde, aber die restliche Zeit werde ich wie eine Klette an dir hängen.« Sie grinste. »Stimmt's, Coach?«

»Stimmt, Amsey.« Er streckte einen Arm hinter sich aus, um sie abzuklatschen.

»Ich habe nachgedacht...« Amy kaute auf ihrer Unterlippe. »Nach heute kann ich dich nicht mehr Coach nennen. Das nervt irgendwie, aber ich habe mich gefragt... ich glaube, Dad wäre ein noch besserer Name, was meinst du?«

Cat wandte sich zu ihm um, und ihr großes, dehnbares, liebevolles Herz spiegelte sich in ihren Augen. »Das ist ein perfekter Name.«

»Das finde ich auch.« Lucs Stimme war rau, und er blinzelte, während er eine Hand auf Cats legte, ihre Hand, die den Art-déco-Saphir-Diamantring trug, den sie beide gemeinsam bei einem mit Michael befreundeten Händler in Boston ausgesucht hatten. Es war kein traditioneller Verlobungsring, da sie keine traditionelle Frau war, aber sie war *seine* Frau, und er war ihr Mann. Und heute ging es darum, das mit der ganzen Welt zu teilen. »Und? Was sagst du dazu, dass wir heiraten?«

Amy legte ihre Hand auf seine. »Das klingt toll, Dad.« Ihre Stimme war belegt.

Cats Augen glänzten. »Es ist mir egal, was irgendjemand sagt. Ich habe Nick versprochen, dass er mich zum Altar führen kann, aber bis dahin will ich mit euch aus diesem Zimmer gehen und euch auf dem gan-

zen Weg zur Kirche bei mir behalten, euch beide.« Sie
wandte sich um, um Amy mit einzuschließen.

»Ich würde es gar nicht anders wollen.« Er zog Cat
und dann auch Amy in eine Umarmung. »Was sagst du
dazu, Kleine?«

»Lasst uns dort draußen ein paar Leuten in den Hintern treten.« Amy grinste ihn an.

»Bitte.« Lachen schwang in Cats Stimme mit. »Keine
Eishockeysprache an meinem Hochzeitstag.«

»Du hast Angst, stimmt's?« Amy sah zwischen ihm
und Cat hin und her.

»Nicht mehr.« Cats sanftes Lächeln galt Luc allein. Ein
Versprechen und ein Gelübde, so wichtig wie das, welches sie in einer halben Stunde in der St. James Episcopal
ablegen würden – ein Gelübde, das sie für den Rest
ihres Lebens aneinander binden würde. »Ehrlich gesagt, glaube ich, dass ich nie wieder Angst haben werde.«
Ihr Lächeln wurde breiter. »Jetzt, wo wir Scooter in
unserem Team haben.«

»Immer, Minnie.« Er stand auf und streckte eine Hand
nach Cat und die andere nach Amy aus.

»Und für immer.« Cat ergriff seine Hand, verschränkte ihre Finger mit seinen und stellte sich dann
auf die Zehenspitzen, um ihn zu einem Kuss an sich zu
ziehen.

»Mom. Dad.« Amy verdrehte die Augen. »Ich bin
noch hier.«

»Genau dort, wo du hingehörst.« Lucs Herz schwoll
von all der Liebe und dem Glück, von denen er geglaubt

hatte, er würde sie nie wieder empfinden können, so heftig, dass es ihm den Atem raubte. »Wir sind alle zusammen genau dort, wo wir hingehören, zu Hause in Firefly Lake.«

Danksagung

Ich danke meiner Lektorin Michele Bidelspach, die meine Bücher besser macht, und dem gesamten Team bei Grand Central Forever für die Begeisterung, die harte Arbeit und Unterstützung der Firefly-Lake-Serie.

Ich danke meiner Agentin Dawn Dowdle bei der Blue Ridge Literary Agency, die meine Karriere nach wie vor mit Geschick, Freundlichkeit und Mitgefühl lenkt.

Ein dankbarer Zuruf an Jennifer Brodie, die mir geholfen hat, als ich mit diesem Buch in ein »Handlungsloch« fiel, und an Hope Ramsay, deren scharfsichtige Kritik eines frühen Teils des Manuskripts (die ich bei der wundervollen Ruby Slippered Sisterhood bekam) mich dazu brachte, die Geschichte neu zu überdenken.

Wie in den anderen Büchern dieser Reihe gilt die Libellen-Anspielung meiner Klasse der Golden-Heart-Finalisten 2015 bei den Romance Writers of America, den Dragonflies. Ich freue mich, dass ihr mich auf meinem Weg des Schreibens begleitet.

Ich danke meinen vielen Freunden bei der Romantic Novelists' Association für ihre große Unterstützung.

Tracy Brody und Arlene McFarlane – danke für eure Freundschaft, Gebete und eure Großartigkeit sowohl im Leben als auch im Schreiben.

Susanna Bavin, danke für deine Ermutigung, »hwyl«, deinen weisen Rat und dafür, dass du immer mit einer virtuellen Tasse Tee und fabelhaften Keksen da bist.

Wie immer danke ich meinem Ehemann, meiner Tochter und Heidi, der Schwester meines Herzens, die die Höhen und Tiefen meines Schriftstellerlebens mit Humor und Liebenswürdigkeit ertragen, mich bedingungslos lieben und immer an mich glauben.

Und all den Lesern, die dieses Buch und die anderen Bände aus der Firefly-Lake-Serie in die Hand nehmen, ein Dankeschön, dass Sie meine Figuren in Ihr Leben und Ihr Herz lassen. Ich bin jedem Einzelnen von Ihnen so überaus dankbar.

Lesen Sie weiter >>

LESEPROBE

Die wahre Liebe verdient immer eine zweite Chance

Die Journalistin Charlie kehrt mit ihrer Schwester Mia nach Firefly Lake zurück, um dort schweren Herzens das Cottage zu verkaufen, in dem sie viele glückliche Sommer ihrer Jugend verbracht hat. Charlie weiß, dass sie die Vergangenheit endlich hinter sich lassen muss. Doch dann trifft sie ihre große Jugendliebe Sean wieder – und sofort sind die Erinnerungen an die schönste Zeit ihres Lebens wieder da. An glühend heiße Tage, heimliche Küsse am Seeufer und den Zauber von Glühwürmchen in warmen Sommernächten …

Kapitel
1

Sean Carmichael balancierte das Kanupaddel auf den Knien. Sein Blick schweifte langsam über den See und das sandige Ufer und blieb an dem von hohen Kiefern gesäumten Cottage hängen.

»Dad?« Ty lenkte das Mietkanu neben seines. Das weiße Carmichael's-Logo glänzte von frischer Farbe. »Willst du dieses Kanu zum Gibbs-Haus liefern oder den ganzen Nachmittag mitten auf dem See sitzen?« Sein fünfzehnjähriger Sohn neckte ihn mit einem frechen Grinsen im Gesicht.

»Ich habe nur darauf gewartet, dass du mich einholst«, gab Sean ebenso neckend zurück.

»Wettrennen?« Tys blaue Augen funkelten.

»Na klar.«

Shadow, ihr schwarzer Labrador, der im Bootsrumpf saß, schlug mit dem Schwanz, als Sean das Paddel eintauchte und das Kanu durch das makellose Wasser des Vermonter Sees nach vorn schoss. Sieben Meter vor der Küste verlangsamte Sean sein Tempo, um Ty an sich vorbeiziehen zu lassen.

Ty kletterte aus dem Kanu und wartete im knietiefen Wasser auf Sean. Er fixierte Sean mit einem vorwurfsvollen Blick. »Du musst aufhören damit.«

»Womit?« Sean sprang aus seinem Kanu und zog es an den sandigen Strand. Shadow sprang an ihm vorbei und bespritzte Seans Boardshorts und T-Shirt.

»Mich gewinnen zu lassen.« Ty zog das andere Kanu an den Strand und stemmte dann anklagend die Hände in die Hüften. Große, kräftige Hände wie Seans, die bereits Männerarbeit leisten konnten. »Ich bin fast sechzehn. Ich bin kein Kind mehr.«

»Ich weiß.« Sean schluckte einen Seufzer hinunter.

»Netter Wagen.« Ty zeigte auf einen schwarzen BMW, der neben dem Cottage unter den Kiefern parkte. »Neue Leute, die das Gibbs-Haus diesen Sommer mieten?«

»Nicht dass ich wüsste.« Sean zog sich seine Baseballmütze tiefer in die Stirn, um sein Gesicht vor der Julisonne zu schützen. In dieser kleinen Ecke im Nordosten von Vermont änderte sich nie viel.

Ty schleuderte für Shadow ein Stöckchen. »Warum heißt es eigentlich das Gibbs-Haus? In der Gegend um Firefly Lake hat es doch nie Leute namens Gibbs gegeben.«

»Nicht seit du dich erinnern könntest.« Seit Jahren war kein Gibbs mehr hier gewesen. Seit achtzehn Jahren, wenn man mitzählte. Was Sean nicht tat. »Wir sollten zusehen, dass wir in die Gänge kommen. Wenn wir dieses Mietkanu ausgeliefert haben, müssen wir zurückpaddeln und noch ein bisschen an dem Rennkanu arbeiten, bevor deine Mom dich abholt.«

»Ich habe noch anderes vor. Kann die Arbeit nicht bis morgen warten? Oder ich könnte Mom anrufen und sie bitten, mich später abzuholen.« Tys Stimme klang hoffnungsvoll.

»Tut mir leid, aber nein. Deine Mom hält sich gern an einen Zeitplan.« Und der Zeitplan seiner Ex-Frau war einer, dem Sean noch nie gerecht werden konnte. »Außerdem kann die Arbeit nicht bis morgen warten. Wir haben eine Verpflichtung gegenüber dem Kunden.«

Tys Mund verflachte sich zu einer sturen Linie. »*Du* hast eine Verpflichtung gegenüber dem Kunden, nicht ich.«

Sean schnappte sich ein Ende des Mietkanus und Ty das andere, und sie hoben es über ihre Köpfe. »Du bist ebenso ein Teil dieses Geschäfts wie ich.«

»Und was, wenn ich etwas anderes will?« Tys Stimme klang scharf.

Sean wurde schwer ums Herz, während die Sorge um seinen Sohn Erinnerungen daran, was — und wen — er einmal gewollt hatte, wachrief. »Ich habe hier ein gutes Leben. Ich will nur, dass du auch ein gutes Leben hast. Dieses Geschäft ist ein Teil unserer Familie. Ich wollte Carmichael's übernehmen, als ich in deinem Alter war.«

»Ich bin aber nicht du.«

»Das weiß ich, aber wenn du nicht mit mir redest, wie soll ich dann wissen, wer du bist oder was du willst?« Sean blieb auf dem Stück Gras vor dem Cottage stehen, und sie setzten das Kanu vorsichtig auf dem Boden ab.

»Egal.« Ty stapfte die Stufen zu der breiten Veranda

hoch. Weiße Schindelwände erhoben sich dahinter zu einem ersten Stockwerk.

Sean schluckte die Worte der Enttäuschung hinunter, die ihm auf der Zunge lagen, um seinen Sohn nicht zu vergraulen. Er durfte Ty nicht verlieren. Sein Vater und Großvater waren die Vergangenheit, aber sein Sohn war die Zukunft. Die Zukunft des Geschäfts, das sie zusammen aufgebaut hatten. Ein Vermächtnis.

Er folgte Ty, trat an ihm vorbei und klopfte an die Fliegengittertür. Drinnen war ein Radio auf einen Nachrichtensender eingestellt, und leichte Schritte liefen den Flur hinunter. »Mein Sohn, ich will doch nur dein Bestes ...«

»Äh, Dad.« Tys Stimme stockte.

Seans Kopf schnellte hoch, und seine Welt sackte in sich zusammen.

Ein junges Mädchen stand auf der anderen Seite der halb geöffneten Tür. Sie trug ein türkisblaues Bikinioberteil und einen weißen Sarong, den sie sich um die Hüften geschlungen hatte. Und sie hatte lange braune Haare und große braune Augen, wie geschmolzene Schokoladentropfen.

Sean wich einen Schritt zurück und stieß gegen Ty. Nein, es konnte nicht Charlie Gibbs sein, denn Charlie war sieben Monate jünger als Sean. Aber sie hatte Charlies Gesicht und Haare und diese Augen, die immer genau durch ihn hindurchgesehen hatten.

Die Vergangenheit zu vergessen, war eines der vielen Dinge, die Sean gut konnte. Nur dass ihn diese Vergangenheit manchmal genau dann einholte, wenn er am wenigsten damit rechnete.

»Kann ich Ihnen helfen?« Das Mädchen hatte einen langsamen, gedehnten Tonfall, eindeutig Südstaaten. Texas vielleicht.

Ty schob sich vor, und ein Lächeln purer männlicher Bewunderung zeigte sich auf dem Gesicht seines Sohnes. »Ich bin Ty Carmichael, und das ist mein Dad. Jemand hier hat ein Kanu bei uns gemietet.« Er nahm seinen Fischerhut ab und stopfte ihn in die Gesäßtasche seiner Shorts. »Wir sind die Besitzer von Carmichael's, dem Jachthafen und der Bootswerft nebenan.«

»Ich bin Naomi Connell.« Das Mädchen lächelte zurück, zeigte einen Mundvoll Zahnspange. »Ich weiß nichts von einem Mietkanu.«

»Vielleicht hat dein Dad es gebucht?« Seans Stimme war höher, als ob sie irgendeinem anderen Typen gehörte.

Naomi musterte ihn. »Mein Dad ist nicht da, aber ich kann meine ...«

»Nein!«, unterbrach Sean sie. »Wenn es ein Irrtum war, wird mein Bruder das Kanu später abholen.« Unter dem Hemd lief ihm Schweiß über den Rücken.

Naomi zog fragend eine Augenbraue hoch, und was von Seans Herz noch übrig war, dem Herzen, das Charlie ihm aus der Brust gerissen und zerschreddert hatte, hämmerte gegen seine Rippen.

Im Cottage verstummte das Radio. »Wer ist denn da?« Es war die Stimme einer Frau. Ein Akzent, den Sean nicht einordnen konnte. Sein Magen verkrampfte sich.

Naomi, das Mädchen, das Charlie war und doch nicht war, rief nach hinten in die schattige Diele, wo Strandtaschen und Sommerschuhe auf einem unordentlichen Haufen lagen. »Hier sind zwei Typen wegen eines Mietkanus.« Sie wandte sich wieder zu Sean und Ty um und öffnete die Tür etwas weiter. »Möchtet ihr vielleicht hereinkommen? Wir haben Eistee gemacht.« Ein Lächeln erblühte auf Naomis Gesicht. Ein Lächeln, das süß und unschuldig und so sehr wie Charlies war, dass Sean schwer ums Herz wurde.

»Na klar.« Tys Lächeln wurde breiter. »Eistee klingt toll.« Er schüttelte sich den Sand von den Füßen und trat auf Naomi zu, wie von einer magnetischen Kraft angezogen.

»Wir müssen los.« Sean hielt Shadow am Halsband fest, als der Hund die Nase ins Cottage steckte.

»Sean?«

Er erstarrte, und die Vergangenheit, die er achtzehn Jahre lang vergessen hatte, traf ihn mit voller Wucht.

Charlies braune Augen sahen in seine, umgeben von dichten dunklen Wimpern. Wenn sie die Augen geschlossen hatte, hatten sie ihn immer an zwei kleine Fächer erinnert, die auf ihrem Gesicht lagen. Aber anstatt von Lachen erfüllt zu sein, wie er sie in Erinnerung hatte, blickten ihre Augen argwöhnisch. Sie wurden von braunen Haaren umrahmt, die zu einem kantigen Bob geschnitten waren, der ihrem herzförmigen Gesicht schärfere Konturen verlieh.

»Charlie.« Er presste ihren Namen zwischen betäubten Lippen hervor. Über einer weit geschnittenen weißen Hose schmiegte sich ihr zitronengelbes Tanktop an ihre üppigen Kurven wie eine zweite Haut. Ihre Haut glänzte goldbraun wie ein reifer Pfirsich. Die Erinnerung an sie und daran, was sie einander einst bedeutet hatten, wühlte ihn auf.

Sie schenkte ihm ein ausdrucksloses Lächeln. Die Art Lächeln, die ihre Mom und ihre Schwester perfektioniert hatten. Kein Lächeln, das er je auf Charlies Gesicht erwartet hätte. »Schön, dich wiederzusehen.«

»Wirklich?« Sean sog scharf die Luft ein.

Charlies Lächeln schwand. »Wir waren Freunde.«

»Freunde?« Sean fing ihren dunklen Blick auf und hielt ihm stand. Ihr Kiefer war angespannt.

Shadow zerrte nach vorn, wedelte zur Begrüßung mit dem Schwanz.

»Es ist lange Zeit her.« Ihre Stimme war kühl, doch als sie sich bückte, um den Hund zu tätscheln, zitterte ihre Hand.

Sean machte seinen ausgedörrten Mund auf und gleich wieder zu, bevor er irgendetwas Dummes sagen konnte. Etwas, das er bereuen würde. In dieser Zeit hatte er sich ein Leben aufgebaut. Und das Mädchen, das seine beste Freundin, seine erste Liebe und seine ganze Welt gewesen war, war kein Teil davon.

Er sah hinüber zu seinem Sohn und Naomi, die dort standen, wo er und Charlie einst gestanden hatten, Charlies Gesicht für einen Gutenachtkuss zu seinem gereckt. Sein Magen verknotete sich beim Anblick von Tys Miene.

Vor langer Zeit hatte er Charlie genauso angesehen. Als ob sie das hübscheste Mädchen auf der Welt wäre. Das einzige Mädchen auf der Welt für ihn.

»Gib uns Bescheid, was mit dem Kanu passieren soll.« Obwohl sein Puls raste, war seine Stimme ebenso kühl wie Charlies, während er die Mietvereinbarung aus der Tasche seiner Shorts zog und sie ihr hinhielt. Er war sechs-unddreißig, nicht achtzehn, und er hatte sichergestellt, dass er nie über diese Gutenachtküsse oder irgendwelche anderen Erinnerungen, die er tief in sich vergraben hatte, nachdachte.

Charlie nahm das Papier mit ausgestrecktem Arm entgegen. »Ich bin sicher, es gibt eine Erklärung für die Bestellung.«

»Ty?« Er sah seinen Sohn mit schräg gelegtem Kopf an.
»Aber, Dad ...«
»Nein.«

Mit einem letzten Blick auf Naomi schwang sich Ty über das Verandageländer und landete auf dem Gras davor.

Sean wandte sich mit bewussten Schritten ab. Diesmal hatte er vor, selbst derjenige zu sein, der ging.

Sean Carmichael sah gut aus, zu gut, und er war so selbst-beherrscht wie immer. Im Gegensatz zu ihr. Charlie holte einmal tief Luft gegen den Vulkan von Emotionen, der aus ihrer Brust hervorzubrechen drohte.

»Tante Charlotte?«, flüsterte Naomi. »Geht es dir gut?«
»Bestens, Schatz.« Die tröstliche Lüge, die sie sich selbst glauben machen würde. Sie zwang ihre Füße, die

Veranda zu überqueren und neben dem Geländer stehen zu bleiben. »Sean?« Firefly Lake war eine Kleinstadt. Früher oder später würde sie ihm gegenübertreten und eine Wahrheit aussprechen müssen, vor der sie lieber die Augen verschließen würde. Zumindest eine Wahrheit.

Er blieb auf der untersten Stufe stehen, und sein großer Körper versteifte sich. »Was?« Die Stimme angespannt, wandte er sich halb um, seine dunkelblauen Augen auf diese Art auf sie gerichtet, die sie immer nervös gemacht hatte. Weil sie sich sicher war, dass er sehen konnte, was sie dachte.

»Warte.« Sie überflog das Blatt Papier, das er ihr gegeben hatte.

»Warum?« Der schwarze Hund an seiner Seite sah zuerst sie mit weisen Augen an und dann zurück zu Sean.

»Das mit der Miete geht in Ordnung.« Sie würde nicht zusammenbrechen. Auch wenn sein Anblick sie fast in die Knie zwang. »Kann dein Sohn das Kanu im Bootshaus lassen? Naomi wird den Schlüssel holen und ihm helfen.«

Sie warf einen Blick auf Ty. Der Junge hatte Seans sandblonde Haare, dicht, zerzaust, als hätte er sich eben aus dem Bett gerollt. Er hatte Seans Größe, aber seine Augen hatten ein helleres Blau, und sein Gesicht war schmaler. Bei der Erinnerung an das, was hätte sein können, verkrampfte sich ihr Herz.

Im Profil hatte Seans Nase noch immer die Beule von damals, als er sie sich in dem Winter beim Eishockeyspielen gebrochen hatte, in dem er sechzehn wurde. Aber sein sinnlicher Mund war inzwischen von zwei feinen Falten umrahmt, nicht länger das Gesicht des Jungen, den sie gekannt hatte.

»Natürlich.« Seans Miene war verschlossen. Als wäre Charlie irgendeine x-beliebige Kundin.

Naomi schoss ins Cottage und tauchte Sekunden später mit dem Bootshausschlüssel an seinem roten Band wieder auf. »Tante Charlotte?« Sie sah Ty an und warf sich die Haare über die Schultern.

»Bitte schließ das Bootshaus auf und warte dann am Strand auf mich.« Die Vergangenheit bäumte sich auf, drückte Charlie die Luft ab und machte ihr das Atmen schwer. Sie erinnerte sich an die Zeit, als sie selbst ein Mädchen wie Naomi und bis über beide Ohren in Sean verliebt gewesen war. Das ganze Leben vor sich, noch keine Fehler begangen. Und auch noch nichts zu bereuen.

»Na klar!« Naomi sprang die Stufen hinunter.

»Tante Charlotte?« Sean stellte einen nackten Fuß auf die unterste Stufe, seine Beine muskulös und mit dunkelblonden Härchen bedeckt. Mit achtzehn war er noch schlaksig gewesen, aber jetzt war er ein Mann, mit schlanken, langen Gliedern von magnetischer Kraft.

»Naomi ist Mias Tochter. Du erinnerst dich an meine Schwester?« Charlies Beine zitterten, und sie legte eine Hand an das Verandageländer, um nicht den Halt zu verlieren.

»Ja.« Seans Stimme war tiefer, als sie sie in Erinnerung hatte, rauer, mit einem Unterton, der ihre Nervenenden zum Kribbeln brachte. »Aber Charlotte? Du hast diesen Namen gehasst.«

»Leute ändern sich.« Als sie Firefly Lake verlassen hatte, hatte sie Charlie hinter sich zurückgelassen und sich in Charlotte verwandelt. Eine Person, die nicht mehr das verängstigte Mädchen von damals war und die sich eingeredet hatte, die einzige Entscheidung getroffen zu haben, die sie treffen konnte.

Sean klopfte mit dem Fuß auf die Stufe. »Wenn du das sagst.«

»Ty, dein Sohn?« Ihre Zunge stolperte über die Worte. »Ihr müsst stolz auf ihn sein, du und deine Frau.« Sie verdrängte den stechenden Schmerz, den der Gedanke an Seans Ehefrau in ihr auslöste. Einen Schmerz, der ebenso scharf wie unerwartet war.

»Er ist ein guter Junge.« Seans Miene wurde sanfter, gewährte ihr einen flüchtigen Blick auf den Jungen, der er gewesen war. »Er arbeitet den Sommer über bei mir.«

»Du hast ein bisschen angebaut.« Charlie zeigte zu dem Strand, der sich an der Landspitze verschmälerte, noch immer umrahmt von den Bäumen und wogenden Hügeln, die sie von Kindheitssommern in Erinnerung hatte. Carmichael's lag auf der anderen Seite, und ein unbekanntes Blechdach funkelte in der Sonne.

»Wir haben seit letztem Jahr eine neue Werkstatt. Vor einer Weile habe ich dort auch ein Haus gebaut. Bin aus der Stadt weggezogen.« Sean strich den Schirm seiner Baseballmütze glatt, und Charlie konnte nicht umhin zu bemerken, dass an seinem Ringfinger kein Ehering steckte.

Sean musste verheiratet sein. Er hatte einen Sohn, und er war schon immer ein konventioneller Typ gewesen.

Loyal und treu. Ihr Herz verkrampfte sich noch etwas mehr, und sie hatte einen säuerlichen Geschmack im Mund. »Du bist also hiergeblieben.«

»Ich wollte schon immer Carmichael's übernehmen.« Sean schwieg einen Moment. »Aber wenn wir schon in Erinnerungen schwelgen, was ist mit dir? Hast du bekommen, was du wolltest?«

Als du vor mir und vor uns davongelaufen bist. Die Worte, die er nicht sagte, hingen schwer zwischen ihnen.

»Ich bin Auslandskorrespondentin für Associated Press, mit Sitz in London, aber ich reise überallhin. Wo immer die nächste Story auf mich wartet, dorthin fahre ich.« Es war das Leben, das sie wollte und für das sie hart gearbeitet hatte, um es zu bekommen. Und sie liebte es. Zumindest bis vor vier Monaten.

»Du wolltest schon immer die Welt sehen.« Seans Stimme war tonlos.

»Ja, das wollte ich.« Sie sah zum Strand, wo Ty und Naomi Frisbee spielten. Der Hund sprang zwischen ihnen hin und her. Naomi lachte über irgendetwas, das Ty sagte, und er lachte auch. Seans Lachen.

Charlies Magen rumorte. Sie musste sich zusammenreißen. Sich darauf konzentrieren, wer sie jetzt war, nicht wer sie früher gewesen war. Sie sah nicht sich und Sean an diesem Strand.

»Muss ein aufregendes Leben sein.« Seans Stimme hatte einen stählernen Unterton.

Aufregung war gar kein Ausdruck. Charlies Hände waren klamm. Sie setzte sich auf einen der Gartenstühle, die Mia im Schuppen gefunden hatte, und schlug das rechte Bein über das linke. Ihre Hose bedeckte das Narbengewebe, das sich von ihrem linken Knie bis zum Knöchel erstreckte. »Es bezahlt die Rechnungen.« Aber es blieb nicht viel übrig, um für die Zukunft zu sparen, und sie wurde nicht jünger.

»Charlotte…« Er zögerte, und der Name, bei dem er sie nie genannt hatte, hallte in ihren Ohren. »Was willst du von mir?« Seine Augen verengten sich zu blauen Schlitzen, umrahmt von spitzen Wimpern, mehrere Töne dunkler als seine Haare. »Du hättest dieses Kanu ebenso leicht wie Ty ins Bootshaus bringen können.«

Ihr Herz hämmerte, ein dumpfes Pochen, das quälender war als der Schmerz in ihrem Bein. »Ich habe nicht damit gerechnet, dass du auf der Türschwelle stehen würdest, aber da du es nun einmal getan hast, will ich nicht, dass du es in der Stadt hörst.«

»Dass ich was nicht höre?« Er zupfte an seinem T-Shirt und strich es über einem noch immer straffen Bauch glatt. Seine Schultern waren kräftiger, die Muskeln definierter.

»Mia und ich und ihre zwei Mädchen, wir sind für einen Monat hier, um das Cottage zu verkaufen.« Sie schluckte den Kloß in ihrer Kehle hinunter. Verkaufen war die richtige Entscheidung, die einzige Entscheidung.

»Deine Eltern, sie…« Sean riss sich die Mütze vom Kopf und setzte sich seitlich auf die mittlere Stufe, ihr zugewandt. Die verwitterten Bretter knarrten unter seinem Gewicht.

Sie nickte. Die einzigen Geräusche waren das Zirpen der Grillen und das Flüstern des Windes in den Kiefern.

»Das tut mir leid.« Seine Stimme war rau.

»Wir haben Mom letztes Weihnachten verloren. Krebs.« Charlie blinzelte, während Tränen hinter ihren Augen brannten.

»Das ist hart.« Er schwieg einen Herzschlag lang. »Mein Beileid. Meine Mom wird traurig sein, das zu hören.«

Und das Cottage war ihre letzte greifbare Verbindung zu ihrer Mom, und gleichzeitig der Ort, den Charlie immer als Zuhause angesehen hatte. Es war die einzige Konstante in ihrem Leben nach dem Sommer, in dem sie zehn wurde und sie Montreal wegen des neuen Jobs ihres Dads in Boston verlassen hatten. Aber sie musste praktisch denken. Das Geld aus dem Cottageverkauf würde ihre Zukunft sichern, um die sie sich sorgte.

Sean setzte seine Mütze wieder auf und sah zum See hinaus. »Was ist mit deinem Dad?«

»Er ist vor fünf Jahren gestorben.« Charlie schauderte. »Er hatte auf dem Golfplatz einen Herzinfarkt.«

»Mein Dad ist vor etwas über einem Jahr genauso gestorben. Drüben beim Jachthafen.« Seans Stimme stockte, und er legte die Hände auf die Knie, diese starken, fähigen Hände, die ihr beigebracht hatten, wie man ein Kanu paddelte und ein Lagerfeuer machte. Hände, die sie getröstet hatten, als sie Angst vor dem Bären mit den scharfen gelben Zähnen hatte, der, wie Mia ihr erzählt hatte, im Bootshaus lebte. Und Hände, die sie geliebt und sie gelehrt hatten, ihrerseits zu lieben …

Manchmal ist das Leben selbst
schon Wunder genug

Nur ein Moment, doch er kann alles verändern. Das erfährt Karrierefrau Thelma am eigenen Leib, als ihr Sohn
Louis durch einen Lkw von seinem Skateboard gerissen
wird. Louis überlebt schwer verletzt, liegt im Koma. Vier
Wochen – wenn sich sein Zustand bis dahin nicht verbessert, sehen die Ärzte wenig Hoffnung. In Louis' Zimmer
findet Thelma eine Liste mit Dingen, die er sich fürs
Leben vorgenommen hat: Karaoke singen, einen Mara-
thon laufen, ein Duett mit einem bekannten Rapper …
In ihrer Verzweiflung beginnt Thelma, seine Wünsche
für ihn zu erfüllen. Wird es ihr gelingen, dadurch seinen
Überlebenswillen zu wecken?